O Clube do Crime
das Quintas-Feiras

O Clube do Crime das Quintas-Feiras

Richard Osman

Tradução de Jaime Biaggio

intrínseca

TÍTULO ORIGINAL
The Thursday Murder Club

REVISÃO
Juliana Souza
Milena Vargas

DIAGRAMAÇÃO
Ilustrarte Design e Produção Editorial

CIP-BRASIL. CATALOGAÇÃO NA PUBLICAÇÃO
SINDICATO NACIONAL DOS EDITORES DE LIVROS, RJ

O91c

Osman, Richard, 1970-
O clube do crime das quintas-feiras / Richard Osman ; [tradução Jaime Biaggio]. - 1. ed. - Rio de Janeiro : Intrínseca, 2021.
400 p. ; 23 cm.

Tradução de: The thursday murder club
ISBN 978-65-5560-178-7
978-65-5560-070-4 [ci]

1. Romance inglês. I. Biaggio, Jaime. II. Título.

20-68397 CDD: 823
CDU: 82-31(410.1)

Meri Gleice Rodrigues de Souza - Bibliotecária - CRB-7/6439

[2021]

Editora Intrínseca Ltda.
Av. das Américas, 500, bloco 12, sala 303
22640-904 – Barra da Tijuca
Rio de Janeiro — RJ
Tel./Fax: (21) 3206-7400
www.intrinseca.com.br

Para minha mãe, "a última sobrevivente das Brendas", com amor.

Matar alguém é fácil. Esconder o corpo é que costuma ser a parte difícil. É assim que você é pego.

Eu tive bastante sorte e me deparei com o lugar certo. Aliás, o lugar perfeito.

De vez em quando apareço por aqui, só para garantir que tudo ainda está em ordem. Sempre está, e acho que sempre estará.

Às vezes, fumo um cigarro. Sei que não devia, mas é meu único vício.

PARTE UM

Conheça pessoas e viva novas experiências

1

Joyce

Bem, que tal começar com a Elizabeth? E aí vemos até onde isso nos leva.

Eu a conhecia, claro; todo mundo aqui conhece a Elizabeth. Um dos apartamentos de três quartos em Larkin Court é dela. O da esquina, aquele com um deque, sabe? E eu também já estive numa equipe de quiz com o Stephen, que, por uma série de razões, é o terceiro marido da Elizabeth.

Era hora do almoço. Isso tem dois ou três meses e deve ter sido numa segunda-feira, porque a comida era escondidinho. Elizabeth disse que, embora eu estivesse comendo, queria me fazer uma pergunta sobre ferimentos a faca, se não fosse inconveniente.

Eu disse "De forma alguma, por favor" ou algo assim. Nem sempre me lembro de tudo com clareza, é bom avisar desde já. Ela então abriu uma pasta de papel pardo e eu vi algumas folhas datilografadas e as bordas de algo que pareciam fotografias antigas. E daí foi direto ao assunto.

Elizabeth me pediu para imaginar que uma moça havia sido esfaqueada. Perguntei com que tipo de faca e ela respondeu que provavelmente uma faca normal de cozinha. Tipo John Lewis. Isso ela não disse, foi como eu visualizei. Pediu então que eu imaginasse que a moça teria sido esfaqueada três ou quatro vezes logo abaixo do esterno. Uma estocada atrás da outra, bem medonho, mas sem atingir nenhuma artéria. Falou tudo de forma bem discreta, pois as pessoas estavam comendo e ela tem limites.

Então lá estava eu imaginando ferimentos a faca, e Elizabeth quis saber quanto tempo levaria para que a moça morresse de tanto sangrar.

Aliás, acho que eu devia ter mencionado o fato de ter sido enfermeira por muitos anos, caso contrário nada disso fará sentido algum para vocês. Elizabeth deve ter ouvido falar disso em algum lugar. Elizabeth sabe de tudo. Enfim, foi por essa razão que ela me procurou. Vocês devem estar se perguntando qual é a dessa história. Eu vou chegar ao ponto, juro.

Lembro de ter limpado a boca com o guardanapo antes de responder, como fazem as pessoas na televisão às vezes. Faz a gente parecer mais inteligente, experimentem só. Perguntei quanto a moça pesava.

Elizabeth encontrou a informação na sua pasta e, seguindo com o dedo, leu em voz alta que eram quarenta e seis quilos. O que nos derrubou, pois nem eu nem ela tínhamos certeza do que aquilo significava. Pensei lá comigo se não equivaleria a vinte e três *stones*. A proporção devia ser de dois para um. Apesar de eu achar que podia estar fazendo confusão com a diferença entre polegadas e centímetros.

Elizabeth me informou que a moça certamente não pesava vinte e três *stones*, pois havia uma foto do cadáver na pasta. Deu um tapinha nela para me mostrar antes de voltar sua atenção para o ambiente e dizer:

— Alguém pode perguntar ao Bernard quanto é quarenta e seis quilos?

Bernard sempre se senta sozinho numa das mesas menores mais perto do pátio. A Mesa 8. Você não precisa dessas informações, mas vou falar um pouco sobre o Bernard.

Bernard Cottle foi muito gentil comigo na época em que cheguei a Coopers Chase. Comprou para mim uma muda de trepadeira e me explicou o cronograma de reciclagem. As lixeiras aqui têm quatro cores diferentes. Quatro! Graças ao Bernard, sei que as verdes são para vidro e as azuis para papelão e papel. Quanto às vermelhas e às pretas, sei tanto quanto vocês. Já vi de tudo dentro dessas. Alguém até já enfiou uma máquina de fax numa delas.

Bernard foi professor de alguma coisa científica e trabalhou no mundo todo, tendo inclusive ido a Dubai antes de qualquer pessoa ouvir falar de lá. Como de costume, ele estava almoçando de terno e gravata, mas ainda assim lia o *Daily Express*. Sentada na mesa ao lado, a Mary de Ruskin Court atraiu sua atenção e perguntou a ele qual o equivalente local a quarenta e seis quilos.

Bernard assentiu e gritou para Elizabeth:

— É 7.3 *stones* e uns quebrados!

Esse é o Bernard.

Elizabeth agradeceu e disse achar que era isso mesmo, e Bernard voltou para suas palavras cruzadas. Depois fui buscar informações sobre polegadas e centímetros, e ao menos quanto a isso eu estava certa.

Elizabeth voltou à questão. Quanto tempo viveria a moça golpeada com a faca da cozinha? Chutei que, sem atendimento, ela provavelmente morreria em cerca de quarenta e cinco minutos.

— Está bem então, Joyce — disse ela, e emendou outra pergunta.

E se a moça tivesse recebido assistência? Não de um médico, só de alguém capaz de fazer um curativo. Alguém que tivesse servido no Exército, de repente. Esse tipo de pessoa.

Já vi um monte de ferimentos a faca nesta vida. Nem só de tornozelos torcidos era feito meu trabalho. Respondi que, neste caso, ela não morreria. E era fato. Não seria nada legal para a moça, mas era um curativo fácil de fazer.

Elizabeth só fazia que sim com a cabeça e dizia ter sido precisamente o que dissera a Ibrahim, embora na época eu não o conhecesse. Como falei, isso tem alguns meses.

Aquilo não parecia nem um pouco certo para Elizabeth. Achava que o assassino era o namorado. Sei que isso ainda acontece muito. A gente lê a respeito.

Creio que antes de me mudar para cá eu teria achado toda essa conversa estranha, mas depois que se conhece o pessoal daqui vira uma coisa das mais normais. Semana passada, conheci o homem que inventou o sorvete de menta com gotas de chocolate. Ao menos é o que ele diz. Não tenho como checar se é verdade.

Fiquei feliz de poder ajudar a Elizabeth o pouco que fosse, então decidi pedir-lhe um favor. Perguntei se por acaso eu poderia dar uma olhada na foto do cadáver. Por puro interesse profissional.

Elizabeth ficou radiante, do jeito que o povo daqui fica quando você pede para ver as fotos da formatura dos seus netos. Tirou da pasta uma cópia em papel A4, pousou-a sobre a mesa na minha frente, virada para baixo, e disse que eu podia ficar com aquela, pois todos tinham cópias.

Eu respondi que era muita bondade da parte dela e ela disse que de maneira alguma, mas que estava pensando se poderia me fazer uma última pergunta.

— Claro — respondi.

E ela disse então:

— Você costuma estar livre às quintas-feiras?

E foi assim, acreditem se quiser, que eu ouvi falar pela primeira vez das Quintas-Feiras.

2

A policial Donna de Freitas gostaria de ter uma arma. Gostaria de estar perseguindo *serial killers* armazéns abandonados adentro, cumprindo implacavelmente seu dever apesar de um tiro recém-tomado no ombro. Quem sabe até desenvolver um gosto por uísque e ter um caso com seu parceiro.

Mas, por ora, aos vinte e seis anos, sentando-se para almoçar às 11h45 da manhã com quatro aposentados que acabou de conhecer, Donna entende que vai ter que ralar para chegar lá. Além do mais, ela precisa admitir também que a última hora estava sendo bem divertida.

Donna já fez várias vezes sua apresentação de "Dicas práticas para a segurança do seu lar". A plateia de hoje era a de sempre: gente velha com cobertores sobre os joelhos, biscoitos de graça e, lá atrás, alguns desavergonhados dorminhocos. Os conselhos são os mesmos de toda vez. A importância total e absoluta de colocar trancas nas janelas, checar documentos de identidade e jamais passar informações pessoais a desconhecidos pelo telefone. Mais do que qualquer outra coisa, sua função ali é a de ser uma presença tranquilizadora num mundo aterrorizante. Donna está ciente disso, mas vê essas apresentações como uma forma de botar o pé fora da delegacia e se livrar da burocracia. Por isso se oferece. A delegacia de polícia de Fairhaven é um lugar mais tedioso do que está acostumada.

Hoje, no entanto, ela foi parar em pleno Retiro de Aposentados de Coopers Chase. Parecia-lhe suficientemente inofensivo. Exuberante, imperturbável, sossegado, e, no caminho até lá, havia reparado num pub simpático para almoçar na volta. Portanto, dar um mata-leão em *serial killers* em cima de lanchas teria de esperar.

— Segurança... — começara Donna, embora sua mente estivesse concentrada na dúvida sobre fazer ou não uma tatuagem. Um golfinho na lombar? Ou seria muito clichê? Será que doeria? Provavelmente, mas ela queria ser policial, não queria? — O que a gente quer dizer quando fala esta palavra, "segurança"? Bem, eu acho que ela quer dizer coisas diferentes para pessoas...

Alguém ergueu a mão na primeira fila. Isso normalmente não acontecia, mas quem está na chuva é para se molhar. Uma mulher de seus oitenta e tantos anos, impecavelmente vestida, tinha uma colocação a fazer.

— Meu bem, creio que todos nós esperamos que esta não vá ser uma palestra sobre trancas nas janelas. — A mulher se virou para os lados, obtendo murmúrios de apoio.

A seguir um senhor da segunda fila manifestou-se, encurralado por seu andador.

— E, por favor, sem aquilo de checar as identidades. A gente já sabe. Você é mesmo da companhia de gás ou é uma arrombadora? Juro que a gente já está ciente de tudo.

E pronto, foi virando festa.

— A companhia de gás mudou de nome, agora é Centrica — disse um homem com um belo terno de três peças.

Foi a oportunidade de o homem ao lado dele, de short, sandálias de dedo e uma camiseta do West Ham United, se levantar apontando o dedo para ninguém em particular.

— Isso graças à Thatcher, Ibrahim. Antes, nós éramos os donos.

— Ah, Ron, senta aí — falou a mulher bem-vestida, olhando depois para Donna e acrescentando, com um lento balançar de cabeça. — Desculpe pelo Ron.

A chuva de comentários continuou.

— E qual criminoso não seria capaz de forjar um documento de identidade?

— Eu tenho catarata. Se você me mostrar um cartão de biblioteca, periga eu deixar você entrar.

— Eles nem checam mais o relógio. Fica tudo na internet.

— É na nuvem, meu bem.

— Até que um arrombador seria bem-vindo. Seria bom ter visita.

Houve então um breve instante de silêncio. Uma sinfonia desafinada de assovios se fez ouvir enquanto alguns dos presentes aumentavam o volume de seus aparelhos de audição e outros os desligavam. A mulher da primeira fileira retomou o controle da situação.

— Bem... a propósito, me chamo Elizabeth... por favor, nada de trancas em janelas ou de documentos de identidade, e não há necessidade de nos dizer para não darmos nossas senhas a desconhecidos no telefone.

Donna de Freitas se recompôs, mas já não pensava mais em almoços no pub ou em tatuagens — sua cabeça estava agora num curso de treinamento para lidar com tumultos, dos seus velhos tempos no sul de Londres.

— Ok, do que vamos falar então? — perguntou Donna. — Porque eu preciso falar por pelo menos quarenta e cinco minutos para conseguir ganhar folga.

— Sexismo institucional na polícia? — propôs Elizabeth.

— Eu quero falar da ilegalidade do assassinato a tiros de Mark Duggan patrocinado pelo Estado e...

— Ron, senta aí!

E assim se passou o tempo, agradavelmente e em paz. Quando chegou a hora de terminar, Donna recebeu agradecimentos calorosos, viu fotos de netos e foi convidada a ficar para o almoço.

Então ali estava, beliscando a salada de um restaurante descrito no menu como “sofisticado e contemporâneo”. Quinze para o meio-dia é cedo para seu almoço, mas não teria sido de bom-tom recusar o convite. Ela observa que seus quatro anfitriões não só estão comendo à beça como abriram uma garrafa de vinho tinto.

— Foi mesmo ótimo, Donna — diz Elizabeth. — Gostamos demais. — Donna acha o olhar dela parecido com o daquelas professoras que aterrorizam o aluno o ano inteiro e, no final, lhe dão nota máxima e choram na sua despedida. Talvez seja por causa do casaco de *tweed*.

— Foi porreta, Donna — diz Ron. — Posso te chamar de Donna, meu amor?

— De Donna, é claro, mas de "meu amor" é melhor não — rebate ela.

— Perfeitamente, minha querida — concorda ele. — Registrado. E aquela história do ucraniano com a multa de trânsito e a serra elétrica? Você devia investir no circuito de jantares com palestras, isso dá dinheiro. Eu conheço uma pessoa, caso você queira o telefone.

A salada está deliciosa, pensa Donna, e não é sempre que ela acha isso.

— Acho que eu teria sido um ótimo contrabandista de heroína. — Esse foi Ibrahim, o do comentário sobre a Centrica. — É a logística que conta, não é? E tem a coisa de pesar também, que eu curto, é superpreciso. E eles têm máquinas para contar dinheiro. Tudo do bom e do melhor. Já capturou algum traficante de heroína, policial De Freitas?

— Não — admite Donna. — Mas está na minha lista.

— Mas eles têm máquinas para contar dinheiro, não têm? — pergunta Ibrahim.

— Sim, têm — responde Donna.

— Ótimo — diz Ibrahim, entornando o vinho goela abaixo.

— A gente se entedia fácil — acrescenta Elizabeth, também dando conta da sua dose. — Deus nos livre de trancas em janelas, policial feminina De Freitas.

— Chamamos só de "policial" — informa Donna.

— Ah, ok — diz Elizabeth, contraindo os lábios. — E o que acontece se eu preferir continuar dizendo policial feminina? Vai haver um mandado de prisão contra mim?

— Não, mas a senhora vai cair no meu conceito — responde Donna. — Porque é bem mais simples dizer só "policial", além de mais respeitoso.

— Minha nossa! Certeira, essa. Ok — diz Elizabeth, descontraindo os lábios.

— Obrigada.

— Adivinha quantos anos eu tenho — desafia Ibrahim.

Donna hesita. O terno de Ibrahim é bonito, e ele tem uma pele ótima. É cheiroso. Há um lenço meticulosamente dobrado no bolso do paletó. Ainda tem cabelo, embora já comece a rarear. Não tem pança nem queixo duplo. Mas, apesar de tudo... Hmmm. Donna repara nas mãos dele. É o que entrega.

— Oitenta? — chuta.

Ela percebe que Ibrahim desanima.

— Exato, mas eu pareço mais novo. Me dão uns setenta e quatro. Todo mundo acha. O segredo é pilates.

— E qual é a sua história, Joyce? — pergunta Donna à quarta pessoa do grupo, uma senhora baixinha de cabelos brancos, com blusa lilás e cardigã rosa-chá. Parece contente, sentada na dela. De boca fechada mas olhos atentos, só observando. Parece um pássaro quietinho, sempre à espreita por algo que reluza ao sol.

— Eu? — diz Joyce. — História nenhuma. Era enfermeira, me tornei mãe, depois fui ser enfermeira de novo. Nada de mais, acho.

Elizabeth bufa.

— Não caia na conversa da Joyce, policial De Freitas. Ela é do tipo que "faz as coisas acontecerem".

— Sou só organizada — rebate Joyce. — Isso saiu de moda. Se eu disser que vou à aula de zumba, vou à aula de zumba. É como eu sou. Interessante na família é a minha filha. Ela administra um fundo de investimentos multimercado, sabem o que é isso?

— Não sei — admite Donna.

— É, eu também não — comenta Joyce.

— A zumba é antes do pilates — diz Ibrahim. — Não gosto de fazer os dois. Cria um conflito para os principais grupos musculares.

Uma questão vai e volta na mente de Donna durante o almoço.

— Se não for demais perguntar, eu sei que todos moram em Coopers Chase, mas como se tornaram amigos?

— Amigos? — Elizabeth parece achar graça. — Ah, nós não somos amigos, querida.

Ron ri.

— Deus do céu, meu amor, não, não somos amigos. Liz, encho sua taça?

Elizabeth faz que sim e Ron vira a garrafa. Já é a segunda. É 12h15.

Ibrahim reforça.

— Acho que amigos não é bem a palavra. Não escolheríamos socializar, temos interesses muito diferentes. Eu gosto do Ron, acho, mas ele pode ser bem difícil.

Ron concorda.

— Eu sou muito difícil.

— E o jeito de ser da Elizabeth é desagradável.

Elizabeth faz que sim.

— Sinto dizer que é bem por aí. Sempre fui aquele tipo com que as pessoas precisam se acostumar. Desde a época do colégio.

— Eu gosto da Joyce, acho. Acho que todos gostamos da Joyce — comenta Ibrahim.

Ron e Elizabeth concordam novamente.

— Obrigada, que bom — diz Joyce, catando ervilhas no prato. — Vocês não acham que alguém deveria inventar ervilhas achatadas?

Donna tenta esclarecer a situação.

— Mas se vocês não são amigos, são o quê?

Donna nota que Joyce ergue a cabeça em sinal aos outros, aquele tão improvável bando.

— Bem — começa Joyce. — Em primeiro lugar, nós *somos* amigos, é claro; a ficha só demora um pouco a cair para esse pessoal.

E, em segundo, se no seu convite já não havia essa informação, policial De Freitas, foi descuido meu. Somos o Clube do Crime das Quintas-Feiras.

Os olhos de Elizabeth já estão vidrados por conta do vinho, Ron está coçando a tatuagem do West Ham no seu pescoço. Ibrahim está polindo uma abotoadura já brilhante.

O restaurante começa a encher, e Donna não é a primeira visitante a pensar que Coopers Chase não seria o pior lugar para se viver. Daria tudo por uma taça de vinho e uma tarde de folga.

— Ah, e eu nado todo dia — conclui Ibrahim. — Faz bem para a pele.

Que lugar é esse?

3

Se algum dia lhe der vontade de pegar a A21 e sair de Fairhaven para se aventurar em Kentish Weald, em algum momento vai passar por uma velha cabine telefônica ainda em funcionamento numa curva fechada para a esquerda. Se continuar por mais ou menos uns cem metros, verá a placa indicando "Whitechurch, Abbots Hatch e Lents Hill". Ali você pega a direita. Siga pela Lents Hill, passando pelo Blue Dragon e pela lojinha de itens para fazenda com um ovo enorme na porta, até chegar à pontezinha de pedra sobre o Robertsmere. É um rio, oficialmente, mas não se confunda esperando avistar algo majestoso.

Depois de passar a ponte, pegue a via de mão única à direita. Vai parecer que é a entrada errada, mas por ali leva menos tempo do que o caminho indicado nos folhetos de propaganda e é mais bonito também, caso você goste de sebes de cores variadas. Em dado momento, a estrada fica mais larga, e, em meio ao topo das árvores, já começam a surgir sinais de vida na área montanhosa à esquerda. Mais à frente, você verá um ponto de ônibus de madeira, bem pequenininho. Também ainda está em uso, se é que um ônibus por dia para cada direção conta. Imediatamente antes deste ponto de ônibus, à esquerda, você verá a placa indicando a entrada de Coopers Chase.

A construção começou cerca de dez anos atrás, quando a Igreja Católica vendeu o terreno. Os primeiros moradores, Ron entre eles, se mudaram três anos depois. O lugar foi anunciado como "o primeiro retiro de luxo para aposentados no Reino Unido", ainda que Ibrahim, que se deu ao trabalho de checar, diga ter sido na verdade o sétimo. No momento, há cerca de trezentos moradores. Só é permitido se mudar para cá depois de completar sessenta e cinco anos. As vans que fazem entregas de mercadorias sempre tilintam quando passam por cima dos mata-burros, trazendo todos aqueles vinhos e remédios receitados.

O velho convento é o centro de Coopers Chase, e a partir dele se projetam três construções residenciais modernas. Durante mais de cem anos, o convento foi um local silencioso, ocupado pela atividade intensa e austera das freiras e a certeza tranquila de orações feitas e atendidas. Ao circular por seus corredores escuros, você veria mulheres à vontade na sua placidez, mulheres amedrontadas por um mundo que acelerava à toda, mulheres que ali se escondiam, mulheres dedicadas a fazer valer alguma certeza vaga e já esquecida e mulheres tomadas de júbilo por servir a um propósito mais elevado. Você encontraria camas individuais em dormitórios, longas mesas baixas para as refeições e uma capela tão escura e silenciosa que alguém poderia jurar ter ouvido a respiração de Deus. Em resumo, você encontraria as Irmãs da Santa Igreja, um exército que jamais deixaria suas pupilas para trás, que as alimentaria e vestiria e continuaria a precisar delas e a valorizá-las. Tudo o que pediam em troca era uma vida inteira de devoção e, posto que sempre haveria alguém a exigi-la, sempre havia voluntárias. Assim seria até um dia fazerem a curta viagem até o alto da colina, passando pelo túnel de árvores, rumo ao Jardim do Descanso Eterno, de cujos portões de ferro e muros baixos de pedra se avistava o convento e toda a beleza infinita do Kentish High Weald, seus corpos ainda em camas individuais sob uma lápide simples, ao lado de todas as irmãs Margaret e Mary de gerações anteriores. Quem um dia tivera sonhos poderia então realizá-los pelos morros verdejantes, e quem um dia tivera segredos os manteria em segurança para sempre entre as quatro paredes do convento.

Ou, para ser mais exato, as três paredes, pois agora a ala oeste é toda envidraçada para acomodar a área da piscina dos moradores.

Oferece vista para o gramado do campo de bocha e, mais abaixo, para o estacionamento de visitantes, cuja autorização para uso é restrita a tal ponto que nenhum conluio dentro de Coopers Chase é mais poderoso que o Comitê Administrativo do Estacionamento.

Ao lado da piscina maior, há uma pequena para "terapia contra artrite". Parece uma jacuzzi, em grande parte pelo fato de ser uma jacuzzi. Sempre que o dono, Ian Ventham, faz o tour pelo local com alguém, parte dali direto para a sauna. Ian sempre abre de leve a porta e diz "Jesus, isso aqui está uma sauna!". Esse é o Ian.

Depois, pega-se o elevador até a área de recreação. Há a academia e a sala de exercícios, onde os moradores podem fazer zumba felizes da vida em meio aos espíritos das camas individuais. Há a Sala de Quebra-Cabeças, para atividades e confraternizações de natureza mais sossegada. E então a biblioteca e o lounge, onde ocorrem as maiores e mais polêmicas reuniões de comitês, ou onde se pode assistir ao futebol na TV de tela plana. Dali é só descer de novo para chegar ao térreo, onde as longas mesas baixas do refeitório do convento agora compõem o "restaurante sofisticado contemporâneo".

Bem no centro, atrelada ao convento, está a capela original. O exterior de reboco cor de creme desbotado a faz parecer quase mediterrânea em comparação com a imponente escuridão gótica do convento. Está intacta, inalterada, numa das poucas condições exigidas pelos administradores do espólio das Irmãs da Santa Igreja na ocasião da venda, dez anos antes. Os moradores gostam de usar a capela. É onde estão os fantasmas, onde os hábitos ainda roçam o piso e onde os murmúrios se impregnaram nas pedras. É um lugar para se sentir parte de algo mais vagaroso e delicado. Ian Ventham está em busca de brechas contratuais que lhe permitam transformar a capela em outros oito apartamentos.

No lado oposto do convento — e razão de sua existência, inclusive — fica Willows. É hoje a casa de repouso do vilarejo. Fora estabelecida pelas Irmãs em 1841 como hospital de caridade, atendendo a doentes e necessitados num tempo em que não havia qualquer outra opção. Virara um lar de idosos na segunda metade do século passado, até uma nova legislação na década de 1980 levá-lo a fechar as portas. O convento tornou-se então uma pura e simples sala de espera e, com a morte da última freira em 2005, a Igreja não perdeu tempo em faturar algum, vendendo-o para um empreendimento imobiliário.

Doze acres intensamente arborizados, com belas encostas abertas, abrigam o local. Há dois laguinhos, um real e outro criado pelo empreiteiro de Ian Ventham, Tony Curran, e sua equipe. Os muitos patos e gansos que também chamam Coopers Chase de lar parecem preferir de longe o artificial. Bem no alto do morro ainda se criam ovelhas, no ponto onde as árvores se espaçam, e no pasto à beira do lago há um rebanho de vinte lhamas. Ian Ventham comprara duas no intuito de criar fotos peculiares para o material promocional, mas a coisa saíra do controle, como tende a acontecer.

Em poucas palavras, é isso que este lugar é.

4

Joyce

Já faz muitos anos que tive meu primeiro diário, mas fui dar uma olhada nele e creio que não interessaria a vocês em nada. A não ser que estejam interessados em Haywards Heath nos anos 1970. Parto do pressuposto de que não estão. Sem nenhuma ofensa nem a Haywards Heath nem aos anos 1970, considerando que na época eu gostava muito de ambos.

Mas alguns dias atrás, depois daquele encontro com Elizabeth, fui à minha primeira reunião do Clube do Crime das Quintas-Feiras e tenho pensado que talvez valha a pena escrever a respeito. Como aquele diário sobre Holmes e Watson que alguém escreveu, sabem? As pessoas amam um assassinato, não importa o que digam em público, então vou fazer essa experiência.

Eu sabia que o Clube do Crime das Quintas-Feiras seria formado por Elizabeth, Ibrahim Arif, que mora em Wordsworth e tem uma varanda que se estende por todo o entorno da casa, e Ron Ritchie. *Sim*, Ron Ritchie, o próprio. Esse era outro aspecto que me animava. Agora que eu o conheço um tantinho melhor, o deslumbre passou um pouco, mas ainda assim.

Penny Gray também participava, mas agora ela está em Willows, a casa de repouso. Pensando agora, eu me encaixei direitinho. Parecia haver uma vaga e eu era a nova Penny.

Na ocasião, porém, fiquei nervosa.

Lembro bem. Levei uma garrafa de um bom vinho (gastei quase nove libras, para vocês terem uma ideia) e, ao entrar, encontrei os três já na Sala de Quebra-Cabeças, espalhando fotografias pela mesa.

Elizabeth havia formado o Clube do Crime das Quintas-Feiras com Penny, que fora inspetora da polícia de Kent por muitos anos e levava as pastas com os casos não resolvidos de assassinato. Ela nem deveria ter esses arquivos, mas quem se importava com isso? Depois de certa idade, você pode fazer basicamente o que quiser. Ninguém vai repreendê-lo, exceto os médicos e os filhos.

Não é para eu contar o que Elizabeth fazia para ganhar a vida, ainda que às vezes ela mesma fale sobre o assunto. Basta dizer que assassinatos, investigações e coisas do gênero não eram coisa de outro mundo para ela.

Elizabeth e Penny analisavam cada pasta, linha por linha, estudavam cada fotografia, liam os depoimentos de todas as testemunhas, sempre à procura de algo que pudesse ter passado despercebido. Não gostavam da ideia de ainda poder haver culpados circulando por aí, felizes da vida. Sentados no jardim, fazendo sudoku, cientes de terem cometido um assassinato e escapado ilesos.

E acho que as duas também curtiam muito aquilo. Algumas taças de vinho e um mistério. Socializar em clima sanguinolento. É divertido.

Eles se encontravam toda quinta-feira (daí o nome). A razão de ser às quintas era a existência de um horário vago na Sala de Quebra-Cabeças, um espaço de duas horas entre História da Arte e Conversação em Francês. Na agenda constava, e ainda consta, o nome Ópera Japonesa: Grupo de discussão. Assim era garantido que ninguém as incomodaria.

Por diferentes razões, ambas podiam contar com certos favores, e ao longo dos anos todo tipo de gente fora chamada para uma conversa amigável. Peritos criminais, contadores e juízes, arboristas, criadores de cavalos, sopradores de vidro — a Sala de Quebra-Cabeças recebeu todos eles. Quem quer que Elizabeth e Penny julgassem poder ajudá-las com uma ou outra dúvida.

Logo Ibrahim se juntou às duas. Costumava jogar bridge com Penny e já as havia ajudado aqui e ali. Ele é psiquiatra. Ou era psiquiatra. Ou ainda é, não sei ao certo. Quando se é apresentada a ele não dá nem para desconfiar, mas depois de conhecê-lo melhor faz algum sentido. Eu jamais faria terapia, porque quem quer desvendar todo esse emaranhado de questões, sabe? Prefiro não correr o risco, obrigada. Minha filha Joanna faz terapia, apesar de ser difícil entender por que quando se vê o tamanho da casa dela. Mas enfim, Ibrahim já não joga mais bridge. Acho isso uma pena.

Ron basicamente se convidara, o que não será uma surpresa para ninguém. Nunca caiu naquele papo de ópera japonesa e adentrou a Sala de Quebra-Cabeças certa quinta-feira disposto a saber o que acontecia ali. Elizabeth admira a desconfiança acima de tudo, por isso o convidou a olhar a pasta de um chefe de escoteiros cujo corpo fora encontrado carbonizado em 1982 no mato próximo à A27. Ela logo identificou o ponto forte de Ron: jamais acreditar numa única palavra proferida por qualquer pessoa. Hoje Elizabeth diz que ler fichas policiais munida da certeza de que a polícia mente para você é surpreendentemente eficaz.

A propósito, a sala tem esse nome, de Quebra-Cabeças, porque é onde os maiores quebra-cabeças são montados, em cima de uma mesa de madeira suavemente inclinada no centro do aposento. Quando entrei ali pela primeira vez, havia nela um de duas mil peças do porto de Whitstable, faltando um retângulo de céu. Fui a Whitstable certa vez passar o dia, mas não entendi qual era o atrativo. Depois de comer as ostras, não há mais muito a se fazer.

Pois Ibrahim havia recoberto o quebra-cabeças com uma espessa tela de acrílico, e era ali que ele, Elizabeth e Ron haviam espalhado as fotos da autópsia da pobre moça. A tal que Elizabeth achava ter sido assassinada pelo namorado. Este namorado específico era amargurado por ter retornado do Exército inválido, mas sempre há alguma coisa, certo? Todos temos nossas histórias tristes e nem por isso saímos matando gente por aí.

Elizabeth me disse para trancar a porta depois de entrar e dar uma olhada em algumas fotos.

Ibrahim se apresentou, apertou minha mão e disse que havia biscoitos. Explicou que eles tentavam acabar com a camada de cima antes de começarem a comer a de baixo. Eu respondi que ele estava praticamente querendo ensinar o padre a rezar missa.

Ron pegou meu vinho e o colocou ao lado dos biscoitos. Balançou a cabeça num gesto positivo para o rótulo, comentando que era branco. E então beijou minha bochecha, o que me fez parar para pensar.

Sei que vocês podem achar normal um beijo na bochecha, mas não quando se trata de homens na casa dos setenta anos. Os únicos homens que nos beijam na bochecha são genros ou algo assim. Percebi de cara se tratar de um assanhadinho.

Descobri que o famoso líder sindical Ron Ritchie vivia no vilarejo quando ele e John, o marido de Penny, cuidaram de uma raposa ferida até ela ficar boa e a batizaram de Scargill. A história havia aparecido no jornalzinho local assim que cheguei por aqui. Levando-se em conta que John era veterinário e Ron era, bem, Ron, suspeitei que John se encarregara dos cuidados com o animal e Ron simplesmente de batizá-lo.

O jornalzinho, aliás, se chama *Direto ao Ponto*.

Nós nos amontoamos ao redor das fotos da autópsia. A pobre moça e a ferida que nunca deveria tê-la matado, mesmo naquela época. O namorado fugira da viatura de Penny rumo a uma entrevista coletiva da polícia e nunca mais fora visto. Havia sentado a mão em Penny também. Nenhuma surpresa nisso. Quem bate numa mulher bate em duas.

Mesmo se não tivesse fugido, creio que ele teria se safado. Sei que até hoje lemos o tempo todo sobre essas coisas, mas na época era ainda pior.

A intenção do Clube do Crime das Quintas-Feiras não era restaurar a justiça num passe de mágica; isso, imagino, todos sabíamos. Penny e Elizabeth haviam solucionado casos de todos os tipos para satisfação própria. Mais do que isso não dava para fazer.

Então acho que podemos dizer que Penny e Elizabeth nunca realizaram de fato seu desejo. Todos aqueles assassinos continuaram sem castigo, rondando por aí, ouvindo a previsão do tempo para o litoral. Haviam se safado, como às vezes acontece, sinto informar. Quanto mais velhos ficamos, mais temos de aceitar esse tipo de coisa.

Enfim, estou só filosofando e isso não nos levará a lugar nenhum.

Na quinta-feira passada, pela primeira vez fomos nós quatro. Elizabeth, Ibrahim, Ron e eu. E, como estava dizendo, foi muito natural. Como se eu estivesse completando o quebra-cabeças deles mais uma vez.

Por ora, o diário fica por aqui. Amanhã há uma grande reunião no vilarejo. Eu costumo ajudar a organizar as cadeiras para esse tipo de situação. Eu me voluntario, porque A) faz com que eu pareça prestativa e B) assim tenho prioridade de acesso às bebidas.

A reunião é para consultar a todos a respeito de uma nova obra em Coopers Chase. Ian Ventham, o chefão, virá nos dizer do que se trata. Tento ser honesta sempre que posso e por isso espero que não se incomodem por eu dizer que não gosto dele. O sujeito é tudo de ruim que um homem pode se tornar quando deixado por conta própria.

Tem havido um zum-zum-zum amedrontado quanto à nova obra, pois estão cortando árvores e removendo um cemitério, e há rumores sobre turbinas de vento. Ron mal pode esperar para criar caso, e eu, para vê-lo fazer isso.

De agora em diante prometo tentar escrever alguma coisa todos os dias. Vou torcer para algo acontecer.

5

No supermercado Waitrose de Tunbridge Wells há um café. Ian Ventham estaciona seu Range Rover na última vaga para deficientes do lado de fora. Não por ser deficiente, mas por ser mais perto da porta.

Ao entrar, avista Bogdan junto à janela. Ian deve a ele 4 mil libras. Está enrolando já tem um tempo, na esperança de que Bogdan seja deportado do país, mas, por enquanto, nenhuma sorte. De qualquer forma, agora tem um trabalho para valer a lhe oferecer, então tudo deve se ajeitar. Acena para o polonês e se aproxima do balcão. Seus olhos vagam pelo cardápio no quadro-negro à procura de um café.

— O café daqui é todo *fair trade*?

— Sim, todo *fair trade*. — A jovem atendente sorri.

— Que saco — diz Ian. Ele não quer pagar mais quinze pence só para ajudar alguém que jamais conhecerá num país aonde nunca irá. — Me vê um chá então. Com leite de amêndoa.

Bogdan não é a maior preocupação de Ian hoje. Se tiver que acabar pagando ao homem, que seja. A maior preocupação de Ian é não ser morto por Tony Curran.

Ian leva seu chá até a mesa, olhando ao redor em busca de alguém com mais de sessenta anos. Mais de sessenta e com dinheiro para o Waitrose? Espere dez anos, pensa ele. Queria ter trazido alguns folhetos.

Ian lidará com Tony Curran quando for preciso, mas neste momento precisa encarar Bogdan. A boa notícia é que Bogdan não quer matá-lo. Ian se senta.

— Que história é essa de dois paus, Bogdan? — pergunta Ian.

Bogdan bebe refrigerante de uma garrafa malocada de dois litros.

— Quatro mil. Para reformar uma piscina, está bem barato. Não sei se você tem ideia.

— Só está barato se você fizer um bom serviço, Bogdan — diz Ian. — O rejunte está todo desbotado. Olha aqui. Eu pedi branco esmaltado.

Ian pega o celular, procura uma foto da nova piscina e mostra a Bogdan.

— Não, isso aí tem filtro, tira o filtro. — Bogdan pressiona um botão e na mesma hora a imagem fica mais clara. — Branco esmaltado. Você sabe.

Ian concorda com a cabeça. Valeu a tentativa. Às vezes o jeito é aceitar que está na hora de pagar. Ele tira um envelope do bolso.

— Ok, Bogdan, o que é justo é justo. Toma aqui três paus. Fechamos assim?

Bogdan parece esgotado.

— Três paus, fechado.

Ian entrega o dinheiro a ele.

— Na verdade, tem dois mil e oitocentos aí, mas entre amigos dá no mesmo. Agora, tem uma coisa que eu quero te perguntar.

— Diga — responde Bogdan, pondo o dinheiro no bolso.

— Você parece um cara esperto, né, Bogdan?

Bogdan dá de ombros.

— Bom, falo polonês fluentemente.

— Sempre que eu te passo um trabalho, você dá conta, bem rápido e por um preço bem em conta — continua Ian.

— Obrigado.

— Por isso estava aqui pensando se você se sente pronto para algo maior. O que acha?

— Claro.

— E se for bem maior? — pergunta Ian.

— Claro — diz Bogdan. — Maior, menor, é tudo igual. É só mais da mesma coisa.

— É isso aí, parceiro — diz Ian, terminando seu chá. — Saindo daqui, vou demitir o Tony Curran. E preciso de alguém para assumir o lugar dele. Está a fim?

Bogdan assovia baixinho.

— Acha demais? — pergunta Ian.

Bogdan balança a cabeça.

— Não, não é coisa demais para mim, eu dou conta. Só acho que, se você demitir o Tony, periga ele te matar.

Ian faz que sim.

— Eu sei. Mas deixa que eu me preocupo com isso. E amanhã o emprego é todo seu.

— Se você estiver vivo, com certeza.

Hora de ir. Ian aperta a mão de Bogdan e se concentra na ideia de dar a má notícia a Tony Curran.

Há uma reunião de consulta em Coopers Chase e ele precisa ouvir o que toda a velharada tem a dizer. Prestar atenção educadamente, usar gravata, chamar todo mundo pelo nome. As pessoas engolem esse tipo de coisa. Convidou Tony para ir junto no intuito de demiti-lo imediatamente depois. Ao ar livre, com testemunhas ao redor.

Há dez por cento de chance de Tony matá-lo ali mesmo. O que significa que existe noventa por cento de chance de ele não fazer isso. Levando em conta quanto dinheiro Ian ganhará, ele encara bem essa possibilidade. Risco e recompensa.

Ao sair, Ian ouve uma buzina e vê uma mulher numa cadeira motorizada apontando furiosamente com a bengala para seu Range Rover.

Cheguei primeiro, meu amor, pensa Ian ao entrar no carro. Qual é a dessa gente?

Enquanto dirige, Ian ouve um audiolivro motivacional chamado *Matar ou morrer — Como usar as lições do campo de batalha na sala de reuniões*. Aparentemente o autor era agente das Forças Especiais de Israel, e a recomendação havia sido de um personal trainer da

Virgin Active de Tunbridge Wells. Ian não tem muita certeza se o personal trainer é israelense ou não, mas ao menos parece ser de lá ou das redondezas.

O sol do meio-dia não consegue penetrar as janelas do Range Rover, ilegalmente revestidas de uma película escura, e Ian começa a pensar de novo em Tony Curran. Serviram bem um ao outro por anos a fio, os dois. Ian comprava casas velhas e caindo aos pedaços, das grandes. Tony as revirava do avesso, dividia, punha rampas e corrimões e dali partiam para a próxima. O mercado para lares de idosos explodiu e Ian fez fortuna. Manteve alguns, vendeu outros, comprou mais alguns.

Ele tira uma vitamina do cooler do Range Rover. Não se tratava de um acessório-padrão do carro. Um mecânico em Faversham o havia instalado enquanto pintava o porta-luvas de dourado. É sua vitamina habitual. Uma bandeja de framboesas, um punhado de espinafre, iogurte islandês (ou finlandês, se o islandês estiver em falta), espirulina, erva de trigo, clorela, kelp, extrato de açaí, flocos de cacau, zinco, essência de beterraba, sementes de chia, raspas de manga e gengibre. Invenção dele, que a batizou de Não Complique.

Ian olha o relógio. Mais uns dez minutos até Coopers Chase. Terminar a reunião e dar a notícia a Tony. Hoje cedo dera busca no Google por "colete a prova de facadas", mas não havia a opção de entrega no mesmo dia. A Amazon Prime deve achar que ele é batedor de carteiras.

Está seguro de que vai dar tudo certo, de qualquer maneira. E o fato de Bogdan ter aceitado assumir o posto é uma ótima notícia. Uma transição suave. E mais barata, claro, o que é toda a questão.

Ian havia decidido desde o início que precisava subir o padrão do seu negócio se quisesse ganhar dinheiro de verdade. O maior prejuízo era quando os clientes morriam. Havia o processo administrativo, os quartos vagos que ficavam sem render nada até encontrarem novos clientes e, a pior parte, ter de lidar com famílias. Quanto mais rico fosse um cliente, maior a probabilidade de uma vida mais longa. Além disso, quanto mais ricos, menos visitas recebiam, já que os familiares tendiam a morar em Londres, Nova York, Santiago. E assim Ian fez a mudança de padrão, transformando sua empresa, a Autumn Sunset Care Homes, na Home from Home Independent Living, com foco em propriedades maiores, mas em menor número. Tony Curran nem sequer piscara. O que não sabia ele logo aprendeu, e não seriam banheiros com box aberto, fechaduras com cartão magnético ou churrasqueiras comunitárias que o intimidariam. Pena mesmo ter de se livrar dele, mas teria de ser assim.

Ian passa pelo ponto de ônibus de madeira à direita e cruza o portão de Coopers Chase. Como vivia acontecendo, passa pelo mata-burros atrás de uma van de entregas e sobe a longa entrada de automóveis impedido atrás dela. Ao observar a vista no caminho, balança a cabeça. Tantas lhamas. Vivendo e aprendendo.

Ian estaciona e se certifica de que a autorização de uso do estacionamento esteja no local certo e em posição de destaque, do lado esquerdo do para-brisa, com número e data de validade bem visíveis. Ao longo dos anos, Ian já havia se estranhado de todos os jeitos com todos os tipos de autoridades, e os únicos dois grupos com que teve problemas mais sérios foram a Jurisdição de Taxas de Importação da Rússia e o Comitê Administrativo do Estacionamento de Coopers Chase. Mas valeu a pena. Não importa quanto tenha ganhado antes, Coopers Chase o alçara a outro patamar. Tanto Ian quanto Tony sabiam. Tratava-se de um manancial de dinheiro. E, claro, essa era a raiz do problema do dia.

Coopers Chase. Doze belos acres de área rural, com permissão para construir até quatrocentos apartamentos para aposentados. Nada por lá além de um convento vazio e das ovelhas de alguém no alto da colina. Um velho amigo seu comprara o terreno alguns anos antes de um padre e logo depois precisara urgentemente de dinheiro para se defender de uma tentativa de extradição devido a um mal-entendido. Ian fizera as contas e vira que valia a pena abraçar a oportunidade. Mas Tony fizera suas próprias contas, decidindo abraçar sua própria oportunidade. Por isso, Tony Curran agora era o dono de vinte e cinco por cento de tudo o que construíra em Coopers Chase. Ian sentira-se levado a concordar com tais termos, pois Tony sempre fora leal e, além disso, deixara claro que quebraria os dois braços de Ian se ele recusasse. Como Ian já havia visto Tony quebrar braços de pessoas, agora os dois eram sócios.

Mas não por muito tempo. Tony certamente sabia que aquilo não duraria. Construir um apartamento de luxo, isso qualquer um faz — é só ficar sem camisa, ouvir a Magic FM, pôr de pé uns alicerces ou gritar com um pedreiro. Moleza. Mas nem todo mundo tem a visão para *supervisionar* a construção de apartamentos de luxo. Com a nova obra a ponto de começar, não havia um momento melhor para ensinar a Tony seu real valor.

Ian Ventham sente-se encorajado. Matar ou morrer.

Ele sai do carro e, ao encarar o repentino clarão de sol, piscando, sente resquícios do sabor da essência de beterraba, um dos principais obstáculos à ideia de tentar vender a Não Complique. Sempre poderia excluir o ingrediente, mas era essencial à saúde do pâncreas.

Óculos escuros no rosto, hora de encarar os fatos. Ian não planeja morrer hoje.

6

Como na maioria das vezes, Ron Ritchie não quer nem saber. Está cutucando uma cópia do seu contrato com seu dedo experiente. Sabe que está tudo bem, sempre está, mas sente o dedo tremer, bem como o contrato. Para disfarçar, brande a folha de papel no ar. Sua voz, porém, não perdeu nada da força.

— Agora uma citação direta, Sr. Ventham, e são as suas palavras, não as minhas. "A Coopers Chase Holding Investments reserva o direito a explorar novas possibilidades residenciais no terreno, *mediante consulta* aos moradores ora instalados."

O corpo avantajado de Ron sugere a força física que ele deve ter tido um dia. Seu chassi ainda está presente, como se fosse um caminhão largado em um campo, enferrujando. Seu rosto largo e franco está sempre pronto para exibir ultraje ou incredulidade. Ou o que quer que seja necessário. O que possa ajudar.

— Pois é por isso que estamos aqui — diz Ian Ventham, como se falasse com uma criança. — Esta reunião é para consulta. Os moradores são vocês. Consultem-se à vontade, temos mais vinte minutos.

Ventham senta-se a uma mesa com cavalete na frente do Lounge dos Moradores. Exibe um bronzeado artificial e está relaxado, com os óculos escuros sobre o cabelo de catálogo de moda dos anos 1980. Veste uma camisa polo cara, e seu relógio de pulso, de tão grande, mais parece um despertador. Parece estar cheiroso, mas ninguém quer se aproximar o bastante para saber ao certo.

Ao lado de Ventham há uma mulher cerca de quinze anos mais nova que ele e um homem tatuado de colete sem mangas, cuja atenção está voltada ao celular. A mulher é a arquiteta do projeto; o homem tatuado é Tony Curran. Ron já o viu por ali antes e também já ouviu falar dele. Ibrahim anota cada palavra pronunciada enquanto Ron continua a sacudir o dedo na direção de Ventham.

— Não vou cair nessa conversa fiada, Ventham. Isso não é uma consulta, é uma emboscada.

Joyce decide se meter.

— Mostra pra ele, Ron.

É isso que Ron pretende fazer.

— Obrigado, Joyce. Você está chamando de "The Woodlands", mas está cortando todas as árvores. Isso é um contrassenso, meu jovem. Nas fotos do computador tudo é bonitinho, o sol brilha, as nuvens são fofas, tem patinhos nadando nos lagos. Dá para provar qualquer coisa com computadores, rapaz. A gente quer é ver um modelo em escala. Com réplicas de árvores e pessoinhas.

Isto gera uma onda de aplausos. Muita gente queria ver um modelo em escala, mas, segundo Ian Ventham, não se faz mais isso. Ron continua.

— E você escolheu de forma deliberada uma mulher como arquiteta só para eu não poder gritar.

— Mas você está gritando, Ron — diz Elizabeth, a dois assentos de distância, lendo o jornal.

— Não venha me dizer quando estou gritando, Elizabeth! — grita Ron. — Quando eu estiver, esse mané vai saber. Olha só ele, vestido igual ao Tony Blair. Por que você não aproveita e bombardeia o Iraque, Ventham?

Essa foi boa, pensa Ron, enquanto Ibrahim anota a frase cuidadosamente para ficar registrada.

Na época em que ele vivia saindo no jornal, chamavam-no de "Ron Vermelho" — embora naquela época todo mundo fosse "Fulano Vermelho". Quando publicavam uma foto sua, raramente a legenda diferia de "as conversas entre os dois lados foram encerradas no fim da noite de ontem". Veterano de piquetes e celas de delegacias, acostumado a fura-greves, listas de indesejáveis, operações-tartaruga e manifestações pacíficas, greves não autorizadas e retiradas coletivas, Ron já vira de tudo. Esquentara as mãos sobre um braseiro com os veteranos da montadora British Leyland. Vira em primeira mão o declínio dos estivadores. Estivera nos piquetes em Wapping, fora testemunha da vitória de Rupert Murdoch e do colapso dos tipógrafos. Marchara à frente dos mineiros de Kent pela A1 e fora preso em Orgreave quando os últimos traços de resistência da indústria do carvão mineral iam sendo apagados. Um homem pouco duro na queda, por sinal, talvez chegasse a se considerar um pé-frio. Mas esse é o destino dos oprimidos, e Ron simplesmente adorava ser um deles. Se porventura se encontrasse numa situação na qual não fosse oprimido, reviraria tudo de ponta-cabeça até conseguir convencer todo mundo de que era. Mas sempre havia sido coerente com as próprias palavras. Sempre ajudara discretamente a qualquer um que precisasse de uma mãozinha, de um reforço financeiro para o Natal, de um terno ou de um advogado para uma audiência. Qualquer um que, por qualquer motivo, tivesse precisado de um defensor sempre havia encontrado segurança nos braços tatuados de Ron.

As tatuagens já estão esmaecidas e as mãos trêmulas, mas o fogo continua aceso.

— Você sabe onde enfiar esse contrato, não sabe, Ventham?

— Sinta-se à vontade para me explicar — diz Ian Ventham.

Ron começa então uma argumentação sobre David Cameron e o referendo sobre a UE, mas perde o fio da meada. Ibrahim põe a mão em seu cotovelo. Ron reage com o meneio de um homem que já fez a sua parte e se senta, os joelhos estalando como se fossem tiros de revólver.

Está feliz. E repara que, ao menos por ora, seus tremores pararam. De volta à luta. Nada se compara.

7

O padre Matthew Mackie se esgueira para o fundo do lounge enquanto um grandalhão com camisa do West Ham grita algo a respeito de Tony Blair. O quórum é grande, como torcera para que fosse. É bom haver várias objeções à construção de Woodlands. O trem que o trouxera de Bexhill não tinha bufê e ele está aliviado de ver que há biscoitos.

Aproveitando que ninguém está olhando, ele pega um bom punhado e se acomoda num assento revestido de plástico azul na última fileira. O homem com a camisa apertada de futebol começa a perder o gás e, quando se senta, outras mãos se erguem. Tomara que a viagem tenha sido à toa, mas é melhor prevenir do que remediar. O padre Mackie sabe que está nervoso. Ajusta o colarinho, passa uma mão na cabeleira branca como neve e cata nos bolsos mais um biscoito amanteigado. Se ninguém perguntar a respeito do cemitério, talvez ele deva. É só ter coragem. Lembrar-se de que tem um trabalho a fazer.

Como é peculiar estar nesta sala! Ele treme. Deve ser só o frio.

8

Terminada a reunião de consulta, Ron senta-se com Joyce ao lado do campo de bocha, suas cervejas geladas reluzindo ao sol. Neste momento, sua atenção está sendo desviada por um joalheiro aposentado de Ruskin Court com um braço só, Dennis Edmonds.

Dennis, com quem Ron jamais falou, quer parabenizá-lo pelas questões tão pertinentes que levantou durante a reunião.

— Instigante, Ron, instigante. Muita coisa para absorver.

Ron agradece a Dennis por suas palavras gentis e aguarda o arremate já esperado. Aquele que sempre vem.

— E esse deve ser seu filho, né? — diz Dennis, voltando-se para Jason Ritchie, que também segura uma cerveja. — O campeão!

Jason sorri e assente, educado como sempre. Dennis estende o braço.

— Meu nome é Dennis. Sou amigo do seu pai.

Jason aperta a mão dele.

— Jason. Tudo bem, Dennis?

Dennis o encara por um décimo de segundo, à espera de que Jason dê início a uma conversa, e então faz que sim entusiasticamente.

— Bem, é um prazer conhecê-lo, sou um grande fã, vi todas as suas lutas. Logo veremos você de novo, espero.

Jason mais uma vez faz um sinal positivo com a cabeça, educadamente, e Dennis segue seu caminho. Esquece até mesmo de fingir se despedir de Ron. Pai e filho, acostumados a interrupções como essa, retomam a conversa com Joyce.

— Pois é, o nome do programa é *Árvores Genealógicas dos Famosos* — diz Jason. — Pesquisaram nosso histórico familiar e querem me levar a vários lugares, me contar um pouco sobre, enfim, o nosso histórico familiar. Tipo, sua bisavó foi prostituta, essas coisas.

— Nunca vi — diz Ron. — É o quê, BBC?

— ITV. É bom de verdade, Ron — comenta Joyce. — Eu vi um episódio outro dia. Você viu, Jason, aquele com o ator? É o médico de *Holby City*, mas ele também faz *Poirot*.

— Não vi, Joyce — responde Jason.

— Foi muito interessante. O avô dele, no fim das contas, tinha matado o amante. É, ele tinha um caso gay. O rapaz ficou em choque. Ah, participa sim, Jason! — Joyce bate palmas. — Imagina só se o avô do Ron tiver sido gay. Eu vou gostar de assistir.

Jason faz que sim.

— Pai, eles vão querer falar com você também. E filmar. Me perguntaram se você toparia e eu disse que o problema vai ser conseguirem fazer você parar de falar.

Ron ri.

— Mas você vai mesmo fazer também aquele troço de dança no gelo dos famosos?

— Achei que poderia ser divertido.

— Também acho — diz Joyce, terminando sua cerveja e já pegando outra.

— Você está fazendo muita coisa, filho — opina Ron. — Joyce me disse que viu você no *MasterChef*.

Jason dá de ombros.

— Tem razão, pai. Melhor eu voltar a lutar boxe.

— Não acredito que você nunca tinha feito um macaron antes, Jason — diz Joyce.

Ron derrama um pouco da cerveja e então aponta com a garrafa para a esquerda.

— Ali do lado da BMW, Jase... Não olha agora! Aquele é o Ventham, de quem eu estava falando. Eu deixei ele tonto, não deixei, Joyce?

— Ele nem faz ideia do que o atingiu, Ron — concorda ela.

Jason se recosta e se estica e, ao fazê-lo, dá uma olhada casual para a esquerda. Joyce ajusta sua cadeira para poder ver melhor.

— Grande Joyce, muito sutil — observa Ron. — Jase, aquele outro com ele é o Curran, o empreiteiro. Já esbarrou com ele pela cidade?

— Algumas vezes — diz Jason.

Ron observa novamente os dois. A conversa parece tensa. Eles falam rápido e baixo, as mãos em movimentos agressivos e defensivos, ainda que contidos.

— Está acontecendo algum estresse ali, não acham?

Jason bebe um gole da cerveja e volta a espiar o estacionamento, prestando atenção nos dois homens.

— Parece um casal que saiu junto e está fingindo não estar brigando — opina Joyce. — No Pizza Express.

— Acertou em cheio, Joyce — concorda Jason, voltando-se novamente para o pai e terminando a cerveja.

— Vai um joguinho de sinuca essa tarde, filho? — diz Ron. — Ou já vai pular fora?

— Adoraria, pai, mas tenho umas coisas para fazer.

— Algo com que eu possa ajudar?

Jason balança a cabeça.

— É chatice, não demora muito. — Ele se levanta e se alonga. — Nenhum jornalista tentou falar com você hoje, né?

— Era para alguém ter tentado? — pergunta Ron. — Aconteceu alguma coisa?

— Não, sabe como é jornalista. Mas nenhum telefonema, nenhum e-mail, nada?

— Chegou por e-mail um catálogo de banheiras com porta — respondeu Ron. — Vai me dizer a razão de estar perguntando?

— Você me conhece, pai, eles vivem atrás de alguma coisa.

— Que emocionante! — exclama Joyce.

— Vejo vocês depois — diz Jason. — Vê se não fica bêbado e detona o lugar.

Jason vai embora e Joyce vira o rosto para o sol, fechando os olhos.

— Olha que beleza isso, Ron. Nunca imaginei que eu gostava de cerveja. Imagina se tivesse morrido com setenta anos? Nunca teria sabido.

— Um brinde a isso, então, Joyce — diz Ron, acabando com a cerveja em um gole. — O que você acha que está havendo com o Jason?

— Deve ser mulher — tenta Joyce. — Sabe como a gente é.

Ron concorda.

— É, deve ser.

Ele observa à medida que o filho vai se afastando. Está preocupado. Não que algum dia na vida tenha ficado despreocupado com Jason, no ringue ou fora dele.

9

A consulta foi bem. Ian Ventham já não se preocupa mais com Woodlands; é uma questão resolvida. Quanto ao sujeito gritalhão na reunião, já esteve com tipos assim antes. Deixe que se exploda sozinho. Ele viu também um padre sentado no fundo da sala. Agora, por quê? Devia ser por conta do cemitério, mas tudo estava legítimo, ele tinha todas as autorizações. Eles que tentassem impedi-lo.

E a demissão de Tony Curran? Bem, feliz ele não ficou, mas não o matou também. Vantagem para Ian.

Portanto, Ian Ventham já está pensando lá na frente. Assim que Woodlands estiver à toda, haverá mais uma etapa do empreendimento, a última: Hillcrest. Saindo de Coopers Chase, ele subira uma estrada de terra por cinco minutos e agora está sentado na cozinha da fazenda de Karen Playfair. O pai dela, Gordon, é o dono das terras no alto da colina, contíguas a Coopers Chase, e parece não estar com a menor vontade de vendê-las. Mas não importa. Ian tem a manha.

— Sinto dizer que nada mudou, Ian — diz Karen Playfair. — Meu pai não quer vender e eu não posso forçá-lo.

— Eu sei como é. Quer mais dinheiro.

— Não é isso. O que eu acho, e você já deve saber disso, é que ele não gosta de você.

Só de olhar para Ian Ventham, Gordon Playfair desaparecera escada acima. Ian escutava seus passos pesados no andar superior, deixando claro o que quer que quisesse deixar claro. E daí? Às vezes as pessoas não gostavam de Ian. Ele nunca conseguiu entender bem por quê, mas, com o passar dos anos, aprendera a aceitar. Problema delas, certamente. Gordon Playfair era só mais um de uma longa lista de gente que não o entendia.

— Mas olha só, deixa comigo — diz Karen. — Eu dou um jeito. Vai funcionar para todo mundo.

Karen Playfair o entendia. Ele vem explicando quanto dinheiro ela pode embolsar se persuadir seu pai a vender. A irmã e o cunhado dela têm um negócio próprio de passas orgânicas em Brighton. Ian já tentou essa mesma abordagem com eles e não funcionou. Karen Playfair é uma aposta bem mais segura. Mora sozinha num chalé na propriedade e trabalha com TI, o que dá para saber só de olhar para ela. Está usando maquiagem, mas bem leve, discreta. Ian honestamente não entende a razão.

Ele fica se perguntando quando exatamente Karen entregou os pontos e começou a usar tênis e moletons largos. E, considerando que ela trabalha com TI, seria de se imaginar que teria sido capaz de pesquisar sobre botox. Deve ter uns cinquenta anos, pensa Ian, mesma idade que ele. Mas para as mulheres é diferente.

Ian tem perfil em uma série de aplicativos de encontros e estabelece um rígido limite de vinte e cinco anos de idade. Considera os apps úteis, pois pode ser difícil hoje em dia encontrar o tipo certo de mulher. Elas precisam entender que seu tempo é limitado e seu trabalho, pesado, então é difícil para ele se comprometer. Mulheres de mais de vinte e cinco anos não entendem isso, de acordo com sua experiência. Qual é a delas?, pensa. Tenta imaginar por que alguém escolheria sair com Karen Playfair, mas nada lhe vem à mente. Boa de papo, talvez? Mas isso acaba rápido. Claro, logo ela se tornará rica, assim que Ian comprar sua propriedade. Isso será uma ajuda.

Hillcrest também será uma grande mudança de vida para o próprio Ian. Coopers Chase acabará tendo o dobro do tamanho atual, e seus lucros aumentarão na mesma proporção. Lucros esses que não precisará mais dividir com Tony Curran. Se para isso for preciso flertar por duas semanas com uma mulher de cinquenta anos, que seja.

Em encontros, Ian tem uma técnica testada e aprovada. Impressiona as moças com fotos da sua piscina e conta da vez em que foi entrevistado no *Kent Tonight*. Já havia mostrado uma foto da piscina a Karen, pois nunca se sabe, mas ela se limitara a sorrir educadamente e balançar a cabeça. Não é de admirar que continuasse solteira.

Fazer negócio com ela, porém, era possível. Ela conhecia os pontos fortes da área e os obstáculos, e a conversa termina com um aperto de mão e um plano. Ao apertar sua mão, Ian pensa que um pouco de hidratante de vez em quando não faria mal a Karen. Cinquenta anos! Não desejaria isso ao pior inimigo.

Um pensamento rápido lhe vem à cabeça: a única mulher com mais de vinte e cinco com quem ele passa qualquer tempo é sua esposa.

Bem, hora de ir embora. Há trabalho a fazer.

10

Tony Curran já se decidiu. Freia por completo sua BMW X7 no asfalto quente da porta de casa. Há uma arma enterrada sob os sicômoros no jardim dos fundos. Ou seria debaixo da faia? Em um desses dois lugares com certeza, mas ele vai pensar nisso quando estiver tomando uma bela xícara de chá. E pode aproveitar a oportunidade para tentar lembrar onde enfiou sua pá.

Tony Curran vai matar Ian Ventham, agora é certo. O próprio Ian deve ter chegado a essa conclusão também. Até o homem mais calmo e racional só aguenta abusos até certo ponto antes de se exaltar.

Tony se dirige para a porta, assoviando o tema de um comercial.

Faz um ano e meio que se mudou, depois de Coopers Chase dar lucro de fato pela primeira vez. Era o tipo de casa com que sempre sonhara. Construída com trabalho duro, a partir das escolhas certas, de atalhos certeiros e de fazer valer seu próprio talento. Um monumento ao que conquistara, em tijolo, vidro temperado e madeira de nogueira.

Assim que entra em casa, Tony se dedica a desligar o alarme. Ventham havia mandado gente sua para instalá-lo na semana anterior. Tudo polonês, mas hoje em dia é só o que tem por aí. Ele acerta o código de quatro dígitos na terceira tentativa. Um novo recorde.

Tony Curran sempre levou a própria segurança muito a sério. Por muitos anos, sua empresa de construção fora somente uma fachada para o tráfico de drogas. Um jeito de justificar renda. Uma forma de lavar dinheiro sujo. Mas aos poucos ela foi crescendo, tomando mais do seu tempo e dando mais e mais lucro. Se alguém dissesse ao jovem Tony que um dia ele moraria naquela casa, não teria ficado nem um pouco surpreso. Mas se tivessem dito a ele que compraria a casa com dinheiro ganho de forma legal, teria capotado ali mesmo.

Debbie, sua esposa, ainda não chegou, mas no momento isso vem a calhar. Assim ganha tempo para se concentrar, pensar a fundo no que fazer.

Tony relembra a discussão com Ian Ventham e sua fúria aumenta de novo.

Ian o estava tirando da jogada no projeto de Woodlands? Assim, sem mais nem menos? Em uma conversa a caminho do carro? Ao ar livre, caso Tony sentisse vontade de lhe dar um soco. Ele teria adorado acabar com a raça dele ali mesmo, mas esse teria sido o velho Tony. Portanto, sua briguinha foi educada e discreta. Ninguém teria reparado, o que é bom para Tony. Quando Ventham aparecer morto, ninguém poderá dizer que viu Tony Curran e Ian Ventham se estranhando. Mantém a barra limpa.

Tony se senta em um banquinho do bar, puxa-o até a ilha de sua vasta cozinha e abre uma gaveta. Precisa colocar um plano no papel.

Ele é do tipo que não acredita em sorte, mas em trabalho duro. Quem deixa furo nos preparativos está se preparando para uma furada. Tony ouvira isso de um antigo professor de inglês e nunca se esquecera. No ano seguinte, botara fogo no carro do mesmo professor após uma discussão envolvendo uma bola de futebol, mas ainda assim Tony tinha de reconhecer sua sabedoria. Quem deixa furo nos preparativos se prepara para uma furada.

No fim das contas, não tem papel na gaveta, então Tony decide bolar o plano na cabeça mesmo.

Nada precisa ser feito esta noite. É deixar o mundo continuar como está por algum tempo, deixar que os pássaros continuem a cantar no jardim, deixar Ventham achar que venceu. E aí atacar. Por que as pessoas inventavam de mexer com Tony Curran? Quando foi que isso já deu certo para alguém?

Tony escuta o ruído um segundo tarde demais. Quando se vira e vê a chave inglesa, ela já está girando em sua direção. E é das grandes, como as antigas. Não há como evitar o choque e, naquele breve instante de percepção que lhe resta, Tony Curran entende. Não dá para ganhar todas. Justo, pensa ele, justo.

O golpe acerta sua têmpora esquerda e Tony desaba sobre o chão de mármore. Os pássaros param de cantar no jardim pelo mais breve dos instantes, mas logo continuam sua música alegre. Bem lá no alto de um dos sicômoros. Ou seria da faia?

O assassino deixa uma fotografia sobre a bancada, enquanto o sangue fresco de Tony Curran começa a formar um fosso ao redor da ilha de madeira de nogueira da cozinha.

11

Coopers Chase sempre acorda cedo. No que as raposas encerram sua ronda noturna e os pássaros chegam para bater ponto, as primeiras chaleiras assoviam e luzes baixas começam a surgir por detrás das cortinas. As articulações da manhã estalam, dando sinal de vida.

Ninguém precisa enfiar uma torrada goela adentro para não perder o primeiro trem para o escritório nem preparar a marmita antes de acordar as crianças, mas ainda assim há muito o que fazer. Vários anos atrás, todos acordavam cedo, pois havia muito o que fazer e o dia só tem vinte e quatro horas. Agora acordam cedo pois há muito o que fazer e seus dias estão contados.

Ibrahim sempre está de pé já às seis. A piscina só abre às sete, por razões de higiene e segurança. Ele tentou argumentar, sem êxito, que o risco de se afogar nadando sem monitoramento não é nada perto do de morrer de doença cardiovascular, respiratória ou por problemas de circulação devido à falta de exercícios regulares. Chegou até a elaborar um algoritmo provando que manter a piscina aberta vinte e quatro horas por dia representaria 31,7% mais segurança para os moradores do que fechá-la à noite. O Comitê de Lazer e Recreação não se deixou convencer. Ibrahim percebia que estavam de mãos atadas por uma série de diretrizes, e por isso não guardou rancor. O algoritmo ficou guardado com todo o carinho para o caso de ser necessário um dia. Sempre havia muito a fazer.

— Tenho um trabalho para você, Ibrahim — diz Elizabeth, bebericando seu chá de hortelã. — Quero dizer, para você e para o Ron, mas vou colocar você no comando.

— Sábia decisão — afirma Ibrahim, concordando com a cabeça. — Modéstia à parte.

Elizabeth ligara para ele na véspera para lhe contar sobre Tony Curran. Ela ficara sabendo por Ron, que ficara sabendo por Jason, que ouvira de fonte ainda indeterminada. Morto na própria cozinha por trauma contundente na cabeça, encontrado pela esposa.

Ibrahim costuma passar esta hora do dia examinando registros de antigos pacientes e, às vezes, até de novos. Ainda tem alguns clientes que, quando sentem necessidade, viajam até Coopers Chase e sentam-se na depauperada cadeira sob o quadro do barco a vela — que o acompanham de um canto a outro já há quase quarenta anos. Ontem, Ibrahim lia as anotações de um antigo cliente, um gerente do banco Midland em Godalming que adotava cachorros vira-latas e cometeu suicídio num dia de Natal. Hoje não vai dar, pensa Ibrahim. Elizabeth chegara com o nascer do sol e ele está sofrendo com a mudança na rotina.

— Só preciso que você minta para um policial graduado — continua Elizabeth. — Posso contar com você para isso?

— Quando é que você não pode contar comigo, Elizabeth? — diz Ibrahim. — Desde quando eu te decepciono?

— Ah, Ibrahim, nunca — concorda Elizabeth. — Por isso gosto de ter você por perto. Fora o fato de você fazer um ótimo chá.

Ibrahim sabe que é um porto seguro. Ao longo dos anos, salvou vidas e almas. Era bom no que fazia, e por isso ainda hoje algumas pessoas dirigiam quilômetros, passavam por uma velha cabine telefônica e uma loja de itens para fazenda, viravam à direita depois da ponte e à esquerda depois de um ponto de ônibus de madeira, tudo só para conversar com um psiquiatra de oitenta anos de idade, há muito aposentado.

Às vezes ele falha — quem neste mundo é infalível? —, e são esses os arquivos que Ibrahim procura nas primeiras horas de cada manhã. O gerente de banco que se sentou na cadeira depauperada e chorou e chorou e não pôde ser salvo.

Mas desta vez as prioridades são outras, ele entende. Hoje o Clube do Crime das Quintas-Feiras tem um caso no mundo real. Não são apenas páginas amareladas com tipografia borrada de uma outra época. Um caso real, um cadáver real e, em algum lugar à solta, um assassino de verdade.

Hoje Ibrahim está sendo requisitado. E é isso o que dá sentido à sua vida.

12

A policial Donna de Freitas entra na sala de ocorrências levando uma bandeja com chás. Um empreiteiro local, Tony sei lá das quantas, foi assassinado, e, a julgar pelo tamanho da equipe reunida, o caso é importante. Donna está curiosa para saber por quê. Se demorar um pouco servindo os chás, talvez consiga descobrir.

O inspetor-chefe Chris Hudson se dirige à equipe. Sempre parece gentil. Certa vez abriu uma porta dupla para ela sem parecer achar que merecia uma medalha por isso.

— Há câmeras na propriedade, muitas. Peguem as imagens. Tony Curran saiu às duas da tarde de Coopers Chase e morreu às 15h32, segundo seu relógio inteligente Fitbit. É uma janela de tempo bem restrita.

Donna coloca a bandeja numa escrivaninha e se inclina para amarrar o cadarço do sapato. Ouve a menção a Coopers Chase, o que é interessante.

— Há câmeras na A214, uns quatrocentos metros ao sul da casa de Curran, e a menos de um quilômetro ao norte, então vamos pegar essas imagens também. O período de tempo vocês já sabem qual é. — Chris faz uma rápida pausa e olha para onde Donna de Freitas está agachada. — Tudo certo por aí, agente? — pergunta.

Donna se empertiga.

— Sim, senhor, só estou amarrando o sapato. Não quero tropeçar com uma bandeja cheia de chá.

— Muito bem pensado — diz Chris. — Obrigado pelo chá. Está dispensada.

— Obrigada, senhor — diz Donna, dirigindo-se à porta.

Ela percebe que Chris — um detetive, afinal de contas — provavelmente notou que seus sapatos não têm cadarço algum. Mas ele certamente não culparia uma jovem policial por demonstrar níveis saudáveis de curiosidade, não é?

Ao abrir a porta para sair, Donna ouve Chris Hudson continuar.

— Até que tenhamos tudo isso, nossa pista principal é a fotografia que o assassino deixou junto ao corpo. Vamos dar uma olhada.

Donna não resiste e se vira, vendo projetada na parede uma velha fotografia na qual três homens riem e bebem num pub. A mesa está coberta de cédulas de dinheiro. Apesar de só lhe restar um momento ali, ela reconhece um dos homens na mesma hora.

As coisas seriam muito diferentes quando Donna passasse a integrar a Divisão de Homicídios; muito diferentes. Não haveria mais nada daquilo de visitar escolas primárias para escrever números de série em bicicletas com tinta invisível. Nada de lembrar educadamente a gerentes de lojas locais que latas de lixo transbordando são enquadradas como crime e po...

— Agente? — chama Chris, arrancando Donna de sua linha de raciocínio.

Ela tira os olhos da foto e volta-os para ele, que gentilmente, mas com firmeza, faz sinal para que ela se retire. Donna sorri para Chris e assente.

— Estava viajando. Desculpe, senhor.

Ela cruza a porta e retorna para o tédio. Esforça-se para ouvir cada palavrinha antes de a porta se fechar de vez.

— Bem, são três homens e obviamente conhecemos todos eles muito bem. Creio que devemos cuidar deles um por um.

A porta bate. Donna suspira.

13

Joyce

Espero que me perdoem por escrever aqui logo de manhã, mas Tony Curran morreu.

Tony Curran é o empreiteiro que construiu este lugar. Talvez até seja quem colocou os tijolos na minha lareira. Vai saber... Quer dizer, provavelmente não foi. Deve ter alguém que faça isso por ele, certo? É tanto reboco e sei lá mais o quê. Imagino que ele tenha apenas supervisionado tudo. Mas aposto que suas digitais estão aqui, em algum lugar. O que é superemocionante.

Elizabeth me ligou na noite passada com a notícia. Nunca a descreveria como sem fôlego, mas, honestamente, ela não estava muito longe disso.

Tony Curran levou um golpe mortal, vejam só — e não se sabe pela mão, ou mãos, de quem. Contei a ela o que eu, Ron e Jason havíamos visto, o quebra-pau entre Curran e Ian Ventham. Ela me disse que já sabia. Deve ter falado com Ron antes de falar comigo, mas foi educada o suficiente para dar ouvidos à minha versão. Perguntei se estava anotando e ela me disse que se lembraria de tudo.

Em todo caso, Elizabeth parece ter alguma espécie de plano. Disse que vai ver Ibrahim hoje ainda de manhã.

Perguntei se poderia ajudar de alguma forma e ela disse que sim. Perguntei como, então, e ela respondeu que, se segurasse minha onda, logo saberia.

Então acho que é para eu me sentar e aguardar instruções, não é? Mais tarde vou pegar o micro-ônibus até Fairhaven, mas manterei o celular ligado só por garantia.

Virei o tipo de pessoa que precisa manter o celular ligado.

14

— Então, quem matou Tony Curran e como a gente pega ele? — pergunta Elizabeth. — Ou como a gente pega "ele ou ela", sei que é o jeito certo de falar, mas provavelmente é ele. Que tipo de mulher golpearia alguém até a morte? Uma russa, só se for.

Após ter dado a Ibrahim suas instruções para o dia, Elizabeth se dirigiu de imediato para esta conversa. Está sentada na cadeira de sempre.

— Ele certamente parece do tipo que teria inimigos. Colete sem mangas, casa grande, mais tatuagens do que o Ron e por aí vai. A polícia deve estar fazendo uma lista de suspeitos agora mesmo, e a gente precisa botar as mãos nela. Na falta da lista, porém, por que não pensarmos se o Ian Ventham não teria matado o Tony Curran? Lembra do Ian Ventham? Aquele com a loção pós-barba? Ele e Tony tiveram lá um certo desentendimento. O Ron viu, claro; quando é que ele deixa de ver alguma coisa? E a Joyce disse alguma coisa sobre o Pizza Express, mas eu entendi o que ela quis dizer.

Elizabeth tenta mencionar Joyce com mais frequência ultimamente. Negar para quê?

— Vamos fazer umas suposições razoáveis? Digamos que o Ventham esteja infeliz com o Curran, ou o Curran com o Ventham. Não importa muito quem com quem. Têm algo a conversar e, no entanto, discutem em público, o que é esquisito.

Elizabeth confere seu relógio. Apesar de tudo, ela é sutil.

— Digamos então que logo na saída da reunião de consulta Ventham resolva dar uma má notícia. Tem tanto medo da reação do Curran que o encontro acontece à vista de todos, na esperança de que isso o contenha. Mas, na visão do Ron, foi "malsucedido". Palavras do Ron.

Há um cubinho de esponja num palito próximo à cama. Elizabeth o coloca numa jarra de água e umedece os lábios secos de Penny. O gorjeio metálico do monitor cardíaco de Penny preenche o silêncio.

— Como o Ventham reagiria numa situação assim, Penny? Lidaria com um Curran ressentido? Mudaria para o plano B? Seguiria o Curran até a casa dele? "Deixa eu entrar, vamos conversar, talvez eu tenha me precipitado"? E então, vum!, simples assim, não acha? Mata o Curran antes de ser morto por ele?

Elizabeth procura sua bolsa. Põe as mãos nos braços da cadeira, pronta para ir embora.

— Mas por quê? É a pergunta que eu sei que você faria. Vou tentar checar como era o relacionamento financeiro deles. Ir atrás do dinheiro. Tem um sujeito em Genebra que me deve um favor, então pode ser que a gente consiga os registros financeiros do Ventham esta noite. De qualquer forma, parece divertido, né? Uma aventura. E creio que a gente saiba alguns truques que a polícia não sabe. Tenho certeza de que eles bem gostariam de uma ajuda, o que é a minha tarefa para esta manhã.

Elizabeth vai até a cabeceira da cama.

— Um assassinato de verdade para investigar, Penny. Prometo que não deixo você perder nada.

Ela beija a testa da melhor amiga. Vira-se para a cadeira do outro lado da cama e dá um sorriso breve.

— Como você está, John?

O marido de Penny larga seu livro e olha para ela.

— Ah, você sabe.

— Eu sei. Você sempre sabe onde me encontrar, John.

As enfermeiras dizem que Penny Gray não escuta nada, mas quem pode saber? John nunca se dirige a Penny quando Elizabeth está no quarto. Ele chega a Willows todos os dias às sete da manhã e sai às nove da noite, de volta para o apartamento onde o casal vivia junto. De volta aos enfeites de Natal, às fotos antigas e às lembranças que ele e Penny compartilharam por cinquenta anos. Elizabeth sabe que ele fala com Penny quando ela não está presente. E todas as vezes em que entra no quarto, sempre depois de bater, repara na marca da mão de John sumindo devagar da de Penny. A mão dele de volta ao livro que parece estar sempre na mesma página.

Elizabeth deixa os namorados sozinhos.

15

Joyce

Toda quarta-feira pego o micro-ônibus dos moradores até Fairhaven para fazer umas comprinhas. Às segundas ele vai a Tunbridge Wells, meia hora na direção oposta, mas prefiro o clima mais jovem de Fairhaven. Gosto de ver o que as pessoas estão vestindo e de ouvir as gaivotas. O nome do motorista é Carlito, e geralmente acham que ele é espanhol. Como já conversamos algumas vezes, sei que é português. Mas ele não se importa com isso.

Bem próximo à praia há um café vegano que descobri faz alguns meses e aonde já estou com muita vontade de ir para tomar chá de hortelã e comer um brownie de farinha de amêndoa. Não sou vegana nem tenho intenção de me tornar uma, mas ainda acho que é algo a se encorajar. Li que, se a humanidade não parar de comer carne, haverá fome em massa por volta de 2050. Com todo o respeito, tenho quase oitenta anos e isso não será problema meu, mas espero que seja solucionado. Minha filha Joanna é vegetariana e um dia quero levá-la até lá. Vamos entrar casualmente, como se uma visita minha a um café vegano fosse a coisa mais natural do mundo.

O pessoal de sempre está no ônibus. Peter e Carol são presenças frequentes, um simpático casal de Ruskin que pega o micro-ônibus para visitar a filha que mora de frente para o mar. Sei que não têm netos, mas ela parece estar em casa de dia mesmo assim. Deve haver uma história aí. Há também o Sir Nicholas, que faz o trajeto só para passar o tempo agora que não o deixam mais dirigir. Há Naomi e seu quadril em que ninguém consegue dar jeito e uma mulher de Browning cujo nome nunca decorei e agora fico constrangida de perguntar. É bem simpática (Elaine, será?).

Sei que Bernard estará na sua posição habitual no fundo. Sempre acho que seria bom sentar ao seu lado — ele é ótima companhia quando sente vontade. Mas sei que sua razão para visitar Fairhaven é a falecida esposa, por isso deixo-o em paz. Foi onde se conheceram e onde viveram até se mudarem para cá. Ele me disse que, desde sua morte, costumava ir ao Hotel Adelphi, onde ela trabalhava, e entornar umas duas taças de vinho contemplando o mar. A propósito, foi assim que fiquei sabendo da existência do micro-ônibus. Pelo menos um ponto positivo. Ano passado, o Adelphi virou mais um hotel da franquia Travelodge, então Bernard agora se senta no píer. É menos deprimente do que parece, considerando que foi todo reformado recentemente e ganhou vários prêmios.

Talvez um dia eu simplesmente me sente ao lado dele no fundo do ônibus. O que estou esperando?

Estou ansiosa para o meu chá com brownies, mas também por um pouco de paz e sossego. Coopers Chase inteira continua a fofocar sobre o pobre do Tony Curran. A morte está próxima de todos por aqui, mas ainda assim. Nem todo mundo morre com um golpe na cabeça, né?

Bom, vou ficando por aqui. Se algo acontecer, escrevo mais.

16

O micro-ônibus está prestes a sair quando as portas se abrem pela última vez e Elizabeth entra. Acomoda-se no assento ao lado de Joyce.

— Bom dia, Joyce — diz, sorridente.

— Nossa, que surpresa boa! — comenta Joyce. — Que maravilha!

— Trouxe um livro, caso você não queira conversar no caminho.

— Nãããão, não, vamos conversar!

Carlito põe o veículo em marcha, cuidadoso como sempre.

— Esplêndido — responde Elizabeth. — Na verdade, não trouxe livro nenhum.

Elizabeth e Joyce engatam a conversa. Tomam muito cuidado para não mencionar o caso Tony Curran. Uma das primeiras lições que se aprende em Coopers Chase é que algumas pessoas ainda escutam direito. Elizabeth prefere contar a Joyce sobre a última vez em que foi a Fairhaven, em algum momento dos anos 1960, uma visita cuja motivação era certo equipamento que as ondas haviam levado até a praia. Elizabeth se recusa a entrar em detalhes, mas diz a Joyce ter quase certeza da existência de registros públicos sobre o ocorrido e presumir que ela poderia se informar em algum lugar se tivesse interesse. O trajeto é bastante agradável. Faz sol, o céu está azul e o clima é de assassinato.

Como sempre, Carlito para o ônibus em frente à Ryman's. Todos sabem que aquele é o ponto de encontro, e que devem estar de volta dentro de três horas. Carlito faz esse trabalho há dois anos e jamais uma pessoa sequer se atrasou. Com a exceção de Malcolm Weekes, que, no fim das contas, havia morrido no corredor de lâmpadas da Robert Dyas.

Joyce e Elizabeth esperam os demais saírem antes, deixando que o circuito de obstáculos formado por suas rampas, bengalas e seus andadores se disperse. Ao sair, Bernard faz uma mesura com o chapéu para as duas senhoras e elas observam seu caminhar lento rumo à beira-mar, o *Daily Express* dobrado debaixo do braço.

Enquanto descem do ônibus e Elizabeth agradece a Carlito pela direção cautelosa em português perfeito, Joyce pensa em perguntar pela primeira vez o que a outra está planejando fazer em Fairhaven.

— O mesmo que você, querida. Vamos? — Elizabeth começa a distanciar-se da beira-mar e Joyce decide acompanhá-la, na ânsia por uma aventura, mas ainda esperançosa de encontrar tempo para o chá com brownie.

A uma curta caminhada de distância está a Western Road e os largos degraus de pedra da delegacia de Fairhaven. Quando as portas automáticas se abrem à frente das duas, Elizabeth se vira para Joyce.

— Eis como encaro a coisa, Joyce. Se vamos investigar este assassinato...

— Nós vamos investigar este assassinato? — pergunta Joyce.

— É claro que vamos, Joyce — diz Elizabeth. — Quem melhor do que nós? Mas não temos acesso algum a quaisquer arquivos do caso, depoimentos de testemunhas, análises da perícia, e temos que mudar essa situação. É por isso que viemos até aqui. Sei que nem preciso dizer isso, Joyce, mas me apoie, aconteça o que acontecer.

Joyce faz que sim com a cabeça. É claro, é claro. Elas entram no recinto.

Uma vez no interior da delegacia, uma campainha soa, autorizando-as a passar da porta de segurança e adentrar uma área pública de recepção. Joyce nunca havia entrado numa delegacia, apesar de já ter assistido a todo e qualquer documentário do gênero na ITV. Fica desapontada por não ver ninguém sendo imobilizado no chão e arrastado até a cela gritando palavrões emocionantemente censurados. Só o que há é um jovem oficial de plantão no balcão, fingindo não estar jogando paciência no computador do Ministério do Interior.

— Como posso ajudá-las, senhoras? — pergunta ele.

Elizabeth começa a chorar. Um pouco atrasada, Joyce consegue adequar sua reação.

— Acabaram de roubar a minha bolsa. Na porta da Holland & Barrett — soluça Elizabeth.

Por isso ela não trouxe bolsa nenhuma, pensa Joyce. Aquilo a deixara cismada no micro-ônibus. Joyce envolve os ombros da amiga com o braço.

— Foi horrível.

— Deixem eu chamar um policial para pegar o depoimento de vocês e vamos ver o que podemos fazer. — O oficial de plantão aperta uma campainha na parede à sua esquerda e, em segundos, um jovem policial aparece pela porta de segurança atrás dele.

— Mark, esta senhora acabou de ter a bolsa roubada na Queens Road. Pode pegar o depoimento dela? Vou fazer chá para todos.

— Certamente. Pode me acompanhar, senhora?

Elizabeth finca o pé e se recusa a sair do lugar. Está sacudindo a cabeça, e as maçãs do seu rosto estão umedecidas pelas lágrimas.

— Quero ser atendida por uma mulher.

— O Mark certamente pode resolver isso para a senhora — diz o oficial de plantão.

— Por favor! — implora Elizabeth.

Joyce resolve que é hora de ajudar a amiga.

— Minha amiga é freira, policial.

— Freira? — pergunta ele.

— Sim, freira — diz Joyce. — E certamente não preciso dizer no que isso acarreta.

O oficial percebe que há milhões de maneiras de aquela discussão acabar mal e escolhe ter uma vida tranquila.

— Se me der um minuto, senhora, vou encontrar alguém para ajudá-la.

Ele segue Mark porta de segurança adentro e Elizabeth e Joyce ficam a sós por um instante. Elizabeth interrompe a choradeira e se vira para Joyce.

— Freira? Isso foi muito bom.

— Não tive muito tempo para pensar — diz Joyce.

— Se forçassem a barra, eu iria dizer que alguém se aproveitou de mim — diz Elizabeth. — Sabe o fuzuê que isso causa hoje em dia. Mas ser freira é bem mais divertido.

— Por que você quer falar com uma mulher? — Joyce tem um monte de outras perguntas a fazer neste momento, mas esta é a primeira da fila. — E parabéns por não dizer policial feminina, aliás, estou orgulhosa.

— Obrigada, Joyce. Só pensei que, como o ônibus vinha mesmo para Fairhaven, podíamos aparecer para dar um alô à policial De Freitas.

Joyce assente vagarosamente. No mundo de Elizabeth, aquele é certamente o tipo de coisa que faz sentido.

— Mas e se ela não estiver de serviço hoje? Ou, mesmo que esteja, e se houver outras mulheres no departamento?

— E eu teria trazido você aqui se já não tivesse checado isso antes, Joyce?

— Como você che...

A porta de segurança se abre e Donna de Freitas aparece.

— Senhoras, como posso aju... — Ao reconhecer quem está à sua frente, ela olha para Elizabeth, depois para Joyce e então de volta para Elizabeth. — ... dar?

17

A ficha de Tony Curran que o inspetor-chefe Chris Hudson recebeu é tão enorme que, ao ser colocada sobre a mesa, faz um ruído surdo recompensador. Foi o que acabou de acontecer.

Chris toma um gole de Coca Diet. Às vezes se preocupa com a possibilidade de estar viciado. Certa vez, ao deparar com uma manchete preocupante sobre o produto, preferiu nem ler o artigo.

Ele abre a ficha. A maior parte dos problemas de Tony Curran com a polícia de Kent é de antes de Chris chegar a Fairhaven. Acusado de agressão quando tinha vinte e poucos anos, condenações brandas por drogas, direção perigosa, um cachorro agressivo, posse ilegal de arma. Deixou de pagar o imposto de circulação de um veículo. Urinou na rua.

Aí vem a parte que interessa. Chris abre uma subdivisão qualquer da pasta e vê transcrições de uma série de depoimentos de Tony Curran colhidos ao longo dos anos, o último dos quais após um tiroteio em 2000 no pub Black Bridge, onde morreu um jovem traficante de drogas. Uma testemunha reconheceu Tony Curran como autor do tiro fatal e o Departamento de Investigações Criminais (DIC) de Fairhaven o intimou a depor.

Tony Curran estivera envolvido em tudo na época. É só perguntar por aí e qualquer um será capaz de contar algo assim. Tony comandava o tráfico de drogas em Fairhaven, entre vários outros negócios. Ganhava dinheiro à beça.

Chris verifica que a transcrição do ocorrido no Black Bridge está tomada pelos tristemente familiares "sem comentários". Lê que a testemunha, um motorista de táxi da região, desapareceu logo depois. Ficou com medo ou foi vítima de coisa pior. Tony Curran, o empreiteiro local, saiu ileso.

Como ficou isso, então? Uma morte? Duas? O traficante que tomou o tiro no Black Bridge e talvez o pobre taxista que testemunhou a cena?

Mas, desde 2000, nada. Uma multa por excesso de velocidade em 2009, devidamente paga. E só.

Chris analisa a fotografia deixada pelo assassino junto ao corpo. Três homens. O agora defunto Tony Curran. Com o braço a seu redor, Bobby Tanner, um traficante local daquela época. Do tipo capanga. Paradeiro atualmente desconhecido, mas logo iriam rastreá-lo. E o terceiro, de paradeiro mais do que conhecido. O ex-boxeador Jason Ritchie. Chris se pergunta quanto os jornais pagariam por esta foto. Já ouviu falar de policiais que fazem isso, mas acha que não há nada mais indigno. Ele observa os sorrisos, as cédulas e as cervejas. Deve ter sido tirada lá para 2000, quando o rapaz foi morto no Black Bridge. Curioso pensar no ano 2000 como História Antiga.

Chris abre um Twix e estuda a foto. Fará seu check-up anual em dois meses e toda segunda-feira tenta se convencer de que aquela será a semana em que voltará a cuidar da sua forma e se livrará dos quilinhos que atrasam sua vida. Os quilinhos que o fazem sentir câimbra. Os quilinhos que o impedem de comprar roupas novas — quem sabe adiantariam alguma coisa — e de sair com alguém, pois quem iria querer isto aqui? Os quilinhos que se interpõem entre ele e o mundo. Mais do que só uns quilinhos, para ser sincero.

Essas segundas-feiras geralmente são boas. Chris não pega o elevador às segundas. Chris traz comida de casa às segundas. Chris faz abdominais na cama às segundas. Mas já na terça-feira ou, numa boa semana, na quarta, o peso do mundo volta a assombrá-lo, subir a escada o intimida e ele perde a fé no projeto. A consciência de que o projeto é ele mesmo só o faz afundar mais. E aí vêm as empanadas e os salgadinhos, o almoço no posto de gasolina, a cervejinha depois do trabalho, a lanchonete no caminho de volta para casa, o chocolate na saída da lanchonete. A comilança, a sensação de anestesia, o alívio, a vergonha, em repetição infinita.

Mas sempre haverá outra segunda-feira e, um dia, uma dessas trará a salvação. Os quilinhos irão embora, seguidos daqueles outros que se esgueiravam logo atrás. Mal vai suar no check-up, será o atleta que no fundo sempre soube que era. E mandará um emoji de positivo para a nova namorada que conheceu on-line.

Depois de comer todo o Twix, ele procura os salgadinhos.

Chris Hudson imagina que o tiroteio no Black Bridge tenha sido o susto de que Tony Curran precisava. Com certeza parecia o caso. Foi quando ele começou a trabalhar com um empreendedor imobiliário chamado Ian Ventham. Talvez tenha decidido que a vida seria mais simples se vivida na legalidade. Dava para ganhar um bom dinheiro na área, ainda que não tanto quanto o de costume até então. Tony provavelmente se tocou de que não dava para continuar dando chance ao azar.

Chris abre o pacote de salgadinhos e olha para o relógio. Tem um compromisso, e provavelmente seria melhor ir de uma vez. Alguém vira Tony Curran ter uma discussão pouco antes de morrer e a pessoa insistia em falar com ele pessoalmente. Não é longe nem nada assim. É na comunidade de aposentados na qual Curran vinha trabalhando.

Chris olha para a foto mais uma vez. Os três homens, todos alegres. Tony Curran e Bobby Tanner se abraçando. E mais para o lado, com uma garrafa na mão e aquele belo nariz quebrado, talvez um ou dois anos depois do auge, Jason Ritchie.

Três amigos bebendo cerveja numa mesa cheia de dinheiro. Por que deixar a foto ao lado do corpo? Um aviso da parte de Bobby Tanner ou de Jason Ritchie? Um aviso *para* eles? “Vocês são os próximos”? Mais provável que fosse uma pista falsa. Ninguém seria tão estúpido.

De uma forma ou de outra, Chris terá de conversar com Jason Ritchie. E, se tudo der certo, sua equipe também vai encontrar o único sumido, Bobby Tanner.

Aliás, pensa Chris, jogando o último salgadinho para dentro da boca, não o único.

Porque, afinal de contas: quem tirou aquela foto?

18

Donna faz sinal para que as duas visitantes se sentem. Estão na Sala de Interrogatório B, um caixote sem janelas com uma mesa de madeira aparafusada ao chão. Joyce corre os olhos pelo local como uma turista animada. Elizabeth parece estar em casa. Já os olhos de Donna acompanham a pesada porta, esperando que termine de se fechar. Assim que ouve o clique da fechadura, ela olha imediatamente para Elizabeth.

— Virou freira agora, Elizabeth?

Elizabeth assente rapidamente, erguendo um dedo em reconhecimento de que se trata de uma boa pergunta.

— Donna, como toda mulher moderna, posso ser uma série de coisas de acordo com a ocasião. Temos de ser camaleoas, não é? — Ela retira um bloco e uma caneta de um bolso interno do casaco e os apoia na mesa. — Mas essa ideia na verdade foi da Joyce.

Joyce continua a olhar para todos os lados da sala.

— Isto é exatamente igual ao que se vê na televisão, policial De Freitas. Que maravilha. Deve ser muito emocionante trabalhar aqui.

Donna não compartilha da sensação de deslumbramento.

— Diga, Elizabeth. Roubaram a sua bolsa?

— Não, minha querida — diz Elizabeth. — Quero só ver alguém tentar levar a minha bolsa. Você consegue imaginar?

— Posso então perguntar o que estão fazendo aqui? Tenho um trabalho a terminar.

Elizabeth assente.

— Claro, bastante razoável. Bem, estou aqui porque queria falar com você a respeito de um assunto. E a Joyce veio fazer compras, acredito. Joyce? Me dei conta agora de que nem perguntei.

— Eu gosto de ir ao Nada com Batimento, o café vegano, já ouviu falar?

Donna olha para seu relógio e se inclina para a frente.

— Bem, eu estou aqui agora. Se quiserem falar, a hora é essa. Vocês têm dois minutos. Depois disso, vou voltar a correr atrás de criminosos.

Elizabeth bate palmas de leve.

— Excelente! Bem, tenho uma coisa para dizer, em primeiro lugar. Pare de fingir que você não está feliz em nos ver, porque eu sei que está. E nós também estamos felizes em vê-la de novo. Se todas aceitarmos isso, tudo vai ser bem mais divertido.

Donna não responde. Joyce se curva sobre o gravador que está na mesa.

— Para os propósitos desta fita, a policial De Freitas se recusa a responder, mas ela está tentando disfarçar um sorriso discreto.

— Em segundo lugar, mas dentro desse assunto — continua Elizabeth —, disto eu sei: se interrompemos mesmo alguma coisa, captura de criminoso é que não foi. Deve ter sido algo chato.

— Sem comentários. — É a resposta impassível de Donna.

— De onde você é, Donna? Posso chamar você de Donna?

— Pode. Sou do sul de Londres.

— Transferida para cá pela Polícia Metropolitana?

Donna assente e Elizabeth anota algo em seu bloco.

— Você está fazendo anotações? — pergunta Donna.

Elizabeth confirma.

— Por quê? E por que Fairhaven?

— Disso falamos outro dia. Só mais uma pergunta e eu vou embora. Por mais divertido que seja.

— Claro — responde Elizabeth, fechando o caderninho e ajustando os óculos. — Bem, é mais uma declaração do que uma pergunta, mas juro que termina com uma.

Donna vira a palma das mãos para cima, convidando Elizabeth a continuar.

— Eis como eu encaro a situação, e sei que você vai me interromper se eu for por um caminho errado. Você tem vinte e poucos anos e passa a impressão de ser inteligente e intuitiva. Também de ser muito bondosa, ainda que possa ser útil se o tempo fechar. Por razões que depois a gente investiga, muito provavelmente um relacionamento fracassado, foi embora de Londres, onde imagino que a vida e o trabalho tinham tudo a ver com você. Veio parar aqui em Fairhaven, onde a criminalidade é baixa e os criminosos são uns pés de chinelo. E você faz a ronda das ruas. De vez em quando, um drogado rouba uma bicicleta ou alguém arranca do posto de gasolina sem pagar ou então acontece uma briga num pub por causa de alguma garota. Deus do céu, que chatice. Por motivos irrelevantes no momento, já trabalhei num bar na antiga Iugoslávia por três meses e meu cérebro implorava por emoção, estímulo, para que acontecesse algo de extraordinário. Está soando familiar? Você é solteira, mora em um apartamento alugado, não tem sido fácil fazer amigos na cidade. A maioria dos seus colegas na delegacia é meio velha para você. Tenho certeza de que aquele rapaz, o Mark, já a convidou para sair, mas você teve que recusar, pois ele jamais daria conta de uma moça do sul de Londres. A situação ainda é desconfortável para vocês dois. Pobre moço. O orgulho não permite que você volte tão cedo à Metropolitana, então, por ora, você está empacada aqui. Ainda é recém-chegada, não há qualquer promoção à vista, fora o fato de não ser muito popular porque, no fundo, todo mundo percebe que você cometeu um erro e se ressente de estar aqui. Nem para pedir demissão dá. Vai jogar fora esses anos todos na polícia, os mais difíceis, só por causa de um erro de percurso? Aí o jeito é abotoar esse uniforme e aparecer todos os dias, um turno atrás do outro, com os dentes trincados, só à espera de que algo extraordinário aconteça. Talvez, quem sabe, uma mulher se dizendo freira e fingindo ter sido assaltada.

Elizabeth ergue a sobrancelha para Donna, à espera de uma reação. Mas ela continua impassível, sem achar a menor graça.

— Ainda estou esperando a pergunta, Elizabeth.

Elizabeth assente e abre novamente o bloco de anotações.

— Minha pergunta é a seguinte: você não gostaria de investigar o assassinato de Tony Curran?

Em silêncio, Donna entrelaça lentamente as mãos e repousa o queixo sobre elas. Observa Elizabeth com muita atenção antes de falar.

— Já tem gente investigando o assassinato de Tony Curran, Elizabeth. Uma equipe altamente qualificada da Divisão de Homicídios. Outro dia servi chá para eles. Lá não tem vaga para uma policial que faz cara feia sempre que lhe pedem para tirar cópia. Já passou pela sua cabeça que talvez você não entenda de fato como funciona a polícia?

Elizabeth anota as palavras dela e fala enquanto escreve.

— Hmm, é possível. Deve ser muito complicado. Mas bastante divertido, imagino.

— Imagino também — concorda Donna.

— Dizem que foi um golpe na cabeça — diz Elizabeth. — Com uma chave inglesa grande. Você confirma?

— Sem comentários, Elizabeth — responde Donna.

Elizabeth para de escrever e levanta a cabeça.

— Não gostaria de participar, Donna?

Donna começa a tamborilar com os dedos na mesa.

— Ok. Vamos supor que eu fosse gostar de participar da investigação do assassinato...

— Sim, exato, vamos supor. A gente começa daí e vê onde chega.

— Elizabeth, você entende como funciona o Departamento de Investigações Criminais? Não posso simplesmente pedir para ser incluída numa investigação específica.

Elizabeth sorri.

— Ah, meu Deus, não se preocupe com isso, Donna. A gente dá um jeito nessa questão.

— Vocês dão um jeito?

— Não vejo por que não.

— Como? — pergunta Donna.

— Bom, jeito sempre há, não é? Mas você estaria interessada? Caso seja possível?

Donna volta o olhar para a porta pesada, muito bem trancada.

— Quando você faria isso acontecer, Elizabeth?

Elizabeth olha para seu relógio e dá de ombros discretamente.

— Em uma hora, talvez?

— E esta conversa nunca aconteceu?

Elizabeth põe o indicador em frente aos lábios.

— Então, sim. Por favor — Donna abre os braços, direta e honesta. — Gostaria muito, muito mesmo, de perseguir assassinos.

Elizabeth sorri e põe o bloquinho de volta no bolso.

— Bem, isso é formidável. Achei que tinha interpretado a situação corretamente.

— O que você ganha com isso? — pergunta Donna.

— Nada, só estou fazendo um favor a uma nova amiga. E talvez a gente tenha uma pergunta ou outra a fazer sobre a investigação. Só para satisfazer nossa curiosidade.

— Você sabe que eu não posso contar nada confidencial. Com isso eu não posso me comprometer.

— Nada antiprofissional, prometo. — Elizabeth faz o sinal da cruz. — Juro por Deus.

— E você consegue isso em uma hora?

Elizabeth olha para o relógio.

— Diria que uma hora. Depende do trânsito.

Donna assente como se aquilo fizesse total sentido.

— Quanto ao seu discursinho, Elizabeth, não sei dizer se foi pensado para me impressionar ou para se mostrar na frente da Joyce, mas era tudo bem óbvio.

Elizabeth reconhece.

— Óbvio, mas correto, minha querida.

— Quase correto, mas você não é exatamente a Miss Marple. Concorda, Joyce?

Joyce ergue a voz.

— Ah, sim, aquele menino Mark é gay, Elizabeth. Só sendo cega para não reparar.

Donna sorri.

— Está bem servida de amiga, irmã. — Ela fica satisfeita ao ver Elizabeth tentando esconder um sorriso também.

— Aliás, vou precisar do seu número de telefone, Donna — diz Elizabeth. — Não quero inventar um crime toda vez que precisar ver você.

Donna desliza um cartão até o outro lado da mesa.

— Espero que seja um número pessoal e não oficial — comenta Elizabeth. — Seria bom termos alguma privacidade.

Donna olha para Elizabeth, balança a cabeça e suspira. E então anota outro número no cartão.

— Maravilhoso — diz Elizabeth. — Suspeito que nós duas possamos encontrar quem matou Tony Curran. Não pode ser um mistério além da compreensão do homem. Ou da mulher.

Donna se levanta.

— Devo perguntar como você vai conseguir me colocar na equipe de investigação, Elizabeth? Ou é melhor eu nem saber?

Elizabeth checa o relógio.

— Não é nada com que você precise se preocupar. Ron e Ibrahim devem estar cuidando disso agora.

Joyce aguarda Elizabeth também se levantar e só então volta a se inclinar sobre o gravador.

— Depoimento encerrado, meio-dia e quarenta e sete.

19

O inspetor-chefe Chris Hudson conduz seu Ford Focus pela longa e espaçosa entrada de carros que leva a Coopers Chase. O trânsito não foi dos piores e sua esperança é de que a visita não leve muito tempo.

Ao observar o entorno, Chris se pergunta por que há tantas lhamas no lugar. Não há vaga no estacionamento de visitantes, então ele manobra o carro com cuidado, deixa-o num canto e sai ao sol de Kent.

Chris já esteve em retiros de aposentados em outras situações, e este é muito diferente do que esperava. É, na verdade, um vilarejo. Ele passa por uma partida de bocha em que os dois lados têm garrafas de vinho gelando em coolers. Uma das jogadoras, uma mulher já muito idosa, fuma um cachimbo. Segue por uma trilha sinuosa em meio a um perfeito jardim britânico ladeado por prédios residenciais de três andares. Há pessoas fofocando em pátios e sacadas, curtindo o sol. Amigos em bancos, abelhas zumbindo ao redor de arbustos, a brisa leve que cria uma música com o tilintar dos cubos de gelo. Tudo aquilo irrita Chris profundamente. É um homem do vento e da chuva, do tipo que levanta a gola do sobretudo para encarar o tempo. Se pudesse, hibernaria o verão inteiro. Não usa short desde 1987.

Ele atravessa um estacionamento de moradores, passa por uma caixa de correio vermelha que parece até falsa de tão perfeita — o que só o irrita ainda mais — e finalmente chega a Wordsworth Court.

Aperta a campainha do apartamento 11: *Sr. Ibrahim Arif.*

Após ter sua entrada autorizada, caminhar por um corredor exuberante e todo acarpetado, subir uma escadaria igualmente luxuosa e bater numa porta de madeira de carvalho maciça, Chris se vê dentro do apartamento de Ibrahim Arif, sentado diante dele e de Ron Ritchie.

Ron Ritchie. Vejam só como são as coisas, não é mesmo? Chris tomou um susto no momento em que foram apresentados. O pai de um homem que ele estava investigando — o que seria isso? Sorte? Algo mais sinistro? Chris resolve deixar acontecer. Sente que, se houver alguma jogada, vai conseguir farejá-la.

Era estranho "Ron Vermelho" ter vindo parar neste lugar, porém. O flagelo dos patrões, a Fera da British Leyland e da British Steel e das outras British todas, em meio a madressilvas e Audis em Coopers Chase? Para ser honesto, Chris mal o teria reconhecido. Ron Ritchie está de pijama — calça e camisa de conjuntos diferentes —, com um agasalho de corrida com zíper aberto e sapatos finos. Seu olhar vago percorre o ambiente, a boca aberta. Está um caco, e Chris fica desconfortável, como se estivesse se intrometendo em um momento íntimo.

Ibrahim explica a situação ao inspetor-chefe Chris Hudson.

— Para gente idosa, conversar com a polícia pode ser muito difícil. Não pense que a culpa é sua. Por isso sugeri que o depoimento fosse tomado aqui.

Chris assente com gentileza, pois é um homem treinado.

— Posso lhe garantir que o Sr. Ritchie não está encrencado de nenhuma forma. Mas se, como o senhor diz, ele tem informações, precisarei fazer algumas perguntas.

Ibrahim se vira para Ron.

— Ron, ele só quer perguntar a você sobre a discussão que você viu. Lembra que a gente conversou a respeito? — Ibrahim se vira para Chris novamente. — Ele esquece as coisas. Está muito velho, inspetor. É um homem muito, muito idoso.

— Tudo bem, Ibrahim — diz Ron.

Ibrahim dá um tapinha na mão de Ron e fala com ele bem devagar.

— Acho que é seguro, Ron. Nós vimos a identificação deste cavalheiro. Telefonei para o número que aparecia, dei busca no Google. Está lembrado?

— Eu... eu acho que não consigo — diz Ron. — Eu não quero problema.

— Não vai haver problema algum, Sr. Ritchie — afirma Chris. — Eu garanto. É só que talvez o senhor possua informações importantes. — "Ron Vermelho" é uma sombra de quem já foi e Chris está plenamente ciente de que terá de ser cuidadoso. Com certeza ainda não é hora de mencionar Jason. A possibilidade de um almoço no pub também se esvai a cada segundo. — O Sr. Arif está certo, pode me contar qualquer coisa.

Ron olha para Chris e em seguida para Ibrahim, em busca de apoio. Ibrahim aperta o braço do amigo. Ron volta a contemplar Chris e aproxima o corpo dele.

— Acho que eu ficaria mais tranquilo conversando com a moça.

Chris está tomando o primeiro gole do chá de hortelã que Ibrahim preparou para ele.

— A moça? — Ele fita Ron e depois Ibrahim, que tenta ajudá-lo.

— Que moça, Ron?

— A moça, Ib. Aquela que vem conversar com a gente. Aquela mulher policial.

— Ah, sim! — diz Ibrahim. — É a policial De Freitas! Ela sempre vem aqui conversar conosco, inspetor. Fala sobre as trancas nas janelas. Conhece ela?

— Claro. Sim, ela é da minha equipe — Chris está tentando se lembrar se a jovem policial com cadarços inexistentes seria Donna de Freitas. Tem quase certeza de que sim. Ela tinha vindo da Metropolitana, ninguém sabia por quê. — Trabalhamos muito próximos.

— Ela está na investigação, então? Ótima notícia — anima-se Ibrahim. — O pessoal daqui adora a policial De Freitas.

— Bem, oficialmente ela não faz parte da equipe de investigadores, Sr. Arif — informa Chris. — Ela tem outras funções importantes. Capturar criminosos... essas coisas.

Ron e Ibrahim não dizem uma palavra, limitando-se a fitar Chris, esperançosos.

— Mas é uma excelente ideia. Adoraria que ela entrasse para a equipe — diz Chris, perguntando-se com quem precisaria falar. Deve haver alguém que lhe deva um favor.

— Ela é uma boa policial — afirma Ibrahim. — Traz credibilidade ao departamento.

Ibrahim volta a ficar sério e se dirige a Ron.

— Então, Ron, caso o nosso belo detetive aqui e nossa amiga, a policial De Freitas, venham juntos conversar com você, vai ficar tudo bem?

Ron bebe o primeiro gole do seu chá.

— Vai ficar tudo perfeito, Ib. Acho ótimo. Vou falar com o Jason também.

— Jason? — questiona Chris, alerta.

— Gosta de boxe, meu filho? — pergunta Ron.

— Gosto muito, Sr. Ritchie — responde Chris.

— Meu filho luta boxe. Ele se chama Jason.

— Eu sei — diz Chris. — O senhor deve ter muito orgulho dele.

— É que ele estava comigo, então seria bom ele estar aqui. Ele viu a discussão também.

Chris assente. Aquilo era bem interessante. Acabou não sendo uma viagem perdida, no fim das contas.

— Bem, com certeza posso retornar e conversar com vocês dois.

— E a policial De Freitas vem junto? Maravilha — fala Ibrahim.

— Claro — responde Chris. — Se ajudar a verdade a aparecer, está valendo.

20

Joyce

Parece que estamos investigando um assassinato. E, melhor ainda, estive numa sala de interrogatório da polícia. Este diário está me trazendo sorte.

Foi interessante ver a Elizabeth em ação. Ela é impressionante. Muito calma. Será que teríamos nos dado bem se tivéssemos nos conhecido há trinta anos? É provável que não. Viemos de mundos diferentes, mas este lugar une as pessoas.

Espero conseguir de fato ajudá-la na investigação. Ajudar a pegar o assassino de Tony Curran. Talvez eu consiga, do meu jeito.

Acho que, se tivesse de apontar uma qualidade especial minha, seria o fato de que costumo ser ignorada. Seria essa a palavra? Subestimada, talvez.

Coopers Chase está cheia de bambambãs, essas pessoas que fizeram algo de significativo na vida. É bem divertido. Um ajudou a projetar o Eurotúnel, outro tem uma doença batizada em seu nome, um terceiro foi embaixador no Paraguai ou no Uruguai. Este tipo de gente.

E eu, Joyce Meadowcroft? Fico pensando o que devem achar de mim. Inofensiva, isso é certo. Faladeira? É, não posso negar. Mas acho que, lá no fundo, sabem que eu não sou igual a eles. Sou enfermeira, não médica, embora ninguém diga isso na minha cara. Sabem que foi Joanna quem comprou meu apartamento aqui. Joanna é igual a eles. Eu, não.

E no entanto, se sai briga no Comitê do Bufê, dá problema nas bombas dos lagos ou, como aconteceu no outro dia, o cachorro de um engravida a cadela de outro e começa a maior confusão, quem é que aparece para dar um jeito? Joyce Meadowcroft.

Não me importo de deixar o pessoal encher a boca e estufar o peito, de dar ouvidos às furiosas ameaças de processo e esperar até se exaurirem. É quando entro em cena e sugiro que talvez possa haver um jeito, quem sabe não dá para chegar a um acordo, cachorro é assim mesmo, sabe como é. Ninguém aqui se sente ameaçado por mim, ninguém me vê como rival. Sou só a Joyce, amável, faladeira, que sempre procura saber de tudo.

Todo mundo se acalma comigo. Joyce, na dela, sensata. A gritaria para, o problema é resolvido, e geralmente de forma benéfica para mim. Isso ninguém parece notar.

Assim, não me importo de ser ignorada, como sempre fui. E imagino que isso talvez possa ser útil nesta investigação. Elizabeth atrai os olhares e eu sigo do meu jeitinho.

Meadowcroft, por sinal, vem do meu falecido marido Gerry. Sempre gostei. Tive várias razões para me casar com ele, e o sobrenome foi uma delas. Uma enfermeira amiga minha se casou com um Bumstead. Barbara Bumstead. Eu teria inventado uma desculpa para terminar o relacionamento.

Que dia! Acho que vou assistir a um episódio antigo de *Prime Suspect* e dormir.

O que quer que Elizabeth precise que eu faça a seguir, estarei pronta.

21

Mais uma linda manhã.

Bogdan Jankowski está sentado em uma cadeira de balanço no pátio de Ian Ventham e se permite algum tempo para repassar a situação.

Tony Curran foi assassinado. Alguém entrou na sua casa e o matou. Suspeitos não faltam, e Bogdan pensa sobre o assunto, considerando alguns deles. Pensa nas razões que possam ter para querer Tony Curran morto.

Todos parecem chocados com a morte do sujeito, mas nada surpreende Bogdan. Pessoas morrem o tempo todo, por toda gama de motivos. O pai dele caíra do alto de uma represa perto de Cracóvia quando Bogdan era pequeno. Ou pulara, ou fora jogado, não importava. Nada mudava o fato de que estava morto. A morte sempre chega, de alguma forma.

O jardim de Ian não faz o estilo de Bogdan. O gramado, que se estende até uma fileira de árvores ao longe, segue o estilo inglês. É bem-aparado e listrado. Próximo às árvores, do lado esquerdo, há um tanque. Ian Ventham diz que é um lago, mas Bogdan sabe o que é um lago de verdade. Uma pontezinha de madeira liga um ponto a outro onde o tanque se estreita. As crianças iriam adorar, mas Bogdan nunca tinha visto criança alguma ali.

Ian havia comprado uma família de patos, mas as raposas os mataram, e em seguida um sujeito que Bogdan conhecia do pub matou as raposas. Depois disso, Ian não comprou mais pato nenhum. Não fazia sentido. Afinal, sempre haverá raposas. Patos selvagens ainda visitavam o local de vez em quando. Na opinião de Bogdan, boa sorte para eles.

A piscina fica bem à direita. Do pátio, basta descer alguns degraus e mergulhar. Bogdan instalara os azulejos. Também havia sido ele a pintar a pontezinha de azul, do tom de ovos de patos. E quem construíra o pátio onde estava agora sentado.

Ian fizera valer sua oferta e o convidara para supervisionar a construção do projeto Woodlands. Bogdan iria, portanto, assumir o lugar de Tony, o que algumas pessoas poderiam agora enxergar como mau agouro, até mesmo um sinal de que o trabalho estava amaldiçoado. Para ele, porém, era apenas algo que havia aparecido, e ele o faria tão bem quanto lhe fosse possível. Era um bom dinheiro, embora não fosse nem tanto isso que lhe interessava, mas sim o desafio. E ele gosta de estar no vilarejo, gosta das pessoas de lá.

Bogdan já vira todas as plantas, estudara-as por completo. A princípio pareceram complicadas, mas, depois de entender os padrões, a coisa ficou simples. Gostara de trabalhar para Ian Ventham em empreitadas menores, de toda a organização, mas sabe que as coisas mudam e que é seu papel estar à altura do desafio.

Bogdan perdera a mãe com dezenove anos. Ela havia recebido algum dinheiro após a morte do pai dele. A procedência era incerta — não era o momento de querer saber detalhes. O dinheiro custeara uma vaga para Bogdan no curso de Engenharia da Universidade Técnica de Cracóvia. E era lá que ele estava quando sua mãe sofreu um derrame e desabou em casa. Se ainda estivesse morando com ela, poderia ter salvado sua vida. Mas não estava e não salvou.

Bogdan voltou para casa, enterrou a mãe e partiu para a Inglaterra no dia seguinte. Quase vinte anos depois, aqui estava ele, contemplando a porra de um gramado.

Está pensando em talvez fechar os olhos por um instante quando ouve, do outro lado da casa, o som abafado dos sinos da porta da frente. Chegou uma rara visita à grande e silenciosa casa, e é a razão pela qual Ian pediu a Bogdan para estar aqui hoje. Em seu escritório, Ian desliza a porta que dá para o pátio.

— Bogdan, a porta.

— Sim, claro.

Bogdan se levanta. Passa pela estufa que projetou, atravessa a sala de música cujo isolamento acústico foi serviço seu e chega ao corredor que certa vez havia polido de cueca no dia mais quente do ano.

O que quer que lhe pedissem.

O padre Matthew Mackie se arrepende de ter pedido ao taxista para deixá-lo no início da entrada de carros. Era uma senhora caminhada do portão de entrada até a porta da casa. Ele se abana um pouco com a pasta que traz na mão, usa a câmera do celular por um instante para ver se o colarinho está ajustado e toca a campainha. Fica aliviado ao ouvir ruídos no interior da casa, pois nunca se sabe, mesmo quando foi tudo agendado. Para ele não era problema o encontro ser ali, até facilitava as coisas.

Ele ouve passos no piso de madeira e um homem grandalhão de cabeça raspada abre a porta. Está de camiseta branca apertada e tem uma cruz tatuada num dos antebraços e três nomes no outro.

— Olá, padre — diz o homem. Boa notícia, é católico. Polonês, a julgar pelo sotaque.

— *Dzień dobry* — cumprimenta o padre Mackie.

O homem sorri.

— *Dzień dobry*, *dzień dobry*.

— Tenho uma conversa marcada com o Sr. Ventham. Matthew Mackie.

O homem estende a mão e aperta a dele.

— Bogdan Jankowski. Pode entrar, por favor, padre.

— Tenha certeza, nós entendemos que o senhor não tem qualquer obrigação legal de nos ajudar — diz o padre Matthew Mackie. — Nós discordamos da decisão do conselho, é claro, mas temos de aceitá-la.

Mike Griffin, do Comitê de Planejamento, fez bem seu trabalho, pensa Ian. Fique à vontade para escavar o cemitério, Ian, dissera ele, a casa é sua. Mike Griffin é viciado em cassinos on-line e tomara que continue assim por muito tempo.

— No entanto, eu considero, sim, que o senhor tem uma obrigação moral de deixar o Jardim do Descanso Eterno, o cemitério, exatamente onde está — continua o padre Mackie. — E quis encontrá-lo cara a cara, de homem para homem, para ver se nós podemos chegar a um acordo.

Ian Ventham ouve com atenção, mas, sinceramente, está pensando mesmo é em quão inteligente ele próprio é. É a pessoa mais inteligente que conhece, com toda certeza. É assim que consegue o que quer. Às vezes chega a parecer quase injusto. Não é que ele estivesse um passo à frente das pessoas — ele estava pegando uma outra trilha.

Karen Playfair havia sido fácil. Se ele não consegue persuadir Gordon Playfair a vender suas terras, sabe que ela conseguirá. Pais e filhas, sabe como é. E ela com certeza ganharia algum dinheiro. Um velho não recusa mais de um milhão por um morro por muito tempo. Ian sempre encontraria um jeito.

Mas o padre Mackie é mais ardiloso que Karen Playfair, ele sabe disso. Padres não são como divorciadas de cinquenta e poucos anos com excesso de peso, certo? É preciso fingir algum respeito por eles; talvez se deva até ter algum respeito por eles de fato. E se estiverem certos, afinal de contas? Importante ter a mente aberta. O que é outro exemplo de inteligência aplicada de forma útil.

Foi por isso que Ian pediu a Bogdan para estar presente. Ele sabe que esse povo gosta de ter uns aos outros por perto; claro, quem não gosta? Percebe que é hora de falar.

— Nós só vamos retirar os corpos, padre — diz Ian. — Tudo vai ser feito com o maior cuidado e o maior respeito.

Ian sabe que isso não é exatamente verdade. Por lei, ele foi obrigado a aceitar ofertas para o trabalho. Apareceram três interessados. Um foi o Departamento de Antropologia Forense da Universidade de Kent, que certamente executaria a função com todo o cuidado e o respeito. Outro, uma firma de "especialistas em cemitérios" em Rye, que havia removido recentemente trinta túmulos do terreno de uma nova pet shop. A proposta incluía fotos de homens e mulheres sérios de macacão azul-escuro escavando sepulturas manualmente. O último interessado era uma empresa criada dois meses antes pelo próprio Ian com um diretor funerário de Brighton que ele conhecera jogando golfe e Sue Banbury, vizinha de Ian, que alugava escavadeiras. Esta última proposta, extremamente competitiva, havia ganhado a disputa. Ian pesquisara na internet sobre escavações em cemitérios e não era nada de outro mundo.

— Alguns desses túmulos têm mais de cento e cinquenta anos, Sr. Ventham — diz o padre Mackie.

— Pode me chamar de Ian — responde ele.

Não é como se Ian efetivamente precisasse ter esta reunião, mas é melhor prevenir do que remediar. Muitos moradores vestem a carapuça de "fiéis" quando lhes convém, e não seria bom se o padre Mackie resolvesse criar confusão. As pessoas têm reações estranhas quando se trata de cadáveres. Não custava ouvir o homem, tranquilizá-lo e mandá-lo para casa em paz. De repente fazer uma doação? Esse era um pensamento para guardar com carinho na manga.

— Esta empresa que o senhor contratou para fazer a mudança do cemitério — diz Mackie, examinando a ficha —, Anjos em Trânsito, Especialistas em Remoção de Covas... eles sabem o que vão encontrar, espero. Não vai haver muitos caixões intactos, Ian, só ossos. E não são esqueletos, são ossos soltos, quebrados, espalhados, meio decompostos, afundados na terra. E cada fragmento de cada osso em cada sepultura tem de ser achado, documentado e respeitado. É pura e simples decência. E não esqueça, é a lei também.

Ian assente, apesar de sua cabeça estar longe dali, pensando se dá para pintar uma escavadeira de preto. Sue vai saber.

— Eu estou aqui hoje — continua o padre Mackie — para pedir a você que repense, que deixe estas senhoras onde elas estão, que as deixe em paz. De homem para homem. Não sei quanto lhe custaria para fazer isso, aí é assunto seu. Mas o senhor tem de compreender que, como homem de Deus, é assunto meu também. Não quero que essas mulheres sejam removidas dali.

— Matthew, fico feliz por você ter vindo nos ver — responde Ian. — Eu entendo isso que você fala sobre anjos. Almas atormentadas e tal, se estou entendendo bem. Mas você mesmo disse que só vamos encontrar ossos. É só o que sobrou. E é uma escolha sua ser supersticioso ou, no seu caso, religioso, eu entendo, mas a minha escolha é não ser. Claro que nós vamos cuidar dos ossos. E não vejo o menor problema em você estar lá para vigiar o pessoal, se isso for lhe fazer feliz. Mas eu quero tirar o cemitério de lá, tenho permissão para tirar o cemitério de lá e vou tirar o cemitério de lá. Se isso faz de mim o que quer que seja, tanto faz. Ossos não se importam com onde vão ficar.

— Se não tenho como convencê-lo, vou dificultar ao máximo a situação. Preciso que o senhor saiba disso — avisa o padre Mackie.

— Pode entrar na fila, padre — diz Ian. — A Sociedade Protetora dos Animais está de prontidão por causa dos texugos. O Não Sei o Que Florestal de Kent me azucrinando a respeito de umas árvores protegidas. Com o senhor são as freiras. Tenho que observar regras da União Europeia sobre emissões de gases, poluição luminosa, formatação de banheiro, um milhão de coisas, apesar de, até onde eu sei, termos votado para não fazer mais parte dela. Tem moradores dando chilique por causa dos bancos, a Sociedade do Patrimônio Histórico me dizendo que os meus tijolos não são sustentáveis, e agora o cimenteiro mais barato do sul da Inglaterra foi preso por sonegação. O senhor não é o meu maior problema, padre, nem de longe.

Ian finalmente para e respira.

— Também teve a morte do Tony. É um momento difícil para todos — acrescenta Bogdan, fazendo o sinal da cruz.

— É, tem isso. Além de tudo o Tony morreu. É um momento difícil — concorda Ian.

O padre Mackie se vira para Bogdan, já que este resolveu falar.

— E você, meu filho, o que acha disso, dessa transferência do Jardim do Descanso Eterno? Não acha que estamos perturbando as almas? Não acha que vai haver castigo?

— Padre, eu acho que Deus vê tudo e julga todos — diz Bogdan. — Mas acho que osso é osso.

22

Joyce está cortando o cabelo.

Anthony vem todas as quintas e sextas-feiras, e os horários no seu salão móvel são disputadíssimos. Joyce sempre marca hora logo no início do dia, porque é quando se escutam as melhores histórias.

Elizabeth, que sabe muito bem disso, está sentada do lado de fora, junto à porta escancarada. À espera e de ouvidos atentos. Poderia muito bem entrar, mas o hábito de esperar e ouvir é antigo. Em uma vida inteira de escuta, você vê todo tipo de coisa. Ela olha o relógio. Se Joyce não sair em cinco minutos, mostrará que está aqui.

— Dia desses eu ainda pinto seu cabelo todo, Joyce — diz Anthony. — Você vai sair daqui com a cabeça rosa-choque.

Joyce ri.

— Vai ficar parecendo a Nicki Minaj. Sabe quem é Nicki Minaj, Joyce?

— Não, mas já gostei dela — responde Joyce.

— O que você acha desse sujeito que mataram? — pergunta Anthony. — Esse tal de Curran? Eu o via por aqui.

— Bem, obviamente é uma lástima — diz Joyce.

— Ouvi falar que foi tiro — comenta Anthony. — O que será que ele fez?

— Acho que ele morreu com um golpe na cabeça, Anthony — fala Joyce.

— Golpe na cabeça, sério? Joyce, esse seu cabelo é lindo. Você me promete que vai deixar ele todo para mim no seu testamento?

Do lado de fora, Elizabeth revira os olhos.

— Me falaram que encheram ele de tiros na beira da praia — conta Anthony. — Três caras de moto.

— Não, foi uma pancada na cabeça na cozinha da casa dele, aparentemente — corrige Joyce. — Não teve moto nenhuma.

— Quem faria isso? Dar uma pancada na cabeça da pessoa na cozinha dela?

De fato, quem faria isso? É o que pensa Elizabeth, olhando de novo para o relógio.

— Aposto que a cozinha era linda — diz Anthony. — Que pena. Sempre tive uma quedinha por ele. Sabe quando você sabe que o cara não presta, mas pegava do mesmo jeito?

— Bem, nisso concordamos, Anthony — diz Joyce.

— Espero que peguem quem fez isso.

— Com certeza vão pegar — afirma Joyce, tomando um gole de chá.

Elizabeth decide que já chega daquilo, se levanta e entra no salão. Anthony se vira e a vê.

— Ahh, olha quem chegou. Dusty Springfield.

— Bom dia, Anthony. Sinto lhe informar que vou precisar que você libere a Joyce. Preciso dela.

Joyce bate palmas.

23

Joyce

Não esperava um dia como o de hoje enquanto comia meu muesli de manhã. Primeiro foi aquela história de freira, agora isso.

Quem acha que eu como muesli todos os dias no café da manhã está enganado, mas hoje de manhã comi e, no fim das contas, a energia me caiu bem. Já passou das dez da noite e só agora larguei minhas coisas. Ao menos cochilei no trem de volta.

Hoje de manhã cortei o cabelo com o Anthony. Estávamos quase acabando e em meio a uma fofoca adorável quando chega quem? Elizabeth. Trazendo uma grande sacola de compras e uma garrafa térmica, ambas pouco comuns quando se trata dela. Elizabeth informou que havia um táxi a caminho e que eu precisava me aprontar para passar o dia fora. Desde que me mudei para Coopers Chase, aprendi a ser espontânea, então nem pestanejei. Perguntei aonde íamos para ter uma ideia de como seria o tempo etc. Ela disse Londres, o que me surpreendeu, mas explicava a garrafa térmica. Sei bem quão fria Londres pode ser, por isso corri para casa e pus um bom casaco. Graças aos céus tive essa ideia!

Ainda usamos os táxis de Robertsbridge, apesar de certa vez um deles ter levado a neta do Ron para a estação errada. Para ser justa, eles melhoraram de lá para cá. Nosso motorista da vez se chamava Hamed e era da Somália, que inclusive parece um lugar lindo. Elizabeth — mas que surpresa — já esteve lá e engatou um papo com ele. Hamed tem seis filhos e o mais velho é clínico geral em Chislehurst, sabem onde fica? Como já estive lá uma vez para uma feira de objetos usados, ao menos pude participar da conversa.

Elizabeth passou esse tempo todo me esperando perguntar aonde estávamos indo, mas eu me segurei. Ela gosta de comandar, e, não me entendam mal, eu gosto de tê-la no comando também, mas não faria mal ser notada de vez em quando. Acho que ela me afeta, num sentido positivo. Nunca me vi como alguém facilmente influenciável, mas quanto mais convivo com Elizabeth, mais creio que provavelmente sou. De repente eu também teria ido à Somália se tivesse a presença de espírito dela. É só um exemplo do que quero dizer.

Pegamos o trem em Robertsbridge (o parador das 9h51), e na altura de Tunbridge Wells ela desembuchou, afinal. Estávamos indo encontrar Joanna.

Joanna! Minha menina! Já se pode imaginar todas as perguntas que me vieram à mente. E pronto, Elizabeth me tinha outra vez na mão.

E por que estávamos indo visitar Joanna? Bem, eis o que aparentemente havia acontecido.

Elizabeth me explicou, daquele jeito dela que faz tudo parecer ter muito sentido, que a polícia sabia tanto quanto nós a respeito de muitos dos elementos daquele caso, o que era bom para todos. Mas também seria bom se em determinados aspectos a gente soubesse mais do que a polícia, caso chegássemos ao ponto de precisar "negociar" informações. Poderia ser útil, na visão de Elizabeth, pois Donna infelizmente era esperta demais para nos contar tudo. Afinal, quem éramos nós?

O grande ponto de interrogação, como o definiu Elizabeth, estava nos documentos financeiros das empresas de Ian Ventham. Haveria neles alguma ligação importante entre Ventham e Tony Curran? Uma razão para terem discutido? Um motivo para o assassinato? Era importante descobrirmos.

Com esse intuito, Elizabeth havia, é claro, conseguido relatórios financeiros detalhados das empresas de Ian Ventham. Por bem ou, o mais provável, por mal. Estava tudo numa grande pasta azul; por isso a sacola, que ela apoiou no assento vazio ao seu lado. Não comentei ainda, mas fomos de primeira classe. Torci o tempo todo para alguém pedir para ver minha passagem, mas ninguém quis.

Elizabeth examinara toda a papelada sem conseguir entender nadica de nada. Precisava de alguém que desse uma olhada e lhe ensinasse a distinguir uma coisa da outra. Haveria algo fora do comum? Algo que pudéssemos xeretar nas horas vagas? Encontraríamos pistas ocultas nos documentos, disso Elizabeth tinha certeza. Mas ocultas onde?

Perguntei se a própria pessoa que lhe arranjara os documentos não seria o homem certo para o trabalho. Elizabeth respondeu que, infelizmente, essa pessoa lhe devia um favor, não dois. Disse ainda ter ficado surpresa por eu ter dito "o homem certo", levando em conta minha posição política. Ela tinha razão, não era a nomenclatura ideal, mas, fosse como fosse, eu achava que era um homem mesmo e ela me confirmou ser o caso.

Em algum lugar próximo a Orpington, foi a minha vez de fraquejar e perguntar por que a Joanna. Bem, Elizabeth me ofereceu suas razões. Precisávamos de alguém que estivesse em dia com os métodos modernos de contabilidade empresarial e soubesse avaliar uma empresa, dois predicados que Joanna aparentemente tinha. Será que Ventham estava encrencado? Devendo dinheiro na praça? Haveria novos empreendimentos imobiliários no horizonte? E verba para tal? Precisávamos de alguém de total e absoluta confiança, e Elizabeth acertara em cheio em relação a Joanna neste ponto. Joanna pode ser o que for, mas não dá furo quanto a segredos. Por fim, precisávamos de alguém a quem tivéssemos acesso fácil e que nos devesse um favor. Perguntei que favor Joanna nos devia, e a resposta foi a culpa universal das filhas que não veem as mães o suficiente. Isso ela também pescou direitinho sobre a Joanna.

Tudo se resumia, nas palavras de Elizabeth, a precisarmos de alguém "científica, leal e próxima".

E, de qualquer forma, ela havia enviado um e-mail a Joanna e insistido até ela aceitar. Disse para não tocar no assunto comigo, pois queria que fosse uma boa surpresa, e pronto, ali estávamos nós.

No papel tudo soa muito convincente, e Elizabeth tem mesmo este dom. Mas eu não engoli nem por um instante. Não duvido que ela poderia ter encontrado uma série de opções melhores. Minha opinião sincera? Acho que Elizabeth queria mesmo era conhecer a Joanna.

E por mim, aliás, tudo bem. Seria uma chance de ver minha filha e exibi-la a Elizabeth. E sem o constrangimento de eu mesma ter de fazer todos os arranjos. Quando sou eu, de alguma forma sempre acabo errando em alguma coisa e Joanna se irrita.

Além disso, hoje eu não estaria conversando com Joanna sobre seu trabalho, seu novo namorado, sua nova casa (é em Putney; ainda não fui até lá, mas ela mandou fotos e quem sabe no Natal?). Estaria conversando sobre um assassinato. Quero ver ela se fazer de adolescente descolada quando alguém foi morto. Como se diz por aí, até parece.

Chegamos catorze minutos atrasadas à Charing Cross devido à "lentidão do nosso serviço", sobre o qual Elizabeth resmungou bastante. Não precisei ir ao banheiro no trem, o que foi uma bênção. Na última vez que tinha visitado Londres, fui com o pessoal ver *Jersey Boys*, e isso já faz algum tempo. Antigamente, tentávamos ir três ou quatro vezes por ano. Éramos quatro. Assistíamos a peças na matinê e pegávamos o trem de volta antes da hora do rush. Na Marks vendem gim-tônica em lata, imaginem. A gente bebia no trem de volta e vinha dando risada o caminho inteiro. Esse pessoal todo já se foi. Dois cânceres e um derrame. Nunca imaginaríamos que *Jersey Boys* seria a última viagem. A primeira vez a gente sempre sabe qual é, certo? Mas a última, raramente. Enfim, queria não ter jogado fora o programa da peça.

Pegamos um típico táxi preto londrino (é claro) e seguimos para Mayfair. Quando o carro passou pela Curzon Street, Elizabeth apontou para o escritório onde ela um dia trabalhara. Havia fechado nos anos 1980 como medida de contenção de despesas.

Já estive no escritório onde Joanna trabalha antes, quando eles haviam acabado de se mudar, mas foi todo redecorado desde então. Há uma mesa de pingue-pongue e bebida à vontade. E um elevador no qual se fala o número do andar em vez de se apertar um botão. Não faz meu estilo, mas mesmo assim é muito chique.

Eu sei que às vezes reclamo dela, mas, sinceramente, como foi bom ver a Joanna! Até um abraço de verdade ela me deu, já que estávamos acompanhadas. Elizabeth pediu licença então para ir ao banheiro (eu fui na Charing Cross, caso estejam achando que sou uma supermulher). Bastou ela sair de perto e Joanna abriu aquele sorriso.

— Mãe, um assassinato? — Foi o que ela disse, ou algo semelhante. Parecia aquela criança de que eu me lembrava, de tantos anos atrás.

— Com uma pancada na cabeça, JoJo. Logo isso — respondi.

Foram exatamente as palavras que usei, e acho que o fato de ela não ter imediatamente fechado a cara e pedido para eu não a chamar de "JoJo" diz muito. (Só um detalhe: ao vê-la e tocá-la, percebi que ela estava um pouco magra demais, o que me faz crer que esse cara novo não é bom para ela. Quase me aproveitei do momento e falei alguma coisa, mas achei melhor não abusar da sorte).

Estávamos em uma sala de reuniões e a mesa era feita a partir da asa de um avião. Sabia que era melhor não chamar atenção para o fato na frente de Joanna, mas era um negócio e tanto. Fiquei ali quietinha como se visse mesas feitas de partes de aviões todo dia.

Elizabeth havia enviado todo o material por e-mail e Joanna o entregara a Cornelius, que trabalha para ela. Ele é americano, aliás, caso se perguntem que nome é esse. Cornelius perguntou a Elizabeth onde havia conseguido toda aquela documentação. Quando ela respondeu que havia sido na junta comercial, ele disse que não era o tipo de documento que se acha por lá. Elizabeth retrucou que, bem, ela não sabe como essas coisas funcionam, é só uma senhora de setenta e seis anos de idade.

Bom, já me estendi demais. Resumindo: as empresas de Ventham iam muito bem das pernas. Ele sabia o que estava fazendo. Apesar de Cornelius ter descoberto duas coisas bem interessantes, e vamos mencioná-las à polícia quando vierem nos visitar. Foi tudo devidamente adicionado à grande pasta azul de Elizabeth.

Joanna foi divertida, brilhante, cativante, tudo que eu temia que tivesse se esvaído dela. Mas estava tudo lá, intacto. Talvez só não apareça muito quando estamos só eu e ela.

Eu já havia conversado antes com Elizabeth a respeito de Joanna. Sobre eu achar que não somos tão próximas quanto deveríamos ser, como outras mães e filhas parecem ser. Algo em Elizabeth faz você sentir vontade de se abrir. Ela sabia que eu andava um pouco triste. Eu não havia pensado nisso até agora, mas quem sabe toda essa viagem não foi para o meu proveito? Porque, sinceramente, muita gente poderia ter nos dito o que Cornelius falou. Será que foi isso, então? Não sei.

Quando estávamos saindo, Joanna disse que teria de dar um jeito de aparecer no próximo fim de semana para fofocarmos. Eu disse que adoraria se ela viesse e que poderíamos fazer um passeio até Fairhaven. Ela disse que amaria. Perguntei se o cara novo gostaria de vir com ela, mas a resposta foi uma risadinha e um "não". Essa é a minha menina.

Poderíamos ter pegado outro táxi preto na porta e ido direto para a estação, mas Elizabeth quis dar uma volta, e assim fizemos. Não sei se vocês conhecem Mayfair — não há nenhuma loja para fazer umas comprinhas do que quer que seja, mas mesmo assim foi muito agradável. Tomamos um café numa franquia da Costa em um prédio lindo. Segundo Elizabeth, o lugar havia sido um pub onde ela e vários colegas costumavam beber. Ficamos ali por um tempo e falamos sobre as novidades do dia.

A julgar por hoje, essa história de investigação de assassinato vai ser divertida à beça. Foi um dia longo. Se nos aproximou ou não da captura do assassino de Tony Curran, vocês que decidam.

Acredito que Joanna tenha visto hoje um lado diferente meu. Ou eu posso tê-lo visto, através dos olhos dela. De uma forma ou de outra, foi um prazer. Ah, e da próxima vez eu conto a vocês sobre o Cornelius, de quem gostamos.

O vilarejo está quase escuro agora. Nessa vida precisamos aprender a contar os bons dias. É preciso colocá-los no bolso e levá-los sempre conosco. Estou pondo o dia de hoje no bolso e agora vou dormir.

Só para acabar, queria dizer que, quando chegamos à Charing Cross, dei um pulo na Marks para comprar duas latas de gim-tônica. Elizabeth e eu os bebemos no trem de volta para casa.

24

As luzes do vilarejo se apagam enquanto Elizabeth abre sua agenda e se debruça sobre a pergunta do dia.

"QUAL ERA A PLACA DO CARRO NOVO DA NORA DA GWEN TALBOT?"

Ela gosta da pergunta. Não é a marca do carro. Seria fácil demais. Nem a cor, que dá para chutar e não prova nada. A placa. Exige de fato que a pessoa se lembre.

Como já fez tantas vezes antes, em uma outra vida, geralmente em outro país e outro século, Elizabeth fecha os olhos e aproxima a mente. Ela a enxerga de imediato — ou será que ouve? As duas coisas. Seu cérebro está lhe contando o que ela vê.

JL17BCH

Ela corre um dedo pela página e confere a resposta correta. Acertou em cheio. Elizabeth fecha a agenda. A próxima pergunta fica para depois; ela já tem uma boa ideia do que escrever, por sinal.

Só para ficar registrado, o carro era um Lexus azul. A nora de Gwen Talbot subiu na vida trabalhando com seguro customizado de iates. Como ela se chama, bem, aí mora o mistério. Elizabeth só estivera com ela uma vez e não pegara o nome. Estava segura de apenas não ter ouvido direito, e não de não se lembrar.

Problemas de memória eram o grande fantasma que assombrava Coopers Chase. Esquecimento, distração, confusão de nomes.

O que eu vim fazer aqui mesmo? Os netos achariam graça. Filhos e filhas fariam piadas também, ao mesmo tempo em que ficariam de olho. De vez em quando, você acordaria no meio da noite com aquela terrível sensação de ansiedade. Tanta coisa para se perder, e logo a sanidade mental? Não dá para ser uma perna, um pulmão, qualquer outra coisa antes disso? Antes de você virar a "tadinha da Rosemary", o "tadinho do Frank" e vislumbrar o sol pela última vez tendo a consciência de quem é. Antes de acabarem os passeios, os jogos, os Clubes do Crime. Antes de você acabar.

Você deve ter confundido os nomes da sua filha e da sua neta porque estava pensando nas batatas no fogão, com certeza foi isso, mas... quem sabe? É uma corda bamba.

Por isso, todos os dias Elizabeth abre a agenda em uma data dali a duas semanas e escreve uma pergunta para si própria. E todos os dias ela responde uma pergunta estabelecida por ela mesma duas semanas antes. É o seu sistema de alerta precoce. É a sua equipe de cientistas examinando gráficos de sismógrafos. Se há iminência de terremoto, será ela a primeira a saber.

Elizabeth entra na sala. Uma placa de carro de uma quinzena atrás é um teste e tanto, e está orgulhosa de si. Stephen está no sofá, totalmente concentrado. Naquela manhã, antes de sua ida a Londres com Joyce, haviam conversado sobre Emily, a filha dele. Stephen está preocupado com ela, acha que está magra demais. Elizabeth discorda, mas, de qualquer maneira, Stephen gostaria que Emily o visitasse mais, só para poderem ficar de olho nela. Elizabeth concordou que aquilo fazia sentido e disse que falaria com Emily.

Só que Emily não é filha de Stephen. Ele não tem filhos. Emily foi sua primeira esposa e está morta há quase vinte e cinco anos.

Stephen é especialista em arte do Oriente Médio. Um dos maiores entre os acadêmicos britânicos, quiçá o *maior* especialista. Havia morado em Teerã e Beirute nos anos 1960 e 1970 e retornaria muitos anos depois para rastrear obras de arte saqueadas, a serviço de milionários arruinados exilados no oeste de Londres. Embora Elizabeth houvesse estado rapidamente em Beirute no início dos anos 1970, seus caminhos só foram se cruzar em 2004, quando Stephen pegara a luva que ela havia deixado cair na saída de uma livraria em Chipping Norton. Seis meses depois, estavam casados.

Elizabeth liga a chaleira. Stephen ainda escreve todos os dias, às vezes por horas. Tem um agente acadêmico em Londres e sempre diz que precisa vê-lo em breve. Mantém seu trabalho guardado em lugar seguro, mas, evidentemente, nenhum lugar é seguro quando se trata de Elizabeth, e ela o lê de vez em quando. Às vezes é só uma matéria do jornal repetida várias vezes, mas frequentemente são histórias sobre Emily ou para Emily. Tudo na mais bela caligrafia.

Para Stephen, já não haverá mais trens para Londres, seja para almoçar com o agente ou para ver exposições, ou mesmo pesquisar alguma coisa na Biblioteca Britânica. Stephen já está no limite. Já passou do limite, se é para Elizabeth ser honesta consigo. Ela tem optado por administrar a situação. Medicá-lo da melhor forma possível. Sedá-lo, na verdade. Com os remédios dela e os dele, Stephen nunca acorda à noite.

A chaleira terminou de ferver e Elizabeth serve duas xícaras de chá. A policial De Freitas e seu inspetor-chefe virão vê-los em breve. Até ali tudo dera certo, mas ela ainda precisa ponderar algumas questões. Após o passeio do dia com Joyce, ela agora tem informações que pode entregar à polícia, e gostaria de obter em troca as informações deles. Mas, para isso, vai ser preciso enrolar Donna e seu chefe. Ela tem algumas ideias.

Stephen não cozinha, o que deixa Elizabeth tranquila para dar uma saída sem o risco de encontrar a casa pegando fogo na volta. Ele também nunca faz compras, nem vai ao restaurante, nem à piscina, então não há chances de acontecer nenhum incidente. Às vezes, ela chega em casa e nota sinais de um vazamento mal disfarçado e às vezes precisa fazer alguma limpeza de emergência, mas isso não tem importância.

Elizabeth está mantendo Stephen consigo quanto pode. Em algum momento, ele sofrerá uma queda ou tossirá sangue e será exposto a algum médico que não se deixará enganar. Quando a hora chegar, ele sairá do seu alcance.

Elizabeth amassa o remédio para insônia e o joga no chá de Stephen. Em seguida, adiciona leite. Sua mãe teria tido regras de etiqueta quanto a tal processo. O remédio primeiro e o leite depois ou o leite antes e então o remédio? Ela sorri. Stephen teria gostado da brincadeira. Será que Ibrahim acharia graça? Joyce? Ela acha que não.

Às vezes, os dois ainda jogam xadrez. Elizabeth certa vez passou um mês enfurnada num esconderijo em algum lugar próximo à fronteira da Polônia com a Alemanha Oriental tomando conta do mestre enxadrista russo e posterior desertor Yuri Tsetovich. Lembra das lágrimas de alívio dele ao ver quão bem ela jogava. Sua habilidade continuava intacta, mas Stephen sempre ganha dela, e com uma elegância que a deixa zonza. Embora ela tenha reparado que estão jogando cada vez menos ultimamente. Será que sua última partida já havia ocorrido? Teria Stephen comido o último rei? Por favor, que não seja o caso.

Ela lhe entrega o chá e beija sua testa. Ele agradece.

Elizabeth volta à sua agenda e vira as páginas até dali a duas semanas para escrever a pergunta do dia, a respeito de um fato de que ficou sabendo hoje por Joanna e Cornelius.

QUANTO IAN VENTHAM GANHOU COM A MORTE DE TONY CURRAN?

Ela escreve a resposta no pé da página — 12,25 MILHÕES — e fecha a agenda mais uma vez.

25

A policial Donna de Freitas recebera a notícia na manhã da véspera. Deveria se apresentar ao DIC. Elizabeth trabalhava rápido.

Havia sido designada para trabalhar no caso Tony Curran como "sombra" de Chris Hudson. Uma nova iniciativa da polícia de Kent. Tinha algo a ver com inclusão, mentoria, diversidade, essas coisas que o sujeito do RH em Maidstone dissera ao telefone. O que quer que fosse, significava que ela agora estava sentada em um banco contemplando o Canal da Mancha enquanto o inspetor-chefe Chris Hudson tomava sorvete.

Chris lhe entregara a ficha de Tony Curran para inteirá-la do assunto. Ela mal podia acreditar na própria sorte. Donna gostara muito da ficha a princípio. Era algo com cara de trabalho policial de verdade. Lembrava tudo o que ela adorava no sul de Londres. Assassinato, drogas, alguém capaz de dizer "sem comentários" com certo estilo. Enquanto lia, tinha certeza de que se depararia com alguma pista imperceptível capaz de lançar luz sobre um caso de décadas atrás. Já havia até criado todo o cenário em sua mente. "Senhor, dei uma fuçada e 29 de maio de 1997, na verdade, foi feriado; isso derruba o álibi de Tony Curran, não acha?" Chris Hudson a encararia desconfiado. Impossível essa caloura desvendar o caso. Ela ergueria uma sobrancelha e diria: "Enviei a caligrafia dele à perícia, senhor, e adivinhe?" Chris fingiria desinteresse, mas ela saberia que já o havia pego de jeito. "Acontece que Tony Curran era canhoto." Chris ficaria boquiaberto. Teria de se render a ela.

Nada disso aconteceu. Donna só leu exatamente o que Chris havia lido: o histórico resumido de um criminoso que sempre se safava e acabou sendo ele mesmo vítima de um crime. Nenhuma pista quente, nenhuma inconsistência, nada a desvendar. Mesmo assim, ela gostara.

— Isso não tem no sul de Londres, né? — diz Chris, usando a casquinha do sorvete para apontar para o mar.

— O mar? — pergunta Donna, querendo se certificar.

— O mar. — Chris assente.

— É, o senhor tem razão. Há os lagos de Streatham, mas não é a mesma coisa.

Chris Hudson a trata com uma gentileza que ela percebe ser genuína e um respeito digno de quem é bom no que faz. Caso fosse designada para trabalhar em caráter permanente em sua equipe, ele teria de dar um jeito na forma como se veste, mas isso era assunto para outro momento. Chris levava ao pé da letra a expressão "roupa comum". Donna não fazia nem ideia de onde se achavam sapatos como aqueles. Será que existia um catálogo?

— A fim de um passeio para ir encontrar Ian Ventham? — sugeriu Chris. — Ter uma conversinha sobre a discussão dele com Tony Curran?

Elizabeth não deixara ponto sem nó. Havia ligado para Donna e passado alguns detalhes a mais sobre a discussão presenciada por Ron, Joyce e Jason. Ainda assim, teriam de ir até lá pessoalmente, mas por ora estava valendo.

— Sim, por favor — responde Donna. — Pega mal dizer "por favor" no DIC?

Chris dá de ombros.

— Não sou a pessoa mais indicada para responder se algo pega bem ou não, policial De Freitas.

— Dá para a gente pular direto para a parte em que você começa a me chamar de Donna?

Chris olha para ela e assente.

— Ok, vou tentar, mas não prometo nada.

— O que nós estamos procurando com relação ao Ventham? Um motivo?

— Exatamente. Ele não vai nos entregar de mão beijada, mas, se prestarmos atenção nos sinais, dá para pescar alguma coisa. Mas deixa que eu faço as perguntas.

— Claro — diz Donna.

Chris termina a casquinha.

— A não ser que você queira muito fazer uma pergunta.

— Ok — concorda Donna. — Provavelmente vou querer. Só te avisando.

— Está bem, então. — Chris se levanta. — Vamos?

26

Joyce

"Quem não arrisca, não petisca." Não é assim que se fala? Por isso convidei o Bernard para almoçar.

Preparei cordeiro com arroz. Cordeiro comprado no melhor dos mercados, arroz do baratinho mesmo. É como eu faço — honestamente, com itens básicos não dá nem para notar. O povo já começou a acordar para isso, e a van do baratinho vem aparecendo cada vez mais por aqui.

Bernard não é do tipo que repara na diferença, em todo caso. Sei que ele come no restaurante todos os dias. O que come de café da manhã eu não sei, mas quem é que sabe o que as pessoas comem de manhã? Eu geralmente tomo chá com torradas e ouço a rádio local. Tem quem coma frutas, não é? Não sei quando foi que inventaram isso, mas não é para mim.

Não era um encontro romântico, não entendam mal, mas ainda assim pedi a Elizabeth para não contar ao Ron nem ao Ibrahim, porque com certeza eles iriam encarnar em mim com gosto. Se tivesse sido um encontro romântico — garanto que não foi —, só teria a dizer o seguinte: como esse homem gosta de falar da falecida esposa! Não me importo, até entendo, mas tive de fazer um esforço para aguentar. De qualquer forma, sei que eu não deveria reclamar disso.

Talvez me sinta culpada porque não falo muito sobre o Gerry. Acho que só lido com as coisas de outro jeito. Mantenho Gerry numa bolinha só para mim. Acho que, se eu o deixasse correr por aí, me sentiria assoberbada, e meu medo é de que isso tudo acabasse explodindo aqui dentro. Sei que é bobagem. Gerry teria gostado de

Coopers Chase, com todos os seus comitês. É muito injusto que não tenha vivido para aproveitar.

Enfim, é disso que estou falando. Sinto as lágrimas se formarem, e não é lugar nem hora para isso. Estou aqui para escrever.

A esposa do Bernard era indiana, o que devia ser extremamente incomum naquela época, e eles foram casados por quarenta e sete anos. Vieram juntos para cá, mas ela teve um derrame e foi parar em Willows após meros seis meses. Morreu há um ano e meio, antes da minha chegada. Pelo que falam dela, eu gostaria de tê-la conhecido.

Eles têm uma filha, Sufi. Não Sophie. Vive em Vancouver com o parceiro. Visita Bernard umas duas vezes por ano. Fico pensando como seria se Joanna se mudasse para Vancouver. Não considero nada impossível.

Conversamos sobre outras coisas também, não quero passar a impressão errada. Debatemos sobre o pobre Tony Curran. Contei a Bernard como fiquei animada ao saber do assassinato. Ele me olhou meio desconfiado, de um jeito que me lembrou que não posso falar com qualquer pessoa da forma como falo com Elizabeth, Ibrahim e Ron. Mas, cá entre nós, Bernard desconfiado é um charme.

Ele falou um pouco sobre seu trabalho, embora para mim não tenha adiantado muita coisa, sendo bem honesta. Se você sabe o que um engenheiro químico faz, é uma pessoa melhor do que eu. Não me entenda mal, eu sei o que um engenheiro faz e sei em que consiste a química, mas não consigo juntar A com B. Também falei um pouco sobre o meu trabalho e contei algumas histórias divertidas sobre pacientes. Ele riu. Quando contei sobre o médico residente que ficou com as partes íntimas entaladas no bico do aspirador de pó, percebi um leve brilho no seu olhar que me deixou mais otimista. Foi agradável, não diria nada além disso, mas senti que há mais a aprender a respeito de Bernard, uma lacuna a ser preenchida. Sei a diferença entre só e solitário, e Bernard é solitário. Isso tem cura.

Sou chegada a um vira-lata. Gerry era assim; soube logo que o conheci. Piadista e inteligente, mas um vira-lata, precisava de um lar. Foi o que lhe dei, e ele me retribuiu mais do que à altura. Ah, Joyce, este lugar teria caído como uma luva para aquele homem maravilhoso.

Estou falando sem parar feito o Bernard, não estou? Cale essa boca, Joyce. Agora essas lágrimas bobas são de verdade. Vou deixar que rolem. Quem não chora de vez em quando acaba chorando o tempo todo.

Elizabeth convidou Donna e seu inspetor-chefe para nos ver mais tarde. Ela planeja contar a eles a informação que conseguimos com Joanna e Cornelius e descobrir o que podemos obter em troca.

Como não é quinta-feira, Elizabeth quis saber se poderíamos usar minha sala de visitas para o encontro. Eu comentei que seria pequena para todos nós, mas ela respondeu que isso era perfeito para seus propósitos. Se deixássemos o inspetor-chefe desconfortável, talvez ele entregasse alguma coisa. Esse é o plano. Diz ela se tratar de um velho truque profissional seu, ainda que não tenha mais acesso a todo o equipamento que costumava ter à mão. Suas instruções específicas foram: "Ninguém sai da sala até que nós tenhamos conseguido extrair do inspetor-chefe Hudson algo que possamos usar."

Ela me pediu para assar alguma coisa. Estou fazendo um bolo de limão siciliano, mas também um de café com nozes, pois nunca se sabe. Usei farinha de amêndoas; fazem tanta coisa boa com ela no Nada com Batimento que eu só estava esperando uma oportunidade. Sei que Ibrahim adora dizer que é intolerante a glúten, e isso vai cortar suas asinhas.

Será que devo tirar uma soneca? Agora são três e quinze da tarde, e meu limite para a sesta costuma ser três em ponto, caso contrário tenho dificuldades para dormir à noite. Mas esses últimos dias foram tão cheios que talvez eu mereça infringir um pouco as regras.

Em todo caso, quero só acrescentar que o bolo de café com nozes é o favorito do Bernard. Mas não venha tirar conclusões a partir disso.

27

Donna olha pela janela do Ford Focus. O que o povo vê de tão fascinante em árvores? Tem tantas por aí. Tronco, galhos, folhas, tronco, galhos, folhas, ok, todo mundo já entendeu. Sua mente viaja.

Chris mostrou a ela a fotografia deixada ao lado do corpo. Certamente é uma pista falsa, não? Só pode ser. Se você for Jason Ritchie ou Bobby Tanner ou quem quer que tenha tirado a foto, aquilo é pedir para arrumar encrenca. Seria uma imbecilidade se qualquer um deles tivesse deixado a fotografia junto ao corpo. Umas cem pessoas diferentes poderiam ter assassinado Tony Curran; por que facilitar o trabalho da polícia, reduzindo a lista a três nomes?

Outra pessoa, portanto, devia ter arrumado uma cópia da fotografia. Mas como?

Será que o próprio Tony Curran tinha uma cópia? Faria sentido. E talvez Ian Ventham a tivesse visto alguma vez. Tony podia estar se mostrando, e Ian teria registrado o fato e guardado na mente para uso futuro. Uma tentativa de confundir os policiais atrapalhados, quem sabe? Pelo que Donna leu, ele parece o tipo de pessoa que poderia tentar algo assim.

Eles estão passando agora por um vilarejo — as árvores são um respiro, mas ainda assim falta concreto para Donna. Será que ela ainda aprenderia a amar esse tipo de paisagem? Talvez a vida possa ser mais do que o sul de Londres.

— No que você está pensando? — pergunta Chris, olhos voltados para a esquerda na tentativa de achar a placa correta.

— No Atlanta Fried Chicken que fica na Balham High Road. E também que a gente deveria mostrar a foto ao Ian Ventham — diz Donna. — Perguntar se ele já a viu antes.

— E olhar bem no olho dele quando nos disser que nunca viu? — responde Chris, ligando a seta para a esquerda e entrando na estradinha secundária. — Bom plano.

— Outra coisa em que estou pensando: por que você nunca passa suas camisas?

— Então é assim essa história de ter uma sombra? — diz Chris. — Bem, eu costumava passar só a parte da frente porque o resto o casaco cobre. Aí um dia pensei: eu já estou usando gravata mesmo, para que me importar com isso? Alguém nota isso?

— Claro que as pessoas notam — afirma Donna. — Eu noto.

— Você é policial, Donna. O dia que eu arrumar uma namorada, começo a passar as minhas camisas.

— Enquanto não começar a passar as camisas, você não vai arrumar uma namorada.

— Se correr o bicho pega, se ficar o bicho come, sei — acrescenta Chris, começando a subir uma longa entrada de carros. — Enfim, sempre achei que as camisas passam a si mesmas enquanto estão na gente.

— Ah, é? — diz Donna quando o carro para em frente à casa de Ian Ventham.

28

— Dá para prender a respiração por três minutos se você estiver disposto de verdade — afirma Ian Ventham. — A questão é controlar o diafragma. O corpo não precisa de tanto oxigênio quanto se diz. A prova disso são os cabritos-monteses.

— Faz sentido, Sr. Ventham — diz Chris. — Mas será que podemos voltar a falar da fotografia?

Ian Ventham olha outra vez para a foto e balança a cabeça.

— Não, com toda certeza nunca a vi antes. Reconheço o Tony, claro, que Deus o tenha, e esse é aquele boxeador, não é?

— Jason Ritchie — informa Chris.

— Segundo meu treinador de boxe, eu poderia ter seguido carreira profissional — diz Ian. — O físico mais a mentalidade. Certas coisas não se ensinam.

Chris assente de novo. Donna corre os olhos pela sala de Ian Ventham. É um dos cômodos mais extraordinários onde já pôs os pés. Há um piano de cauda vermelho berrante de teclas douradas. O banquinho é de ébano, revestido com pele de zebra.

— Imagino que o senhor e Tony não tenham tido nenhuma desavença, certo? — pergunta Chris. — Logo antes de ele morrer?

— Uma desavença?

— Aham.

— Eu e o Tony?

— Aham.

— Nós nunca discutimos — diz Ian. — Discutir faz muito mal para o bem-estar. É pura ciência. Discutir afina o sangue. Sangue mais fino, menos energia. Menos energia, terreno perigoso.

Donna escuta cada palavra, absorve tudo. Seus olhos, porém, continuam a esquadrinhar a sala. Há uma grande pintura a óleo com uma enorme moldura dourada acima da lareira. É um retrato de Ian carregando uma espada. Na frente, uma águia empalhada com as asas bem abertas.

— Bem, creio que com isso todos concordamos — diz Chris. — Mas e se eu dissesse ao senhor que tenho três testemunhas que viram vocês dois discutindo antes de ele ser assassinado?

Donna observa Ian se curvar lentamente para a frente, pousar os cotovelos nas coxas e repousar o queixo nas mãos unidas. Dá toda a impressão de fingir estar pensando.

— Bom, olha — começa Ian, tirando os cotovelos das coxas e abrindo as mãos. — Sim, a gente teve uma discussão. Acontece às vezes, não é? É uma forma de liberar as toxinas. Imagino que isso explique o que essas pessoas viram.

— Ok, sim, explicaria — concorda Chris. — Mas será que eu poderia perguntar qual foi a razão da discussão?

— Claro, pode sim — responde Ian. — É uma pergunta válida e fico feliz por você fazê-la, porque, no fim das contas, o Tony morreu.

— Tony foi assassinado, na verdade. Pouco depois da discussão — comenta Donna, os olhos fixos em um crânio incrustado de esmeraldas e cansada de ficar calada.

Ian assente.

— Verdade, verdade. A senhorita tem um futuro brilhante. Bom, escutem: quanto vocês sabem sobre irrigadores automáticos?

— Tanto quanto qualquer um — responde Chris.

— Eu quero colocá-los em todos os apartamentos novos. O Tony não queria essa despesa. Para mim, e quero deixar claro que isso sou eu, a forma como eu faço negócios, a segurança dos clientes vem em primeiro lugar. Primeiríssimo lugar. Foi o que eu disse ao Tony, e ele é mais relaxado quanto a isso, não faz meu estilo, e a gente teve, não vou dizer uma "discussão", mas um "desentendimento".

— E foi só isso? — pergunta Chris.

— E foi só isso — diz Ian. — Irrigadores. Se quiser me condenar por alguma coisa, me condene por fazer de tudo e mais um pouco em nome da segurança dos prédios.

Chris assente e se vira para Donna.

— Acho que isso é tudo, Sr. Ventham. A não ser que minha colega tenha perguntas.

Donna quer perguntar por que Ventham está mentindo sobre a discussão, mas isso seria um pouco demais. O que deveria perguntar? O que Chris ia querer que ela perguntasse?

— Só uma pergunta, Ian — diz Donna, sem querer chamá-lo de Sr. Ventham. — Para onde você foi depois de sair de Coopers Chase naquele dia? Para casa? Ou teria visitado Tony Curran? Talvez para continuar a falar dos irrigadores.

— Nem uma coisa nem outra — diz Ian, parecendo seguro. — Fui até o alto da colina para conversar com Karen e Gordon Playfair, donos daquele pedaço de terra. Eles podem confirmar o que digo. A Karen, pelo menos.

Chris encara Donna e assente. Sua pergunta foi ok.

— Você é muito bonita, por sinal — diz Ian a Donna. — Para uma policial.

— Você verá melhor ainda quanto sou bonita se um dia eu tiver de prendê-lo — responde Donna, dando-se conta tarde demais de que revirar os olhos provavelmente é antiprofissional.

— Bem, bonita não — acrescenta Ian. — Mas atraente o bastante para essa área.

— Obrigado pelo seu tempo, Sr. Ventham — agradece Chris, se levantando. — Entramos em contato se precisarmos de mais alguma coisa. E se algum dia o senhor precisar me dizer que *eu* sou bonito, tem o meu número.

Ao se levantar, Donna observa a sala mais uma vez. A última coisa que nota é o aquário. Ao fundo do tanque há uma réplica exata em escala da casa de Ian Ventham. No momento em que Donna e Chris saem, um peixe-palhaço emerge de uma janela do andar de cima.

Quando os dois chegam ao carro, o celular de Donna apita.

É uma mensagem de texto de Elizabeth, o que parece estranho para Donna. Uma mensagem de Elizabeth certamente deveria ser transmitida em código Morse ou por uma intrincada série de bandeiras.

Donna sorri para si mesma e abre a mensagem.

— O Clube do Crime das Quintas-Feiras está perguntando se podemos ir a Coopers Chase, inspetor. Eles têm informações a nos passar.

— O Clube do Crime das Quintas-Feiras?

— É o nome que eles usam. São quatro, uma turminha.

— Conheci o Ibrahim e o pobre do Ron Ritchie. Eles fazem parte da turma?

Donna assente. Não faz ideia do motivo por que ele disse "o pobre do Ron Ritchie", mas sem a menor dúvida Elizabeth está por trás disso, de alguma forma.

— Vamos conversar com eles? Elizabeth diz que Jason Ritchie vai estar lá.

— Quem é Elizabeth? — pergunta Chris.

— Ela é... — Donna pensa no que dizer. — Não sei como você a chamaria. O que quer que Marlon Brando fosse em *O Poderoso Chefão*.

— Da última vez que eu estive em Coopers Chase, encontrei meu Ford Focus com uma tranca na roda. Me cobraram 150 libras para que um aposentado de casaco fosforescente e chave inglesa regulável liberasse o carro. Pode responder a Elizabeth que vamos visitá-la quando a gente quiser, não quando ela quiser. Nós somos a polícia.

— Não acho que Elizabeth aceite um não como resposta — diz Donna.

— Bem, vai ter que aceitar, Donna. Faço esse trabalho há quase trinta anos e não vou deixar quatro aposentados me botarem pressão.

— Ok. Eu digo para ela.

29

No fim das contas, Chris estava errado e Donna, certa.

Chris Hudson se encontra desconfortavelmente espremido num sofá, com Ibrahim — que já havia conhecido — de um lado e a miúda e alegre Joyce, uma senhorinha de cabelo branco, do outro. O sofá é claramente para duas pessoas e meia e, quando sinalizaram a Chris para se sentar ali, ele partira do pressuposto de que o dividiria com apenas mais uma pessoa. Eis que, com uma elegância e uma agilidade inesperadas, considerando que eram duas pessoas aposentadas, Ibrahim e Joyce deslizaram cada um para uma de suas laterais. E ali estava ele. Se soubesse, teria recusado o sofá e ido se sentar em uma das poltronas, agora ocupadas por Ron Ritchie, parecendo mais esperto do que da última vez, e pela assustadora Elizabeth. Que, de fato, não aceita um não como resposta.

Melhor ainda, poderia ter se sentado naquela poltrona reclinável da IKEA de aparência tão aconchegante na qual Donna está praticamente aninhada, sentada sobre os pés, sem a menor preocupação.

Daria para trocar de lugar? Há outra cadeira, uma de encosto duro, mas com certeza Joyce e Ibrahim ficariam ofendidos. Parecem não reparar no seu desconforto, e a última coisa que ele quer é parecer grosseiro. Está sentado naquele lugar por gentileza deles e porque será o centro das atenções. Ele entende e valoriza isso. Há certa psicologia na escolha de assentos, que qualquer bom policial pesca ao longo dos anos. Ele sabe que fizeram tudo o que podiam para fazê-lo se sentir importante e ficariam abismados se soubessem que o efeito foi exatamente o oposto.

Entregam a Chris uma xícara de chá num pires, mas ele se encontra tão encurralado que teme ser fisicamente impossível sequer tentar tomá-lo. Então ali está ele, preso, mas, como o profissional que é, tirará o maior proveito possível da situação. Mas e Donna? Ela tem até uma mesinha lateral para apoiar o chá. Inacreditável. Nem se eles quisessem, teriam conseguido criar uma situação mais embaraçosa que aquela. Ainda assim, agora era manter o profissionalismo.

— Podemos começar? — diz ele.

Chris tenta transferir seu peso para a frente, mas Ibrahim, sem se dar conta, está com o cotovelo acomodado junto a seu quadril, o que acaba forçando Chris a se recostar novamente. A xícara está cheia demais para que consiga segurar com uma mão só e quente demais para que ele consiga beber. Deveria estar irritado, mas os olhares gentis e atenciosos no rosto dos quatro moradores tornam isso impossível.

— Como vocês sabem, eu e a policial De Freitas, ali toda confortável na cadeira, estamos investigando o assassinato de Tony Curran. É um homem de quem acredito que todos tenham ouvido falar, um empreiteiro e empreendedor imobiliário local. Como também sabem, ele morreu na semana passada em circunstâncias trágicas e nós temos algumas perguntas pertinentes a este acontecimento.

Chris observa sua plateia. Assentem com toda inocência, absorvendo tudo. Ele se sente bem por ter adotado um tom ligeiramente mais formal. Ter dito "pertinentes" caíra bem. Tenta arriscar um gole do chá, mas ainda está pelando, e se tentar soprá-lo uma onda se projetará por sobre a borda da xícara. Também acabaria sugerindo a quem quer que tivesse feito o chá que ele o teria preferido menos quente. Isso seria indelicado.

Joyce tem mais más notícias a lhe dar.

— Esquecemos as boas maneiras, inspetor-chefe. Acabamos não oferecendo bolo.

Ela aparece com um de limão siciliano, já cortado em fatias, e o oferece a todos. Chris, incapacitado de erguer a mão para dizer "não, obrigado", tenta:

— Ah, não precisa. Tive um almoço e tanto.

Sem chance.

— Prova só um pedacinho. Fiz especialmente para a ocasião — insiste Joyce, numa voz tão orgulhosa que Chris não tem escolha.

— Pode pôr, então — cede ele, e Joyce equilibra uma fatia de bolo em seu pires.

— Então o senhor já deve ter um suspeito a essa altura, certo? — pergunta Elizabeth. — Ou está pensando só no Ventham?

— O Ibrahim diz que esse meu bolo de limão siciliano é melhor que o da Marks & Spencer — diz Joyce.

— Ele deve ter um monte de suspeitos — afirma Ibrahim. — Se bem conheço o inspetor-chefe Hudson, ele é um homem muito meticuloso.

— Se notar algo de diferente, é a farinha de amêndoas — avisa Joyce.

— É verdade, meu filho? Já tem suspeitos? — pergunta Ron.

— Bem, não seria...

— Eliminando hipóteses... aposto que a perícia está atuando — diz Ron Ritchie. — Sempre assisto a *CSI* com o Jason. Ele vai adorar tudo isso. O que vocês já têm? Digitais? DNA?

A lembrança que Chris guardou de Ron do outro dia era de alguém mais confuso.

— Bem, é para isso que eu estou aqui, como sabem. Sei que o senhor e a Joyce estavam bebendo com o seu filho, Sr. Ritchie, e creio que ele venha se juntar a nós, certo? Seria bom falar com ele também.

— Ele acabou de mandar uma mensagem — diz Ron. — Chega em dez minutos.

— Aposto que ele adoraria saber as circunstâncias — comenta Elizabeth.

— Adoraria mesmo — confirma Ron.

— Bem, mais uma vez, não é exatamente da minha... — diz Chris.

— O bolo de limão siciliano da Marks & Spencer leva açúcar demais, inspetor, é a minha opinião — interrompe Ibrahim. — E não sou só eu quem acha isso, é só ver os fóruns de discussão.

Chris está mais desconfortável ainda no momento, pois a fatia de bolo é um pouco grande demais para o espaço entre a base da xícara e a extremidade do pires e ele precisa se esforçar ao máximo para mantê-lo equilibrado. Ainda assim, este é um homem que fez carreira ouvindo depoimentos de assassinos, psicopatas, vigaristas e mentirosos de todo tipo e, portanto, persiste.

— Nós realmente só precisamos falar com o Sr. Ritchie e o filho dele. E Joyce, porque acho que você também viu...

— *CSI* é americano demais para mim — interrompe Joyce. — Eu gosto mesmo é de *Lewis*. Passa na ITV3. Estou com os episódios todos na fila no meu Sky Plus. Acho que sou a única no vilarejo que se entende com o Sky Plus.

— Eu gosto dos livros do inspetor Rebus — acrescenta Ibrahim. — Conhece? Ele é escocês e, Deus do céu, só se dá mal.

— Eu prefiro Patricia Highsmith — opina Elizabeth.

— Nenhum deles vai ser melhor do que *The Sweeney*, e olha que eu li todos os livros do Mark Billingham — diz Ron Ritchie, mais uma vez com uma firmeza maior do que na lembrança de Chris.

Enquanto falavam, Elizabeth abriu uma garrafa de vinho e agora enche as taças que, de repente, se materializaram nas mãos dos amigos.

Agora não dá sequer para Chris tentar tomar o chá. Levá-lo aos lábios sem erguer a xícara afetaria o precário equilíbrio do bolo, e erguê-la faria a fatia escorregar para o centro do pires, tornando impossível apoiar a xícara no local novamente. O suor já começa a escorrer pelas suas costas, fazendo-o se lembrar da ocasião em que tomou o depoimento de um integrante do Hell's Angels de mais de cento e cinquenta quilos com uma tatuagem no pescoço que dizia "EU MATO POLICIAIS".

Felizmente, Elizabeth está ali para ajudá-lo.

— O senhor parece meio encurralado aí nesse sofá, inspetor.

— Normalmente a gente se encontra na Sala de Quebra-Cabeças, sabe — comenta Joyce. — Mas hoje não é quinta-feira e a sala está sendo usada pelo grupo de Conversa e Crochê.

— Conversa e Crochê é um grupo bem novo, inspetor — diz Ibrahim. — Foi formado por membros desiludidos do grupo de Tricô e Tagarelice. Aparentemente, tagarelava-se muito e tricotava-se pouco ali.

— E usar o salão principal, nem pensar — fala Ron. — O Clube de Bocha vai ter uma audiência disciplinar.

— Para discutir o caso do Colin Clemence, que defende o uso medicinal da maconha — explica Joyce.

— Que tal se o acomodarmos direito, e aí o senhor nos explica toda a situação? — sugere Elizabeth.

— Aaah, sim — diz Joyce. — Mas fale devagar, porque não é exatamente uma área que a gente domina. Mas seria ótimo. E tem bolo de café com nozes lá de onde veio esse de limão siciliano.

Chris olha para Donna. Ela se limita a dar de ombros e abrir as palmas das mãos, indicando que eles parecem não ter escolha.

30

O padre Matthew Mackie sobe devagar a colina pelo trecho formado entre as fileiras de árvores.

Tivera a esperança de que a morte de Tony Curran pudesse ter dado fim a tudo e ele não precisasse mais interferir em nada. Mas havia visitado Ian Ventham para defender seu ponto de vista e saíra de lá decepcionado. O projeto Woodlands continuava de pé. O cemitério estava com os dias contados.

Hora de pensar em um plano B, e rápido.

Conforme a trilha faz um desvio para a esquerda e depois volta a uma linha reta, o Jardim do Descanso Eterno se descortina a sua frente, mais acima. Os portões de ferro já estão à vista, largos o bastante para dar passagem a um veículo e ladeados por um muro de tijolos vermelhos. Parecem antigos, enquanto o muro tem aspecto de novo. Em frente aos portões há uma rotatória, que um dia serviu a carros funerários e hoje é usada por veículos de manutenção.

Ele chega aos portões e os empurra para abri-los. A trilha central termina numa grande estátua de Cristo na cruz. Em meio ao mar de almas, ele caminha silenciosamente na direção de Cristo. Além da estátua, saindo do Jardim, faias altas se projetam até o alto da colina, onde o terreno depois se abre. O padre Mackie faz o sinal da cruz diante do pedestal, aos pés de Cristo. Mas sem se ajoelhar, pois artrite e catolicismo não combinam.

Matthew Mackie se vira e contempla o Jardim, os olhos semicerrados por conta do sol. Há sepulturas simétricas, bem-arrumadas e ordenadas dos dois lados da trilha, avançando no tempo à medida que se aproximam dos portões de ferro. As mais antigas estão mais próximas de Cristo, e conforme a hora de cada ocupante foi chegando, as mais recentes foram sendo incorporadas à fila. Cerca de duzentos corpos jazem no topo da colina, um local tão belo, tranquilo e perfeito que Mackie quase o julga capaz de fazê-lo acreditar em Deus.

A primeira sepultura data de 1874. Uma certa irmã Margaret Bernadette. É de lá que Mackie dá meia-volta e começa sua lenta caminhada de volta.

As sepulturas mais antigas são mais ornamentadas, mais chamativas. Aos poucos, as datas das mortes se tornam mais recentes, acompanhando seus passos. As vitorianas estão todas arrumadinhas em fileira, provavelmente furiosas com Palmerston ou os Bôeres. A seguir vêm as mulheres que, no convento, ouviram falar pela primeira vez nos irmãos Wright. Depois, as que cuidaram dos cegos e depauperados que lhes chegavam aos montes enquanto rezavam para seus irmãos voltarem sãos e salvos do continente europeu. Surgem então as médicas, as votantes, as motoristas, mulheres que passaram pelas duas guerras mundiais sem perder a fé, as inscrições nas lápides agora mais fáceis de ler. E então a televisão, o rock'n'roll, os supermercados, as autoestradas e os pousos na Lua. Em algum ponto da década de 1970, o padre Mackie sai da trilha, quando as lápides já se tornaram nítidas e simples. Ele caminha por um corredor, olhando os nomes. O mundo mudava das formas mais extraordinárias, mas aquelas fileiras continuavam caprichadas e organizadas, e os nomes ainda eram os mesmos. Mackie chega ao muro lateral do Jardim, cuja altura não ultrapassa sua cintura, bem mais antigo que o da entrada. Contempla a paisagem inalterada desde 1874. Árvores, campos, pássaros, coisas permanentes e invioladas. Volta então à trilha central, retirando uma folha de cima de uma das lápides ao passar por ela.

A caminhada do padre Mackie termina na última sepultura, da irmã Mary Byrne. A data é 14 de julho de 2005. Quanta coisa Mary Byrne teria a contar à irmã Margaret Bernadette, apenas cem metros adiante. Tanto havia mudado, mas ao menos ali muito permanecera inalterado.

Atrás da irmã Mary Byrne há espaço para muito mais túmulos, mas não foi necessário usá-lo. A irmã Mary foi a última da linhagem. Ei-las ali, toda a irmandade, os muros ainda a seu redor, o céu azul lá em cima, as folhas ainda caindo sobre as lápides.

O que ele poderia fazer?

De volta ao portão de entrada, Mackie se vira para uma última olhada. Começa então a descer a colina pela alameda de árvores rumo a Coopers Chase.

Um homem de terno e gravata sentado num banco bem próximo à trilha contempla a mesma vista que o padre Mackie contemplara. Aquela que jamais muda. Em meio às guerras e às mortes, aos carros e aos aviões, ao wi-fi e ao que quer que tivesse saído nos jornais naquela manhã. Algo a se respeitar.

— Padre — cumprimenta o homem, um exemplar dobrado do *Daily Express* ao seu lado.

Matthew Mackie retribui com um aceno de cabeça e continua a caminhar e pensar.

31

Chris tem sua própria cadeira e sua própria mesinha lateral e agora se sente como o Rei do Mundo. Às vezes ele se esquece do impacto que um policial pode ter sobre as pessoas comuns. A turma à sua frente o observa com algo próximo a reverência. É bom ser levado a sério de vez em quando, e de bom grado ele compartilha sua sabedoria com o grupo.

— A casa toda tem câmeras instaladas, todas de última geração, mas nada apareceu. O sistema estava falhando. Acontece muito.

Elizabeth assente com interesse.

— Mas o senhor esperava ver alguém específico? Há suspeitos?

— Olha, esse tipo de coisa eu não posso compartilhar.

— Então há um suspeito. Que maravilha! O que achou do bolo de café e nozes? — pergunta Joyce.

Chris ergue uma fatia até a boca e dá uma mordida. Também é melhor que o da Marks & Spencer. Joyce, você faz mágica! Além disso, todo mundo sabe muito bem que bolo caseiro não tem calorias.

— Está delicioso e, veja bem, eu não disse que tínhamos um suspeito. Há pessoas que teriam interesse, e isso é normal.

— "Pessoas que teriam interesse". Adoro quando falam isso — diz Joyce.

— Mais de uma então? — indaga Elizabeth. — Não é só o Ian Ventham? Imagino que o senhor também não possa dizer...

— Não, ele não pode, com toda a certeza — replica Donna, resolvendo que já chega daquilo. — Deixa o coitado do homem em paz, Elizabeth.

Chris ri.

— Não acho que preciso de proteção, Donna.

Ibrahim se volta para Donna.

— O inspetor-chefe Hudson é muito bom investigador, policial De Freitas. Muita sorte sua ter um chefe tão bom.

— Ah, ele é profissional — concorda Donna.

Elizabeth bate palmas.

— Bem, me parece que esta reunião foi bastante unilateral. Você foi muito gentil, Chris. Posso chamá-lo assim? Chris?

— Bem, eu possivelmente compartilhei mais do que pretendia, mas fico feliz que tenha sido interessante — diz ele.

— Foi, sim. E imagino que a gente lhe deva um favor em troca. Talvez você queira dar uma olhada nisto. — Elizabeth entrega a Chris uma pasta azul-clara de trinta centímetros de espessura. — São alguns dados financeiros sobre Ian Ventham. Detalhes sobre este lugar, sobre a relação dele com Tony Curran. Provavelmente nada que se aproveite, mas isto eu deixo que você decida.

O interfone de Joyce toca e ela se levanta para atender enquanto Chris sente o peso da pasta.

— Bem, com certeza podemos dar uma examinada nisto...

— Pode deixar que eu vejo isso, não precisa se desesperar — diz Donna, lançando um olhar tranquilizador na direção de Elizabeth.

A porta se abre e Joyce entra com Jason Ritchie em pessoa a tiracolo. As tatuagens, aquele nariz, os antebraços.

— Sr. Ritchie — cumprimenta Chris. — Enfim nos encontramos.

32

Chris perguntara a Jason se ele se importaria em acompanhá-lo até o lado de fora para uma foto, assim poderiam aproveitar a luz natural.

Donna está encarregada da foto. Os dois sorriem alegremente, braços nos ombros um do outro, encostados em uma fonte decorativa em formato de golfinho.

Coitado do Chris. Foi enrolado direitinho. Donna se questiona se ele entendeu ou não que agora faz parte da turma.

Mas a visita até que foi útil. Conversaram com Ron e Jason, além de Joyce, sobre o que eles viram. Foi uma discussão, isso estava claro. Ninguém conseguiu saber a razão da discussão, mas todos a consideraram significativa, e, como Ron e Jason eram homens de briga, Chris e Donna haviam dado ouvidos.

Ron tinha muito orgulho do filho, isso estava claro. Era natural, evidentemente, mas algo que inspirava cuidados. Só para o caso de a foto deixada perto do corpo não ser uma pista falsa.

Donna pede a Chris para se mover um pouco para a esquerda.

— Muita gentileza sua, Jason, você deve ter que fazer isso o tempo todo — diz Chris, indo um pouco para a esquerda.

— É o preço, né? — concorda Jason.

Donna tem pesquisado bastante sobre Jason Ritchie. Nem tem sido muito difícil, para falar a verdade. O pai dela era fã de boxe.

Jason é famoso desde o fim dos anos 1980 e a sensação hoje é de que será famoso para sempre. Foi o herói, e às vezes o vilão, de uma série de lutas antológicas que cativaram todo o país. Nigel Benn, Chris Eubank, Michael Watson, Steve Collins e Jason Ritchie.

O boxe era quase uma novela. Às vezes Jason era J. R. Ewing, às vezes Bobby.

O público adorava Jason Ritchie. O brigão, o valentão, tatuagens cobrindo ambos os braços desde bem antes de isso virar requisito obrigatório para esportistas profissionais. Era charmoso, um homem classicamente bonito. Menos classicamente à medida que a carreira começou a cobrar seu preço. E, é claro, havia seu célebre pai encrenqueiro, "Ron Vermelho", sempre a garantia de uma declaração saborosa. As mesas-redondas também adoravam Jason. Uma vez ele nocauteou Terry Wogan acidentalmente enquanto tentava lhe mostrar como havia nocauteado Steve Collins. Pelo que Donna lera, aquele vídeo ainda lhe rendia royalties regularmente.

Seu ponto alto havia sido a terceira luta contra Nigel Benn. Depois, os reflexos se tornaram mais lentos, o corpo perdeu um pouco da explosão. Enquanto continuou a lutar contra adversários que também estavam envelhecendo, isso não teve importância, mas um a um eles começaram a se aposentar. Jason viria a descobrir muitos anos depois que havia ganhado menos dinheiro que quase todos os demais. Problemas com seu empresário. Até hoje, um naco considerável de seu dinheiro está na Estônia. Seus adversários foram se tornando mais jovens, os pagamentos mais baixos e o treinamento mais pesado. Até que certa noite, em 1998, em Atlantic City, em uma luta contra um venezuelano recrutado de última hora, Jason Ritchie foi à lona pela última vez.

Jason passou os anos seguintes à deriva. Anos nunca citados em quaisquer dos perfis de jornal que Donna encontrou. Anos em que Jason ganhou a vida de uma forma bem diferente. A época da foto com Tony Curran e Bobby Tanner. A época na qual Donna e Chris estavam interessados.

Os anos à deriva não duraram muito, porém. Com a chegada do novo século, passou a haver demanda quase infinita para um homem que fosse igualmente charmoso e ameaçador. Revistas masculinas, diretores de filmes pseudopopulares, reality shows, anúncios para companhias de apostas. Jason começou a ganhar muito mais dinheiro do que ganhara nos ringues. Ficou em terceiro em um programa de celebridades, namorou Alice Watts, de *EastEnders*, estrelou um filme com John Travolta em que vivia um lutador decadente e outro com Scarlett Johansson, também como um lutador decadente.

Essa nova carreira, porém, não tardou a seguir o mesmo rumo da de boxeador. O tempo de alta demanda de uma celebridade é limitado. Hoje ele já não fazia filmes, havia cada vez menos anúncios e Jason se virava como podia.

Independentemente disso tudo, Jason Ritchie era agora famoso para sempre e aparenta ser grato por isto. Para Donna, seu sorriso diante da fonte de golfinho parece totalmente genuíno.

Ela larga a pesada pasta azul que Elizabeth lhe entregou e segura o celular para a foto.

— Sorriam, ou façam o que quer que homens se sintam seguros fazendo.

Jason grita:

— Eu me jogo, eu me esquivo! — E então Chris adere, gritando junto: — E no fim tô sempre vivo!

Os dois socam o ar instintivamente com o braço livre e Donna tira a foto.

— Esse era o bordão dele — explica Chris a Donna. — "Eu me jogo, eu me esquivo, e no fim tô sempre vivo!"

Donna põe o celular no bolso.

— Todo mundo sempre termina vivo até o dia em que morre. Isso não faz sentido.

Ela pensa em acrescentar que Rodolfo Mendoza havia nocauteado Jason no terceiro *round* daquela luta na Costa Leste, portanto ele sobrevivera mais ou menos. Mas para que chatear desnecessariamente dois homens de meia-idade?

— Vão adorar essa foto lá em Fairhaven. Jason, valeu, meu camarada!

— Sem problema. Espero que meu velho tenha ajudado.

Donna sabe que Chris jamais mostrará essa foto a qualquer dos seus colegas. Ele já tem uma foto bem mais interessante de Jason Ritchie.

— Ajudou muito — diz Chris. — Em todo caso, qual sua opinião, Jason? Sobre Tony Curran. Vocês devem ter se conhecido um pouco ali por Fairhaven.

— Um pouco. Eu sabia quem ele era. Mas não era próximo. Ele tinha inimigos à beça.

Chris assente e olha de relance para Donna. Ela se aproxima e estende a mão para Jason.

— Muito obrigada, Sr. Ritchie.

Jason aperta a mão de Donna.

— O prazer foi meu. Você pode me mandar uma cópia da foto? Acho que ficou boa. — Jason anota seu número e entrega a Donna. — Vou voltar lá agora para ver meu pai.

— Só uma coisa — interrompe Donna, guardando o número de telefone. — Você e Tony Curran se conheciam um pouco melhor do que você sugeriu, não, Jason?

— Tony Curran? Na verdade, não. Eu o via no pub, conhecia gente que o conhecia. Ouvia umas histórias.

— Você frequentava o Black Bridge, Jason? — interfere Chris.

Jason dá uma leve vacilada, como se tivesse sido acertado por um soco, mas sem chance de acontecer de novo.

— Ali perto da estação? Uma vez ou outra. Anos atrás.

— Chuto que uns vinte anos, mais ou menos — diz Donna.

— Talvez — diz Jason. — Mas quem vai se lembrar de uma coisa dessas?

— Você não tinha contato com Tony Curran na época, então? — pergunta Chris.

Jason dá de ombros.

— Se eu lembrar de algo, conto para vocês. Vou lá ficar com o meu pai. Prazer em conhecê-los.

— Eu vi uma foto recentemente, Jason — continua Chris. — Um grupo de amigos no Black Bridge. Bobby Tanner, Tony Curran. Você saiu muito bem nela. Todos felizes juntos.

— Um monte de malucos me pede para tirar foto, amigo. Sem ofensa.

— Você a reconheceria. A mesa está coberta de dinheiro. Você não teria uma cópia da foto, por acaso, certo? — pergunta Chris.

Jason sorri.

— Nem sei que foto é essa.

— Não saberia quem tirou a foto? — pergunta Donna.

— Uma foto que eu nunca vi? Não.

— E estamos tendo dificuldade para encontrar o Bobby Tanner, Jason — informa Chris. — Por acaso você saberia por onde ele anda?

Jason Ritchie contrai os lábios por um breve instante, balança a cabeça, vira de costas e acena por cima do ombro enquanto volta para encontrar o pai. Chris e Donna observam as portas automáticas se fecharem atrás dele. Chris dá uma olhada no relógio e então se dirige para o carro. Donna caminha a seu lado, com um sorriso nos lábios.

— Nunca vi o senhor parecer tão gente como a gente quanto nessa conversa, inspetor.

— Fazer o quê? — admite ele. — Por que o Jason quer uma cópia daquela foto dele comigo? Qual é a ideia? Me chantagear caso precise?

— É mais simples do que isso, inspetor — diz Donna. — É para ter o meu telefone. Essa é clássica.

— Dá no mesmo.

— Não se preocupe. Ele não vai conseguir nem a foto nem o meu telefone.

— O cara é boa-pinta — opina Chris.

— E tem tipo uns quarenta e seis anos — completa Donna. — Não, obrigada.

Chris assente.

— Deus a livre, claro! Você tem que admitir que ele não parecia muito preocupado. Mas é fato que está mentindo quanto a não conhecer o Tony Curran.

— Pode ser por uma série de razões — pondera Donna.

— Pode ser.

Ouvindo passos às suas costas, eles se viram e veem Elizabeth e Joyce se apressando para alcançá-los. Joyce traz um pote nas mãos.

— Esqueci de entregar isto a vocês. É o que sobrou do bolo de limão siciliano. O de café e nozes já tem interessados, infelizmente.

Chris pega o bolo.

— Obrigado, Joyce, faremos bom uso disto.

— E você, Donna — comenta Elizabeth, sinalizando para a pasta azul —, pode me ligar se sua leitura de cabeceira ficar complicada.

— Obrigada, Elizabeth. Tenho certeza de que consigo me virar.

— Ah, e melhor você ficar com o meu telefone também — diz Elizabeth, entregando a Chris um cartão. — Vamos ter muito o que papear nas próximas semanas. Obrigada por ter vindo nos ver, adoramos visitas.

Donna sorri e Chris praticamente faz uma mesura para Elizabeth e Joyce.

— Foi realmente educativo — diz Joyce, sorrindo. — E inspetor-chefe Hudson, acho que o senhor deveria deixar a Donna dirigir. Tinha muita vodca naqueles bolos.

33

Após a conversa com os policiais, Elizabeth viera direto para Willows. Ela se certifica de que Penny faça escova e hidratação uma vez por semana. Anthony, o cabeleireiro, vai até lá quando termina seus compromissos do dia e faz questão de não cobrar.

Um dia, se Anthony tiver qualquer tipo de problema ou precisar de alguma ajuda, descobrirá quão grata Elizabeth é por esta gentileza.

— Ouvi dizer que foi a máfia — diz Anthony enquanto passa gentilmente a esponja pelo cabelo de Penny. — Tony Curran devia dinheiro a eles. Cortaram todos os dedos dele e aí o mataram.

— Teoria interessante — observa Elizabeth. Uma de suas mãos, em concha, repousa sob o pescoço de Penny, e ela levanta a cabeça da amiga. — E como a máfia entrou na casa?

— Devem ter entrado atirando, imagino.

— Sem deixar nenhum buraco de bala? — pergunta Elizabeth.

O xampu de Penny cheira a rosa e jasmim; Elizabeth o compra na lojinha do condomínio. Chegaram a parar de vendê-lo por algum tempo, mas mudaram de ideia após uma visita de Elizabeth.

— Bem, a máfia é assim, Elizabeth — diz Anthony.

— E sem disparar alarme nenhum, Anthony? — questiona John Gray, sentado em sua cadeira habitual.

— Você já viu *Os Bons Companheiros*, John?

— Se é filme, não vi.

— Então pronto — diz Anthony, penteando o cabelo de Penny. — Semana que vem, Penny, meu amor, eu vou dar uma aparada. Te deixar pronta para arrasar!

— Não tinha buraco de bala, Anthony — comenta Elizabeth. — Não disparou alarme, nada estava quebrado, nenhum sinal de luta. O que isso pode significar?

— A Tríade? — Anthony está desplugando os rolos de cabelo. — Um dia desses ainda me confundo e desplugo você, Penny.

— Penny seria a primeira a dizer que isso sugere que ele deixou o assassino entrar — continua Elizabeth. — Deve ter sido alguém que ele conhecia.

— Nossa, adorei — responde Anthony. — Alguém que ele conhecia. É claro. Você já matou alguém, Elizabeth?

Ela dá de ombros.

— Consigo até imaginar. — Anthony coloca o casaco na cliente. — Pronto, Penny. Eu daria um beijo em você, mas não com o John aqui na sala. Olha esses antebraços.

Elizabeth se levanta e o abraça.

— Obrigada, querido.

— Ela ficou linda — diz Anthony. — Se é que posso dizer isso eu mesmo. Até semana que vem, Elizabeth. Tchau, Penny! Tchau, John lindão!

— Muito grato, Anthony — responde John.

Depois que Anthony sai, Elizabeth senta-se novamente ao lado de Penny.

— E tem mais uma coisa, Pen. Depois eles levaram o jovem Jason lá para fora, para tirar uma foto. Sei que isso é comum com ele, mas algo me pareceu estranho. Mal explicado. Por que ir lá para fora? A Joyce tem aqueles janelões com vista panorâmica. Sabe, que nem aqueles de Wordsworth? Teria rendido uma foto linda.

Nova menção a Joyce. Aos poucos vai ficando mais fácil.

— Você acha que estavam perguntando alguma coisa ao Jason? Será que a gente esqueceu algum detalhe? Na saída, passamos por ele subindo de novo as escadas e, como sempre, estava aquele charme, mas nunca se sabe.

Elizabeth toma um gole d'água e se sente grata. Depois, culpada pelo sentimento de gratidão. E aí fraca por ter sentido culpa. Continua então a falar com Penny. Com Penny ou sozinha? Quem saberia?

— Será que o Ventham não tem nada a ver com isso e nós estamos nos deixando cegar pelo que está naquela ficha? Pelos doze milhões? Onde ele estava quando o Curran foi assassinado, afinal? Será que temos como saber? Teria sido possível ser ele? Será que os horários batem?

— Elizabeth, me perdoe — diz John. — Mas você já assistiu a *Escape to the Country*?

Ela ainda não se habituou a ouvir a voz de John, mas ele de fato parece estar se abrindo mais ultimamente.

— Acredito que não, John, não vi.

John parece um pouco inquieto. Claramente está pensando em algo.

— É bem bom, sabia? Deve ser tudo encenado, mas ainda assim. É sempre sobre um casal em busca de uma casa nova.

— No campo, John?

— Sim, no campo. E um sujeito, ou às vezes uma mulher, leva os dois para visitar algumas casas. Eu assisto sem som, porque não faz o estilo da Penny. Dá para ver facilmente nos olhos do casal quem de fato quer se mudar e quem só está indo na onda. Tudo por uma vida mais tranquila, sabe?

— John — Elizabeth se inclina para a frente e olha nos olhos dele. — Eu nunca vi você pronunciar uma frase sem motivo. Aonde quer chegar?

— Só quero chegar aqui mesmo. Eu estava assistindo a *Escape to the Country*, sabe, no dia em que o Curran foi assassinado. O episódio estava bem no fim, quando eles decidem se vão ficar com a casa ou não. Nunca ficam, mas metade da graça é essa. Pois bem, eu me levantei e dei uma saída para pegar um energético na máquina, e quando olhei pela janela, a da frente, vi o carro do Ventham saindo daqui.

— O Range Rover? — pergunta Elizabeth.

— Sim, o Range Rover. Descendo a trilha do alto da colina. Achei que fazia sentido mencionar isso para você porque o programa passa logo depois de *Doctors* e termina às três em ponto.

— Entendi.

— E eu imaginei que, se você soubesse a hora exata em que o Ventham foi embora de Coopers Chase e a hora exata em que o Curran foi assassinado, talvez pudesse ser útil. Para a investigação, sabe?

— Três da tarde? — pergunta ela.

— Isso. Em ponto.

— Obrigada, John. Acho que preciso mandar uma mensagem. — Elizabeth pega o celular.

— Acho que não é permitido usar celular aqui, Elizabeth.

Ela dá de ombros gentilmente.

— Bem, John, imagine se a gente só fizesse o que é permitido.

— Faz sentido, Elizabeth — concorda John, voltando para seu livro.

34

Donna está se aprontando para sair quando o celular apita. Mensagem de Elizabeth. Faz poucas horas que se despediram. Encrenca na certa, mas ela gosta de ver o nome na tela.

Qual foi a hora da morte do Tony Curran?

Bem, essa até que foi curta e direto ao ponto. Donna sorri e digita a resposta.

Que tal perguntar como eu estou, contar alguma fofoca e só então pedir um favor? E no final mandar um beijo? Chegar com jeitinho. Bj

Donna vê o balãozinho subir. Elizabeth está digitando. Uma resposta demorada, inclusive. O que pode ser? Um sermão? Um lembrete da razão pela qual hoje ela está participando da investigação de um crime, e não medindo a espessura das marcas de pneus no estacionamento da Halfords, que nem o Mark? Ou será que vai mandar algo em latim? O celular apita.

Como você está, Donna? Mary Lennox acabou de ganhar uma bisneta, mas está preocupada achando que a neta tem um caso, porque o bebê não tem nem sombra do queixo proeminente do marido. Qual foi a hora da morte do Tony Curran? Bj

Donna está escolhendo o batom que vai usar. Quer algo que não pareça tão óbvio, mas ao mesmo tempo seja bem óbvio. Ela responde:

Não posso contar. Sou profissional.

O celular apita imediatamente.

kkkkkkkk

Kkkkkkkkk? De onde Elizabeth tirou isso? Ok, vamos dançar conforme a música.

Plmds!

Isso deixa Elizabeth claramente perdida. Donna ganha tempo para se olhar no espelho e estudar sua cara de interessada, sua cara de divertida e sua cara discretamente sedutora antes de o celular voltar a apitar.

Sinto muito, mas não sei o que é Plmds. Descobri Kkkkk com a Joyce semana passada. Imagino que não seja o Departamento Móvel da Polônia, já que foi fechado em 1981 depois que os russos resolveram meter o nariz onde não tinham sido chamados.

Donna responde com um emoji de olhos arregalados e outro da bandeira da URSS e começa a passar o fio dental. Apesar de dizerem que isso não é mais necessário. *Piii!!*

Essa bandeira é da China, Donna. Só me diz a hora da morte. Você sabe que a gente não conta pra ninguém e pode ser que se descubra algo de útil.

Donna sorri. Que mal aquilo poderia fazer?

15:32. O Fitbit dele quebrou quando ele caiu.

Outro apito.

Também não sei o que é Fitbit, mas obrigada. Bj

35

Joyce

Os policiais vieram aqui hoje. No início senti pena do inspetor-chefe Hudson, mas acho que no fim das contas ele se divertiu. Enfim, Elizabeth entregou a pasta a ele e a Donna. Vamos ver o que farão com ela. O nome da Joanna não aparece em momento algum na ficha, e Elizabeth me garantiu que isso ajuda na "negação plausível" caso estejamos fazendo algo contra a lei. E é provável que a gente esteja.

Pedi a Elizabeth para repetir a expressão "negação plausível" e a anotei. Ela me perguntou o porquê disso e eu respondi que era por causa do diário que estou escrevendo. Ela revirou os olhos, mas logo depois perguntou se ela estava no diário, e eu disse que estava, óbvio, e então ela perguntou se eu estava usando seu nome verdadeiro. E eu disse que sim, embora depois tenha parado para pensar que com Elizabeth nunca se sabe. Vai que ela se chama Jacqueline? A pessoa nos diz seu nome e a gente tende a aceitar sem maiores perguntas.

Mas ando pensando. Vocês devem me achar obcecada por assassinatos, afinal não falo de outra coisa desde que comecei este diário. Talvez então eu deva contar algumas outras coisas. Vamos falar de coisas que não envolvem assassinato. Sobre o que eu posso falar?

Depois que os policiais foram embora, passei o aspirador de pó Hoover pela casa e Elizabeth disse que achava que eu me daria bem com um Dyson. Eu falei que não concordava, não na minha idade. Mas quem sabe não tento?

Terminei de aspirar o pó e tomamos um vinho. A garrafa era de rosca, mas hoje em dia ninguém nota, não é? É tão bom quanto.

Quando ela foi para casa, mandei um beijo para Stephen e ela disse que daria. Acrescentei que os dois deveriam vir jantar comigo um dia e ela disse que adoraria. Mas sinto que algo não está bem. Ela me contará quando estiver preparada.

O que mais sem nada a ver com o assassinato?

A neta da Mary Lennox acabou de ter um bebê. Deu o nome de River, o que gerou alguns olhares esquisitos, mas eu gostei. A moça da loja está se divorciando e começaram a vender biscoitos com cobertura de chocolate. Karen Playfair, que mora no alto da colina, vai nos dar uma "Masterclass de Café da Manhã de Coopers Chase" sobre computadores. Na última edição do jornalzinho, disseram que ela falaria sobre tablets e isso gerou um pouco de confusão. Tiveram de imprimir uma explicação esta semana.

Fora isso e o assassinato, tudo na mais santa paz.

Bom, está ficando tarde, então boa noite. Enquanto eu escrevia, chegou uma mensagem da Elizabeth. Amanhã faremos um passeio. Não faço ideia da hora ou do motivo, mas estou muito animada.

36

Donna mal pode acreditar que já está na cama às quinze para as dez. Ela só topara o encontro porque, francamente, já estava mais do que na hora. Um homem chamado Gregor levara-a ao Zizzi's, onde ele beliscou uma salada e passou uma hora e meia lhe contando sobre seu regime à base de shake de proteína.

Em dado momento, Donna lhe perguntara sobre seu autor favorito. Ela consideraria aceitável uma resposta como Harlan Coben, Kurt Vonnegut ou qualquer mulher. Gregor dissera em tom sábio que "não acreditava em livros" e "nessa vida só se aprende por meio de experiências e mantendo a mente aberta". Ela então levantou o espinhoso dilema filosófico "como é possível que uma pessoa de mente aberta não acredite em livros?", ao que ele retrucou "Bem, Diana, você acaba de provar minha tese", bebendo então um gole d'água com uma pose de detentor de uma profunda sabedoria.

Quase a ponto de chorar de tédio, Donna começou a pensar onde Carl estaria naquela noite. Ultimamente ela vinha fuxicando o Instagram do ex-namorado e o de sua nova namorada, aparentemente chamada Toyota. O hábito já se instalou de tal forma que ela acha que vai até sentir falta quando Carl e Toyota terminarem. E eles vão terminar com certeza, porque Carl é um idiota e nunca conseguirá segurar uma namorada com sobrancelhas tão lindas.

Donna ainda ama Carl? Não. Algum dia amou, sendo bem sincera? Agora que já teve tempo para pensar no assunto, provavelmente não. Ainda se sente desprezada por conta da rejeição dele? Sim, isso não dá o menor sinal de estar sendo superado. A sensação ainda está lá, pesada feito uma pedra bem junto de seu coração. Na semana passada, ela prendeu um ladrão de loja em Fairhaven e o derrubou com um golpe de cassetete bem atrás dos joelhos quando ele tentou fugir. Percebeu que o golpe havia sido muito mais forte do que o necessário, mas às vezes a gente precisa bater em alguma coisa.

Teria sido um erro ir para o mais longe possível de Carl? Pedir transferência para Fairhaven assim no susto? Óbvio que sim. Foi estúpido. Donna sempre foi dura na queda, sempre agiu de forma rápida e decisiva. Uma qualidade quando se está certa, uma deficiência quando se está errada. É ótimo ser o corredor mais rápido, mas não se você estiver na direção errada. Ter conhecido o Clube do Crime das Quintas-Feiras foi a primeira coisa boa a acontecer com Donna em muito tempo. Isso e o fato de Tony Curran ter sido assassinado.

Donna tirara uma foto sua com Gregor logo depois de ele terminar sua salada. Postou no Instagram com a legenda "Olha o que acontece quando se sai com um personal trainer!", acrescida não de um, mas de dois emojis de piscadela. A única coisa capaz de deixar os homens com ciúme é apostar em alguém bonito, e Carl jamais saberia que Donna passara a maior parte da noite vasculhando a mesa com os olhos e matutando casualmente como faria para assassinar Gregor se isso se provasse absolutamente necessário. Decidira-se por injetar cianeto num bolinho, mas depois se deu conta de que não teria como convencer Gregor a comer um carboidrato.

Por falar em Gregor, ela acaba de ouvir a descarga. Donna se veste e, quando ele sai do banheiro, dá um beijo em sua bochecha. Nenhuma chance de ela passar a noite no quarto de um sujeito de vinte e oito anos com dois pôsteres na parede, um do Dalai Lama e o outro de uma Ferrari. Não são nem dez da noite, e ela pondera se haveria problema em mandar uma mensagem para Chris Hudson e ver se ele quer sair rapidinho para tomar alguma coisa. Conversar um pouco sobre a pasta de Elizabeth, as partes que ela conseguiu entender. Fora que ela finalmente acabou de assistir a *Narcos* na

Netflix e quer discutir a série com alguém. Gregor não tinha visto. Gregor não assiste à televisão devido a alguma longa razão pela qual Donna logo perdeu o interesse.

Ou será que era melhor simplesmente ir para casa e ligar para Elizabeth? Conversar sobre cada ponto do que lera na pasta? Será que dez da noite era tarde demais? Como saber, com aquele povo? Eles almoçavam às onze e meia.

A escolha então é entre Chris, seu chefe, e Elizabeth, sua... bem, o que seria ela exatamente? A primeira palavra a surgir na mente de Donna foi "amiga", mas com certeza não devia ser o caso.

37

— Não, não é tarde demais de forma alguma, policial De Freitas — diz Elizabeth, quase derrubando o fone na escuridão e tateando para acender a luz ao lado da cama. — Eu estava assistindo a um episódio do inspetor Morse.

Ela consegue acender a luz e vê o suave movimento de subida e descida da caixa torácica de Stephen. Seu fiel coração continua a bater.

— E você, por que está acordada a esta hora, Donna?

Donna espia seu relógio.

— São só dez e quinze. Às vezes eu fico acordada até essa hora. Agora, escuta, Elizabeth, a pasta é meio cheia e complicada, mas acho que alguma coisa eu entendi.

— Excelente. Eu quis que fosse cheia e complicada o bastante para você ter que me telefonar para conversar sobre ela.

— Entendi — diz Donna.

— Isso me mantém envolvida, entende? E faz com que você se lembre de que podemos ser úteis. Não quero que você sinta que estamos interferindo, Donna, mas ao mesmo tempo, sim, eu quero interferir.

Donna sorri.

— Por que você não me orienta, então?

— Bem, primeiramente, só para ficar registrado, há documentos naquela pasta que você levaria semanas para localizar. Precisaria de mandados e o escambau. De alguns o Ventham não deixaria nem vocês chegarem perto. Não quero me gabar, mas enfim.

— Fique à vontade para me dizer como os conseguiu.

— O Ron os encontrou numa caçamba. Incrível o tipo de coisa que se acha, e uma sorte tremenda para todos nós. Mas, afinal, você quer ouvir as manchetes antes de dormir? Quer saber por que Ian Ventham pode ter assassinado Tony Curran?

Donna se recosta no travesseiro e se lembra de quando sua mãe lia histórias para ela dormir. Sabe que isto não deveria soar parecido, mas soa.

— Aham.

— Bem, o negócio do Ventham dá muito lucro, é muito bem administrado. Mas eis a primeira manchete que pode nos interessar. Descobrimos que o Tony Curran é dono de vinte e cinco por cento de Coopers Chase.

— Entendo.

— Mas também descobrimos que ele não é sócio da nova empresa que o Ventham está usando para o Woodlands.

— O novo empreendimento, né? Ok. E daí?

— Tem um anexo na pasta, acho que é o 4c. Woodlands seria exatamente como o restante de Coopers Chase, setenta e cinco por cento do Ian Ventham, vinte e cinco por cento do Tony Curran. Mas o Ventham mudou de ideia e tirou o Curran totalmente da jogada. E agora, qual a próxima pergunta a se fazer?

— Quando o Ventham mudou de ideia?

— Exatamente. Pois bem, o Ventham assinou os papéis que excluem o Curran da parceria na véspera da reunião de consulta. Ou seja, na véspera da misteriosa discussão entre os dois. E na véspera do assassinato do Tony Curran.

— Então o Curran foi excluído de Woodlands — diz Donna. — E quanto ele teria deixado de ganhar com isso?

— Milhões — responde Elizabeth. — A pasta traz umas projeções enormes. O Curran devia estar contando com uma bolada até o Ventham tirá-lo da jogada. Foi essa a notícia que ele recebeu do Ian Ventham no dia em que foi assassinado.

— Com certeza motivo suficiente para ele ameaçar o Ventham. Não é isso o que você está pensando? O Curran ameaça o Ventham, que fica com medo e mata o Curran. Retalia logo de saída.

— Exato. E isso só iria piorar com a fase seguinte do empreendimento, Hillcrest. É o que o nosso especialista diz.

— Hillcrest? — pergunta Donna.

— A verdadeira galinha dos ovos de ouro. A compra das terras no alto da colina. O empreendimento dobraria de tamanho.

— E quando esse Hillcrest vai acontecer?

— Bem, esse é o ponto crítico para o Ventham. Ele nem é dono do terreno ainda — explica Elizabeth. — Ainda pertence ao fazendeiro, Gordon Playfair.

— Elizabeth, isso está ficando complicado demais.

— Esqueça Hillcrest e Gordon Playfair por ora. São pistas falsas. A pasta tem duas informações cruciais. A primeira é que o Ventham passou a perna no Tony Curran no dia em que o Curran morreu.

— De acordo.

— E a segunda, presta atenção nisso, é que a parte do Tony Curran foi toda revertida para o Ian Ventham.

— A parte do Tony Curran foi revertida para o Ian Ventham?

— Sim — confirma Elizabeth. — Se quiser um número, algo simples para contar ao Chris Hudson, nosso especialista calcula que a morte do Tony Curran tenha valido algo em torno de 12,25 milhões de libras ao Ian Ventham.

Donna assovia baixinho.

— O que me parece um motivo e tanto — continua Elizabeth. — Espero que isso tenha ajudado.

— Ajudou, sim, Elizabeth. Vou avisar ao Chris.

— Chamando ele de Chris, é?

— Vou deixar você dormir agora, Elizabeth. Desculpe por telefonar tão tarde. E muito obrigada pela ajuda. E é fofo que você diga "nosso especialista" em vez de "a filha da Joyce". Muito leal da sua parte. Prometo que vamos investigar.

— Obrigada, Donna, e sem comentários. Quando vier aqui de novo, quero que você conheça minha amiga Penny.

— Obrigada, Elizabeth. Será um prazer. Posso saber por que você queria saber a hora da morte do Tony Curran, inclusive?

— Só curiosidade à toa. Acho que a Penny vai gostar muito de você. Boa noite, meu anjo.

38

O sol está nascendo em Kent.

— Ibrahim, se você continuar dirigindo a menos de cinquenta por hora, todo esse teste terá sido para nada — diz Elizabeth, com os dedos tamborilando no porta-luvas.

— Se eu bater com o carro numa curva fechada, também — responde ele, os olhos fixos na estrada e toda a intenção do mundo de continuar como está.

— Alguém quer um Mini Cheddar? — pergunta Joyce.

Ibrahim acha a oferta tentadora, mas prefere ter sempre as duas mãos ao volante. Na posição de dez para as duas.

Ron era o único do grupo que tinha carro, mas ainda assim houve uma discussão quanto a quem dirigiria. Joyce estava há trinta anos sem carteira e foi desconsiderada no ato. Ron fingiu resistência, mas Ibrahim sabia que ele perdera a segurança nas curvas para a direita e ficaria discretamente feliz ao ser descartado. Elizabeth criou mais caso, argumentando que sua licença para dirigir tanques ainda estava válida. De vez em quando ela fazia um uso levemente irresponsável de segredos de Estado. No fim das contas, um critério foi decisivo: Ibrahim era o único que entendia como funcionava o sistema de navegação por satélite.

A ideia fora de Elizabeth, ele reconhecia sem problemas. De alguma forma, eles sabiam que Ian Ventham havia saído de Coopers Chase às três em ponto e sabiam que Tony Curran havia sido assassinado às três e trinta e dois — depois Ibrahim teve de explicar aos demais o que era um Fitbit. Então ali estavam, cronometrando a viagem no Daihatsu de Ron. Ibrahim sabia que era possível calcular o tempo de viagem pelo GPS, mas sabia também que os outros não faziam ideia disso, e ele gostava de dirigir. Fazia muito tempo desde a última vez.

Assim, é ele quem está ao volante. Joyce e Ron compartilham seus Mini Cheddars felizes da vida no banco traseiro, Elizabeth parou de tamborilar e agora está enviando uma mensagem a alguém. Seguindo as instruções dele, todos foram ao banheiro antes de a viagem começar.

Ian Ventham teria conseguido ir de Coopers Chase à casa de Tony Curran a tempo de matá-lo? Se fosse impossível, estavam seguindo a pista errada. Mas logo saberiam.

39

— Ok, gente, eu mostro o que eu tenho, vocês mostram o que têm.

Mais uma manhã bem cedo e a Divisão de Homicídios de Chris Hudson está reunida, cada um em estágios variados de desalinho. Chris trouxe donuts e não perdeu tempo com conversa fiada. Apresenta tudo o que descobriu por meio do Clube do Crime das Quintas-Feiras e o que Donna lhe disse sobre a pasta quando tocou sua campainha às onze da noite. Os dois conversaram muito e depois assistiram ao primeiro episódio da segunda temporada de *Narcos* com uma garrafa de vinho tinto. Donna havia se convidado, fazendo Chris pensar se os policiais em Londres hoje em dia eram todos assim. Era preciso reconhecer que a moça sabia causar uma forte primeira impressão.

— Ian Ventham, o sócio de Tony Curran, deu uma má notícia a ele menos de duas horas antes do assassinato. Ventham o estava excluindo do empreendimento de expansão de Coopers Chase, um retiro de aposentados próximo a Robertsbridge. Isso viria a causar a Curran um enorme prejuízo, e sua morte rendeu a Ventham um lucro ainda maior. Mais de doze milhões. Os dois foram vistos discutindo pouco antes de Curran voltar para casa. Ele teria ameaçado Ventham? Ou Ventham teria preferido prevenir a remediar e mandou alguém ir até lá? Sabemos que Curran foi morto às três e trinta e dois da última terça-feira, mas a que horas Ventham saiu de Coopers Chase naquele dia?

— De onde vem essa informação? — pergunta uma jovem inspetora, Kate Alguma Coisa.

— Fontes — diz Chris. — Terry, como estamos com relação às câmeras de trânsito? Já tem a placa do Ventham?

O celular de Donna vibra e ela olha para a mensagem.

Boa sorte no briefing desta manhã. Com amor, Elizabeth. Bj

Donna balança a cabeça.

— Já tenho, mas ainda não encontrei nada. Continuo em cima — comenta o inspetor Terry Hallet, de cabeça raspada e músculos estufando a camiseta branca. — Tem muito trânsito. É um trabalho divertido.

— É por isso que você ganha os donuts, Terry — diz Chris. — Continue assim. E quanto ao nosso outro amigo na fotografia, o Bobby Tanner? Como estamos?

— Falaram com a polícia de Amsterdã — afirma Kate Alguma Coisa. — O Bobby andava por lá, trabalhando para um pessoal de Merseyside, logo depois de ter fugido. Não acabou bem, até onde a gente sabe, e desde então nunca mais se ouviu falar dele. Nenhum rastro, nenhuma conta bancária, nada. Continuamos perguntando por aí para saber se por acaso ele teria voltado para cá com outro nome, mas isso faz muito tempo e sobrou pouca gente da época dele.

— Seria bom conversar com ele, no mínimo para poder descartá-lo. Alguém tem algo de positivo para me apresentar?

Uma detetive júnior ergue o braço. Foi mandada de Brighton e come cenouras cruas em vez de rosquinhas.

— Sim, detetive Grant — diz Chris, chutando seu nome.

— Detetive Granger — corrige ela.

Quase, pensa Chris. Tem gente demais nessa equipe.

— Andei verificando os registros telefônicos do Tony Curran. Ele recebeu três chamadas na manhã do dia do assassinato, todas do mesmo número, e não atendeu nenhuma. Um celular, sem registro, provavelmente pré-pago.

Chris assente.

— Ok, bom trabalho, detetive Granger. Me mande por e-mail tudo o que você tiver e contate a companhia telefônica para tentar conseguir ajuda. Sei que nunca ajudam, mas um dia desses a gente consegue.

— Claro, senhor — diz Granger, pegando mais uma cenoura.

O celular de Donna vibra de novo.

Estamos fazendo um pequeno passeio de carro do Clube do Crime das Quintas-Feiras, caso você tenha algo a nos passar.

— Ok, gente, vamos voltar ao trabalho. Terry, se aparecer qualquer coisa em alguma câmera de trânsito, me informe na hora. Kate, queria que você trabalhasse junto com a detetive Granger para ver o que mais podemos descobrir sobre as ligações. E continuem atrás do Bobby Tanner. Onde quer que ele esteja, vivo ou morto, alguém tem que saber do paradeiro dele. Se alguém achar que está sem nada para fazer, é só bater na minha porta e eu arranjo algo chato. De qualquer forma, vamos atrás do Ventham.

O celular de Donna vibra mais uma vez.

P.S.: Minhas fontes viram o Chris comprando donuts hoje cedo, mocinha sortuda. Ah, e a Joyce mandou um oi. Bjs

40

Bernard Cottle termina as palavras cruzadas do *Express* e põe a caneta de volta no bolso do casaco. Está lindo ali em cima esta manhã. No banco, na colina. Lindo demais, é uma peça cruel pregada nos que já não estão mais aqui para ver.

Ele vira Joyce e seus amigos saindo de carro pela manhã para algum lugar. Como pareciam felizes! Mas a Joyce também parece fazer todo mundo feliz.

Bernard sabe que se tornou ensimesmado demais. Sabe que está fora de alcance, até mesmo para Joyce. Bernard não será salvo e não merece ser salvo.

Ainda assim, faria de tudo para estar naquele carro agora, contemplando a vista enquanto Joyce tagarelava, quem sabe puxando fios soltos da manga do seu casaco?

Mas não, ele está aqui, na colina, onde se senta todos os dias, à espera do que virá.

41

Ibrahim queria dirigir o Daihatsu até o portão da frente da casa de Tony Curran, para obter o máximo de exatidão possível. Como Elizabeth apontou que isso seria uma péssima tática de investigação, eles agora estão parados num acostamento a cerca de trezentos metros da casa. Tudo bem, serve, pensa ele.

O bloco de anotações de Ibrahim está aberto sobre o capô e ele exibe alguns cálculos a Joyce e Elizabeth. Ron foi fazer xixi no mato.

— A gente levou trinta e sete minutos a uma velocidade média de quarenta e cinco por hora, mais ou menos. Não pegamos trânsito pois sou muito eficiente em planejar rotas. Tenho um sexto sentido. Outras pessoas teriam ficado presas no engarrafamento, eu garanto.

— Vou indicar seu nome para uma medalha de galanteria — diz Elizabeth. — Assim que a gente voltar. Mas o que isso significa com relação ao Ventham?

— Você quer a resposta detalhada ou a resposta simples?

— A simples, Ibrahim, por favor. — Elizabeth nem hesita.

Ele faz uma pausa. Talvez tenha se expressado mal.

— Mas eu preparei uma resposta detalhada, Elizabeth.

Ibrahim deixa a frase no ar até Joyce enfim dizer:

— Bem, então vamos todos curtir a resposta detalhada, que tal?

— Como quiser, Joyce — Ibrahim bate palmas e vira uma página do bloco. — Pois bem, o Ventham pode ter pegado uma de três rotas. A nossa, embora eu duvide; não acredito que ele tenha uma percepção da malha viária como a minha. A segunda rota seria pela

A21, que no mapa parece a mais óbvia, quase uma linha reta. Mas é aqui que entram nossas amigas obras temporárias. Falei ontem com um homem muito interessante do Conselho do Condado de Kent, e ele me disse que as obras têm a ver com a rede de fibra ótica. Joyce, você gostaria que eu explicasse melhor a questão da fibra ótica?

— Para mim não precisa, se Elizabeth também não se importar — diz Joyce.

Ibrahim assente.

— Fica para outra ocasião. Enfim, a terceira rota seria pela London Road, passando pela Abadia de São Martinho, cruzando para o outro lado e aí pegando a B2159. Eu sei o que vocês estão pensando. Que deve demorar muito mais, não é?

— Certamente eu estava pensando em algo, mas não era nisso — responde Elizabeth.

Ibrahim tem a leve impressão de que a voz dela está impaciente, mas ele está sendo o mais sucinto que consegue.

— Então consideremos a nossa velocidade, que como vocês devem lembrar era...

— Eu me esqueci, Ibrahim, desculpe — diz Joyce.

— Aproximadamente quarenta e cinco quilômetros por hora, Joyce — completa Ibrahim com sua característica paciência.

— Claro — concorda Joyce.

— E podemos acrescentar uns seis quilômetros por hora a mais na velocidade média do Ian Ventham. Afinal, eu estava sendo cuidadoso. — Ibrahim olha para Elizabeth e Joyce e fica satisfeito ao vê-las assentirem rapidamente. — Portanto, tomei a liberdade de considerar as três rotas possíveis, dividindo a resposta pela velocidade média e subtraindo uma margem de erro. Essa eu calculei de forma bastante elegante. Deem uma olhada no meu bloco de anotações e verão as contas. Pegamos a velocidade média da rota A e...

Um ruído vindo do mato interrompe Ibrahim. Ron sai do meio da vegetação ainda subindo o zíper da calça, na maior desfaçatez.

— Pronto, tudo resolvido.

— Ron! — exclama Elizabeth, como se estivesse cumprimentando seu amigo mais antigo. — O Ibrahim ia nos mostrar algumas contas, mas imagino que você não tenha lá muita paciência para isso...

— Sem contas, Ibrahim, meu velho — diz Ron. — Teria dado tempo para o Ventham chegar até aqui?

— Bem, eu posso mostrar...

Ron faz um sinal de basta.

— Ibrahim, meu chapa, eu tenho setenta e cinco anos. Teria dado tempo ou não?

42

Ian Ventham se exercita na esteira enquanto ouve o audiolivro *Acredite em você e vá em frente: O segredo do sucesso de uma mente milionária*, de Richard Branson. Ian não concorda com as políticas de Branson, nem de longe, mas há de se admirar o sujeito. Admirar o que ele construiu. Um dia Ian ainda escreverá um livro. Antes só precisa bolar um bom título para poder começar a trabalhar.

Enquanto corre, Ian pensa no cemitério e no padre Mackie. Não quer criar problemas para si. Nos bons e velhos tempos, teria mandado Tony Curran ter uma conversa discreta com o padre. Mas não há mais Tony, e Ian não pretende perder mais tempo com a questão do que Richard Branson perderia. Branson colocaria uma pedra sobre o assunto e Ian fará o mesmo.

As escavadeiras devem começar o trabalho em uma semana. Primeiro vem a retirada do cemitério. É a parte difícil, como comer todos os legumes do prato. O resto todo é moleza.

As escavadeiras estão a postos, as autorizações foram assinadas e Bogdan já arrumou os motoristas.

Aliás... pensa Ian. Aliás, o que ele está esperando? O que Branson faria em seu lugar? O que o único cara de quem ele gosta em *Dragon's Den* faria?

Mandariam brasa. Acreditariam em si próprios e iriam em frente.

Ian desliga o audiolivro e, sem perder o ritmo, telefona para Bogdan.

43

Joyce

E então, Ian Ventham poderia ter matado Tony Curran? Foi a grande pergunta de hoje.

Bem, segundo Ibrahim, em quem eu confio no que se refere à atenção aos detalhes, Ian Ventham teria uma janela de tempo bem apertada, mas, sim, teria sido possível. Caso tenha saído de Coopers Chase às três em ponto, teria chegado à casa do Tony Curran (é grande, meio cafona, mas ainda assim bonita) às três e vinte e nove. Teriam lhe restado três minutos para sair do carro, entrar na casa e dar com um objeto grande na cabeça do Tony.

Ron então comentou que, se Ian Ventham matou Tony Curran, o fez com a maior rapidez. Elizabeth observou que essa é sempre a melhor forma de se matar alguém, que não fazia o menor sentido ficar enrolando.

Perguntei a Ibrahim se ele tinha certeza dos horários e ele respondeu que sim, é claro, e que havia tentado nos mostrar seus cálculos, mas fora interrompido por Ron voltando do seu xixi no mato. Eu disse que aquilo tinha sido uma pena e ele se animou um pouco, sugerindo talvez me mostrar as contas depois. Eu disse que acharia ótimo. Afinal, uma mentirinha nunca fez mal a ninguém.

Então hoje nos divertimos muito, e parece que Ian Ventham de fato pode ter matado Tony Curran. Havia um motivo, houve oportunidade e, em se tratando de golpes na cabeça, basta ter algo grande e pesado à mão, o que não seria impensável no seu caso. O inspetor Lewis, do seriado, já teria dado como certo.

Mas e se o Ventham for preso? Nossa diversão acaba?

Vamos ver o que nos traz o dia de amanhã.

44

Ian Ventham vai dormir cedo. Programa o alarme para cinco da manhã. Amanhã é o grande dia. Ele põe a máscara de dormir e os fones de ouvido com cancelamento de ruído e cai no sono feliz da vida.

Ron fecha os olhos. Gostou daquele dia em que a polícia foi visitá-los, e gostou de gritar com Ventham na reunião. No fundo, sente certa falta dos holofotes. Sente falta de ser ouvido pelas pessoas. Imagine se o chamassem para um programa de debates na TV, como o *Question Time*? Ninguém teria coragem. Ele lhes diria poucas e boas. Bateria na mesa, botaria a culpa de tudo nos Conservadores, causaria um fuzuê, como nos velhos tempos. Será? Talvez não. Ron começa a cair no sono. Talvez conseguissem desarmá-lo, talvez seus truques sejam manjados. Com certeza ele já não tem mais o mesmo gás. E se lhe perguntassem sobre a Síria? Síria? Ou é a Líbia? E se Dimbleby olhar diretamente nos seus olhos e perguntar: "Sr. Ritchie, nos diga o que viu." Mas quem perguntou isso foi o policial, não foi? E agora quem apresenta o programa é a Fiona Bruce. Ele gosta da Fiona Bruce. Mas quem matou Tony Curran? Ventham. Típico partidário do Blair. A não ser que ele estivesse deixando passar algo. Será que estava deixando passar algo?

Num prédio próximo, Ibrahim está decorando os países do mundo só para manter o lado esquerdo do cérebro ativo. Quanto ao lado direito, continua voltado para a função de pensar em quem matou Tony Curran. Em algum ponto entre a Dinamarca e o Djibouti, ele pega no sono.

* * *

Em seu apartamento de três quartos em Larkin, aquele com o deque, Elizabeth está tendo dificuldade para dormir. Já está até habituada a isso ultimamente.

Seu braço envolve Stephen no escuro. Será que ele a sente? Será que Penny a ouve? Teriam os dois já desaparecido? Ou seriam reais só enquanto ela escolhesse acreditar que são? Elizabeth o abraça um pouco mais firme e decide se agarrar a essa realidade pelo tempo que conseguir.

Bernard Cottle está on-line. Sua filha, Sufi, comprou um iPad para ele no último Natal. Ele pedira chinelos, mas Sufi não os considerava um presente de verdade e ele mesmo tivera de comprá-los em uma liquidação em Fairhaven. Bernard não sabia usar o iPad a princípio, mas Joyce lhe dissera para não ser bobo, tirara-o da gaveta e lhe ensinara. Ao seu lado há um copo cheio de uísque e a última fatia do bolo de café e nozes de Joyce. Um brilho azulado pálido ilumina seu rosto enquanto ele examina pela enésima vez os planos de Woodlands.

Uma a uma, as luzes do vilarejo se apagam. A única iluminação restante vem de trás das espessas cortinas de hospital de Willows. A morte trabalha em turnos diferentes da vida.

45

Ellidge os vira primeiro.

Todas as manhãs, Edwin Ellidge acorda às seis e, devagar mas resoluto, desce a subida de carros de Coopers Chase até a entrada do condomínio. Uma vez cruzado o mata-burros e alcançada a estrada principal, olha para os dois lados, olha de novo só por garantia, dá meia-volta e inicia a lenta subida até seu ponto de partida. Missão cumprida, está de volta a seu apartamento às seis e meia da manhã e ninguém mais o vê pelo resto do dia.

Sendo Coopers Chase o lugar que é, ninguém nunca perguntou o porquê disso. Afinal, uma mulher em Tennyson sai para passear com um cachorro que ela nem tem, por exemplo. Se algo tira a pessoa da cama, já está bom.

Elizabeth, sendo do jeito que é, certa vez resolveu interceptá-lo casualmente no caminho de volta. Ao se aproximar, a neblina matinal, sua respiração congelada e a visão de um homem de sobretudo andando por aí lembraram-na dos bons tempos da Alemanha Oriental. Ele ergueu os olhos para encará-la, balançou a cabeça de forma tranquilizadora e disse:

— Não precisa, já conferi.

— Obrigada, Sr. Ellidge — respondeu Elizabeth.

Ela deu meia-volta e os dois subiram juntos pelo caminho em um prazeroso silêncio.

Diz Ibrahim que Ellidge já foi diretor de escola e, mais recentemente, apicultor, e Elizabeth detectara em sua voz um sotaque discreto de Norfolk. Mas isso era tudo o que constava da ficha do Sr. Edwin Ellidge.

O Range Rover de Ian Ventham fora o primeiro a aparecer. Eram seis da manhã. Ellidge o viu sair da estrada principal antes de chegar aonde ele estava e pegar a trilha que subia pelo morro até a fazenda Playfair. As escavadeiras passaram por Ellidge por volta das seis e vinte, quando ele já voltava para casa. Não olhou para elas nem de relance. Evidentemente, não eram os veículos que vinha procurando. As duas estavam juntas, para-choque com para-choque, em cima de uma carreta de transporte que subia lentamente a entrada de carros.

Uma operação ao nascer do dia é útil para capturar traficantes de drogas ou bandos armados, mas em Coopers Chase estaria fadada ao fracasso. Se houvesse alguém anotando, o primeiro telefonema teria sido registrado já às seis e vinte e um. Tem umas escavadeiras a caminho, subindo a trilha, duas delas. Não sei de nada, você sabe de alguma coisa? Alarme dado, a notícia já havia se espalhado por todo o vilarejo no máximo às seis e quarenta e cinco, e tudo por telefone fixo — Ibrahim tentara criar um grupo de WhatsApp em fevereiro, mas não teve muita adesão. Os moradores começaram a surgir e debater o que podia ser feito.

Às sete e meia da manhã, ao descer o morro e dar a volta para entrar em Coopers Chase, Ian Ventham descobre que o condomínio inteiro está de pé. Menos Edwin Ellidge, para quem o agito já foi suficiente para um dia. Karen Playfair está no banco do carona do carro de Ian Ventham. Vai dar uma palestra de café da manhã hoje em Coopers Chase.

A carreta continua a roncar enquanto sobe a entrada de carros e entra cuidadosamente no estacionamento. Bogdan pula do assento do carona e abre o pesado portão de madeira para que a jornada possa continuar morro acima, na estreita trilha que conduz ao Jardim do Descanso Eterno.

— Espere aí, filho. — Ron se aproxima de Bogdan e aperta sua mão. — Sou Ron. Ron Ritchie. O que é tudo isso?

Bogdan dá de ombros.

— Escavadeiras.

— Isso eu entendi, filho. Mas para quê? — diz Ron, e logo acrescenta: — Não vá me dizer que são para escavar.

Mais moradores alcançam o portão a esta altura e se aglomeram em torno de Ron, todos à espera de uma resposta.

— Bem, meu filho, e aí? São para quê? — pergunta ele.

Bogdan suspira.

— O senhor disse para não falar "escavar". Eu não tenho nenhuma outra resposta. — Ele olha para o relógio.

— Filho, você acabou de abrir esse portão, e daqui só se vai para um lugar.

Ron se dá conta de que tem uma plateia. Ele não pode perder uma oportunidade dessas, e logo se vira para o grupo reunido. Percebe sua turma ali pelo meio. Ibrahim traz o equipamento de natação debaixo do braço. Joyce acaba de chegar com uma garrafa plástica e parece estar à procura de alguém — Bernard, sem dúvida. Elizabeth está no fundo, e ao seu lado, o que é raro, está Stephen. De roupão, mas não é o único. Ron sente uma ponta de culpa ao ver o marido de Penny, John, de terno, como sempre, interrompendo sua caminhada rumo a Willows. Ron não visita Penny faz muito tempo e sabe que tem de dar um jeito nisso antes que não haja mais oportunidade. A ideia o assusta, no entanto.

Ron trepa na primeira barra do portão para se dirigir ao público. Como quase perde o equilíbrio, pensa melhor e retorna à terra firme. Não importa, é hora de agir.

— Ah, que beleza. Só nós, uns poloneses e algumas escavadeiras. Todo mundo curtindo o ar matinal. A turminha do Ventham. Chegando de fininho às seis e meia da manhã para desenterrar nossas freiras. Sem aviso, sem consulta. Entrando no nosso vilarejo e desenterrando nossas freiras. — Ele se dirige a Bogdan. — É esse o plano, não é, filho?

— Sim, é esse o plano — admite Bogdan.

O Range Rover de Ventham para ao lado da carreta de transporte. Ele sai do carro e olha para a multidão, e então para Bogdan, que dá de ombros. Karen Playfair também sai e sorri ao ver a situação.

— E eis o homem em pessoa — diz Ron ao avistar Ventham se aproximando.

— Sr. Ritchie — cumprimenta Ventham.

— Sinto perturbar sua manhã, Sr. Ventham — retribui Ron.

— Imagine. Continue, faça seu discurso — responde Ventham. — Finja que a gente está nos anos 1950 ou qualquer que tenha sido sua época. Mas quando o senhor terminar, eu vou precisar passar por aqui porque temos uma escavação a fazer.

— Hoje não, meu velho. Sinto muito, mas hoje não — diz Ron, virando-se para o grupo reunido. — Somos todos fracos, Sr. Ventham. O senhor percebe, não percebe? Olhe para nós. É só nos dar um cutucão e a gente desaba. E o senhor nunca mais terá de lidar com a gente. Somos débeis, todos nós, uns capachos. Capachos, não é? Vai ser fácil. Mas sabe, Sr. Ventham, aqui há pessoas que realizaram algumas coisas na vida. Estou errado?

A plateia aplaude.

— Tem gente aqui que já derrotou, com todo o respeito, homens melhores do que o senhor. — Ron faz uma pausa e olha para as pessoas. — Temos soldados aqui, um ou dois. Professores, médicos, gente que poderia fazer picadinho do senhor e gente que poderia colocá-lo de volta no lugar. Gente que rastejou por desertos, que construiu foguetes, que prendeu assassinos.

— E corretores de seguros! — grita Colin Clemence, de Ruskin, sob aplausos alegres.

— Para resumir, Sr. Ventham — continua Ron, fazendo um grande gesto com o braço —, nós temos gente boa de briga. E o senhor, com suas escavadeiras às sete e meia da manhã, arrumou briga.

Ian espera para se certificar de que Ron terminou, que a flecha já foi disparada, e dá um passo à frente para se dirigir às mesmas pessoas.

— Obrigado, Ron. Tudo bobagem, mas obrigado. Não há briga alguma aqui. Você teve a sua reunião de consulta, fez as suas objeções e todas foram negadas. Aqui também tem advogados, certo? Ao lado dessas pessoas que o senhor diz terem rastejado por desertos. Advogados de todos os tipos. Deus do céu, até juízes! Essa era a luta do senhor. Era nos tribunais. Foi justa e o senhor perdeu. Portanto, se eu quiser entrar de carro em terrenos de minha propriedade às oito da manhã e fazer o trabalho que eu planejei e pelo qual estou pagando e que, também sem nenhum desrespeito, manterá as suas taxas de serviço no valor razoável que o senhor paga atualmente, eu o farei. Farei e já estou fazendo.

O termo "taxas de serviço" tem um efeito notório sobre os menos combativos. Pode até ser que eles tenham quatro horas para matar até o almoço e estejam dispostos a assistir ao espetáculo que ocorre diante deles, mas o homem tem um argumento e tanto.

Joyce e Bernard, que haviam se esgueirado para longe dali enquanto Ron dava seu show, agora retornam com cadeiras de jardim debaixo dos braços. Caminham entre os demais e as desdobram no meio da trilha.

É a vez de Joyce de se dirigir à aglomeração.

— A Rádio Kent diz que o tempo vai ser ótimo a manhã toda. Será que alguns de vocês não querem se juntar a nós? Se alguém tiver uma mesa de piquenique sem uso, podemos até passar o dia todo por aqui.

Ron se vira para as pessoas.

— Quem quer se sentar um pouco e tomar um chá conosco?

Os moradores aderem à proposta. Há cadeiras e mesas a juntar, chaleiras a ligar, ver o que há nos armários, talvez meio cedo para uns drinques, mas quem sabe a reunião não se estica? No mínimo, será divertido. Ainda que valha lembrar que o argumento referente às taxas de serviço faz sentido.

Ao lado da cabine da carreta, Ibrahim fala com a motorista. Estimara só de olhar que o veículo tem 13,5 metros de comprimento e fica exultante ao saber que são 13,3. Muito bem, Ibrahim, continua em forma.

Elizabeth leva Stephen para casa, são e salvo. Vai fazer um café para ele e logo volta.

46

A delegacia de polícia de Fairhaven recebe o telefonema de Ian Ventham por volta das sete e meia da manhã. Donna está bebendo suco de cranberry direto da caixa e ouve por alto as palavras "Coopers Chase". Ela se oferece para atender ao chamado e manda uma mensagem para Chris Hudson. Ele não está na delegacia naquela manhã, mas com certeza não vai querer perder esta.

Às sete da manhã, o padre Matthew Mackie recebe um telefonema de uma certa Maureen Gadd. Às sete e meia, já está totalmente vestido, colarinho plenamente ajustado, à espera de um táxi até a estação.

47

Em frente ao portão de acesso ao Jardim do Descanso Eterno há agora vinte cadeiras. A maior parte delas é de espreguiçadeiras, mas há também uma cadeira de mesa de jantar, por causa das costas de Miriam.

Como barricada, é heterodoxa, mas eficiente. Por conta das árvores agrupadas dos dois lados do portão, a única forma de entrar no Jardim do Descanso Eterno neste momento é passando por uma frente de batalha de aposentados, alguns dos quais aproveitam a oportunidade para se estirarem sob o sol matinal e tirarem uma merecida soneca. As escavadeiras não conseguirão passar por algum tempo.

Ian Ventham está de volta ao carro e observa a cena. Karen Playfair, do lado de fora, traga alegremente um cigarro eletrônico sabor maçã e canela.

Ian vê mesas de piquenique, coolers e guarda-sóis. Estão servindo chá em bandejas acolchoadas. Passando fotos de netos de mão em mão. O Jardim do Descanso Eterno é um detalhe; para a maior parte dos moradores, aquela é uma festa de rua ao sol de meados do verão. Ian não precisa se envolver. Eles vão dobrar as cadeiras rapidinho assim que a polícia chegar, e então se dispersarão para fazer o que quiserem.

Ian tem certeza de que o showzinho é passageiro, mas gostaria que a polícia chegasse logo. Com a quantidade de impostos que hipoteticamente paga, não é pedir muito.

48

Elizabeth não está no local. Depois de deixar Stephen em casa, subiu pela trilha de Blunts Wood e, após deixar as árvores para trás, entra no caminho mais largo que leva ao Jardim do Descanso Eterno. Percorre-o até o final, até chegar ao banco de madeira, o banco de Bernard Cottle, onde se senta e aguarda.

Ela olha para baixo, contemplando Coopers Chase. Como logo no começo a trilha faz uma curva, de onde está não consegue ver a barricada. Mas é possível escutar a educada perturbação ao sopé do morro. Sempre olhe para onde não há nada acontecendo, pois é ali que está toda a ação. Em parte, ela está surpresa por Joyce não ter feito também a caminhada até o alto do morro. Talvez ela de fato não tenha um instinto tão aguçado quanto o de Elizabeth.

Ela escuta o farfalhar em meio às árvores do outro lado da trilha, cerca de vinte metros abaixo. Logo o som se transforma na figura de Bogdan, emergindo por entre as árvores com uma pá sobre o ombro.

Ele continua a subir a trilha, cumprimentando Elizabeth ao passar por ela.

— Olá, senhora — diz Bogdan com um aceno de cabeça.

Se tivesse um chapéu, ele o teria tirado com certeza, pensa ela.

— Bogdan — responde ela. — Sei que você tem trabalho a fazer, mas será que eu poderia lhe fazer uma pergunta?

Bogdan interrompe a caminhada, tira a pá do ombro e repousa seu peso sobre o cabo.

— Por favor — responde ele.

Elizabeth passara a noite anterior refletindo. Sinceramente... Ventham chega, entra, vai até a cozinha e mata Tony Curran, tudo isso em três minutos? Ela já vira algo assim acontecer, mas não com um amador. O que estaria deixando passar?

— O Sr. Ventham disse a você que queria que matassem o Tony Curran? — pergunta Elizabeth. — Depois da discussão deles? Será que lhe pediu para ajudar? Talvez você o tenha ajudado, de fato?

Bogdan a observa por um momento, imperturbável.

— Eu sei que foram três perguntas. Me perdoe, sou só uma velha.

— Bem, mas a resposta é uma só, então ok — começa Bogdan. — Não, ele não me disse, não, ele não me pediu, portanto não, eu não ajudei.

Elizabeth considera a resposta.

— Mas ainda assim tudo funcionou muito bem para você. Ganhou um trabalho novo e lucrativo, não foi?

— Sim — concorda Bogdan com um aceno de cabeça.

— Posso perguntar se foi você quem instalou o alarme na casa do Tony Curran?

Bogdan faz que sim.

— Com certeza. Ian sempre me chama para fazer esse tipo de coisa para as pessoas.

— Então você poderia facilmente ter entrado e esperado por ele.

— Claro. Teria sido simples.

Elizabeth ouve mais carros parando na parte de baixo do morro.

— Sei que a pergunta é indelicada, mas se o Ian Ventham quisesse a morte do Tony Curran, poderia ter lhe pedido para matá-lo? A relação de vocês daria abertura a isso?

— Ele confia em mim — diz Bogdan, pensando. — Então, sim, talvez me pedisse.

— E o que você teria dito? Caso ele tivesse pedido?

— Tem alguns trabalhos que eu faço, como consertar alarmes, azulejar piscinas, e outros que eu não faço, como matar gente. Então se ele pedisse, eu diria "Olha, você pode até ter um bom motivo, mas eu diria pra você mesmo matar ele, Ian". Sabe?

— Bem, concordo com a postura — diz Elizabeth, balançando a cabeça positivamente. — Então você tem certeza absoluta de que não matou o Tony Curran?

Bogdan ri.

— Certeza absoluta. Eu me lembraria disso.

— Acabei fazendo um monte de perguntas, Bogdan, me desculpe.

— Tudo bem — diz ele, olhando para seu relógio. — Ainda está cedo e eu gosto de conversar.

— De onde você é, Bogdan?

— Polônia.

— Sim, isso eu sabia. Onde na Polônia?

— Perto da Cracóvia. Já ouviu falar?

Elizabeth certamente já ouvira falar da Cracóvia.

— Sim, é uma cidade linda. Estive lá, por sinal. Já faz muitos anos.

Foi em 1968, mais exatamente, para conduzir um depoimento informal a serviço da delegação comercial com um jovem coronel do Exército polonês. Esse coronel posteriormente viria a dirigir uma casa de apostas em Coulsdon, feliz da vida, e receberia honrarias oficiais por serviços ao Estado britânico que permaneceram em uma gaveta trancada até o dia de sua morte.

Bogdan observa as colinas de Kent e então estende a mão.

— Preciso ir trabalhar. Prazer em conhecê-la.

— Prazer em conhecê-lo também. Me chamo Marina — diz Elizabeth ao apertar sua enorme mão.

— Marina? — repete ele, e um sorriso retorna aos seus lábios, como um filhote de veado aprendendo a caminhar. — Era o nome da minha mãe.

— Que amor — diz Elizabeth. Ela não sente orgulho do que acaba de fazer, mas nunca se sabe quando algo assim poderá ser útil. E, convenhamos, se alguém tatua tanta informação pessoal no corpo, ela vai fazer o quê? — Espero vê-lo de novo, Bogdan.

— Espero ver você também, Marina.

Elizabeth o observa caminhar, abrir os pesados portões de ferro e levar sua pá para dentro do Jardim do Descanso Eterno.

Há diferentes formas de escavar, pensa Elizabeth, iniciando sua caminhada morro abaixo. Pensa também em outra pergunta que deveria ter feito. Seria o sistema de alarme de Ian Ventham o mesmo de Tony Curran? Caso seja, teria sido moleza para ele entrar na casa. Se tivesse sido necessário. Ela apostaria que sim. Perguntará a Bogdan da próxima vez que o vir.

Ao chegar à barricada, Elizabeth vê que o portão foi fechado com cadeado e está sendo guardado por três mulheres, entre elas Maureen Gadd, que joga bridge com Derek Archer. Muitíssimo mal, na opinião de Elizabeth.

Elizabeth sobe no portão e, num pequeno salto, passa para o outro lado, de volta ao centro dos acontecimentos. Por quantos anos será que ainda conseguirá fazer esse tipo de coisa? Três ou quatro? Ela dá uma espiada discreta em Ian Ventham, que sai do carro enquanto Chris Hudson e Donna de Freitas se aproximam. Hora de entrar na brincadeira, pensa, e cutuca o ombro de Joyce. Bernard está adormecido na cadeira ao lado dela, o que ao menos explica por que Joyce não saiu para xeretar.

Na teoria, ela não vê o menor problema em correr atrás de homem, se é o que a pessoa quer fazer. Mas certamente Joyce devia achar aquilo exaustivo, não?

49

Joyce

Quando Elizabeth chegou, Bernard já havia caído no sono, o que me pareceu uma bênção, pois ele fica agitado demais. Parecia cansado quando bati na porta dele esta manhã. Acho que não tem dormido à noite.

Elizabeth e eu fomos encontrar Donna e Chris. No caminho, pegamos o Ron, que parecia muito bem-disposto. Foi bom vê-lo assim. Mas vamos a tudo o que aconteceu depois, enquanto ainda está fresco na minha memória.

Donna faz algo diferente nos olhos com a sombra. Sempre penso em perguntar o quê, mas nunca lembro. Enfim, o inspetor-chefe Hudson estava falando — fazendo um ótimo trabalho, inclusive. Ele estava lá dizendo algumas coisas para o Ian Ventham. Ian Ventham falou que queria que saíssemos do caminho e que tinha toda a documentação para sustentar sua posição. Tudo bem.

O inspetor-chefe Hudson disse que queria conversar com os moradores, e Ron lhe disse para conversar com ele mesmo, Ron. Disse também que o Ian Ventham podia enfiar toda a documentação naquele lugar. Típico do Ron, como vocês sabem. Foi quando a Donna sugeriu ao inspetor-chefe Hudson que conversasse comigo. Porque eu sou uma pessoa equilibrada, vejam só.

O inspetor-chefe Hudson então me explicou as filigranas legais e alertou que seria forçado a prender todos os que bloqueassem o caminho das escavadeiras. Falei que eu tinha certeza de que ele não prenderia ninguém e ele concordou que não faria isso mesmo. Então ali estávamos nós, de volta à estaca zero.

Ron então perguntou ao inspetor-chefe Hudson se estava orgulhoso de si próprio e ele respondeu que era um divorciado de cinquenta e um anos e acima do peso, e que, portanto, não, no geral não estava. Donna sorriu nessa hora. Ela gosta dele, não nesse sentido, mas gosta, e eu também. Eu ia dizer que ele não está acima do peso, mas está um pouco, sim, e, como enfermeira, acho melhor não pegar leve, mesmo quando se tem um instinto protetor. Assim, o aconselhei a não comer depois das seis da tarde. É a chave para não ter diabetes, e ele me agradeceu.

Foi quando Ibrahim chegou, sugerindo que o inspetor-chefe tentasse fazer pilates. Donna comentou que pagaria para ver. Ian Ventham não quis participar da brincadeira e disse a Donna e ao inspetor-chefe Hudson que pagava os salários deles. Donna disse que, nesse caso, queria um aumento, e o Ian Ventham começou a gritar que ela podia esperar sentada por isso, aquilo e aquilo outro. Gente sem senso de humor não perdoa quem é engraçado. Mas esse já é um assunto para outra hora.

Ibrahim, que é muito bom nessas coisas — conflitos, homens patéticos, impasses e tal —, se ofereceu para "espaçar a aglomeração", para que todo mundo tivesse um pouco mais de espaço para respirar. Ficou acertado que seria o ideal.

Ibrahim foi até a barricada, onde um piquenique ia de vento em popa, e disse a todos que, se não quisessem ser presos, talvez fosse melhor retirarem suas cadeiras do caminho. O pedido deu resultado com alguns dos maria vai com as outras. Colin Clemence foi o primeiro. Quando Ibrahim assegurou aos demais que era só liberar o caminho e não haveria o menor problema em continuarem do lado de fora, observando a ação, houve um verdadeiro êxodo. Mas não muito rápido, pois sabem como é, levantar-se de uma cadeira de jardim na nossa idade é uma operação de guerra. Uma vez sentada, você facilmente passa o dia inteiro ali.

A cena acabou ficando assim: a barricada, com o portão fortemente trancado atrás, era o palco, e as pessoas, acomodadas de volta nas cadeiras, eram a plateia. E quem estava no palco? Maureen Gadd, que joga bridge com Derek Archer (e não só faz isso, na minha opinião, mas que não saia daqui), Barbara Kelly, de Rustin, que uma vez saiu do mercado carregando um salmão inteiro e depois alegou demência (uma ova, mas colou), e uma tal de Bronagh Alguma Coisa, nova, de quem não sei nada. Já vi todas as três a caminho da missa aos domingos e marchando de volta horas depois. Estavam agarradas ao portão como bicicletas presas a grades.

E na frente delas? A barricada desaparecera e só sobrara um homem. Acordado agora, sentado com as costas retas, impassível, inabalável, postura fantástica: Bernard. Ele não costuma agir assim, mas deve ter sentimentos muito fortes com relação àquele cemitério. Vocês deviam tê-lo visto. O último guarda, como se fosse Henry Fonda, Martin Luther King ou o rei Midas. Foi demais para o Ron, que pegou uma cadeira e sentou-se bem ao lado dele. Se por solidariedade ou desejo por atenção, não sei. Mas fiquei muito feliz com a atitude dele. Muito orgulhosa dos dois, meus rapazes teimosos.

(Desculpem, na verdade não quis dizer o rei Midas, e sim o rei Canuto.)

Ventham voltara para o carro por ora, com Donna e Chris.

Servi chá ao Bernard e ao Ron e me acomodei também, imaginando que a diversão estaria próxima do fim.

Foi quando o táxi chegou e a diversão começou de verdade.

Desculpem, minha campainha está tocando, já volto.

50

O padre Matthew Mackie sempre gosta de conversar com motoristas de táxi. Hoje em dia geralmente são muçulmanos, até mesmo em Kent, e a afinidade o faz se sentir muito à vontade. E ainda por cima reagem bem ao colarinho. Mas hoje Mackie permaneceu em silêncio.

Fica aliviado ao ver o portão que dá acesso ao Jardim ainda trancado e guardado e as escavadeiras ali paradas. Deixara um número de telefone no quadro de avisos da porta da capela exatamente para esta eventualidade e fora para ele que Maureen Gadd telefonara naquela manhã, prometendo ainda que "alertaria as tropas".

Mackie deduziu que as "tropas" eram aquelas três mulheres de preto plantadas imóveis em frente ao portão. Na frente delas, em cadeiras, uma mulher e dois homens que não pareciam fazer muito esse tipo. Aliás, olhando agora mais de perto, está seguro de que um deles é o cavalheiro cheio de opiniões do dia da reunião de consulta. E o do meio, seria aquele que estava sentado no banco naquela outra manhã? Bem, quem quer que sejam e quaisquer que forem seus motivos, são todos bem-vindos àquela congregação específica. Ao lado do portão uma aglomeração de cerca de cinquenta moradores observa, todos sentados, à espera de algum acontecimento. Se querem um show, podem deixar com ele. Talvez seja sua última e única chance.

Ao sair do táxi, depois de dar uma generosa gorjeta ao motorista, o padre Mackie nota Ventham em um Ford Focus, falando com dois policiais. Um deles, um sujeito parrudo que parece estar morrendo de calor em seu casaco, e a outra, uma jovem mulher negra de uniforme. Nenhum sinal de Bogdan, nem mesmo na cabine de motorista. Deve estar em algum lugar por perto, com certeza.

Mackie se aventura até o portão. Ventham ainda não se deu conta de sua presença. O padre para, conversa e abençoa as três guardas. Uma delas, a misteriosa Maureen Gadd, quer saber se poderiam tomar um chá, e Mackie diz que verá o que pode fazer. Antes de dirigir-se a Ventham e confrontá-lo, ele faz mais uma parada e se apresenta aos que estão sentados.

51

Joyce

Desculpem, a campainha era uma entrega para o apartamento de cima e a gente sempre recebe uns pelos outros. Era lá que eu estava. Às vezes, quando sei que a Joanna vai me mandar flores, finjo não estar em casa só para um vizinho ter de recebê-las e assim vê-las. Sim, é horrível da minha parte, mas tenho certeza de que há quem faça pior.

Voltando: Bernard estava dizendo que não obedeceria a ordens da polícia. Ficaria onde estava e pronto.

Ron nos contou que certa vez se acorrentara por quarenta e oito horas à entrada de uma mina em Glasshoughton e todos tiveram de defecar em embalagens de sanduíche, embora ele tenha usado outra palavra, não "defecar". Foi aí que o padre Mackie veio se apresentar.

Eu o tinha visto na reunião. Ele sentara lá no fundo, tão silencioso quanto possível, e surrupiara uns biscoitos quando parecia que ninguém estava olhando. Como eu já disse, ninguém percebe quando eu estou de olho. Sou dessas que passam despercebidas.

Devo dizer que ele foi muito cortês e nos agradeceu por protegermos o Jardim. Bernard lhe disse que o Jardim era só o começo e que, quando oferecemos a mão a alguém, já sabem o que nos tomam. Ron então resolveu dar sua opinião. Disse ao padre que "os seus" (os católicos) nem sempre haviam sido totalmente corretos no que se referia aos cemitérios, mas que liberdades são liberdades e ele não gostava quando isso não era respeitado. O padre Mackie lhe garantiu que "enquanto eu estiver aqui, não acontecerá" e tudo ficou meio parecido com filme de caubói, o que por mim não teve problema algum. Gosto de ver homens agindo feito homens, até certo ponto.

Deve ter sido nesse momento que o Ventham reparou na presença do padre Mackie, pois logo surgiu correndo, com o Chris, a Donna e o Ibrahim atrás. Agora o palco estava montado.

52

Bogdan já está cavando há bastante tempo. Por que não? Melhor adiantar o serviço. Começou bem no alto do Jardim do Descanso Eterno, onde as sepulturas mais antigas agora vivem permanentemente sob a sombra dos grandes galhos das árvores atrás do muro. O solo é mais fofo ali, já que a luz do sol não o atinge há anos, e Bogdan sabe que os caixões mais antigos e imponentes estarão intactos. Serão de carvalho sólido. Não estarão quebrados ou apodrecidos. Não haverá esqueletos o encarando, ocos, carcomidos e esperançosos.

De vez em quando ele ouve os ruídos da agitação ao pé do morro, mas nada do ronco da carreta e, portanto, continua a cavar. Apenas uma das máquinas daria conta de toda uma fileira de sepulturas em minutos, em especial se não houver muito cuidado, e Bogdan sabe que será assim. Por isso escolhe fazer as coisas direitinho enquanto ainda forem só ele e sua pá.

A próxima sepultura que escolhe encarar está firmemente aninhada na extremidade mais alta do cemitério. Enquanto ele cava, pensa em Marina, a mulher com quem falou no caminho. Já a vira antes no vilarejo, mas em geral as pessoas não falam com ele, nem sequer o notam, e tudo bem. Imagina que provavelmente não possa visitar as pessoas dali, mas talvez um dia esbarre com ela de novo. Seria bom. Às vezes ele sente falta da mãe.

A pá de Bogdan finalmente atinge algo sólido, mas não é a tampa do caixão. Há muitas pedras e raízes de árvores, o que torna seu trabalho mais difícil, mas também mais divertido. Ele pega o objeto que obstruía seu avanço e limpa a terra espessa de cima dele. O branco mais puro acaba surgindo. Lindo, aliás, pensa Bogdan, antes de se dar conta do que é.

Isso não estava nos seus planos. Toda a razão de escavar ali residia no fato de que não haveria caixões apodrecidos ou ossos. E, no entanto, ali estavam. Então até mesmo cento e cinquenta anos atrás o serviço era porco daquele jeito? Caixões baratos, quem descobriria, certo?

Será que deveria tapar tudo o que tinha cavado? Fingir que nada acontecera e esperar as escavadeiras? Algo nessa opção o deixa desconfortável. Bogdan desenterrou um osso e isto o transforma em seu guardião. Por não ter qualquer ferramenta menor do que a pá, ajoelha-se por sobre a terra compactada e começa a trabalhar só com as mãos. E o faz com a maior delicadeza possível. Transfere o peso para um lado para conseguir um ângulo melhor e retirar mais terra. Ao fazer isso, porém, ele se dá conta de que não está ajoelhado na terra, e sim sobre algo bem mais sólido. Está ajoelhado sobre uma tampa de carvalho sólido de um caixão de carvalho sólido. E não pode ser o caso. Um corpo não pode fugir de um caixão. Bogdan tenta espantar um pensamento horrível. Será que alguém havia sido enterrado vivo? Teria a pessoa conseguido de alguma forma sair do caixão, mas não ir mais além?

Bogdan trabalha rapidamente, sem espaço para cerimônia ou superstição. Os ossos são muitos e ele logo encontra um crânio, que tenta não perturbar. Desvela o suficiente do caixão para poder forçar a ponta da pá por baixo da tampa. Com esforço considerável, consegue romper a terceira camada. Dentro há outro esqueleto.

Dois esqueletos. Um dentro do caixão, outro fora. Um pequeno, outro grande. Um cinzento e amarelado, o outro branco como a neve.

O que fazer? Alguém deveria dar uma olhada naquilo, com toda certeza. Mas levaria muito tempo. A escavação seria feita com espátulas mínimas, Bogdan já vira na TV. E não escavariam apenas este túmulo, mas todos. E Bogdan sabe que, no fim, não será nada. As pessoas eram enterradas dessa forma naquele país ou então em determinado ano houve uma doença e enterraram muita gente junta ou um milhão de outras possibilidades. Enquanto isso, o empreendimento será adiado e ele ficará à espera de trabalho. A pergunta permanece, portanto. O que fazer?

Bogdan precisa de tempo para pensar, mas infelizmente não pode se dar a tal luxo. À distância, escuta uma sirene. Ele espera um momento e a sirene se aproxima. O som parece o de uma ambulância, mas ele sabe, pela lógica, que deve ser a polícia. Isso significa que a barricada logo estará desmontada e o circo vai começar. Bogdan se puxa para fora da cova e começa a tapá-la.

Ian me dirá o que fazer, pensa, quando a sirene alcança a base da trilha.

53

Ao sair do carro da polícia, Ian Ventham está calmo. Chega a estar feliz.

A polícia teve uma conversa apaziguadora com ele. Ele voltará amanhã. Os túmulos, afinal, não sairão dali. Talvez enviar as escavadeiras tão cedo tenha sido um erro. Mas foi tão legal que o erro valeu a pena. Foi uma declaração, e fazer declarações é importante, sejam quais tenham sido.

Não o incomoda que os moradores estejam tão engajados, pois eles logo perderão o interesse. Pode simplesmente dar-lhes alguma outra coisa de que reclamar. Demitir um garçom de quem gostem ou proibir que os netos usem a piscina, alegando preocupações com higiene e segurança. Num instante o clima seria "Cemitério? Que cemitério?". Só rindo mesmo — e é bem o que ele faz.

Mas neste exato momento ele avista o padre Matthew Mackie.

Postado com seu hábito e seu colarinho branco, como se fosse o dono do lugar. Mas que petulância.

Por Deus, o terreno é de Ian! Sua propriedade! Ele avança furioso na direção da barricada e, em segundos, seu dedo está no rosto do padre.

— Se você não fosse vigário, eu te daria um soco! — As pessoas começam a cercá-los, como numa briga em estacionamento de pub. — Cai fora da minha propriedade se não quiser que eu mande alguém o expulsar!

Ian dá um empurrão no ombro de Mackie, derrubando o homem mais velho, que tenta se equilibrar agarrando-se à camiseta de Ian. Os dois perdem o equilíbrio e caem juntos no chão. Donna, com a ajuda de uma Karen Playfair horrorizada, puxa Ian, tirando--o de cima do padre. Um grupo de moradores, entre eles Joyce, Ron e Bernard, cercam e imobilizam Ian Ventham enquanto outro grupo forma um círculo ao redor do padre, que, atordoado, continua no chão, ainda que agora sentado. Uma cena de pátio de escola, de verdade, mas ele parece abalado.

— Acalme-se, Sr. Ventham, acalme-se! — grita Donna.

— Prendam ele! Invasor! — berra Ian, arrastado para longe da cena por um grupo de determinados septuagenários, octogenários e até um nonagenário, que perdera por um dia a convocação para a Segunda Guerra Mundial e nunca se perdoara por isso.

Joyce foi parar no meio da formação de ataque. Estes homens devem ter sido tão fortes — Ron, Bernard, John, Ibrahim. E agora estão enfraquecidos desse jeito. Ao menos ainda tinham disposição, mas só Chris Hudson fora realmente capaz de conter Ventham. Ainda assim, foi uma adorável demonstração de testosterona, por mais breve que tenha sido.

— Estou protegendo um terreno sagrado. De forma pacífica e dentro da lei — diz o padre Mackie.

Donna o ajuda a se levantar, tirando a poeira de sua roupa e percebendo quanto ele era frágil por baixo da folgada batina preta.

Chris puxa Ian Ventham do meio do tumulto. Percebe a adrenalina pulsando pelo corpo dele, o tipo de coisa que já vira milhares de vezes em um monte de gente bêbada em fim de noite. As veias estufadas insinuavam-se em meio aos músculos proeminentes sob a camiseta, denunciando também o uso excessivo de esteroides.

— Vá para casa agora, Sr. Ventham — ordena Chris Hudson. — Antes que eu o prenda.

— Eu nem encostei nele — protesta Ian Ventham.

Chris mantém a voz baixa, no intuito de que a conversa permaneça entre os dois.

— Ele tropeçou, Sr. Ventham, eu vi, mas tropeçou só depois de o senhor fazer contato com ele, ainda que leve. Portanto, se eu quiser prender o senhor, eu prendo. E, caso permita a um policial um palpite, talvez uma ou duas testemunhas ainda possam me ajudar no tribunal. Então, se não quiser ser fichado por atacar um padre, o que não cairá bem nos folhetos da sua empresa, entre no carro e vá embora daqui. Entendido?

Ian Ventham assente, sem convicção, seu cérebro já longe dali, fazendo algum outro cálculo. Em seguida balança a cabeça, devagar e tristemente, para Chris Hudson.

— Tem alguma coisa esquisita. Tem algum problema.

— Bem, qualquer que seja o problema, pode ser resolvido amanhã — diz Chris. — Vá para casa, se acalme e enxugue a testa. Seja homem e aceite uma derrota.

Ian se vira e caminha na direção do carro. Derrota? Até parece. Ao passar pela carreta, bate duas vezes na porta da motorista e ergue o polegar apontando para a saída.

Caminha lentamente, pensando. Cadê o Bogdan? Bogdan é um cara legal. Polonês. Ele precisa que o Bogdan azuleje sua piscina. O homem é muito preguiçoso, todos são. Ele vai falar com o Tony Curran. Tony saberá o que fazer. Mas o Tony não perdeu o celular? Aconteceu alguma coisa com o Tony.

Ian chega ao Range Rover. O carro está com uma tranca na roda! O pai dele vai ficar furioso, ele só tinha pegado emprestado. Agora vai ter que pegar o ônibus para voltar para casa e seu pai estará lhe esperando. Ian está assustado e começa a chorar. Não chore, Ian, ele vai ver. Ian não quer ir para casa.

Vasculha os bolsos atrás de trocados, tropeça e tomba para trás. Tenta achar algo em que se agarrar, mas, para sua surpresa, não há nada além do ar.

Antes mesmo de atingir o chão, Ian Ventham está morto.

PARTE DOIS

Todo mundo aqui tem uma história para contar

54

Joyce

Tropecei numa laje solta em Fairhaven algumas semanas atrás. Não mencionei no diário por causa dos assassinatos, das idas a Londres e do meu interesse pelo Bernard. Mas o tombo foi feio, minha bolsa caiu e as coisas se espalharam. As chaves, o estojo dos óculos, os remédios, o celular.

Mas a questão é: todos que me viram cair correram para ajudar. Todos, sem exceção. Um ciclista me ajudou a me levantar, um guarda de trânsito pegou minhas coisas e limpou minha bolsa, uma moça com um carrinho de bebê se sentou ao meu lado numa mesa na calçada até eu recuperar o fôlego. A gerente do café me levou uma xícara de chá e se ofereceu para me acompanhar ao médico dela.

Talvez só tenham ido me ajudar por eu parecer idosa. Passar a impressão de ser frágil e indefesa. Mas não acho que tenha sido isso. Acho que eu mesma teria ajudado um rapaz jovem e atlético se o visse tomar o tombo que eu tomei. Imagino que vocês teriam também. Acredito que eu teria me sentado com ele, que o guarda de trânsito teria pego seu laptop e que a mulher do café teria se oferecido para levá-lo ao médico do mesmo jeito.

É como nós, seres humanos, somos. Na maior parte dos casos, somos gentis.

No entanto, ainda me lembro de um médico com quem trabalhei no Hospital Geral de Brighton, no alto da colina. Um homem muito grosseiro, muito cruel, muito infeliz, e que infernizava nossas vidas. Gritava conosco, nos culpava por erros dele.

Se aquele médico tivesse caído morto na minha frente, eu teria sapateado.

Não se deve falar mal dos mortos, sei disso, mas toda regra tem sua exceção, e Ian Ventham era o mesmo tipo de pessoa que aquele médico. Pensando bem, ele também se chamava Ian. Melhor tomar cuidado com esse nome.

Sabem esse tipo de gente? Gente que se acha dona do mundo? Dizem que hoje em dia vemos mais e mais disto, esse egoísmo, mas algumas pessoas sempre foram horríveis. Não muitas, como já falei, mas certamente algumas.

Tudo isso para dizer que, de certa forma, sinto muito que Ian Ventham esteja morto, mas há outra maneira de se olhar para a questão.

Muita gente morre todos os dias. Não conheço as estatísticas, mas devem ser milhares de pessoas. Então alguém teria de morrer ontem, e só estou dizendo que prefiro que tenha sido o Ian Ventham a cair morto na minha frente do que, por exemplo, o ciclista, o guarda de trânsito, a mãe com o carrinho de bebê ou a gerente do café.

Prefiro que os paramédicos não tenham conseguido salvar o Ian Ventham do que a Joanna ou a Elizabeth. Ou o Ron, ou o Ibrahim, ou o Bernard. Sem querer soar egoísta, mas antes o Ian Ventham enfiado em um saco e levado na maca até a van do legista do que eu.

Para Ian Ventham, contudo, ontem chegou o dia. Chegará para todos e ontem chegou para ele. Segundo Elizabeth, ele foi assassinado, e se ela diz que o mataram, então acredito que seja o caso. Imagino que ele não esperasse por aquilo quando acordou ontem de manhã.

Espero não parecer insensível. É só que já vi muita gente morrer e já derramei muitas lágrimas. Mas nenhuma pelo Ian Ventham, e só queria que vocês soubessem o porquê disso. É triste que ele esteja morto, mas não me deixou triste.

E agora, se me dão licença, preciso ir ajudar a solucionar esse assassinato.

55

— Bem, eis a grande manchete — diz Chris Hudson, perante sua equipe, espalhada à sua frente na sala de reuniões. — Ian Ventham foi assassinado.

Donna de Freitas observa a Divisão de Homicídios. Há alguns rostos novos. Mal pode acreditar na própria sorte. Dois assassinatos e aqui está ela, bem no meio do furacão. Tinha de tirar o chapéu para Elizabeth. Com certeza lhe devia um drinque ou o que quer que Elizabeth preferisse. Um cachecol? Quem vai saber do que Elizabeth gostaria? De uma arma, provavelmente.

Chris abre uma pasta.

— A morte de Ian Ventham foi causada por envenenamento por fentanil. Uma overdose brutal ministrada direto no músculo do braço. É quase certo que tenha ocorrido imediatamente antes de ele desabar. Vocês devem notar pela rapidez que essa informação não é oficial; eu cobrei um favor que me deviam, ok? E o pessoal do laboratório de patologia lida com tantas overdoses de fentanil hoje em dia que não é difícil para eles identificar uma. Neste momento, só nós temos esta informação. Vamos manter assim pelo tempo que nos for possível, por favor. Sem imprensa, sem amigos e família.

Ele olha muito discretamente para Donna.

56

— Pois bem, fomos todos testemunhas de um assassinato — diz Elizabeth. — O que, nem preciso dizer, é maravilhoso.

A cerca de vinte e cinco tortuosos quilômetros dali, o Clube do Crime das Quintas-Feiras está em sessão extraordinária. Elizabeth deposita sobre a mesa uma série de fotos vividamente coloridas do cadáver de Ian Ventham, junto a cada possível ângulo da cena. Ela as tirara com o celular enquanto fingia ligar para a ambulância e depois pedira a um químico de Robertsbridge que as imprimisse em segredo. Ele lhe devia um favor, já que ela descobrira uma condenação nos anos 1970 e a mantivera em segredo.

— Trágico, também, a seu modo, se quisermos ser mais tradicionais no tocante às nossas emoções — acrescenta Ibrahim.

— Sim, se quisermos ser melodramáticos, Ibrahim — diz Elizabeth.

— Primeira pergunta, então — diz Ron. — Como você sabe que foi um assassinato? Para mim pareceu um ataque do coração.

— E você é médico, Ron? — pergunta Elizabeth.

— Tanto quanto você, Liz — responde ele.

Elizabeth abre uma pasta e retira uma folha de papel.

— Bem, Ron, eu já examinei isto com o Ibrahim porque tinha uma função para ele, mas ouça com atenção. A causa da morte foi uma overdose de fentanil ministrada logo antes da morte. Esta informação vem direto de um homem que tem acesso aos e-mails da Perícia do Departamento de Polícia de Kent, mas ainda não foi confirmada pela Donna, apesar de eu já ter mandado um monte de mensagens para ela. Satisfeito, Ron?

Ron assente.

— Ok, você venceu. O que é fentanil? Isso é novidade para mim.

— É um opioide, Ron, como heroína — diz Joyce. — É usado como anestésico, como analgésico, tem um monte de funções. Muito eficiente, os pacientes adoram.

— E dá para misturar com cocaína — comenta Ibrahim. — Se você for viciado em drogas, digamos.

— E o serviço de segurança da Rússia o usa para todo tipo de coisa — completa Elizabeth.

Ron assente, satisfeito.

— E, como deve ter sido ministrado imediatamente antes da morte, todos nós somos suspeitos do assassinato — conclui Ibrahim.

Joyce bate palmas.

— Esplêndido. Sei lá como qualquer um de nós conseguiria ter acesso a fentanil, mas esplêndido. — Ela arruma alguns biscoitos amanteigados vienenses sobre uma travessa comemorativa do casamento do príncipe Andrew com Sarah Ferguson, que Joanna presumiu que ela fosse gostar muitos anos atrás.

Ron assente, olhando para as fotos da cena. Ele observa o rosto dos moradores, esticando o pescoço para ver melhor o corpo estatelado de Ian Ventham.

— Então foi alguém de Coopers Chase que o matou? Alguém que está nessas fotos?

— E todos nós estamos nas fotos — diz Ibrahim.

— A não ser Elizabeth, claro — comenta Joyce. — Porque ela estava tirando as fotos. Mas ainda assim seria uma suspeita em qualquer investigação digna do nome.

— Assim espero — concorda Elizabeth.

Ibrahim caminha até o cavalete.

— Elizabeth me pediu para fazer uns cálculos.

Elizabeth, Joyce e Ron se acomodam nas cadeiras da Sala de Quebra-Cabeças. Ron pega um biscoito vienense, para alívio de Joyce, que assim se sente autorizada a fazer o mesmo. São genéricos, mas um episódio do programa de TV de Gregg Wallace dissera que são feitos na mesma fábrica dos originais.

— Alguém naquela multidão deu uma injeção no Ian Ventham que o matou, quase com certeza, em apenas um minuto — começa Ibrahim. — Foi encontrada a marca da picada no braço. Pedi a vocês que compilassem uma lista de todos que se lembram de terem visto, gentileza que todos fizeram, embora nem todos a tenham colocado em ordem alfabética como eu pedi.

Ibrahim olha para Ron, que dá de ombros.

— Sinceramente, eu me confundo ali pelo F, H, G e aí desisto.

Ibrahim continua.

— Se combinarmos essas listas, o que é trabalho fácil para quem sabe trabalhar com planilhas de Excel, temos um total de sessenta e quatro moradores na cena, incluindo nós. Acrescentamos então o inspetor-chefe Hudson e a policial De Freitas, o empreiteiro Bogdan, que sumiu...

— Ele estava lá no alto da colina — comenta Elizabeth.

— Obrigado, Elizabeth — diz Ibrahim. — Acrescentamos a motorista da carreta, cujo nome era Marie, também polonesa, caso interesse. Ela também é professora de ioga, mas isso é detalhe. Karen Playfair, a moça que mora no alto do morro, estava lá porque ontem era o dia em que ela iria nos ensinar sobre computadores. E é claro, havia o padre Matthew Mackie.

— São setenta pessoas então, Ibrahim — diz Ron, já no segundo biscoito, dane-se a diabetes.

— Setenta e um com o Ian Ventham — acrescenta Ibrahim.

— Ah, então você acha possível ele ter dirigido até lá, criado uma aglomeração e se matado? Tá bem, Poirot — diz Ron.

— Não estou achando nada, Ron. É só uma lista. Sem impaciência, por favor.

— Tudo o que eu tenho é impaciência — rebate Ron. — É o meu superpoder. Sabia que o Arthur Scargill me disse certa vez para ter paciência? Arthur Scargill, o sindicalista mesmo!

— Uma dessas setenta pessoas matou o Ian Ventham. Ainda que a lista seja menor do que o habitual para o Clube do Crime das Quintas-Feiras, será que a gente conseguiria descartar alguns nomes?

— Teria de ser alguém com acesso a agulhas e drogas — sugere Joyce.

— Todo mundo aqui tem acesso a isso, Joyce — diz Elizabeth.

— Exato, Elizabeth — concorda Ibrahim. — Se me permite a analogia, seria como procurar uma agulha num palheiro composto exclusivamente de agulhas.

Ibrahim para de falar na expectativa de que comecem a aplaudi-lo. Como nada acontece, continua.

— Esta injeção seria a coisa mais simples do mundo para alguém com experiência em injeções intramusculares e, novamente, todos somos. Mas precisaria ter sido ministrada muito de perto. Por isso, excluí os nomes daqueles que temos certeza de que não estiveram próximos do Ian Ventham. Isso elimina uma grande parte do elenco de apoio. O fato de muitos na multidão terem problemas sérios de mobilidade também nos ajuda, pois sabemos que não poderiam ter agido rapidamente enquanto os outros estavam distraídos.

— Esquece o pessoal de andador — concorda Ron.

— Só com os andadores, já eliminamos oito nomes — concorda Ibrahim. — Cadeiras motorizadas também nos ajudam, bem como catarata. Há ainda muita gente, o Stephen, por exemplo, e espero que você concorde, Elizabeth, que nem chegou perto do Ian Ventham naquela manhã. Eles saem da lista. E três moradores estavam presos por cadeados ao portão até alguém lembrar de chamar a brigada de incêndio, no decorrer do dia. E este é o ponto em que nos encontramos.

Ibrahim vira a última página do bloco de papéis preso ao cavalete, revelando uma lista de nomes.

— Trinta pessoas. Incluindo a gente. E uma delas é o assassino. Só uma interrupção para observar que, alfabeticamente, por sobrenome, eu sou o primeiro da lista.

— Bom trabalho, Ibrahim — comenta Joyce.

— Então essa é a lista — diz Elizabeth. — E suponho que agora seja a hora de a gente começar a pensar, certo?

— Sim, acredito que juntos podemos reduzir ainda mais esta lista.

— A quem interessava a morte dele? — pergunta Ron. — Quem ganha com isso? Teria sido a mesma pessoa que matou o Curran?

— Curioso pensar nestes termos, não é? — diz Joyce, limpando farelos da frente da blusa. — Que nós conhecemos um assassino? Quer dizer, não sabemos quem é, mas temos certeza de que conhecemos um.

— É brilhante — concorda Ron, considerando pegar um terceiro biscoito, mas ciente de que não se safaria dessa.

— Bem, é melhor começarmos a agir — afirma Ibrahim. — Meio-dia tem conversação em francês.

57

— E isso significa — diz Chris Hudson — que o fentanil deve ter sido ministrado por alguém que estava lá naquela manhã. Portanto, de uma forma ou de outra, já conhecemos o nosso assassino. Hoje vamos trabalhar numa lista completa de quem estava lá, o que não vai ser fácil, mas quanto mais rápido a tivermos, mais rápido chegaremos ao assassino. E, quem sabe, talvez também ao assassino de Tony Curran. A não ser que o Ventham tenha matado o Curran e essa tenha sido a vingança.

Donna arrisca uma rápida olhada pela janela da sala de reuniões. Seu colega de uniforme, Mark, está colocando um capacete de ciclista, o complemento perfeito para sua expressão taciturna. Donna dá um gole em seu chá — chá da Divisão de Homicídios — e pensa em suspeitos. Pensa no padre Mackie. O que se sabe de fato sobre ele? Pensa então no Clube do Crime das Quintas-Feiras. Estavam todos lá. Em algum momento, todos chegaram a cercar o Ventham. Ela conseguia imaginá-los como assassinos, cada um a seu modo. Em tese, ao menos. Mas para valer? Não lhe parecia o caso. Com certeza teriam algo a acrescentar, porém. Seria bom ir até lá para falar com eles.

— Enquanto isso — diz Chris, abrindo outra pasta —, tenho outras funções divertidas para vocês. Ian Ventham não era popular. Tinha negócios complicados e abrangentes e o celular revelou uma série de casos que devem ter sido exaustivos para ele. Melhor dizerem logo aos seus entes queridos que estarão bastante ocupados por um tempo.

Entes queridos. Donna pensa no ex, Carl, e percebe que já faz uns dois dias desde a última vez que pensara nele, um novo recorde.

Embora tenha pensado nele agora, o que estraga um pouco a vitória. Mas ela percebe que se aproxima o dia em que não terá pensado nele por noventa e seis horas, depois uma semana e, quando se der conta, Carl parecerá apenas um personagem de um livro que ela leu. Afinal, por que ela fora embora de Londres mesmo? O que acontecerá quando esses crimes forem solucionados e ela voltar à rotina da farda?

— E quanto ao resto de vocês, não deixem o caso Tony Curran de lado. Pode haver uma conexão entre os dois, não podemos descartar essa hipótese. Ainda precisamos das informações do radar. Quero saber especialmente se o carro do Ian Ventham estava naquela estrada naquela tarde. Quero saber onde está o Bobby Tanner e quem tirou aquela foto. E ainda preciso de informações sobre o número de telefone que ligou para o Curran.

O que faz Donna se lembrar de um pequeno palpite que vinha pensando em checar.

58

Elizabeth está de volta a Willows, sentada em sua poltrona baixa no quarto de Penny. Está inteirando-a da novela.

— Estava simplesmente todo mundo por lá, Penny. Você teria se sentido em casa, sacudindo seu cassetete e prendendo todos que cruzassem seu caminho, sem dúvida.

Elizabeth volta o olhar para John, na cadeira em que passa a maior parte de suas horas quando desperto.

— Imagino que você tenha inteirado a Penny dos detalhes, certo, John?

Ele assente.

— Posso ter exagerado um pouco o meu próprio papel, mas fora isso contei tudo tintim por tintim.

Satisfeita, Elizabeth tira da bolsa de mão um bloco de anotações e uma caneta. Bate levemente numa das páginas com a ponta da caneta, como um maestro chamando a atenção da orquestra, e começa.

— Então, onde estávamos, Penny? Tony Curran é golpeado com uma chave inglesa na cabeça até a morte por uma pessoa desconhecida, ou mais de uma. Só um detalhe: nunca me cansarei de dizer "golpeado com uma chave inglesa na cabeça". Posso apostar que você dizia muito isso na polícia, sortuda. Enquanto isso, Ian Ventham morre segundos depois de injetarem-lhe uma dose cavalar de fentanil. Conhece fentanil, John?

— Claro — diz ele. — Usava o tempo todo. Principalmente como anestésico.

John, o veterinário. Elizabeth se lembra da raposa de que ele e Ron tomaram conta até ficar bem. Uma vez saudável, ela trucidara as galinhas de Elaine McCausland. Nunca foi provado, mas não havia outros suspeitos. Ron fora muito criticado por isso na época, o que o agradara tremendamente.

— Seria fácil conseguir um pouco? — pergunta Elizabeth.

— Para alguém daqui? Bem, fácil não seria, mas impossível também não. Vende em farmácia. Pode ter sido roubado da farmácia daqui, imagino, mas a pessoa teria de ser muito determinada ou muito sortuda. E dá para conseguir na internet.

— Deus do céu — diz Elizabeth. — É sério?

— Na *dark web*. Li a respeito no *The Lancet*. Tem de tudo lá. Dá para achar até um lança-foguetes, se você quiser muito.

Elizabeth assente.

— E como é que se entra na *dark web*?

John dá de ombros.

— Bem, é um chute, mas, se fosse eu, a primeira coisa que faria seria comprar um computador. É um bom ponto de partida.

— Hum. Talvez valha a pena checar quem tem computador.

— Nunca se sabe. Diminuiria a lista de suspeitos, isso com certeza.

Elizabeth se volta novamente para Penny. Como é injusto que esteja naquela situação.

— Um homem golpeado com uma chave inglesa, Penny, e o outro envenenado. Mas por quem? Se o Ventham morreu na hora, então alguém que estava lá naquela manhã o matou. Eu ou o John. Ou o Ron, ou o Ibrahim, ou... Quem vai saber? O Ibrahim tem uma lista de trinta nomes numa planilha para começarmos.

Elizabeth olha novamente para a amiga. A vontade é de sair dali com ela agora, de braços dados. Dividir uma garrafa de vinho branco, ouvi-la xingar feito um marinheiro por causa de alguma desfeita imaginária e voltar flutuando para casa, feliz da vida e levemente alta. Mas isso nunca mais vai acontecer.

— Sempre acho esquisito o Ibrahim não vir visitar você, Penny.

— Ah, mas ele vem, sim — diz John.

— O Ibrahim? Ele nunca conta.

— Ele nunca deixa de vir. Todo dia traz uma revista e faz hashis com ela. Ele vai dando orientações a ela. Completam um desafio, ele beija a mão dela e vai embora uma meia hora depois.

— E o Ron? Vem também?

— Nunca — diz John. — Acho que nem todo mundo tem estrutura, Elizabeth.

Elizabeth assente. É o que ela acha também. Mas de volta ao assunto.

— Então, Penny, quem queria matar o Ian Ventham? E por que justo no momento em que a escavação estava prestes a começar? Suspeito que sua pergunta seria quem perde o quê caso o empreendimento siga adiante. Não é por aí? Quero falar com você em algum momento sobre o Bernard Cottle. Lembra dele? O do *Daily Express* e da esposa simpática? Eu sinto que ele pode ter algum motivo, só falta alguém desvendá-lo.

Elizabeth se levanta, pronta para sair.

— Quem perde o quê, Penny? A pergunta é essa, não é?

59

Chris Hudson tem sua própria sala, um pequeno cafofo onde pode fingir trabalhar. Há um espaço na mesa onde normalmente ficaria uma fotografia de família, e toda vez que repara em sua ausência ele sente uma pontada de vergonha. Talvez devesse ter uma foto da sobrinha? Que idade ela tem agora? Doze? Ou talvez catorze? Seu irmão saberá.

Quem matou Ventham, então? Chris estava bem ali quando aconteceu. De certa maneira, ele o viu ser assassinado. Quem ele vira? O Clube do Crime das Quintas-Feiras estava todo lá. O padre. A mulher bonita de suéter e tênis de corrida. Quem seria ela? Será que é solteira? Agora não é o momento, Chris. Concentre-se.

Teria a mesma pessoa assassinado Ventham e Tony Curran? Fazia sentido. Dois coelhos com uma cajadada só.

Quem fizera os três telefonemas para o celular de Tony Curran? Muito provavelmente alguém querendo vender seguro de vida, mas nunca se sabe. Chris tem certeza de que o celular de Tony Curran devia estar cheio de histórias. Muito bom esse negócio de direitos humanos, mas Chris bem que gostaria de grampear os telefones de toda e qualquer pessoa de Fairhaven que lhe parecesse minimamente suspeita. Que nem fazem na prisão.

Ele se lembra de um assaltante chamado Bernie Scullion que ficou sem dinheiro em Parkhurst mas queria comprar um PlayStation e telefonou para o tio dizendo-lhe onde havia enterrado meio milhão de libras. Uma hora depois, dinheiro e tio estavam sob a custódia da polícia e Bernie nunca conseguiu comprar seu PlayStation.

Alguém bate na porta e Chris fica aturdido ao se dar conta de que espera que seja Donna.

— Entre.

A porta se abre. É o inspetor Terry Hallet. Assustadoramente eficiente, bonito daquele jeito de fuzileiro naval que todo mundo parece gostar, mas também, o que é mais irritante, um sujeito legal. Chris jamais conseguiria usar uma camiseta tão apertada. Terry um dia será dono desta sala. Ele tem quatro filhos e um casamento bem-sucedido. Imagine as fotos que não teria nesta mesa de trabalho. Chris gostaria de ser Terry, mas quem sabe como de fato são as coisas na casa dele? Talvez Terry tivesse alguma tristeza oculta, talvez chorasse até dormir. Chris duvida, mas ao menos é uma ideia à qual pode se agarrar.

— Se preferir, eu volto depois — diz Terry.

É quando Chris se dá conta de já estar encarando o rapaz por algum tempo.

— Não, não, desculpe, Terry, eu estava viajando.

— Pensando no Ian Ventham?

— Exato — mente Chris. — O que você tem pra mim?

— Desculpe por arrastar você de volta para o Tony Curran, mas encontrei algo que acho que você vai gostar. Um carro que levou doze minutos para percorrer a distância de menos de um quilômetro entre os dois radares que ficam cada um de um lado da casa do Tony Curran. E a hora também bate direitinho.

Chris presta atenção nos detalhes.

— Ele parou entre um radar e outro, então? Uma paradinha de dez minutos para dar tempo de fazer alguma coisa, de repente?

Terry Hallet assente.

— Tem algum outro lugar por ali onde valesse a pena parar, além da casa do Tony Curran?

— Tem um acostamento, caso precisasse dar uma mijada. Mas...

— Mijada longa, essa — observa Chris. — Todo mundo já precisou uma vez ou outra, mas ainda assim. E pegou a placa?

Terry faz que sim novamente. E sorri.

— Gostei do sorriso, Terry. O que você descobriu?

— Você não vai acreditar no nome de quem ela está registrada, chefia.

Terry desliza um pedaço de papel sobre a mesa de Chris. Ele o pega.

— Muito boa notícia, então. Tem certeza quanto à hora?

Terry Hallet faz que sim mais uma vez e tamborila os dedos na mesa de Chris.

— Deve ser nosso assassino, não é?

Chris é forçado a concordar. Hora de ir ter uma conversa.

60

Bogdan viu onde Marina mora, e este é um momento tão bom quanto qualquer outro. Ela saberá o que fazer com os ossos; ele percebeu logo ao conhecê-la. Trouxe flores. Não da loja, mas tiradas direto da mata e amarradas da forma como sua mãe amarrava.

Apartamento 8. Ele aperta o interfone e é atendido por uma voz de homem. Bogdan fica surpreso. Estava de olho nela fazia algum tempo e nunca vira um homem.

A porta se abre.

— Vim procurar a Marina. Ver a Marina? — testa ele, ao entrar.

A primeira porta depois do corredor acarpetado se abre e ele vê um senhor de pijamas penteando o cabelo espesso e grisalho. Será que errou de lugar? De qualquer forma, esse homem deve conhecer Marina e saberá orientá-lo.

— Estou procurando a Marina — diz Bogdan. — Achei que morava aqui, mas será que é em outro apartamento?

— Marina? Claro, claro, entre, deixe-me pegar a chaleira. Nunca é cedo demais para um chá, não é? — diz Stephen.

Com um braço em volta de seu ombro, o homem escolta Bogdan para dentro do apartamento. Bogdan fica aliviado ao ver uma foto de Marina, uma jovem Marina, sobre a mesa do corredor. Então é ali mesmo.

— Não sei onde ela está, meu amigo, mas não demora — informa Stephen. — Deve ter ido fazer compras ou à casa da mãe. Sente-se, vamos aproveitar a paz e a tranquilidade. Você joga xadrez?

61

Chris Hudson está vestindo o sobretudo por cima do casaco ao sair da delegacia. Ele se vira ao ouvir uma voz atrás dele.

— Senhor?

É Donna de Freitas. Ela o alcança.

— Aonde quer que você esteja indo, tenho uma mudança de planos a propor.

— Duvido, policial De Freitas — diz Chris. Ele ainda a chama assim no trabalho. — Estou prestes a ter uma conversinha com alguém.

— É, mas eu estava verificando a lista de chamadas. E reconheci o número.

— O celular que ligou para o Tony Curran?

Donna assente e mostra a Chris um pedaço de papel.

— Está lembrado? O celular do Jason Ritchie. Foi ele quem ligou três vezes para o Tony na manhã do assassinato. Isso vale uma mudança de planos?

Chris ergue um dedo para silenciá-la e tira do bolso do casaco o pedaço de papel que recebera de Terry Hallet. Entrega-o a Donna.

— Registros de veículos do dia do crime.

Donna os lê e encara Chris.

— O carro do Jason Ritchie?

Chris faz que sim.

— Jason liga para o Tony Curran naquela manhã. O carro do Jason está em frente à casa do Tony na hora em que ele morre. Vamos ver o Jason, certo?

— Talvez só eu dessa vez — diz Chris.

— De jeito nenhum. Primeiro, eu sou sua sombra e esse é um elo sagrado de confiança etc etc. Segundo, eu acabei de solucionar o crime. — Ela balança o número do celular de Jason em frente ao rosto dele.

Chris faz o mesmo com os registros.

— Eu solucionei antes, Donna. Vou fazer uma rápida visita a ele em casa, sozinho, ver se topa responder umas perguntas. Tudo com discrição.

Donna assente.

— Boa ideia. Mas eu já chequei e ele não está em casa.

— Onde está, então?

— Se você me levar, eu mostro.

— E se eu mandar você me dizer onde ele está?

— Bom, você pode até tentar. Vamos ver o que consegue com isso.

Chris balança a cabeça.

— Vamos, você dirige.

62

Nem Chris nem Donna sabiam que Maidstone tinha um rinque de patinação no gelo. Por que Maidstone teria um rinque de patinação no gelo? Grande parte da conversa no caminho até lá girara em torno desse assunto. Isso depois de Donna pedir a Chris para desligar sua coletânea de lados B do início da carreira do Oasis.

Donna estava determinada a arrastar Chris aos poucos do século dele para o dela.

Quando estacionaram na porta do Ice-Spectacular, ainda não haviam solucionado o mistério. Como alguém poderia ganhar dinheiro com um rinque de patinação no gelo na saída de uma rotatória, espremido entre um depósito de azulejos e uma loja de carpetes?

Chris vivia dizendo aos amigos que qualquer estabelecimento que não fizesse sentido algum, que não tivesse fregueses, era fachada para tráfico de drogas. Sempre. Nenhuma necessidade real de fregueses, nenhuma necessidade real de lucro, só uma forma de lavar dinheiro. Havia um lugar assim em toda cidade — no meio de uma fileira de lojas, sob os arcos da ferrovia ou ao lado de uma loja de carpetes. Podia ser um estúdio de depilação, uma loja de aluguel de luzes para festas ou um rinque de patinação no gelo cujo letreiro em neon não era aceso desde 2011.

Sempre uma fachada, sempre tráfico de drogas, pensou Chris enquanto abria a porta do motorista de seu Focus. E isso parecia se encaixar, levando em conta quem ele e Donna estavam indo encontrar.

Eles entram pela porta da frente, cruzam o foyer de carpete grudento e adentram a arena. A essa hora do dia, está praticamente vazia, a não ser por um senhor recolhendo restos de pipoca das fileiras de assentos com revestimento de plástico e por duas pessoas no gelo.

Qualquer um que tivesse visto Jason Ritchie em seu auge diria a mesma coisa. Sua força era complementada pela fluidez, seus pés pareciam planar sobre o ringue. Os braços poderosos traçavam arcos ou desferiam socos de destruir costelas. Suas fintas e seus mergulhos ligeiros, os olhos sempre grudados no oponente, todo o corpo pronto para o ataque feroz. Não era um molenga, uma tábua de madeira, um zumbi. Era um atleta, forte e valente, uma máquina dinâmica e magnífica, dava tudo de si e nada desperdiçava. Era bonito de ver, com toda a sua elegância, seu equilíbrio e movimento.

No entanto, enquanto Chris e Donna o observavam ao beberem seus cafés, puderam comprovar que Jason Ritchie é uma negação em patinação no gelo.

A sessão parece estar no fim, pois Jason patina cautelosamente na direção do canto do ringue, seu cotovelo sustentado por uma mulher baixinha de collant roxo. Ainda assim, a cerca de um metro da doce segurança do canto, o patim esquerdo de Jason deixa de sustentá-lo, bate no direito e seu peso vacilante é demais para a moça de collant aguentar. O grandalhão se estatela mais uma vez. Chris e Donna o observam há não mais do que uns poucos minutos, mas já perderam a conta do número de quedas.

Chris se inclina sobre a mureta e oferece sua mão. É quando Jason vê os dois pela primeira vez. Ele parecia preocupado. Encara Chris fixamente ao aceitar a mão estendida e finalmente pisar o solo seco.

— Tem cinco minutos, Jason? — pergunta Chris. — A gente veio de bem longe.

— Está tudo bem, Jason? — pergunta a moça de collant.

Jason faz que sim e gesticula para que ela vá na frente.

— Sim, são amigos. Vou só conversar rapidinho.

— Bom, olha só, vou anotar tudo isso e enviar para os produtores — comenta a patinadora. — Garanto que você não é causa perdida!

— Querida, você é o máximo, obrigado por me aguentar e me ajudar a levantar.

— Espero ver você no programa! — diz ela, acenando. Ela sobe os degraus íngremes, ainda equilibrada nas finas lâminas dos patins, e logo desaparece.

Jason desaba sobre uma cadeira de plástico que enverga ligeiramente sob seu peso. Começa a desamarrar os cadarços dos patins.

— Imaginei que veria vocês dois de novo. Têm mais alguma foto para eu ver?

— Bom, vamos direto ao ponto — começa Chris. — O que você estava fazendo na casa do Tony Curran no dia em que ele foi assassinado?

— Não é da sua conta — responde Jason.

O primeiro patim já está quase descalçado, ainda que esteja sendo uma luta retirá-lo.

— Mas você admite que estava lá — acrescenta Donna.

— Estou sendo preso? — pergunta Jason.

— Ainda não — diz Donna.

— Então não é da conta de vocês se eu estava lá ou não.

O primeiro patim finalmente sai. Jason bufa como se tivesse lutado três *rounds*.

— Só para você entender o quadro-geral da situação — diz Chris, tirando o celular do bolso e deslizando o dedo para acioná-lo —, a gente vem tentando achar o carro do Ian Ventham nas câmeras de trânsito próximas à casa do Tony Curran. O tipo de caso fácil. Ian Ventham não visitou Tony Curran naquela tarde, mas a gente descobriu algo ainda mais interessante. A primeira câmera do radar pegou o seu carro, Jason, a pouco mais de trezentos e sessenta metros a leste da casa do Tony às três e vinte e seis. A outra câmera, do outro lado da casa dele, pegou seu carro às três e trinta e oito.

Ou você levou doze minutos para dirigir menos de um quilômetro ou parou em algum lugar nesse meio-tempo.

Jason olha muito calmamente para Chris, dá de ombros e começa a desamarrar os cadarços do patim direito.

— Ok, também tenho uma pergunta — diz Donna. — No dia em que Tony Curran foi assassinado, você telefonou para ele?

— Sinto muito, mas não me lembro. — Jason está futucando um nó dos mais cegos em seu cadarço.

— Ah, você se lembraria disso, Jason, não lembraria? — pergunta Donna. — De ter ligado para o Tony Curran? Alguém da sua velha gangue, não era?

— Nunca fiz parte de gangue nenhuma — afirma Jason, finalmente avançando no nó.

Chris assente.

— Mas eis a questão, Jason. Um número misterioso ligou três vezes para o Tony Curran na manhã do dia em que ele morreu. Um número que a gente não pôde rastrear graças à Vodafone e à legislação de proteção de dados. Mas um número que, felizmente, você mesmo havia anotado e entregado à policial De Freitas. O número do seu celular, Jason.

Jason finalmente consegue tirar o segundo patim. Ele assente.

— Que bobagem minha.

— E aí, naquela mesma tarde, você está passando de carro na frente da casa do Tony Curran e resolve parar no intuito de fazer alguma tarefa que leva em torno de dez minutos. Exatamente na hora em que o Tony Curran foi assassinado.

Chris olha para Jason à espera de uma resposta.

— Pois é. Parece que tem mesmo um mistério aí para vocês resolverem — diz Jason. — Agora que consegui tirar esses patins, vou nessa.

Jason se levanta. Chris e Donna também.

— Será que você não gostaria de nos acompanhar para tirarmos suas impressões digitais e um pouco do DNA? — pergunta Chris.

— Só para descartarmos você da nossa lista? Você sairia da lista de suspeitos de dois assassinatos de uma vez só. Olha que legal.

— Você deveria se perguntar por que já não tem minhas impressões e meu DNA — responde Jason. — Talvez por eu nunca ter sido preso por nada.

— Nunca ter sido pego, Jason — corrige Chris. — É diferente.

— Seria interessante saber também o motivo — diz Jason.

— Roubo? — sugere Chris. — Um cara como ele tem bastante dinheiro dando sopa por aí. Você anda com problemas financeiros ultimamente?

— Acho que terminamos por aqui, né? — diz Jason, começando a subir as escadas para o vestiário.

Chris e Donna não o seguem.

— Ou você vai fazer *Dança dos Famosos no Gelo* pelo prestígio, Jason? — pergunta Donna.

Jason reage se virando para ela com um sorriso genuíno. Então ergue o dedo médio, vira as costas e continua a se dirigir ao vestiário.

Chris e Donna o veem desaparecer, sentam-se de novo nas cadeiras de plástico e observam o rinque de gelo vazio.

— O que você conclui disso tudo? — questiona Chris.

— Se foi ele, por que deixaria uma foto na qual ele aparece ao lado do corpo? — pergunta Donna.

Chris balança a cabeça.

— Tem gente que é idiota, né?

— Mas não me parece ser o caso dele — responde Donna.

— Concordo.

63

Mesmo do lado de fora, Elizabeth percebe imediatamente que há algo errado. As cortinas do escritório de Stephen estão abertas. Elas sempre ficam fechadas. Stephen não gosta do brilho do sol da manhã quando escreve.

Seu cérebro faz todos os cálculos necessários em um segundo. Teria Stephen acordado e quebrado sua rotina? Será que estava machucado? Caído no chão? Vivo? Morto?

Ou será que alguém havia invadido o apartamento? Alguém da sua vida passada? Esse tipo de coisa acontece, mesmo hoje em dia. Ela já ouviu histórias. Ou seria uma visita de alguém do tumultuado presente?

Elizabeth dá a volta até a porta de incêndio nos fundos de Larkin Court. É impossível abri-la do lado de fora sem equipamento de uso exclusivo da brigada de incêndio. Elizabeth a abre e se esgueira para dentro.

Seus pés não fazem qualquer ruído no corredor acarpetado, como também não teriam feito na passarela de concreto de um centro de detenção na Alemanha Oriental. Ela pega sua chave e a recobre de protetor labial para não fazer ruído ao ser inserida na fechadura. Elizabeth abre a porta da forma mais silenciosa possível. Ou seja, silêncio total.

Se houver alguém no apartamento, Elizabeth sabe que isso pode significar que sua hora chegou. Com o chaveiro na palma da mão, posiciona as chaves nos espaços entre os dedos e cerra o punho.

Stephen não está caído no corredor, ao menos isso já dá para saber. A porta do escritório está aberta e o sol da manhã ilumina o apartamento. Ela sente uma vergonha momentânea pelo brilho da poeira que flutua junto à soleira da porta.

— Xeque-mate — diz uma voz na sala. Uma voz com sotaque do leste europeu.

— Ora, vejam só! — exclama Stephen.

Elizabeth põe as chaves de volta na bolsa e abre a porta da sala. Stephen e Bogdan estão sentados cada um de um lado do tabuleiro de xadrez. Ambos sorriem ao vê-la.

— Elizabeth, olhe quem está aqui! — diz Stephen, apontando para Bogdan.

Bogdan fica confuso por um momento.

— Elizabeth?

— Ele me chama assim. Ele se confunde. — Vira-se para Stephen. — É Marina, meu amor, lembre-se. — Ela não se sente nada bem ao fazer aquilo, mas o dever em primeiro lugar.

— Como disse o homem — concorda Stephen.

Bogdan se levanta da cadeira e estende a mão para Elizabeth.

— Eu trouxe flores. Seu marido pôs em algum lugar. Não sei onde.

Stephen está examinando o desfecho do jogo no tabuleiro.

— Esse danado me derrotou, Elizabeth. Sem truque nenhum.

Elizabeth olha para o marido, curvado sobre o tabuleiro, refazendo os movimentos na mente, claramente fascinado pela armadilha em que caiu. O pulso ainda pulsa, pensa Elizabeth, se apaixonando novamente pela enésima vez. Ela repete:

— Marina, meu amor.

— Eu chamo você de Elizabeth. Não tem problema — diz Bogdan.

— Ele também consertou a lâmpada do meu escritório, querida — conta Stephen. — Nós estamos com uma maravilha nas mãos.

— Muita gentileza sua, Bogdan. Sinto por a casa não estar tão limpa quanto deveria. A gente nunca recebe visitas, aí às vezes...

Bogdan põe a mão no braço de Elizabeth.

— Você tem uma bela casa, Elizabeth, e um marido maravilhoso. Será que eu poderia conversar com você?

— É claro, Bogdan.

— Posso confiar em você? — pergunta ele, encarando-a profundamente.

— Pode — diz ela, olhos fixos nos dele.

Bogdan assente. Acredita nela.

— Podemos dar uma caminhada? Eu e você? Esta noite?

— Esta noite? — pergunta Elizabeth.

— Tenho algo para mostrar. Melhor esperar até escurecer.

Elizabeth o estuda.

— Algo para me mostrar? São pistas?

— Sim. É algo que você vai gostar de ver — garante Bogdan.

— Bom, isso quem sabe sou eu. E essa caminhada seria onde?

— Até o cemitério.

— O cemitério?

Um ligeiro calafrio lhe desce pela espinha. O mundo pode ser bem maravilhoso às vezes.

— Encontro você aqui — avisa Bogdan. — E é bom vestir algo quente, a gente fica lá por algum tempo.

— Acho que pode contar comigo — diz Elizabeth.

64

Joyce

Sim, sei que Ian Ventham morreu e já já eu falo disso, prometo. Mas adivinhem! Joanna está aqui!

Fomos para Fairhaven no carro novo dela (daqui a pouco confiro qual é a marca). Paramos no Nada com Batimento. Agi como quem não queria nada e foi um tremendo sucesso. Nenhuma reclamação, nada de "ninguém mais é vegano, mãe" ou "tem um brownie melhor do que esse numa loja libanesa a uma esquina da minha casa, mãe". Chá verde, panquecas, macaron. E não achei que eu diria isso.

Ela tem uma reunião aqui por estas bandas. Algo a ver com "otimização". Quando me lembro daquela menina que comia todos os gurjões de peixe e waffles de batata mas fazia um escarcéu para comer as ervilhas, nunca imaginaria que ela um dia teria reuniões sobre "otimização". O que quer que seja isso.

O namorado já era, como nós imaginávamos. Sabiam que agora dá para bloquear celulares de forma que ninguém possa fuxicá-los? E que, para desbloquear, é só usar a impressão digital? Enfim, ele caiu no sono no sofá uma noite dessas e ela usou o polegar dele para desbloquear o celular. Foi só olhar as mensagens, e assim que ele acordou as malas já estavam feitas e no corredor. Essa é a minha menina.

Joanna não deu mais detalhes sobre as mensagens, mas sugeriu fortemente que havia fotografias. Eu escuto *Woman's Hour* o suficiente para entender o recado. Desculpem o palavreado, mas que zé-mané.

Rimos um pouco da história, o que me faz crer que ela não está arrasada.

Estou ouvindo a Joanna acordar de uma soneca, então, por ora, isso é tudo. Vocês nem imaginam, mas eu estava digitando em silêncio.

Minha filhinha linda, feliz e dormindo na minha cama, e dois assassinatos para resolver. Quem poderia querer mais do que isso?

Joanna trouxe uma garrafa de vinho que tem algo de especial, mas eu já esqueci o que é. Um dia ela vai perceber que especial é ela. Enfim, convidei a Elizabeth para tomar alguma coisa conosco esta noite, mas ela tem "outros planos".

Não olhem para mim, sei tanto quanto vocês. Mas podem apostar que tem algo a ver com o assassinato.

(OBSERVAÇÃO ADICIONAL ACRESCENTADA DEPOIS: É UM AUDI A4)

65

A trilha que sobe a colina até o Jardim do Descanso Eterno é uma faixa pálida sob a luz do crepúsculo. Bogdan oferece o braço e Elizabeth aceita.

— Stephen não está bem? — pergunta Bogdan.

— Não, querido, ele não está bem.

— Você colocou alguma coisa no café dele, não foi? Antes de a gente sair.

— Todos tomamos remédios para alguma coisa, meu querido — responde Elizabeth.

Bogdan assente, pois entende.

Eles passam pelo banco onde Bernard Cottle fica a maior parte do tempo. Elizabeth tem pensado um pouco mais sobre Bernard — teve de fazê-lo, dadas as circunstâncias. Sempre tem a sensação de que ele está montando guarda diante do cemitério. Meio que de sentinela naquele banco. Ele nunca entra, mas está sempre por perto.

O que Bernard perderia se o empreendimento avançasse? Ela teria de falar com ele em algum momento ou, pensando melhor, talvez pedir ao Ron e ao Ibrahim para fazer isso. O que talvez signifique agir com cautela perto da Joyce.

— Fazia muito tempo que ele não jogava xadrez, Bogdan. Aquilo foi bom de ver.

— Ele é bom. Foi difícil ganhar.

Os dois chegam aos portões de ferro do Jardim do Descanso Eterno. Bogdan empurra um dos lados, abrindo-o, e guia Elizabeth para dentro do cemitério.

— Você também deve jogar muito bem — comenta Elizabeth.

— Xadrez é fácil — diz Bogdan, continuando a caminhar entre as fileiras de túmulos, agora com uma lanterna na mão. — É só fazer sempre o melhor movimento.

— Bom, imagino que sim. Eu nunca havia pensado dessa forma. Mas e se você não souber qual é o melhor movimento?

— Você perde.

Bogdan a conduz por mais um trecho até parar diante de uma velha sepultura na extremidade mais alta.

— Você disse que posso confiar em você, certo? — diz Bogdan.

— Inquestionavelmente — reafirma Elizabeth.

— Apesar de você se chamar mesmo Elizabeth, porque eu vi em umas contas no escritório?

— Desculpe — diz ela. — Então, fora isso, inquestionavelmente.

— Tudo ok, faça o que precisar fazer. Mas se eu mostrar algo, você não conta para a polícia e nem para ninguém?

— Você tem a minha palavra.

Bogdan assente.

— Senta e eu cavo.

É uma noite agradável para se sentar aos pés de uma estátua de Jesus Cristo e Elizabeth observa com satisfação conforme Bogdan, logo à sua esquerda, começa a cavar o túmulo à fraca luz da lanterna. Fica se perguntando o que ele poderia ter encontrado. Qual segredo estaria prestes a revelar? Ela considera as possibilidades. A resposta mais óbvia seria dinheiro. Haveria uma mala, ou uma sacola esportiva de lona, e Bogdan a ergueria e depositaria aos pés dela. Cédulas, talvez ouro, uma bolada enterrada sabe-se lá por quem, sabe-se lá quando. E uma tremenda bolada, evidentemente, caso contrário, por que Bogdan a teria arrastado até ali no meio da noite? Seria um valor alto o suficiente para que alguém matasse por ele? Se fossem apenas alguns milhares, Bogdan com certeza teria pego para si. Achado não é roubado, ninguém sai perdendo. Mas uma mala cheia de notas de cinquenta, aí já...

— Ok, pode vir — diz Bogdan, de pé dentro da cova, a pá sobre o ombro.

Elizabeth ergue-se num impulso, caminha até a cova e vê o que Bogdan viu na manhã do assassinato de Ian Ventham. Imagina que, de tudo o que se poderia achar dentro de uma cova, nada menos surpreendente do que um corpo. Mas, quando a lanterna de Bogdan ilumina os ossos e a tampa do caixão sobre o qual repousam, ela tem de admitir que não se tratava do que ela imaginava.

— Você achou que era dinheiro, certo? — questiona Bogdan. — Que eu tinha achado dinheiro, alguma coisa assim, e não sabia o que fazer.

Elizabeth assente. Dinheiro, alguma coisa assim. Bogdan é muito bom.

— Eu sei. Desculpa, não é dinheiro. Seria bom. São ossos. Ossos dentro do caixão. Outros ossos, ossos de outro corpo, fora do caixão.

— E foi ontem que você achou isso, Bogdan? — pergunta Elizabeth.

— Bem quando Ian foi morto, sim. Não soube o que fazer. Quis pensar por um dia. Talvez não seja nada. O que você acha?

— Bogdan, acredito que seja alguma coisa, sim.

— Sim, talvez seja alguma coisa — concorda Bogdan, taciturno.

Elizabeth se senta e balança as pernas no interior da cova. Bate com os pés na tampa do caixão.

— Você abriu?

— Achei melhor. Pra checar.

— Com certeza — concorda Elizabeth. — E tem certeza de que é outro corpo dentro?

Bogdan pula para dentro da cova e ergue parte da tampa, expondo os ossos dentro do caixão.

— Sim. Ossos onde tem que haver ossos. Bem mais velhos.

Elizabeth assente e pensa.

— Dois corpos, então. Um onde deveria estar e outro, bem mais recente, onde não deveria estar.

— Sim. Talvez eu devesse ter procurado a polícia, mas não sei. Sabe como a polícia é.

— Sei, sim, Bogdan. Você fez bem em me procurar. Em algum momento, talvez seja necessário falar com a polícia, mas acho que ainda não.

— E o que a gente faz?

— Cubra de novo esse buraco, Bogdan, se você não se importar. Só por enquanto. Me dê tempo para pensar.

— Eu cavo, eu enterro, eu cavo, eu enterro. Tudo que precisar até o trabalho estar pronto, Elizabeth.

— Somos farinha do mesmo saco, Bogdan — diz Elizabeth, pensando que precisa ligar para Austin. Ele saberá o que fazer em relação àquilo.

Ela observa as luzes do vilarejo. A maior parte já apagada, mas na janela de Ibrahim a luz continua brilhando. Vai virar a noite trabalhando. Um grande homem.

Ela olha para Bogdan, cuja pá volta a recobrir a cova de terra. Imundo, suado, ele desliza uma tampa quebrada de caixão sobre um corpo ao mesmo tempo em que evita cuidadosamente perturbar o outro. Pensa como ele é exatamente o tipo de filho que teria gostado de ter.

66

— Eles estão sempre em cima de tudo o tempo todo — diz Ron. — Sempre estiveram. O que quer que seja, a Igreja Católica quer uma parte para si.

— Ainda assim — rebate Ibrahim.

Ibrahim e Ron discutem quem poderia ter assassinado Ian Ventham.

Os dois examinam cada nome da lista de trinta, pesando as possibilidades. São só os dois esta noite. Joyce está em casa com Joanna, e de Elizabeth ninguém sabe. O que é suspeito a esta hora da noite, mas eles decidiram continuar assim mesmo.

Ron insiste em classificar todos com notas de um a dez — e quanto mais uísque bebe, mais altas ficam as notas. Acabou de dar sete a Maureen, de Larkin, basicamente por ela ter furado a fila do jantar na sua frente certa vez. Aquilo, para ele, "dizia mais do que mil palavras".

— O padre Mackie é o nosso primeiro dez, Ibbsy, pode escrever. Número um da lista. Deve ter enterrado alguma coisa em uma das covas. É garantido, não tem erro. Ouro, um corpo, pornografia. Conhecendo aquela gente, provavelmente os três. Está com medo de que descubram.

— Não me parece provável, Ron — opina Ibrahim.

— Bem, lembre-se do que Sherlock Holmes disse, meu velho. Se você não sabe quem é o assassino, então... alguma coisa assim.

— Sábias palavras, certamente. Mas o padre Mackie não poderia ter ele mesmo ido lá e desenterrado o que quer que fosse em algum momento, Ron? Para evitar mais problemas?

— Ele pode ter perdido a pá, sei lá. Escreva o que eu estou dizendo — diz Ron. Tudo o que ele fala começa a adquirir uma cadência suave e calorosamente arrastada. Fim de noite, uísque, algo a resolver, aquilo é que era vida. — Para mim, é nota dez.

— Isso aqui não é a *Dança dos Envenenados*, Ron.

Ibrahim discorda veementemente do sistema de notas de Ron, mas escreve "10" ao lado do nome do padre Mackie. Ele, por sinal, discorda com a mesma veemência do sistema de notas de *Dança dos Famosos*, que, na sua opinião, dá peso demais ao voto do público em comparação ao dos jurados. Chegou a escrever uma carta para a emissora do programa sobre isso, e a resposta que recebeu foi amistosa, mas não se comprometia com nada. Ele olha para o nome seguinte da lista.

— Bernard Cottle, Ron. E aí, o que achamos dele?

— Outra das grandes apostas, para mim. — O gelo no uísque de Ron tilinta ao ritmo do seu gesticular com o copo na mão. — Viu como ele estava naquele dia?

— Sim, ele foi ficando cada vez mais inquieto.

— E nós sabemos que ele vive sentado naquele banco lá em cima, como se estivesse marcando território — diz Ron. — Costumava ficar lá sentado com a esposa, não é? É onde ele se sente em paz, certo? Não se tira isso de um homem, em especial na nossa idade. Mudança demais não cai bem.

Ibrahim concorda.

— Sim, seria mudança demais. Chega um momento em que o progresso é só para os outros.

Para Ibrahim, parte da beleza de Coopers Chase residia no fato de ser um lugar tão vivo. Cheio de politicagem e comitês ridículos, de discussões, diversão e fofoca. Cada novo morador alterava um pouquinho a dinâmica. Havia despedidas também, para lembrar que o lugar nunca ficava na mesma. Uma comunidade, e, para Ibrahim, os seres humanos foram feitos para viver dessa forma. Em Coopers Chase, sempre que alguém queria estar sozinho, era só fechar a porta do apartamento, e sempre que se quisesse estar com mais gente, era só abri-la. Se havia melhor receita para a felicidade do que essa, Ibrahim não conhecia. Mas Bernard perdera a esposa e não dava sinal de conseguir superar o luto. Por isso precisava se sentar no píer de Fairhaven ou num banco de uma colina, e ninguém precisava perguntar por quê.

— Qual é o seu lugar, Ron? — pergunta Ibrahim. — Onde você encontra sua paz?

Ron contrai os lábios e dá uma risadinha.

— Se você tivesse me feito essa pergunta alguns anos atrás, eu teria rido e ido embora, não é?

— Sim — concorda Ibrahim. — Consegui transformar você.

— Eu acho... — começa Ron, rosto alerta, olhos vivos — Eu acho... — Ibrahim nota seu rosto relaxar como sinal de que prefere dizer logo a verdade em vez de ficar pensando. — Sinceramente? Estou aqui repassando na mente todo o tipo de coisa que se espera que uma pessoa diga, mas quer saber? Acho que é aqui mesmo, nesta cadeira, com meu amigo, bebendo uísque, tudo escuro lá fora, tendo algo sobre o que conversar.

Ibrahim entrelaça os dedos e deixa Ron falar.

— Pense só em todo mundo que não está mais aqui, Ibbsy. Em cada desgraçado que já se foi. E aqui estamos nós, um garoto do Egito, outro de Kent. Passamos por tanta coisa, e aí veio alguém lá da Escócia e nos fabricou esse uísque. Isso vale muito, não é? O lugar é aqui, meu velho. O lugar é aqui.

Ibrahim balança a cabeça, concordando. Seu lugar de paz, na verdade, é a pilha de arquivos diretamente atrás dele, mas não quer estragar o momento. Ron parou de falar e Ibrahim percebe que ele está em um momento de imersão profunda. Perdido em lembranças. Ibrahim entende que deve ficar quieto e deixá-lo viajar até onde precisa. Pensar no que tiver de pensar. Algo que Ibrahim testemunhou tantas vezes ao longo dos anos, com tanta gente sentada naquela exata poltrona. É seu aspecto favorito da profissão.

Ver alguém mergulhar fundo dentro de si e acessar coisas que nem sabia estarem lá. Ron então ergue a cabeça; está pronto para falar de novo. Ibrahim se inclina levemente para a frente. Aonde Ron teria ido naquele momento?

— Você acha que o Bernard está pegando a Joyce, Ibbsy? — pergunta Ron.

Ibrahim se inclina levemente de volta para trás.

— Nunca pensei muito nisso, Ron.

— Claro que pensou. Eu sei que você pensou. Psiquiatra. Aposto que ele está, sortudo maldito. Todo aquele bolo e o que mais quiser. Se você tivesse que... você sabe... acha que ainda conseguiria?

— Não. Já tem alguns anos que não.

— Estou na mesma. De certa forma é uma bênção. Eu era escravo daquilo. Enfim, para ele eu dou nove, e você? Digo, para o velho Bernard. Ele estava lá, dá para perceber que não quer ver o lugar todo revirado, e ele trabalhava com algo que tinha a ver com ciência, não trabalhava?

— Indústria petroquímica, eu acho.

— Olha aí, então. Fentanil. Nove.

Ibrahim tende a concordar. Bernard não lhe parece ser alguém em total estado de graça. Ele escreve um "9" ao lado do nome de Bernard Cottle.

— Se eles estiverem tendo alguma coisa, porém, Joyce não vai gostar desse nove — comenta Ron.

— A Joyce tem as mesmas informações que nós temos. Ela já sabe que ele é nove.

— De boba ela não tem nada, realmente — afirma Ron. — E aquela moça do alto da colina? A filha do fazendeiro. A dos computadores.

— Karen Playfair — diz Ibrahim.

— Ela estava lá, né? Bem no meio da confusão. Deve saber uma coisinha ou outra sobre drogas. E é bonita, o que sempre dá encrenca.

— Ah, é?

— Sempre — diz Ron. — Bom, ao menos para mim.

— E o motivo? — pergunta Ibrahim.

Ron dá de ombros.

— Um caso? Esquece isso de cemitério, geralmente é por causa de um caso.

— Sete, talvez? — sugere Ibrahim. — Ou talvez sete com um asterisco e uma nota de rodapé explicando que o asterisco significa "sujeito a maiores investigações"?

— Sete com asterisco — acata Ron, ainda que pronunciando a palavra "asterisco" de um jeito que só ele. — E aí só falta a gente agora nessa lista. Nós quatro.

Ibrahim olha para a lista e assente.

— Vamos continuar? — pergunta Ron.

— Você acha que há alguma chance de ter sido um de nós?

— Eu com certeza não fui. Por mim, podem expandir quanto quiserem, quanto mais melhor.

— Mas foi você quem esteve à frente das objeções na reunião pública, fez lobby com o conselho e deu início à barricada. Tudo isso para interromper o empreendimento.

— Claro — diz Ron, como se o amigo tivesse ficado maluco. — Não deixo ninguém tomar liberdades comigo. E que outra oportunidade eu teria de criar um pouco de confusão com quase oitenta anos? Mas, amigo, pense na taxa de serviço e nas novas instalações. Agora provavelmente não vai haver nada disso. Nunca que eu teria matado ele, seria chutar completamente o pau da barraca. Pode botar aí um quatro para mim.

Ibrahim faz que não.

— Vou botar sete. Você é muito combativo, tem cabeça quente e às vezes é irracional, estava lá no meio da quizumba e, como é dependente de insulina, sabe usar agulhas. Tudo isso conta.

Ron assente. Faz sentido.

— Tudo bem, fica por seis então.

Ibrahim cutuca o bloco de anotações com a caneta sete vezes antes de erguer o olhar.

— E seu filho, me parece, conhecia um pouco o Tony Curran, talvez. Daí sobe para sete.

Ron já não está mais em seu lugar de paz e a batida de seus cubos de gelo agora é outra. Ele continua em silêncio, mas não calmo.

— Não enfie o Jason nisso, Ibrahim. Você sabe que não é para fazer isso.

Interessante, pensa Ibrahim, sem dizer nada.

— Ron, é para a gente dar nota para nós mesmos ou não?

Ron encara o amigo por um longo tempo.

— É, é sim, você está certo. Mas, bom, se eu sou sete, você também é.

— Tudo bem — diz Ibrahim, escrevendo a nota no bloquinho. — Alguma razão para isso?

Tantas razões, meu amigo, pensa Ron. Ele agora sorri. A tensão se quebrou.

— Você é muito espertinho, eis a primeira razão. Melhor anotar tudo. Você é um psicopata, ou um sociopata, seja lá qual desses for o ruim. Sua caligrafia é horrível, o que com certeza é um sinal. É imigrante, e todos nós já lemos sobre imigrantes. Em algum lugar, um pobre de um psiquiatra inglês branco está em casa, sem emprego, por sua causa. E talvez você esteja furioso por estar perdendo cabelo. Já mataram gente por aí por muito menos que isso.

— Não estou perdendo cabelo — corrige Ibrahim. — Pode perguntar ao Anthony sobre o meu cabelo. Ele sempre elogia.

— Você estava lá, bem no meio da situação, como de hábito. E você é exatamente aquele tipo de pessoa nos filmes que cometeria o assassinato perfeito só para ver se conseguiria se safar.

— Isso certamente é verdade — concorda Ibrahim.

— Omar Sharif faria o papel — acrescenta Ron.

— Ah e então concordamos que eu tenho cabelo. Ok, sete para mim. Agora é a vez da Joyce e da Elizabeth.

Ibrahim se anima só de pensar em conversar a noite inteira. Quando Ron for embora, só lhe restarão leituras, fazer mais listas e se forçar a deitar na cama à espera de um sono que sempre demora demais a chegar. Muitas vozes clamando por sua atenção. Muita gente ainda perdida nas sombras, pedindo sua ajuda.

Ibrahim sabe que geralmente é o último a dormir em Coopers Chase, e esta noite está feliz de ter alguma companhia como desculpa. Dois velhos lutando contra a noite.

Ibrahim abre novamente o bloco de anotações e olha pela janela na direção do apartamento de Joyce. Tudo escuro. O vilarejo já adormeceu.

É claro que Elizabeth também é profissional demais para deixar que o facho de sua lanterna fique visível na descida da colina.

67

Jason Ritchie está sentado a uma mesa de canto, terminando seu almoço. Tamboril e pancetta, ambos de produtores locais.

Não sabe direito o que fazer.

Jason está surpreso com as mudanças no Black Bridge. Agora é um gastropub chamado Le Pont Noir, cujo nome aparece grafado em minúsculas no letreiro minimalista em preto sobre cinza. Ao longo dos anos, Fairhaven foi perdendo parte de seu lado "barra-pesada", alguns de seus aspectos mais sombrios já não existiam.

Assim como os meus, pensa ele, dando um gole em sua água com gás.

Jason está pensando na foto. Ele se sentiria bem mais seguro com uma arma, e vinte anos atrás teria sido fácil consegui-la. Teria entrado no Black Bridge, conversado com Mickey Landsdowne, que teria ligado para Geoff Goff e, antes mesmo que Jason terminasse sua cerveja, um garoto de BMX teria aparecido no bar com um pacote de papel pardo. Teria sido pago com um saco de batatas fritas e um maço de cigarro.

Uma época mais simples.

Mickey Landsdowne agora cumpria pena em Wandsworth por incêndio criminoso e por vender comprimidos falsos de Viagra em feiras de usados.

Geoff Goff tentara comprar o Fairhaven Town FC, perdeu muito dinheiro na crise do mercado imobiliário, fez fortuna de novo vendendo cobre roubado e acabou morrendo baleado enquanto andava de Jet Ski.

E a garotada nem anda mais de BMX hoje em dia.

A foto está na mesa, na frente de Jason. Foi tirada no Black Bridge muito tempo atrás. Em uma outra época, antes da pancetta e do pão de fermentação natural.

A gangue, como se fosse ontem. Rindo adoidados como se não tivessem nada com que se preocupar.

Desde que se sentou, Jason vem tentando lembrar onde exatamente no pub Tony Curran atirou naquele traficante de Londres que viera tentar a sorte na pacata Fairhaven. Foi lá para 2000, não foi? Difícil saber ao certo, porque uma parede mudou de lugar, mas ele acha que pode ter sido perto da lareira restaurada, com suas toras de procedência local.

— Café, senhor?

É a garçonete. Jason pede um café latte.

Ele se lembra de que a bala perfurou o estômago do sujeito, saiu pela parede ultrafina que dava para o estacionamento e acertou o para-choque dianteiro do Cosworth RS500 de Gianni Turco. Gianni ficou arrasado, deu para notar, mas Tony tinha dado o tiro, então fazer o quê?

Gianni Turco. Jason vinha pensando muito nele. Tem certeza de que foi ele quem tirou a foto deixada junto ao corpo. Vivia com aquela câmera. Será que a polícia sabia? Gianni teria voltado à cidade? Ou será que Bobby Tanner estava de volta? Seria Jason o próximo da lista?

O garoto em quem Tony atirou acabou morrendo. Naquela época, sempre aparecia gente de Londres. Às vezes do sul, às vezes do norte da cidade; gangues que queriam expandir, atrás de novos mercados em baixa.

A garçonete volta com seu café latte. E um biscoitinho de amêndoas para acompanhar.

Jason ainda se lembra do rapaz em quem Tony atirara. Era um garoto. Oferecera um papelote de cocaína a Steve Georgiou no Oak, em frente à praia. Steve Georgiou era de Chipre e costumava estar junto da gangue. Nunca se envolvera muito, mas era leal.

Agora é dono de uma academia. Steve Georgiou foi quem armou para o rapaz, disse a ele para tentar a sorte no Black Bridge. Foi o que o garoto fez, logo percebendo que a sorte não estava do seu lado.

Ele sangrou à beça, disso Jason se lembra, assim como de não ter sido nada legal de assistir. Em retrospecto, o menino devia ter dezessete anos. Hoje parece muito novo, mas na época não. Alguém o colocou na velha van da British Telecom de Bobby Tanner, e um taxista que Tony costumava usar nesse tipo de situação o levou até a placa de "Bem-vindo a Fairhaven" na A2102 e o desovou lá. Foi onde o acharam na manhã seguinte. Tarde demais para o rapaz, já havia morrido fazia tempo, mas ele sabia dos riscos. E o taxista também foi morto, porque Tony achou que não custava nada ser cuidadoso.

Aquele episódio marcara o fim para Jason. Para todos, na verdade. Já não eram mais rapazes ganhando dinheiro, amigos se divertindo, se fingindo de Robin Hood ou o que quer que ele tenha pensado na época. Eram balas, cadáveres, polícia, pais de luto. Ele fora um idiota. Só se dera conta muito tarde.

Bobby Tanner pulou fora logo depois. Troy, seu irmão mais novo, havia morrido em um barco no Canal da Mancha. Se estava levando drogas? Jason nunca soube. Gianni também deu no pé logo depois da morte do taxista. E pronto. De uma hora para outra, com apenas uma bala, aquele período chegou ao fim. E já foi tarde.

Dizem que agora dois irmãos de St. Leonards estavam à frente dos negócios em Fairhaven. Boa sorte para eles, pensa Jason. A região continua a investir no produto local.

Ele vai até a lareira e se agacha. Sim, com certeza foi ali. Seus dedos percorrem os azulejos que imitam os antigos. Se alguém os retirasse e continuasse a raspar a parede, encontraria um buraquinho preenchido por Mickey Landsdowne e escondido sob a pintura vinte e tantos anos atrás. A bala que mudou tudo.

Não havia mais nada ali no Black Bridge para acompanhar as lembranças e o chá verde com ginseng. Toda a gangue se fora. Tony

Curran, Mickey Landsdowne, Geoff Goff. Onde terá ido parar aquele Cosworth furado? Será que estava acumulando ferrugem em um campo qualquer? E onde fora parar Bobby Tanner? E Gianni? Como ele poderia achá-los antes que eles o achassem?

Jason se senta de novo e dá um gole no café latte. Bem, provavelmente ele sabe a resposta, reflete. Talvez desde sempre.

Jason suspira, embebe o biscoitinho no café latte e liga para seu pai.

68

— Recebi a foto terça de manhã — diz Jason Ritchie. — Estava na caixa de correspondência, não veio pelo correio.

Pai e filho bebem cerveja direto das garrafas na varanda de Ron.

— E já tinha visto essa foto antes? — pergunta Ron.

— Não, nunca. Mas reconheci o que era, onde era, tudo isso.

— E o que era? Onde era? Tudo isso — pergunta seu pai.

Jason pega a foto para mostrá-la a Ron.

— Olhe. Tony Curran, Bobby Tanner e eu. Nós três ao redor da mesa no Black Bridge, onde a gente costumava beber. Lembra que eu levei você lá uma vez?

Ron assente e olha a foto. Diante da pequena gangue, a mesa estava coberta de dinheiro. Milhares, talvez vinte e cinco mil em notas, todas espalhadas. E todos os rapazes felizes da vida.

— E de onde veio esse dinheiro?

— Nessa ocasião? Não faço ideia, teve muitas noites como essa.

— Mas tem a ver com drogas? — pergunta o pai.

— Sim. Na época, sempre — confirma ele. — Era onde eu investia. Por segurança.

Ron assente e Jason abre as palmas das mãos. Não tem como se defender.

— E a polícia tem essa foto? — questiona Ron.

— Sim, e mais um monte de coisas contra mim.

— Jason, você sabe que eu preciso perguntar. Você matou o Tony Curran?

Jason balança a cabeça.

— Não matei, pai. Se tivesse matado, eu diria. Porque você saberia que nesse caso teria sido por um bom motivo.

Ron assente.

— Tem como provar que não foi você?

— Se eu achar o Bobby Tanner ou o Gianni, acho que sim. Foi um deles. Até entendo que outra pessoa tenha deixado a foto junto ao corpo. Pista falsa para a polícia, sabe como é. Mas por que mandar para mim? Só posso entender que o Bobby ou o Gianni querem que eu saiba que foram eles.

— E você não vai contar à polícia?

— Você me conhece. Pensei em tentar achá-los eu mesmo.

— E já está tentando?

— Bom, pai, é para isso que eu estou aqui, certo?

Ron assente mais uma vez.

— Vou ligar para a Elizabeth.

69

Donna e Chris estão na delegacia de polícia de Fairhaven. Sala de Interrogatório B.

Não fazia muito tempo, Donna esteve nesta sala com alguém que se fingia de freira. Agora estava sentado à sua frente um homem que se fingia de padre. O paralelo não lhe escapou.

A própria Donna fizera a descoberta. Ela só precisou dar uma conferida no histórico do padre Matthew Mackie. Jogar o nome no computador, ver o que aparecia.

As buscas haviam levado alguns dias, pois nada aparecera. E isso não fazia sentido algum. Assim, Donna perdera algum tempo juntando informações, entendendo o que era o quê, antes de levar a informação a Chris. E agora estavam todos ali.

— Em cada etapa do processo, sr. Mackie — continua Chris. — Em cada etapa, o senhor se referiu a si próprio como "padre"? Se apresentou como padre?

— Sim — concorda Matthew Mackie.

— Agora mesmo o senhor está usando um colarinho, certo?

— Sim, estou — diz Mackie, tocando-o como que para confirmar.

— E o resto. A indumentária toda, digamos.

— Sim, a vestimenta.

— E, apesar disso, quando nós fomos tentar saber mais sobre você, adivinha o que achamos?

Donna assiste e aprende. Chris está sendo gentil com aquele senhor. Será que vai mudar de postura em algum momento, dado o que descobriram?

— Acho que... bem, acho que talvez, possivelmente, tenha havido um equívoco. — Chris se recosta e deixa Matthew Mackie falar. O que ele faz de forma claudicante. — Eu assumo a minha parte da culpa, e se vocês acharem que eu... deixei a desejar, digamos, de alguma forma, eu não tinha a intenção de enganar ninguém, mas entendo que tenha passado essa impressão sem todos os... hã... fatos.

— Fatos, Sr. Mackie? — diz Chris. — Excelente! Vamos aos fatos, então. O senhor não é o padre Matthew Mackie. Está aí um fato. Não está a serviço da Igreja Católica ou de qualquer outra igreja. Outro fato. O senhor é, e só precisamos de quinze minutos de pesquisa na unidade local do Serviço Nacional de Saúde para descobrir isso, o doutor Michael Matthew Noel Mackie. Podemos estabelecer isso como um fato também?

— Sim — admite Matthew Mackie.

— O senhor se aposentou da atividade de clínico geral, que exercia como particular, há quinze anos. Vive num bangalô em Bexhill. Pelo que soubemos, nem vai à missa.

Matthew Mackie olha para o chão.

— Tudo isso é fato?

Mackie assente sem erguer o rosto.

— Tudo é fato.

— Será que o senhor poderia me fazer o favor de retirar o colarinho, Sr. Mackie?

Mackie ergue a cabeça e o encara.

— Não, prefiro mantê-lo, se você não se importar. A não ser que eu esteja sendo preso, o que não foi mencionado.

Agora é Chris quem assente. Troca um olhar com Donna, se vira novamente e tamborila os dedos na mesa. É agora, pensa Donna. Chris não é de tamborilar por qualquer coisa.

— Um homem acaba de morrer, Sr. Mackie — diz Chris. — E nós dois vimos acontecer, não vimos? E sabe o que eu achei ter visto? Eu achei ter visto um homem empurrando um padre católico.

Um padre católico que protegia um cemitério católico. E, enquanto policial, isso pinta um certo panorama na minha mente, o senhor entende?

Mackie faz que sim. Donna permanece quieta. Não consegue pensar em nada para acrescentar. Será que Chris um dia tamborilaria por causa dela? Tomara que não.

— Mas o que eu estava vendo de fato? O que vi, na verdade, foi um homem empurrando outro que se fingia de padre por razões que por ora só ele sabe quais são. Empurrando um vigarista. É isso que o senhor é. Um vigarista protegendo um cemitério?

— Não sou um vigarista — diz Matthew Mackie.

Chris ergue a mão para interrompê-lo.

— Momentos depois de brigar com esse tal vigarista, o primeiro homem cai duro, morto por uma injeção letal. Isso muda a compleição das coisas, especialmente quando se descobre que o vigarista é médico. Ou será que eu perdi alguma coisa?

Mackie continua em silêncio.

— Vou pedir mais uma vez, meu senhor. Será que o senhor poderia retirar esse colarinho?

— No momento eu realmente não sou padre, admito — diz Mackie com um longo suspiro. — Mas fui, e por muitos anos. Isso me confere privilégios, e o uso do colarinho é um. Se eu escolho usá-lo, e se ainda escolho me denominar padre Mackie, o problema é meu.

— Doutor Mackie — continua Chris —, este é um caso de assassinato. Preciso que o senhor pare de mentir para mim. A policial De Freitas, aqui ao nosso lado, vasculhou todos os registros. A Igreja ajudou bastante. Não importa o que tenha nos dito, o que tenha dito ao conselho, a Ian Ventham, às senhoras que protegiam o portão, o senhor não é e nunca foi padre. Não há registro algum, nenhum livro-razão empoeirado, nenhuma foto antiga. Não faço ideia de por que o senhor está mentindo para nós, mas temos um cadáver e estamos à procura de um assassino, portanto o melhor, provavelmente, é que o encontremos logo. Se eu estiver deixando passar algo importante, preciso que o senhor me conte.

Mackie olha para Chris por um momento enquanto pensa. E balança a cabeça.

— Só se você me prender — responde Mackie. — Caso contrário, eu gostaria de ir para casa agora. Sem mágoas, sei que você só está fazendo seu trabalho.

Matthew Mackie faz o sinal da cruz e se levanta. Chris também se ergue.

— Doutor Mackie, eu, se fosse o senhor, ficaria onde está.

— No momento em que você me acusar de algo, prometo que fico — afirma Mackie. — Mas enquanto isso...

Donna se levanta e abre a porta da sala de depoimentos para ele. Matthew Mackie aproveita sua deixa e vai embora.

70

Fumar numa sauna pode ser muito difícil, mas Jason Ritchie está fazendo seu melhor.

— Tem certeza de que tudo bem para você, pai? — pergunta ele, o suor pingando da sobrancelha.

— Conta logo tudo — responde Ron. — Elas vão saber o que fazer.

— E acha que vão conseguir encontrá-los? — pergunta Jason.

— É o que eu imagino — diz Ibrahim, estirado num banco abaixo.

A porta da sauna se abre e Elizabeth e Joyce entram com toalhas por cima das roupas de banho. Jason apaga o cigarro numa pilha de cinzas quentes.

— Olha, que agradável — comenta Joyce. — Eucalipto.

— Que bom vê-lo, Jason — diz Elizabeth, sentando-se ao lado do boxeador seminu. — Pelo que sei, você acha que talvez nós possamos ajudá-lo. E vou lhe dizer que concordo.

Direto ao ponto, realmente. Elizabeth gruda os olhos em Jason.

— E então?

Jason conta para Elizabeth e Joyce a mesma história que contou ao pai. Uma cópia da foto é passada de mão em mão na sauna. Ibrahim havia mandado plastificar.

— Recebi a foto — continua Jason — e fiquei sem entender nada. De onde veio isso? É dos jornais? É a primeira página do *Sun* de amanhã? Foi o que eu pensei. Mas a foto veio sem mensagem, sem nada. Nenhum jornalista me telefonou, sendo que eles têm um número meu. Então o que é isso?

— E o que era, então? — pergunta Elizabeth.

— Bem, eu pensei: será que ligo para a minha assessora de imprensa? Vai ver falaram com ela. Eu estava em choque, sendo bem sincero. Essa foto é de uns vinte anos atrás, um mundo que eu já deixei para trás. Eu já estava pronto para negar o que quer que fosse ou inventar alguma coisa, despedida de solteiro, festa à fantasia, algo que explicasse a situação.

— Essa seria boa — diz Joyce.

— Então lá estava eu olhando para aquela foto e de repente me deu um estalo. Imaginei que talvez o Tony tivesse conseguido pôr as mãos nessa foto, boxeador famoso cercado de dinheiro, ex-presidiários em volta. E aí tivesse me mandado uma cópia para ver se conseguia faturar algum. Tipo, me dá vinte mil paus e eu não repasso a foto para os jornais. Parecia ok, então imaginei que era melhor ligar para ele e ter uma conversa. Ver se conseguia dar um jeito na situação.

— Tony Curran era do tipo que chantagearia você assim? — pergunta Elizabeth.

— Tony é do tipo que pode fazer qualquer coisa, sim. Então, primeiro de tudo, fui até a cidade comprar um celular novo, daqueles baratinhos.

— Depois me diz aonde você foi? Eu ando procurando por um — diz Ibrahim.

— Claro, Sr. Arif — responde Jason. — Bom, liguei para ele uma vez, nenhuma resposta. Liguei de novo, mesma coisa. Esperei vinte minutos e liguei outra vez. Ele continuou não atendendo.

— Eu nunca atendo se não reconheço o número — comenta Joyce. — Disseram naquele programa *Rogue Traders* que é como se deve agir.

— Muito sensato, Joyce — continua Jason. — Aí vim até aqui para beber alguma coisa rapidinho com o papai e vi o homem em pessoa, Curran, discutindo com o Ventham.

— Sem me contar absolutamente nada disso — completa Ron, e Jason ergue a mão como que admitindo.

— Então, depois de papai e eu tomarmos umas cervejas...

— E eu também — diz Joyce.

— E a Joyce — concorda Jason. — Enfim, depois fui andar um pouco de carro só para refletir. Aí fui até a casa do Tony, um lugar bem bonito. A verdade é que nós sempre tomamos cuidado na presença um do outro, eu e Tony. São muitos segredos. Mas eu nunca estaria na porta da casa dele sem um motivo. O carro dele estava na entrada, e, como ninguém atendeu, imaginei que ele tivesse me visto na câmera de segurança e não estivesse a fim de papo. E não o culparia, por isso toquei a campainha mais algumas vezes e fui embora.

— Isso tudo no dia em que ele morreu? — pergunta Joyce.

— No dia em que ele morreu. Não ouvi nenhum barulho vindo lá de dentro, então não sei se estive lá antes ou depois ou sei lá. Enfim, fui para casa e algumas horas depois estou eu em um grupo de WhatsApp...

— Um grupo de WhatsApp? — pergunta Elizabeth, mas Joyce faz um sinal de deixa-que-depois-eu-explico e Jason continua.

— ... com um pessoal da antiga e alguém menciona que o Tony foi encontrado morto em casa. Eu gelei, sabem? Recebo a foto de manhã e ele morre de tarde. Fiquei preocupado. Afinal, tudo bem, eu sei me cuidar, mas o Tony também sabia e olha o que aconteceu com ele. Fiquei nervoso, é natural. Aí a polícia ficou sabendo que eu estive na casa do Tony e conseguiu registros de que eu tinha ligado para ele naquele dia também. E tem a foto dele comigo, que tinha sido largada ao lado do corpo. Não dá para culpá-los. Ficaram achando que havia alguma coisa podre ali. Eu também acharia.

— Mas você não matou o Tony Curran, então? — conclui Elizabeth.

— Não, não fui eu — diz Jason. — Mas dá para entender a desconfiança da polícia.

— A tese deles é convincente — concorda Ibrahim.

— E você está aqui para saber se nós podemos achar o seu velho amigo para você? — questiona Elizabeth.

— Bem — diz Jason —, pelo que meu pai diz, por melhor que a polícia seja, vocês são melhores.

Todos ao redor assentem em silêncio.

— E são velhos amigos no plural — continua Jason. — Tem ainda o cara que tirou a foto.

— E quem era ele? — pergunta Elizabeth.

— Gianni Turco, o quarto membro da nossa pequena gangue.

— E ele é turco mesmo? — pergunta Joyce.

— Não — diz Jason.

Ibrahim anota isso.

— Ele é turco-cipriota e se escafedeu de volta para lá anos atrás.

— Conheço alguns bons agentes em Chipre — conta Elizabeth.

— Olha só — retoma Jason. — Vocês não me devem nada. Mas nada mesmo. Não fiz nada de bom, e o Tony, então, muito menos. Mas se o Bobby ou o Gianni mataram o Tony, ainda estão à solta, e quem vai garantir que eu não seja o próximo? Mais uma vez, isso não é problema de vocês, eu sei, mas meu pai achou que é o tipo de coisa que vocês gostariam de resolver, e eu é que não vou recusar ajuda.

— E então? O que vocês acham? — pergunta Ron.

— Bem — diz Elizabeth. — Eu acho o seguinte. Os outros talvez discordem, embora eu ache que não vão. Essa confusão quem arrumou foi você. E veio da cobiça e das drogas. E isso são pontos contra para mim. Mas há um ponto a favor também, que é você ser filho do Ron. E acredito que você deva estar certo, que podemos encontrar o Bobby Tanner e o Gianni Turco para você. Até rápido. E independentemente de tudo o que você tenha feito e do que pensamos sobre o que você fez, eu gostaria de capturar um assassino. Antes que esse assassino o pegue.

— De acordo — diz Joyce.

— De acordo — repete Ibrahim.

— Obrigado — diz Jason.

— Obrigado — acrescenta Ron.

— De nada — diz Elizabeth, se levantando. — Agora vou deixá-los com sua sauna. Tenho que fazer umas ligações. Ron, caso você esteja livre, queria que me encontrasse hoje às dez da noite no cemitério. Joyce, Ibrahim, vocês também.

— Parece ótimo. Não perderia por nada — afirma Ron.

Seu filho o observa com um olhar curioso.

— Ah, sim, Jason? — retoma Elizabeth.

— Sim? — diz ele.

— Se você estiver blefando, o risco é alto. Porque nós vamos pegar esse assassino. Mesmo que seja você.

71

— Precisa de ajuda para entrar na cova? — pergunta Ibrahim.

— Sim, por favor — diz Austin. — Seria uma grande gentileza sua.

Bogdan arranjou emprestada uma lâmpada de projetor, agora apontada para a cova que ele cavara na manhã do assassinato de Ian Ventham. A cova que revelara um inquilino extra sobre o caixão. Um esqueleto enterrado onde não tinha direito algum de estar.

Austin se apoia no braço de Ibrahim e desce para dentro da cova. Toma cuidado para não pisar nos ossos espalhados sobre a tampa do caixão. Ele olha para Elizabeth e dá uma risadinha.

— Isto me traz lembranças, Lizzie. Você se lembra de Leipzig?

Elizabeth sorri — é claro que se lembra. Joyce também sorri, pois é a primeira vez que ouve alguém chamar Elizabeth de Lizzie. Será que os outros tinham percebido?

— E então, professor? — pergunta Ron, confortavelmente sentado aos pés de Nosso Senhor Jesus Cristo e bebendo uma latinha de Stella.

— Bem, normalmente eu não falaria nada — responde Austin, erguendo seus óculos para dar uma olhada mais detalhada no fêmur em suas mãos —, mas, se fosse o caso de fofocar entre amigos, eu diria que isso está aqui há algum tempo.

— Algum tempo, Austin? — pergunta Elizabeth.

— Diria que sim. Só pela coloração.

— E se você quisesse ser mais específico? — insiste ela.

— Bom, caramba — diz Austin. — Se você quer que eu seja específico, eu diria... — Ele precisa de um momento para calibrar os pensamentos. — Honestamente, eu diria que há um bom tempo mesmo.

— Será que na mesma época que a irmã Margaret? — pergunta Joyce.

— Qual é a data na sepultura? — pergunta Austin.

— É 1874 — lê Joyce.

— De jeito nenhum. Trinta, quarenta, cinquenta anos talvez, a depender do solo, mas não cento e cinquenta.

— Então, em algum momento — diz Ibrahim —, alguém escavou esta sepultura, enterrou outro corpo nela e aí a encheu de terra de novo?

— Com certeza — concorda Austin. — Vocês têm um mistério nas mãos.

— Outra freira, talvez, Austin? — indaga Elizabeth. — Tem joias? Restos de roupas?

— Aqui não tem nada — diz Austin. — Estava pelado. Se foi assassinato, alguém sabia o que estava fazendo. Se importa se eu levar alguns ossos comigo? Quero dar uma olhada neles pela manhã, só para poder dar a vocês um quadro mais correto.

— Sem problema, Austin, escolha à vontade — consente Elizabeth.

Bogdan bufa.

— A gente tem que contar à polícia agora?

— Ah, acho que ainda dá para ficar entre a gente até o Austin nos dar um retorno — responde Elizabeth. — Se todos estiverem de acordo.

Todos estão.

— Alguém me ajuda a sair da cova? — pede Austin. — Bogdan, meu camarada?

Bogdan assente, mas antes parece querer esclarecer algo.

— Olha, só preciso dizer uma coisa. Ok? Caso eu talvez fique maluco. Isso não é normal. É? Um velho numa cova olhando osso? Alguém assassinado e ninguém conta à polícia?

— Bogdan, você não contou à polícia quando encontrou os ossos — comenta Joyce.

— Sim, mas eu sou eu. Eu não sou normal.

— Bem, e nós somos nós e também não somos normais — diz Joyce. — Apesar de que um dia eu já fui.

— Normal é um conceito ilusório, Bogdan — acrescenta Ibrahim.

— Bogdan, pode confiar na gente — diz Elizabeth. — Nós só queremos descobrir de quem podem ser esses restos e quem os enterrou, e isso vai ser bem mais fácil se a polícia não se intrometer antes do necessário. Se a polícia puser as mãos nos ossos primeiro, pode apostar que nunca mais vamos vê-los. E isso parece injusto, depois de todo esse trabalho.

— Eu confio em vocês — diz Bogdan, mas logo em seguida um pensamento o faz contorcer o rosto. — Mas, se der errado, aposto que quem vai preso sou eu.

— Não vou deixar isso acontecer, você é muito útil — garante Elizabeth. — Agora, ajude o Austin a sair da cova, por favor, e pegue esses ossos para mim. Sugiro que todos nós voltemos para a casa da Joyce para tomar um bom chá.

— Esplêndido! — diz Austin, depositando os ossos que escolheu na beirada da cova antes de se agarrar aos braços de Bogdan.

— Você na frente, Lizzie — diz Ron, terminando a lata de Stella.

72

Joyce

A atmosfera era de alegria, e eu consigo entender o motivo. Todos nós sabemos que formamos uma pequena gangue e que nos metemos em algo fora do comum. Também entendemos, acredito, que estamos fazendo algo ilegal, mas na nossa idade já não nos importamos mais. Talvez estejamos clamando contra o apagar da luz que finda, mas isso é poesia e não a vida. Devem ter ainda outras razões que me escapam, mas o que sei é que, ao descermos a colina, todos nos sentíamos meio zonzos. Parecíamos adolescentes que ficaram na rua até mais tarde.

Mas, quando o Austin colocou a pilha de ossos na minha mesa de jantar, embora ainda soubéssemos se tratar de uma aventura, creio que um efeito de sobriedade se abateu sobre todos nós. Até sobre o Ron.

Estava tudo uma maravilha, o Clube do Crime das Quintas-Feiras, toda a nossa coragem, a liberdade que a idade traz e tudo o mais que gostamos de dizer para nós mesmos. Mas alguém havia morrido, por mais que fizesse muito tempo, e o certo era fazermos uma pausa para reflexão.

Não tinha explicação, não conseguíamos pensar em sequer uma boa razão para a presença daquele corpo extra. Após uma análise mais minuciosa inspirada pelo bolo de laranja com calda da Nigella, Austin indicou ter certeza de que aquela ossada era de um homem. Ou seja, não era uma freira.

Mas quem era? E quem o matara? O primeiro passo para conseguir algumas respostas seria descobrir quando ele fora morto. Trinta anos atrás? Cinquenta anos atrás? Fazia uma grande diferença.

Austin avisou que levaria os ossos para examiná-los melhor. Depois que todos foram embora, pesquisei sobre ele no Google e descobri que é um Sir. Não posso dizer que foi uma surpresa — afinal, o homem entendia mesmo bastante de ossos. O que achou de estar dentro de uma cova às dez da noite, no auge de seus mais de oitenta anos de idade, é problema dele, mas imagino que qualquer amigo da Elizabeth esteja habituado a essas coisas. Além disso, ele colocou três cubos de açúcar no chá, o que ninguém imaginaria ser possível só de olhar para ele.

E há a maior questão de todas, é claro. Vocês já devem até ter pensado nisso antes de mim. Será que havíamos descoberto o motivo para um assassinato bem mais recente? Será que mais alguém sabia que aqueles ossos estavam enterrados ali? Ian Ventham teria sido morto para proteger o Jardim do Descanso Eterno e o segredo daqueles ossos?

Conversamos por mais ou menos uma hora, acho. Era certo não envolver a polícia? Em algum momento vamos ter que contar a eles, mas a sensação era de que essa é a nossa história, o nosso cemitério, a nossa casa, então, só por agora, gostaríamos de mantê-los apenas entre nós. Assim que Austin nos informar os resultados, teremos de contar tudo, é claro.

E assim estamos tentando solucionar dois assassinatos, talvez três, se o esqueleto também tiver sido assassinado. Ou, talvez seja melhor dizer, caso o esqueleto seja de uma pessoa que também foi assassinada. Um esqueleto é uma pessoa? Essa é uma pergunta para mentes mais afiadas do que a minha.

Sei que a Elizabeth está disposta a rastrear Bobby e Gianni, mas todos chegamos a um acordo de que neste momento os ossos vêm em primeiro lugar.

Será que Chris e Donna estão conseguindo avançar? Se estão, não nos informaram. Espero sinceramente que não estejam nos escondendo nada.

73

Chris e Donna sobem os três andares de escada até o escritório dele. Donna fingiu ter medo de elevador só para forçá-lo a andar.

— Então, Jason Ritchie fica com o assassinato de Tony Curran — diz Chris — e Matthew Mackie com o de Ian Ventham?

— A não ser que estejamos deixando passar alguma coisa — responde Donna.

— Não descartaria essa possibilidade. Vamos repassar. Sabemos que Matthew Mackie estava lá e que é um mentiroso. É médico, não padre.

— Portanto, sabemos que ele teria acesso a fentanil e saberia usá-lo — completa Donna.

— Exato — diz Chris. — Acho que temos tudo, com exceção do motivo.

— Bem, ele não quer que o cemitério saia dali. Não é o suficiente?

— Para prendê-lo, não. A não ser que a gente descubra por que ele não quer.

— Se passar por padre é crime? — pergunta Donna. — Um cara que eu conheci no Tinder fingia que era piloto e tentou passar a mão em mim na porta de um bar.

— Aposto que esse se arrependeu.

— Dei um chute no saco dele, depois passei o número da placa do carro do cara para a polícia e ele teve que encarar o bafômetro na volta para casa.

Os dois sorriem, mas são sorrisos passageiros. Sabem que estão correndo o risco de deixar Matthew Mackie escapar. Não têm nenhum tipo de prova.

— E o pessoal do Clube do Crime das Quintas-Feiras? Eles falaram alguma coisa? — pergunta Chris.

— Nem um pio — responde Donna. — E isso me deixa nervosa.

— Eu também. E não quero ser a pessoa que vai contar para eles sobre o Jason Ritchie.

Chris para por um momento ao chegar ao andar. Faz parecer que é para pensar, mas na verdade só está tentando recuperar o fôlego.

— Será que o Mackie enterrou alguma coisa lá no cemitério? — sugere Chris. — Algo que não queira ver desenterrado?

— É um bom lugar para enterrar algo — concorda Donna.

74

Joyce

Vocês já usaram Skype?

Até hoje de manhã, eu nunca havia usado. Agora já. Ibrahim o instalou, por isso tivemos que ir até a casa dele. Seu apartamento estava um brinco, e olha que acho que ele nem tem uma diarista.

Há arquivos por toda parte, mas todos trancados. Vemos tudo, mas não dá para lê-los. Imaginem todas as histórias que um psiquiatra não ouve. Quem fez o quê com quem. Aposto que ele já deve ter ouvido de tudo.

Austin ligou às dez em ponto, como se esperaria de um Sir, e nos contou o que descobriu. Nós o víamos na tela e nos revezamos para aparecer na janelinha que fica no canto. Foi difícil, considerando que a janelinha é bem pequena, mas imagino que depois de algumas vezes a gente se acostume.

Os ossos eram de um homem, o que ele já havia nos contado. Tinha marcas de um ferimento a bala no fêmur. Austin o ergueu para nos mostrar. Todos tentamos aparecer na janelinha um pouco que fosse. Teria sido o ferimento que causou sua morte? Austin não queria afirmar nada, mas achava provável que não. Que a lesão já existisse antes.

Em dado momento, a esposa dele passou atrás e apareceu na câmera. O que será que ela pensava daquilo? De seu marido exibindo ossos diante da tela do computador? Vai ver já está acostumada.

Mas me digam, o que vocês entendem de analisar ossos antigos? Eu não entendia nada, e Austin nos explicou tudo em detalhes. Foi fascinante. Havia uma máquina e um corante especial, alguma coisa a ver com carbono. No caminho para casa, tentei manter tudo em mente para poder anotar, mas já me esqueci. Mas era muito interessante. Ele seria ótimo no *The One Show*, se o programa um dia precisasse.

Austin também havia coletado algumas amostras do solo e as examinado. Essa parte já não era tão interessante. Eu só ficava pensando: por favor, vamos voltar para os ossos.

Em resumo, Austin tinha feito algumas contas e não dava para ter certeza — havia variáveis e ninguém tem todas as respostas —, então tudo o que ele podia fazer era dar um palpite. A essa altura, Elizabeth lhe disse para parar de tagarelar e ir logo ao que interessava. Elizabeth sempre consegue se safar desse tipo de comentário, até com um Sir.

Aí ele desembuchou. O corpo havia sido enterrado em algum momento da década de 1970, provavelmente mais para o início. Há cinquenta anos, mais ou menos.

Agradecemos ao Austin, só que depois ninguém sabia como desligar a chamada. Ibrahim tentou por algum tempo e dava para ver que estava tomando uma sova. A esposa do Austin é que salvou a pátria, no fim das contas. Ela parece uma querida.

Foi isso. Dois assassinatos em potencial separados por cinquenta anos. Todo mundo tinha um monte de informações para digerir. E provavelmente chegou a hora de contarmos ao Chris e à Donna o que fizemos. Espero que eles não levem para o pessoal.

Elizabeth me perguntou depois se eu não queria ir hoje com ela a um crematório em Brighton. Ela está com uma intuição. Mas eu já tinha prometido fazer um almoço para o Bernard, portanto nada feito.

Sei que vocês não sentem o cheiro daí, mas estou preparando torta de carne e rim. Ele está ficando magro, então estou vendo o que posso fazer para ajudar.

75

Donna e Chris esperam por seus cafés de cortesia no Wild Bean Café, dentro do posto de gasolina na A21. Vale qualquer coisa para sair da delegacia por meia hora. Para fazer uma pausa nos inúmeros arquivos do departamento de expedição de passaportes da Irlanda. Chris pega uma barra de chocolate.

— Chris, você não precisa disso — diz Donna.

Chris a encara.

— Por favor — continua Donna. — Deixa eu ajudar. Eu sei que é difícil.

Chris assente e põe a barra de chocolate de volta no lugar.

— Mas e aí, o que o Mackie ganharia com isso? — pergunta Donna. — Qual é a conexão dele com o cemitério? Por que protegê-lo se ele não é padre?

Cris dá de ombros.

— Vai ver é só para atingir o Ventham. Pode haver outra conexão entre eles. Chegamos a olhar a lista de pacientes do doutor Mackie? Nunca se sabe.

Chris pega então uma barra de cereal.

— Isso aí é pior que uma barra de chocolate — comenta Donna. — Tem mais açúcar ainda.

Chris a põe de volta no lugar. Desse jeito vai acabar tendo que comer fruta.

— O danado é esquivo — diz ele. — Mas só o que nos falta é o motivo.

O celular de Donna vibra e ela lê uma mensagem. Contrai os lábios e encara Chris.

— É a Elizabeth. Quer saber se não queremos aparecer por lá hoje à noite.

— Acho que isso vai ter que esperar — diz Chris. — Diga a ela que estamos ocupados resolvendo dois assassinatos.

Donna continua a ler a mensagem.

— Ela diz que tem algo para a gente. Palavras dela: "Por favor, não leiam mais ficha nenhuma até verem o que nós encontramos. Ah, e vai ter xerez. Espero vocês às oito." — Donna baixa o celular e olha para o chefe. — E então?

E então? Chris coça devagar a barba malfeita e pensa sobre o Clube do Crime das Quintas-Feiras. Precisa reconhecer que gosta deles. Do chá, do bolo, da conversa extraoficial. Gosta das colinas e do céu aberto de lá. Estariam se aproveitando dele? Muito provavelmente. Por ora, no entanto, estava sendo muito bem recompensado. Tudo aquilo pegaria mal caso fosse descoberto? Sim, mas não aconteceria. E se fosse, por que simplesmente não levar Elizabeth à audiência disciplinar e deixá-la fazer sua mágica?

Por fim, ele olha para Donna, cujas sobrancelhas estão erguidas, no aguardo da resposta.

— Sim, mas com um pé atrás.

76

— Tem duas formas de resolver isso — diz Elizabeth. — Vocês podem fazer um escarcéu, xingar a gente até a quinta geração e fazer com que todos percamos um tempo precioso. Ou podem aceitar o que aconteceu, nós desfrutamos do nosso xerez e seguimos em frente. A escolha é de vocês.

Chris fica sem palavras por um momento. Olha para os quatro. Em seguida para o ar, e depois para o chão. Tentando encontrar palavras que não querem sair. Ele estende a palma da mão para a frente como se quisesse interromper a realidade por um momento. Não dá certo.

— Vocês... — começa, devagar — vocês... desenterraram um corpo?

— Bem, tecnicamente não fomos *nós* que desenterramos — intervém Ibrahim.

— Mas um corpo foi desenterrado, certo? — questiona Chris.

Elizabeth e Joyce fazem que sim. Elizabeth toma um gole de xerez.

— Em resumo, sim — confirma Joyce.

— E fizeram uma análise pericial nos ossos.

— Novamente, não fomos nós que fizemos isso. E foi só em alguns ossos — corrige Ibrahim.

— Ah, então tudo bem. Foram só alguns, né? — Chris ergue a voz e Donna se dá conta de que é a primeira vez que testemunha o colega se exaltando. — Nesse caso, desejo a todos uma boa noite. Nosso trabalho aqui acabou.

— Sabia que você ficaria melodramático... — diz Elizabeth. — Será que nós podemos acabar logo com isso e passar para o que interessa?

Donna intervém.

— Melodramático? — pergunta, dirigindo-se diretamente a Elizabeth. — Elizabeth, vocês acabaram de desenterrar um corpo humano sem avisar à polícia. Não é o mesmo que fingir ser uma freira cuja bolsa foi roubada.

— Freira? Que freira? — pergunta Chris.

— Nada — corta Donna secamente. — Isso é sério, é um crime. Elizabeth, isso pode dar cadeia para todos vocês.

— Conversa fiada — descarta Elizabeth.

— Mas nem um pouco conversa fiada — diz Chris. — Que diabos vocês pensam que estão fazendo? É bom que pensem com muita cautela no que vão dizer a seguir. Por que vocês desenterraram um corpo? Vamos por partes.

— Bem, como eu disse anteriormente, nós não desenterramos nada — insiste Ibrahim. — Mas chamaram nossa atenção para o fato de que um corpo havia sido desenterrado.

— E ficamos curiosos, naturalmente — continua Ron.

— Prendeu nossa atenção — concorda Ibrahim.

— E com o assassinato do Ian Ventham — acrescenta Joyce —, pareceu que poderia ser importante.

— E não passou pela cabeça de vocês nesse momento que seria ideal informar a situação para eu e a Donna? — pergunta Chris.

— Chris, em primeiro lugar, "informar essa situação a mim e à Donna" — corrige Elizabeth. — E em segundo, quem iria saber o que eram aqueles ossos? Nós não queríamos fazer vocês perderem tempo até sabermos com certeza com que estávamos lidando. E se a gente ligasse e acabasse descobrindo que os ossos eram de vacas? Que papelão teria sido, não?

— Não queríamos desperdiçar o tempo de vocês — concorda Ibrahim. — Sabemos que já estão ocupados com dois assassinatos.

— Mas os ossos foram para análise — continua Elizabeth. — Veio o resultado, são ossos humanos, bom ter a confirmação, nenhum custo para o contribuinte. Eram de um homem, morreu em algum momento da década de 1970, tinha um ferimento a bala na perna, mas não dá para saber se morreu por causa disso. E pronto, convidamos Chris e Donna para dar uma olhada e tomar as rédeas a partir de agora. Hora de envolver os profissionais. Eu realmente acho que vocês deveriam nos agradecer.

Chris está tentando elaborar uma resposta. Donna resolve que talvez, neste caso, a responsabilidade seja sua.

— Deus do céu, Elizabeth, segura a onda por um minuto que seja. Sem joguinhos com a gente. No momento em que vocês desenterraram aquele corpo, sabiam que os ossos eram humanos, porque acho que vocês conhecem muito bem a diferença. Joyce, você foi enfermeira por quarenta anos. Sabe diferenciar ossos humanos dos de vaca?

— É, sei — admite Joyce.

— No instante em que vocês fizeram isto, Elizabeth, você e toda a sua gangue...

— Nós não somos a gangue da Elizabeth — interrompe Ibrahim.

Donna ergue a sobrancelha em sua direção, e ele levanta uma mão como quem diz "ok, ok". Ela continua.

— Todos vocês, daquele momento em diante, já se encontravam profundamente encrencados. Isso não foi uma travessura bonitinha. Talvez vocês levem o resto do mundo na conversa, mas não a mim. Vocês não são oprimidos corajosos nem amadores prestativos. Isso é um crime grave. Mais do que isso, até. E não tem como resolver com uma rodada de xerez com todos rindo juntos, e sim no tribunal. Como puderam ser tão estúpidos, todos vocês, todos os quatro? Nós somos amigos, e é assim que vocês me tratam.

Elizabeth suspira.

— Bom, é exatamente disso que eu estava falando, Donna. Sabia que vocês dois criariam caso.

— "Criariam caso"! — exclama Donna, incrédula.

— Sim, criariam caso — diz Elizabeth. — E eu entendo, dadas as circunstâncias.

— Só estão fazendo o trabalho de vocês — concorda Ron.

— Admirável, se quiser minha opinião — acrescenta Ibrahim.

— Mas vamos encerrar por aqui — declara Elizabeth. — Querem nos prender, nos prendam. Levem os quatro para a delegacia, nos interroguem a noite toda. Vão passar a noite toda recebendo a mesma resposta.

— Sem comentários — diz Ron.

— Sem comentários — diz Ibrahim.

— Que nem no *24 Hours in Police Custody* — acrescenta Joyce.

— Vocês não sabem quem desenterrou os ossos e não vão obter essa resposta de nenhum de nós — continua Elizabeth. — Não sabem quem levou os ossos para fazer a perícia, e nós também não vamos contar. Ao final da noite, terão de tentar explicar à Procuradoria da Coroa que quatro pessoas na casa dos setenta e oitenta anos não informaram que desenterraram um corpo. Por qual razão? Com que provas, a não ser pela confissão inaceitável que extraíram de nós esta noite? E com quatro suspeitos, todos sem o menor problema de ir ao tribunal, sorrir amistosamente e fingir confundir a juíza com a netinha, perguntando por que ela não os visita mais vezes. Todo esse processo é difícil, custoso, toma tempo e não dá em nada. Ninguém vai para a prisão, ninguém será multado, ninguém vai sequer ter de catar lixo no meio-fio.

— Não com as minhas costas do jeito que estão — diz Ron.

— Ou então — continua Elizabeth — vocês nos perdoam e acreditam quando dizemos que só queríamos ajudar, permitem que a gente se desculpe pelo entusiasmo excessivo, porque sabíamos que estávamos fazendo algo errado, mas fizemos mesmo assim. A gente sabe que deixou vocês no escuro nas últimas vinte e quatro horas e sabe que está devendo. E, caso nos perdoem, quem sabe amanhã de manhã, por um palpite fortuito, vocês não mandam fazer uma busca no Jardim do Descanso Eterno? Vão poder desenterrar o corpo e mandá-lo para sua própria perícia, que vai dizer se tratar de um homem, enterrado quase certamente no início dos anos 1970, e aí todo mundo fica na mesma página, sem problema.

Faz-se um momento de silêncio.

— Então, vocês reenterraram os ossos? — pergunta Chris, bem devagar.

— Achamos melhor — responde Joyce. — Para que a glória ficasse com vocês.

— Se eu fosse vocês, escavaria umas quatro ou cinco covas antes de chegar à sepultura do canto direito, no alto — diz Ron. — Só para não ficar óbvio demais.

— Enquanto isso — continua Elizabeth —, todos podemos ter uma noite agradável sem mais gritaria nenhuma. Podemos contar a vocês tudo o que sabemos. Para começarem o dia de amanhã com tudo.

— Vocês podem até compartilhar algumas informações com a gente, caso achem apropriado — acrescenta Ibrahim.

— E que tal umas informações sobre as penas de prisão por obstrução de justiça? Ou por profanar uma sepultura? — diz Chris. — Podem chegar a dez anos, caso estejam interessados.

— Ah, Chris, a gente já falou de tudo isso — reclama Elizabeth. — Desça do salto e engula esse orgulho. E nós não estamos obstruindo, estamos ajudando.

— Não vi nenhum de vocês desenterrar corpo algum — diz Ron para Chris e Donna.

— Boa parte do trabalho até agora quem fez fomos nós — acrescenta Ibrahim.

— Portanto, eu vejo a coisa da seguinte forma — complementa Elizabeth. — Vocês podem nos prender, claro, todos nós entenderíamos. Joyce, então, acho até que gostaria.

— Sem comentários — diz Joyce, fazendo que sim com animação.

— Ou vocês podem não nos prender e podemos passar o resto da noite conversando sobre por que exatamente alguém teria enterrado um corpo aqui nesta colina em algum momento da década de 1970.

Chris olha para Donna.

— E podemos discutir também se essa mesma pessoa não assassinou Ian Ventham para manter isso em segredo — diz Elizabeth.

Donna olha para Chris, que tem uma pergunta a fazer.

— Vocês acham, então, que uma mesma pessoa pode ter cometido dois assassinatos com praticamente cinquenta anos de intervalo?

— É uma pergunta interessante, não é? — indaga Elizabeth.

— É uma pergunta interessante que poderíamos ter feito na noite passada — responde Chris.

— Poderia ter sido útil para nós saber que a pessoa que procuramos talvez seja alguém que estivesse aqui nos anos setenta e ainda está hoje — acrescenta Donna.

— Sentimos muito mesmo — diz Joyce. — Mas Elizabeth estava irredutível, e você sabe como ela é.

— Vamos virar a página — retoma Elizabeth. — Deixar esse assunto para trás.

— Temos alguma outra escolha, Elizabeth? — pergunta Chris.

— Escolhas são superestimadas; você vai aprender à medida que os anos passarem voando — afirma Elizabeth. — Agora, mãos à obra. Queria saber o que vocês acham do padre Mackie. Será que já morava por aqui quando este lugar ainda era um convento?

— A julgar pela pergunta, concluo que vocês não conseguiram descobrir nada sobre o padre Mackie — diz Chris. — Não me diga que achei seu calcanhar de Aquiles.

— Minhas solicitações estão na praça — diz Elizabeth.

— Nem precisa, Elizabeth, essa a gente já descobriu para você — informa Donna. — Pode chamá-lo de doutor Mackie. Não é padre, nunca foi, nunca será. Era médico na Irlanda, se mudou para cá nos anos noventa.

— Isso é muito curioso — diz Elizabeth. — Por que fingir ser padre?

— Falei que aquele ali não prestava — comenta Ron para Ibrahim.

— É, então talvez ele tenha matado o Ian Ventham — continua Donna. — E ele com certeza está armando alguma. Mas duvido que seja por causa desses ossos de vocês.

— Preciso ressaltar mais uma vez que tudo isto é confidencial? — pergunta Chris.

— Você está seguro com a gente. Sabe disso, não sabe? Nada jamais sai desta sala — assegura Elizabeth. — Podemos esquecer que tudo isso aconteceu, a história dos ossos etc., e unir nossas informações?

— Acho que já juntamos bastante informação para um dia só, Elizabeth — diz Donna.

— Ah, é mesmo? Só que vocês ainda nem nos contaram nada sobre a fotografia do Tony Curran. Tivemos que descobrir por nossa conta.

Donna e Chris olham para Elizabeth e ele solta um suspiro dramático.

— Como uma oferta de paz — sugere Ibrahim —, por acaso vocês gostariam de saber quem tirou aquela foto?

Chris olha para o céu. Melhor dizendo, para o teto texturizado de Joyce.

— *Sim*, eu gostaria de saber quem tirou a foto.

— Um sujeito chamado Gianni Turco — responde Ron.

— Apesar de ele não ser turco — acrescenta Joyce.

— Você viu a foto, Ron? — pergunta Donna.

Ron assente.

— Jason ficou bem, não é?

— Quer saber minha opinião, o que quer que ela valha? — diz Ron. — Encontrem o Gianni Turco ou o Bobby Tanner e encontrarão o assassino do Tony Curran.

— Muito bem, então, já que estamos pondo todas as cartas na mesa — diz Chris —, o Jason explicou os telefonemas dele ao Tony Curran na manhã do crime? E a presença do carro dele na região no exato momento em que o Tony Curran foi assassinado?

— Sim — responde Elizabeth —, e pareceu falar a verdade.

— E vocês gostariam de compartilhar alguma parte disso? — pergunta Donna.

— Olha só, eu falo com ele para ligar para vocês e explicar, não se preocupem — diz Ron. — Mas vamos seguir em frente e encontrar esse tal Gianni e o Bobby Tanner?

— Deixem isso com a gente, por favor — diz Chris.

— Acho que não é lá muito provável deixarmos isso com vocês, Chris — responde Elizabeth — Sinto muito.

— Gostariam de um pouco de xerez? — pergunta Joyce. — Comprei no supermercado Sainsbury's, mas é da linha *premium*, a Taste the Difference.

Chris se afunda novamente na cadeira e cede.

— Se alguma coisa do que falamos chegar ao meu superintendente, eu mesmo volto aqui para prender todo mundo e escoltar até o tribunal. Juro por Deus.

— Chris, ninguém vai descobrir — afirma Elizabeth. — Sabe como eu ganhava a vida?

— Para ser sincero, não, não sei.

— Exatamente.

Um silêncio cúmplice domina a sala. Parece que, afinal, todos poderão começar a beber para valer.

— Tenho muito orgulho desse nosso trabalho de equipe — diz Ibrahim. — Tintim.

77

Joyce

Ainda bem que contamos para o Chris e a Donna sobre os ossos. É o que me parece certo. Agora todos podem ficar de olho. Quem estava por aqui nos anos 1970 e continua até hoje? Essa pergunta deve manter todos ocupados por algum tempo.

Todos já sabem de tudo agora e isso me parece justo.

Mas onde estariam Gianni e Bobby? Agora que já tratamos dos ossos, sei que Elizabeth vai pensar em como localizar os dois. Isso é bem a cara dela. De manhã, meu telefone vai tocar e ouvirei algo como "Joyce, vamos para Reading" ou "Joyce, vamos para Inverness ou Timbuktu". Aos poucos ela vai me inteirar do motivo da missão e, quando me der conta, estaremos tomando chá com Bobby Tanner ou café au lait com Gianni Turco. Pode apostar. Amanhã de manhã, antes das dez. É garantido.

Nunca preciso do meu passaporte para nada, a não ser quando vou buscar alguma encomenda, mas acabei de checar e ainda está válido por três anos. Lembro de quando o tirei, me questionando se seria o meu último na vida. Acho que agora a chance de precisar renová-lo é alta. Enfim, só toquei no assunto porque, caso Gianni ou Bobby Tanner estejam em algum lugar no exterior, eu não ficaria nem um pouco surpresa se Elizabeth quisesse que a gente pegasse um avião. Dá para ir de carro daqui até o Gatwick sem problema.

Eu poderia mandar um cartão-postal para Joanna. "Quem, eu? Ah, só vim passar uns dias em Chipre. Estamos no rastro de um fugitivo. Talvez armado, mas não precisa se preocupar." Mas nem se usa mais cartão-postal, não é? A Joanna me ensinou a enviar fotos pelo celular, mas quem me dera que isso já tivesse funcionado alguma vez comigo. Fica só aquele círculo girando.

Quem sabe não peço ao Bernard para vir comigo? "Que tal uns dias ao sol? Foi de última hora. Deu vontade." Imagino que mataria o coitado de susto.

Não gosto de desistir de investidas, mas sinto o Bernard cada vez mais afastado de mim. Ele não estava nada animado no nosso almoço. E ainda por cima sobrou torta de carne e rim à beça.

E não pensem que eu não sei o que os outros pensam. O que suspeitam. Vão checar se o Bernard já morava por aqui cinquenta anos atrás. Ninguém me disse nada a respeito, mas podem anotar minhas palavras. Por mim, podem checar à vontade.

Por sinal, existe de fato um lugar chamado Timbuktu. Sabiam? Fiquei sabendo certa vez em um quiz. Ibrahim vai se lembrar de onde fica. Achei interessante saber.

78

Chris Hudson bebe seu uísque sem pressa. Gosta de lareiras de verdade, e a do Le Pont Noir é ótima. Nunca comeu ali — afinal, com quem comeria? —, mas gostou do bar. Há azulejos antigos circundando a lareira, um toque de muito bom gosto. Se alguém lhe perguntasse vinte anos atrás, teria se imaginado vivendo num lugar assim. Poltrona de couro, uísque à vontade, esposa à sua frente lendo algum livro. Um desses que ganham prêmios e ele não entende bem, mas ela o devoraria com um sorriso de esguelha. Uma história de amor com a Índia Britânica como pano de fundo. E ele poderia estar examinando anotações de um caso de assassinato. Desvendando lentamente algum crime.

Continua certo de que Mackie está coberto de culpa. Tudo se encaixa. Mas e esses ossos? Mudavam alguma coisa? Esses dois assassinatos, com cinquenta anos de intervalo, teriam ocorrido um para esconder o outro? Fosse esse o caso, não teria como Mackie ser o culpado. Haviam checado sua ficha: só deixara a Irlanda na década de 1990.

Sua mente o leva de volta à vida dos sonhos. Haveria crianças dormindo no andar de cima? Sim, e de pijamas novos. Um menino e uma menina, dois anos de diferença. Dormem a noite toda. Mas não, não há nada disso. Só uma lareira em um bar cuja clientela poderia ser mais numerosa, em um restaurante ao qual ele não tem ninguém para levar. Dali era andar até em casa, com uma parada na loja 24 horas para comprar uma barra de chocolate Dairy Milk. Da grande. Depois o chaveiro, o prédio, subir três andares de escada, o apartamento que a faxineira mantinha limpo, no qual ninguém jamais cozinhava, com o quarto de hóspedes que nunca era usado. Se abrisse a janela, conseguiria ouvir o mar, mas não o via. E essa era a metáfora perfeita.

Chris não conseguira para si aquele tipo de vida. Famílias, casas com entrada para carros, camas elásticas, receber amigos para o jantar, o tipo de coisa que as propagandas vendem. Seria assim para sempre? O apartamento solitário com paredes sem graça e Sky Sports? Talvez houvesse alguma saída, mas ele não conseguia enxergar. Não saía do lugar, estava engordando, ria menos. Seu combustível estava acabando. Por sorte, ele adorava o trabalho. Era bom no trabalho. Ele nunca tivera dificuldade para acordar de manhã. O difícil era dormir à noite.

Melhor esquecer Mackie por um instante e focar no assassinato de Tony Curran. Jason Ritchie havia ligado mais cedo para Chris, contara a história toda. Explicara os telefonemas e a presença do carro. Se estivesse mentindo, sabia mentir muito bem. Mas é o que seria de se esperar, não é?

Bobby Tanner seguia se provando ardiloso. Depois de Amsterdã, seu nome já não aparecia mais em registro oficial algum. Mas é claro que ele tinha se metido em algum lugar. Talvez Bruxelas, escondido sob algum codinome. Várias gangues de lá poderiam se valer de seus serviços. Estaria fazendo o que sempre fizera. Contrabando, brigas, provando-se útil. Não era um peixe tão grande assim a ponto de chamar a atenção de alguém. Já tinha se dado mal o suficiente para ser cuidadoso. Eles o encontrariam um dia na porta de alguma academia para expatriados, pousariam a mão em seu ombro e o trariam de volta para fazer algumas perguntas.

Ainda que, evidentemente, houvesse também uma boa chance de Bobby Tanner estar morto. Esteroides, briga de pub, caiu de uma barca — são tantas as formas de se chegar ao fim, e só o que haveria para identificá-lo seria um passaporte falso. Mas Chris acha que Bobby ainda deve estar por aí em algum lugar. E, caso ainda esteja por aí em algum lugar, quem vai negar a possibilidade de que talvez tenha feito uma visita a Tony Curran por alguma razão há tempos esquecida? Talvez algo relacionado ao irmão afogado naquele barco cheio de drogas? Vai saber...

E havia aquele novo nome, Gianni Turco. Sobre ele, Chris encontrara informações à beça. Seu nome verdadeiro era Gianni Gunduz. Fugira do país no início dos anos 2000, quando alguém vazara a informação de que ele é que assassinara o taxista do tiroteio no Black Bridge. Tudo continuava a remeter àquela noite específica. Ali mesmo naquele bar.

Será que Gianni tinha voltado à cidade?

Chris termina seu uísque e olha mais uma vez para os azulejos. Bonitos mesmo.

Melhor ir para casa.

79

Joyce

Só duas coisinhas rápidas agora de manhã porque estou com pressa.

Em primeiro lugar, Timbuktu fica no Mali. Quando estava voltando da caixa de correio, esbarrei com Ibrahim e perguntei. Vi também o Bernard subindo a colina a pé, devagarinho. Ele faz isso todo dia agora, mas deixa para lá.

Então, como falei, Mali. Agora vocês já sabem.

Em segundo lugar, Elizabeth ligou às nove e dezessete e vamos para Folkestone. Pelo jeito vamos fazer duas baldeações, uma em St. Leonards e outra na Ashford International, por isso estamos saindo bem cedo. Nunca estive na Ashford International, mas duvido que uma estação descrita como "internacional" não tenha uma Marks & Spencer. Quem sabe até uma Oliver Bonas. Dedos cruzados.

Prometo que mais tarde dou detalhes.

80

Em vários sentidos, os vizinhos de Peter Ward tinham uma dívida de gratidão com ele e, para ser justo, a maioria tinha consciência disso.

A rua Pearson sempre havia sido meio desmazelada. Uma banca de jornais sem jornal algum, um minimercado com pilhas de bebida barata atrás do balcão, uma agência de viagens com pôsteres amarelados do sol, duas casas de apostas, um pub nas últimas, uma loja de acessórios para festas, uma manicure e um café com tapumes na porta.

Foi quando a Flower Mill se mudou para lá. A loja de Peter Ward, fervilhando de cores, uma explosãozinha de arco-íris naquela rua cinzenta.

E que flores! Peter Ward entendia do assunto e, quando alguém é bom na sua área numa cidade pequena, a notícia logo se espalha. As pessoas começaram a mudar suas rotas só para passar lá. Comentavam com os amigos, que, por sua vez, comentavam com seus amigos, até que um belo dia alguém de Londres reparou no café fechado, alugou o lugar e pronto — agora havia duas razões para ir à Pearson. Aí um dia uma noiva que foi à loja de Peter fazer uma encomenda e está tomando um latte no café percebe que a ruazinha está melhorando de nível e pensa se não seria um bom lugar para abrir uma pequena loja de ferragens. E assim surge a Tool Chest, logo ao lado da Flower Mill, bem em frente ao Casa Café. Do nada, começa a passar gente na porta da agência de viagens, o dono vê que precisa mudar aqueles pôsteres e as pessoas começam a entrar. No geral, gente com menos de trinta que não faz ideia do que seja uma agência de viagens. O londrino dono do café compra o pub e começa a servir refeições. Terry, dono da banca, passa a estocar mais jornais, mais leite, mais tudo. O pessoal da manicure começa a fazer mais unhas, a loja de itens de festas vende mais balões, o minimercado agora tem gim ao lado da vodca nas prateleiras. John, o açougueiro do supermercado Asda, decide arriscar e abrir um açougue próprio. Seus clientes o acompanham. Um coletivo de arte local aluga uma loja de rua vazia e ali compram as obras uns dos outros.

Tudo graças às orquídeas, ervilhas-de-cheiro e gérberas de Peter Ward.

A Pearson é exatamente como se quer que seja uma rua comercial. Movimentada, amistosa, tranquila e alegre. Joyce a acha tão perfeita que não dá seis meses até a Costa abrir um café ali e descaracterizar o lugar. Seria triste, até porque Joyce precisa admitir que gosta dos cafés da Costa e, portanto, também tem uma parcela de culpa.

Joyce e Elizabeth sentam-se no Casa Café. Peter Ward acaba de comprar um cappuccino para cada uma. Becky, da Tool Chest, vai tomar conta da floricultura enquanto ele tira meia hora de descanso. É como a rua funciona.

Grisalho e sorridente, Peter Ward tem a aura leve de um homem que tomou uma série de boas decisões na vida. Um florista de Folkestone a quem o karma recompensou por uma vida inteira de bondade e calma. Um homem cujas boas ações lhe valeram a felicidade como prêmio.

Uma impressão enganosa. A cicatriz sob seu olho direito e o bíceps proeminente lhe dirão a verdade: Peter Ward é Bobby Tanner. Ou já teria deixado Bobby Tanner para trás a esta altura? É o que elas vieram descobrir. O lutador ainda viveria naquele corpo? O assassino, quem sabe? Ele teria feito a curta jornada pelo litoral até Fairhaven para desferir um golpe fatal na cabeça do antigo chefe? Elizabeth coloca a fotografia no centro da mesa e Peter Ward a pega, sorrindo.

— O Black Bridge. Passamos algumas noites por lá. De onde veio essa foto?

— De um monte de lugares — diz Elizabeth. — Bem, dois lugares, na verdade. Uma foi enviada para Jason Ritchie, e outra encontrada ao lado do corpo de Tony Curran.

— Eu li sobre o Tony. — Peter Ward assente. — Já não era sem tempo.

— Você nunca viu essa fotografia antes? — pergunta Elizabeth.

Peter examina a foto mais uma vez.

— Nunca.

— Não enviaram uma cópia para você? — pergunta Joyce, dando um gole no cappuccino.

Peter faz que não com a cabeça.

— Bem, ou isso é boa notícia para você ou é boa notícia para nós — diz Elizabeth.

Peter Ward ergue uma sobrancelha inquisitivamente.

— Bem, ou é boa notícia para você, no sentido de o assassino de Tony Curran não fazer a menor ideia de onde você mora, ou é boa notícia para nós, pois o assassino seria você e não teríamos desperdiçado a vinda até Folkestone.

Peter Ward responde com um meio sorriso e olha novamente para a foto.

— Não que fosse ser um desperdício total — diz Joyce. — O dia está muito agradável.

— A polícia está trabalhando com a ideia de que foi Jason quem matou Tony Curran — começa Elizabeth. — Talvez tenha sido. Mas por razões que só dizem respeito a nós, preferiríamos que não fosse. Você teria algo a acrescentar sobre isso, Bobby?

Peter Ward ergue uma mão.

— Me chamem de Peter por aqui, por favor.

— Você teria algo a acrescentar sobre isso, Peter? — pergunta Elizabeth.

— Não me parece provável — responde ele. — Jason não chegava a esses extremos. Parece malvado, mas é um ursinho carinhoso.

Joyce levanta os olhos de suas anotações por um instante.

— Ursinho carinhoso, mas bancou uma grande rede de distribuição de drogas.

Peter limita-se a reconhecer a informação com um aceno de cabeça.

Elizabeth põe a foto de volta na mesa.

— Então, se não foi o Jason, talvez você? Ou quem sabe o Gianni Turco?

— Gianni Turco? — estranha Peter.

— Foi quem tirou a foto.

Peter Ward reflete por um momento.

— Foi? Não me lembro disso, mas faria sentido. Imagino que vocês saibam a história do rapaz em quem Tony atirou no Black Bridge, certo? E que foi Gianni quem atirou no taxista que se livrou do corpo.

— Sim, conhecemos a história — confirma Elizabeth. — E depois disso o Gianni foi para Chipre e sumiu.

— Bem, não foi tão simples assim — diz Peter Ward.

— Sou toda ouvidos — diz Elizabeth.

— Alguém caguetou o Gianni para a polícia. Fizeram uma batida no apartamento, mas ele já tinha dado no pé.

— E quem foi? — pergunta Elizabeth.

— Quem vai saber? Eu não fui.

— Ninguém gosta de caguete — comenta Joyce.

— Quem foi não importa — retoma Peter Ward. — O que importa é que, quando fugiu, o Gianni levou junto cem mil em dinheiro do Tony.

— Ah, é?

— Dinheiro que estava ali dando sopa pelo apartamento dele. Dinheiro do Tony. Sumiu tudo. Tony ficou furioso. Cem mil era muito dinheiro para ele na época.

— E ele tentou encontrar o Gianni? — pergunta Elizabeth.

— E como tentou. Foi a Chipre umas duas vezes. Nem sinal.

— Não é fácil quando se está fora do próprio território — diz Elizabeth.

— Presumo então que vocês também não acharam o Gianni — pergunta Peter Ward.

Elizabeth faz que não com a cabeça.

— E, por sinal, como me acharam? — continua ele. — Se não se importam com a minha pergunta. Não estou exatamente a fim de ser encontrado por ninguém, caso o Gianni tenha voltado à cidade e esteja largando fotos minhas ao lado de cadáveres.

Elizabeth toma um gole do café.

— Sabe o Cemitério Woodvale, onde seu irmão Troy foi enterrado?

Peter Ward faz que sim.

— Obtive acesso ao circuito interno de TV graças a um agente funerário cujo tio eu salvei certa vez em um trem. Foi assim que achei você.

Peter Ward encara Elizabeth.

— Elizabeth, eu estive lá duas vezes em um ano. Impossível você ter me achado por meio do circuito interno de TV. Seria como achar uma agulha em um palheiro.

— Sim, foram duas vezes — concorda Elizabeth. — Mas em quais dias?

Peter Ward se recosta, cruza os braços e então assente e sorri. Entendeu agora.

— Doze de março e dezessete de setembro — continua Elizabeth. — Aniversários de nascimento e morte do Troy. Minha esperança era ver o mesmo carro em ambas as ocasiões, anotar a placa e pedir ao amigo de um amigo para checá-la em um computador. Mas em doze de março eu vi uma van branca de uma floricultura de Folkestone, e isso me pareceu incomum, considerando que o cemitério é em Brighton. Impossível não era, mas era digno de nota. E achei muito, mas muito incomum ver a mesma van em dezessete de setembro. Achei tremendamente digno de nota. Entende?

— Sim — concorda Peter Ward. — E nem precisou de placa.

— Pois é, porque seu nome, seu endereço e seu telefone já estavam escritos na lateral da van.

Peter é forçado a aplaudir Elizabeth silenciosamente, ao que ela reage com uma discreta reverência.

— Muito bom, Elizabeth — comenta Joyce. — Ela é muito boa, Peter.

— Percebi — diz ele. — Ninguém mais sabe onde eu estou, então? Ninguém mais teria como me achar?

— Só se eu contar — responde Elizabeth.

Peter Ward se inclina para a frente.

— E isso é algo que você esteja propensa a fazer?

Elizabeth faz o mesmo movimento.

— Não se você vier nos visitar amanhã, falar com Jason e com a polícia e contar a eles o que acabou de nos contar.

81

— Gostaria de uma noz? — pergunta Ibrahim.

Bernard Cottle o encara e depois olha para o saco de nozes aberto que lhe é oferecido.

— Não, obrigado.

Ibrahim puxa o saco de volta para si.

— Teor baixíssimo de carboidratos. Oleaginosas em geral são muito saudáveis se consumidas com moderação. Mas não castanhas de caju, essas são uma exceção. Estou incomodando, Bernard?

— Não, não — diz ele.

— Só apreciando a vista? — pergunta Ibrahim.

Ele percebe que Bernard não se sente confortável em compartilhar seu banco.

— Só relaxando um pouco — responde Bernard.

— Que belo lugar para ser enterrado — diz Ibrahim. — Não acha?

— Caso se precise ser enterrado — responde Bernard.

— Infelizmente, a morte chega para todos, não é? Não importa quantas oleaginosas a gente coma.

— Não quero ser indelicado, mas gosto muito de sentar aqui em silêncio — diz Bernard.

— É um pedido mais que razoável — concorda Ibrahim, assentindo e comendo um pedaço de noz.

Os dois ficam ali sentados, apreciando a vista. Ibrahim se vira e vê Ron subindo a trilha, mancando e tentando disfarçar esse detalhe. Ele até tem uma bengala, mas não usa.

— Ah, que bom — diz Ibrahim. — Lá vem o Ron.

Bernard olha naquela direção e franze muito de leve os lábios. Quando Ron chega ao banco, senta-se do outro lado de Bernard.

— Boa tarde, senhores — cumprimenta ele.

— Boa tarde, Ron — responde Ibrahim.

— E então, Bernard, meu velho — diz Ron. — Montando guarda?

Bernard olha para Ron.

— Montando guarda?

— Do cemitério. Sentado aqui feito um gnomo. "Não passarão", essas coisas. O que você conta?

— Bernard prefere ficar em silêncio, Ron — intervém Ibrahim. — Foi o que ele me disse.

— Difícil comigo por perto — diz Ron. — Mas fala aí, amigo. O que você esconde por aqui?

— O que eu escondo? — pergunta Bernard.

— Meu velho, eu não compro essa história de luto. Todos sentimos falta das nossas esposas, com todo o respeito. Com você tem alguma outra coisa acontecendo.

— Acredito que o luto afeta cada pessoa de forma diferente, Ron — afirma Ibrahim. — Não há nada de estranho no comportamento do Bernard.

— Não sei, Ib — responde Ron, balançando a cabeça e contemplando as colinas. — Aquele mané foi morto outro dia e só queria escavar o cemitério. Bernard passa o dia inteiro aqui, sentado perto do mesmíssimo cemitério, todos os dias. Isso muda as coisas para mim.

— É isso que vocês querem? — pergunta Bernard, voz calma e equilibrada, se recusando a olhar para Ron. — Falar do assassinato comigo?

— É isso, sim, Bernard — admite Ron. — Alguém daqui aplicou uma injeção naquele cara e o matou. Todos chegamos a segurá-lo, você se lembra? Pode ter sido qualquer um de nós.

— Só precisamos descartar algumas pessoas da nossa investigação — diz Ibrahim.

— Quem sabe você não tinha uma boa razão? — comenta Ron.

— Existe alguma boa razão para matar alguém, Ron? — questiona Bernard.

Ron dá de ombros.

— Talvez você tenha algo escondido aí no cemitério. Você é diabético? Bom com agulhas?

— Todos somos, Ron — responde Bernard.

— Por onde você andava nos anos setenta, parceiro? Por aqui?

— Essa é uma pergunta bastante peculiar, Ron — diz Bernard. — Se não se importa que eu diga.

— Ainda assim, por onde você andava? — pergunta Ron.

— Estamos só explorando caminhos — diz Ibrahim. — Perguntando a todos.

Bernard se vira para Ibrahim.

— Vocês estão fazendo o negócio de policial bonzinho e policial malvado?

Ibrahim pensa na pergunta.

— Bom, sim, a ideia é essa. Psicologicamente, costuma ser bem eficiente. Tenho um livro que você poderia ler caso esteja interessado.

Bernard solta um longo suspiro e se vira para Ron.

— Ron, você conheceu minha esposa. Você conheceu a Asima.

Ron assente.

— E sempre foi muito gentil com ela. Ela gostava de você.

— Bem, eu gostava dela, Bernard. Era uma mulher e tanto.

— Todo mundo gostava dela, Ron — diz Bernard. — E ainda assim você me pergunta por que eu me sento aqui? Não tem nada a ver com o cemitério ou com agulhas. Ou com onde eu morava cinquenta anos atrás. Sou só um velho que sente falta da esposa. Então me poupe, por favor.

Bernard se levanta.

— Senhores, vocês estragaram minha manhã. Deviam se envergonhar.

Ibrahim ergue os olhos e encara Bernard.

— Bernard, sinto muito, mas eu não acredito em você. Quero acreditar, mas não consigo. Você tem uma história para contar e está louco para contá-la. Quando quiser conversar, sabe onde me encontrar.

Bernard sorri e balança a cabeça.

— Conversar? Com você?

Ibrahim assente.

— Sim, conversar comigo, Bernard. Ou com o Ron. O que quer que tenha acontecido, o pior que você pode fazer é permanecer em silêncio.

Bernard põe o jornal dobrado debaixo do braço.

— Com todo o respeito, Ibrahim, Ron, vocês não têm ideia do pior que eu posso fazer.

Dito isto, Bernard inicia sua lenta caminhada colina abaixo.

82

Joyce

Bem, a experiência foi ótima. Para início de conversa, eu nunca havia estado em Folkestone.

Bobby Tanner agora se chama Peter Ward, mas nós juramos segredo. Ele é dono de uma floricultura.

Imagino que tenha de escrever sobre duas coisas, então. Por que Peter Ward se tornou florista? E, sendo florista ou não, quem ele acha que matou Tony Curran?

Talvez escreva também sobre o Bernard, mas vou deixar para o fim. Quero pensar a respeito enquanto escrevo sobre o resto.

Peter Ward (vou chamá-lo de Peter) deixou Fairhaven pouco depois da morte do irmão. Vocês podem imaginar as razões. Arrumou um novo passaporte. Pelo que Elizabeth e Peter disseram, parece que é facílimo, mas eu não saberia nem por onde começar. Vocês saberiam? Enfim, ele foi parar em Amsterdã, vivendo de bicos. Não o tipo de bico que se imaginaria normalmente, como limpar calhas ou consertar cercas, mas transportar cocaína até o outro lado do canal pelas barcas. Ou, imagino, ameaçar pessoas. Dá para ver esse lado dele por trás da fachada.

Ele entrou para os quadros de uma gangue de Liverpool. Não quis nos dizer qual era o nome, como se fosse fazer grande diferença para mim. A artimanha deles envolvia o contrabando de drogas nas traseiras daquelas grandes caminhonetes de flores que a gente vê chegarem da Holanda e da Bélgica. Esse era o "esquema".

A princípio, Peter carregava a caminhonete. Um motorista ganhava um qualquer para parar o veículo em um acostamento, ainda na Bélgica, e Peter e mais alguns capangas pulavam na traseira e a abasteciam com o que pudessem, onde coubesse. A caminhonete seguia viagem, fazia mais uma parada em Kent e pronto. Essas caminhonetes circulavam o tempo todo, indo e voltando. Elas têm um cronograma diário, afinal. Precisam ter, ou as flores chegariam murchas. Então o esquema era perfeito.

A princípio, tudo dependia de um ou outro motorista inteirado do plano. Até que a ficha caiu e eles compraram um dos viveiros. O negócio era administrado normalmente, mas Peter estava sempre a postos para "inspecionar" a saída de cada carregamento e dar seu toque especial a cada um. Passaram a contar com três caminhonetes por dia saindo de Zeebrugge, podendo fazer o que quisessem com elas. Inteligente, de fato.

Peter passava todo o tempo no viveiro, e o rapaz que gerenciava o lugar era pago para fingir não ver nada. Eles jogavam cartas, batiam papo e o que mais se faça na Bélgica.

(Só mudando de assunto rapidinho, outro dia tinha um aviso no quadro sobre uma excursão a Bruges e pensei em me inscrever. Joanna foi há alguns anos e seu veredito foi: "É pitoresco demais, mãe, mas acho que você vai amar." Quem sabe não arrisco? Será que Elizabeth gostaria?)

Isso tudo só para explicar o contexto, porque o importante é o que aconteceu depois. Houve um erro, ninguém sabe como ou por quê, ou pelo menos o Peter não sabe, mas uma pequena floricultura em Gillingham recebeu acidentalmente uma remessa de dois quilos de cocaína junto com as begônias e na hora chamou a polícia.

Os policiais, que nem sempre são bobos, não se apressaram a prender o motorista. Preferiram segui-lo, ver para onde ia e coisa e tal. Botaram uma equipe inteira no caso e, um por um, descobriram quem fazia o quê e prenderam todos os que puderam.

Segundo Peter nos disse, ele e o rapaz que gerenciava o viveiro notaram a chegada dos policiais quando ainda estavam a mais de um quilômetro de distância (diz ele que o território da Bélgica é tão plano quanto o da Holanda) e se esconderam durante seis horas em um campo de girassóis enquanto a polícia fazia a limpa no local. Em Amsterdã, um dos sujeitos de Liverpool foi morto por um sérvio logo depois e é isso aí.

Tenho certeza de que vocês já entenderam onde isso vai dar. Peter nunca ascendera, não era do tipo ambicioso, mas ganhou algum dinheiro e aprendeu muito sobre flores. E as via sempre no esplendor da beleza, é claro. Ele nos descreveu as cores e tudo, ficou até meio poético. Elizabeth acabou tendo que pedir para que agilizasse a conversa.

Atualmente, portanto, todos os dias uma daquelas grandes caminhonetes faz uma parada na rua Pearson e o Peter entra na parte de trás como costumava fazer. Só que hoje em dia ele se limita a retirar suas flores e carregá-las para dentro da loja. A caminhonete segue seu cronograma e volta para a Bélgica, para o viveiro administrado pelo rapaz com quem ele jogava cartas e que se escondeu com ele em um campo de girassóis.

É uma história bonita. Os sujeitos de Liverpool e os sérvios devem estar até hoje dando tiros uns nos outros em Amsterdã, mas o Peter agora tem essa loja linda numa rua adorável onde todos sabem seu nome. Quer dizer, não sabem, mas vocês entenderam. E o benefício de ter se endireitado na vida é ninguém estar atrás de você, ninguém lhe dar voz de prisão nem olhar com mais atenção seu passaporte. Peter Ward deixou o passado para trás e encontrou alguma paz, o que não é fácil.

Só para satisfazer a curiosidade de Elizabeth, Peter a levou até a Flower Mill e mostrou-lhe as imagens do circuito interno de TV do dia em que Tony Curran foi morto. Lá estava ele, Peter, bem claramente, atrás da caixa registradora. Acredito que com isso o eliminamos como suspeito. Ele tem certeza de que Gianni Turco é o nosso homem. Tony o delatara à polícia e Gianni revidara roubando Tony. Isso explicaria tudo, imagino.

Elizabeth e eu conversamos sobre o assunto no trem. E tivemos meia hora de espera na Ashford International, onde, acreditem se quiserem, não há loja alguma. Será que haveria alguma depois do setor de controle de passaportes? Deve haver, não é possível.

Bom, essa é a história do Bobby Tanner. Hora de dormir, Joyce. O que será que Ron e Ibrahim fizeram hoje?

Eu sei que pretendia dizer algo sobre o Bernard, mas nada de fato se formulou na minha mente, então vou deixar por isso mesmo.

Comprei para o Bernard algumas frésias da loja do Peter Ward. Queria comprar algo, mas não sabia para quem e imaginei que talvez Bernard fosse gostar delas. Se mulheres presenteiam homens com flores? Não de onde eu venho, mas talvez não seja mais lá que eu esteja. Agora elas estão na pia. Amanhã de manhã eu entrego.

Bernard gostaria de Bruges. Não acham?

83

O caminho é irregular, mas, com uma lanterna apontada para o chão, ele consegue subir até os canteiros sem chamar atenção. É tarde e todos devem estar dormindo, mas por que correr riscos? Ele chega ao galpão. Está trancado, mas o cadeado é um daqueles baratos e basta um alfinete de chapéu de sua esposa para abri-lo.

O galpão é compartilhado por todos os moradores de Coopers Chase que têm canteiros. Um grupo seleto. Há duas cadeiras dobráveis para quando o tempo está bom e uma chaleira para quando está ruim. Uma das paredes é tomada por sacos de adubo e fertilizante. Todos racham o valor para comprá-los e Carlito os carrega para dentro quando o micro-ônibus volta do Centro de Jardinagem. Logo acima do fertilizante estão afixadas as regras da Associação de Usuários de Canteiros de Coopers Chase. A lista é longa e a fiscalização, rigorosa. Faz frio esta noite, apesar de ser verão. A lanterna continua seu percurso. Não há janelas, o que facilita.

A pá está bem ali, encostada na parede dos fundos do galpão.

Ele já sabe tudo o que precisa saber, só de olhar para ela. Para ser sincero, tudo o que já sabia ao subir até ali. Mas fazer o quê? Era preciso tentar. Ele a ergue pelo cabo, mas logo é vencido pelo peso. Quando foi que ficou tão fraco? O que aconteceu com seu corpo? Nunca havia sido lá essas coisas, mas mal conseguir levantar uma pá? Cavar estava fora de questão.

E agora? Quem poderia ajudá-lo? Quem iria entendê-lo? Não tinha jeito.

Bernard Cottle se senta em uma cadeira dobrável e cai no choro pelo que fez.

84

Chris e Donna estão sentados na Sala de Quebra-Cabeças, cada um com uma xícara de chá. À sua frente, Jason Ritchie e Bobby Tanner. Bobby Tanner, que detetives de oito destacamentos não haviam conseguido localizar. Elizabeth recusou-se terminantemente a dizer onde e como o encontrou.

Tanto Elizabeth quanto Joyce tiveram acesso a provas de que Bobby estava em outro lugar, ocupado com outra coisa, quando Tony Curran foi assassinado. Chris queria saber se poderia ver estas provas. Elizabeth disse que com certeza, se conseguisse um mandado. O combinado com Bobby era que ele contaria tudo o que sabia e depois sumiria na multidão novamente, para nunca mais ser visto.

— Uns cem mil, um pouco mais até — diz Bobby Tanner. — Estavam no apartamento do Gianni. Ele tomava conta do dinheiro para o Tony.

— O apartamento era bonito? — pergunta Joyce.

— Hã... era um daqueles grandes, de frente — responde Bobby.

— Ah sim, com vista panorâmica — diz Joyce. — Que lindo.

— E o Tony foi a Chipre procurar por ele? — pergunta Chris.

— Sim, algumas vezes. Nunca encontrou nada. Depois daquilo, as coisas jamais foram as mesmas. Jason, você se afastou, né? Começou a aparecer na TV e tal.

Jason assente.

— Aquilo não era mais para mim, Bobby.

Bobby assente.

— Fui embora da cidade alguns meses depois, quando meu irmão morreu. Não sobrou nada para mim aqui.

— Mas alguém deve ter visto o Gianni, não? — questiona Donna. — Caso ele tenha voltado para a cidade recentemente. Alguém o teria visto, alguém teria comentado.

Bobby pondera a questão.

— Não sobrou muita gente daquela época.

— Não consigo imaginar a quem o Gianni iria recorrer se precisasse de um lugar para ficar — comenta Jason.

Bobby olha para ele.

— Jase, a não ser...

Jason o encara de volta, pensa por um instante e assente.

— Claro, claro! A não ser...

Jason começa a digitar uma mensagem no celular.

— Vocês pretendem compartilhar isso com o grupo? — pergunta Elizabeth.

— É só uma pessoa com quem eu e o Bobby precisamos falar — responde Jason. — Alguém que com certeza saberia. Deixa isso com a gente. Não será justo se você resolver tudo, Elizabeth.

— E que tal compartilhar com a polícia? — sugere Donna.

— Ah, fala sério — diz Bobby, rindo.

— Não custava tentar — responde ela.

O celular de Jason apita. Ele olha para o aparelho e depois para Bobby.

— Ele pode nos encontrar às duas. Ok para você?

Bobby faz que sim e Jason começa a digitar outra mensagem.

— Só há um lugar para isso, certo?

85

Almoço no Le Pont Noir. Como nos velhos tempos e, claro, completamente diferente também.

— Astronauta — arrisca Jason Ritchie.

Bobby Tanner sorri e balança a cabeça em negativa.

— Jóquei? — tenta Jason novamente.

Bobby Tanner volta a sacudir a cabeça.

— Não vou contar nem que você consiga adivinhar.

Tudo bem, parecia justo.

— Está feliz, pelo menos, Bobby? — pergunta Jason.

Bobby assente.

— Você é um cara bom — diz Jason. — Merece.

— Nós merecemos — reforça Bobby Tanner. — De uma forma ou de outra.

— Bom, merecemos e não merecemos — diz Jason.

Bobby Tanner assente mais uma vez. De fato, talvez seja o caso.

Já estão na sobremesa, ainda à espera de seu convidado, e uma garrafa do melhor Malbec do Le Pont Noir já foi devidamente esvaziada.

— Só pode ter sido o Gianni, né? — pergunta Bobby. — Sempre achei que ele teria morrido em algum lugar.

— Sempre achei que *você* tinha morrido em algum lugar — diz Jason. — Que bom saber que não foi o caso.

— Obrigado, Jase — diz Bobby.

Jason olha para o relógio.

— Logo vamos saber ao certo.

— Você acha mesmo que ele vai saber? — pergunta Bobby.

— Se Gianni esteve por aqui, vai. É onde ele teria ficado.

— Não consigo mais tempo para beber na hora do almoço. Você consegue?

— Estamos velhos agora, Bob — afirma Jason. — E aí, outra garrafa?

Os dois concordam que têm tempo para mais uma garrafa. É quando entra Steve Georgiou.

86

Donna passou a noite verificando listas de passageiros de voos partindo ou chegando a Chipre nas duas últimas semanas. Até parece que Gianni Gunduz usaria o próprio nome hoje em dia. Mas nunca se sabe.

Por mais divertidas que tenham sido tais listas, porém, Donna agora está de volta ao Instagram.

Toyota já havia dançado, mas Carl não ficaria dando sopa. Com quem será que ele estava saindo agora? Donna era uma detetive nata. Talvez com aquela Poppy, que trabalha com ele. Poppy, cuja foto ele curtiu no Facebook. Não só curtiu, como respondeu com um emoji de piscadela. Poppy, que parecia incapaz de aparecer em uma foto que não fosse tirada do lado esquerdo e fazendo bico. Sim, ela era óbvia o bastante para Carl. Donna checara o nome dela no computador do Ministério do Interior só para ver se, quem sabe, aparecia alguma coisa, mas nada.

Donna sabe que é hora de dormir, mas ainda está pensando em Penny Gray.

Após a reunião com o Clube do Crime das Quintas-Feiras, Elizabeth havia lhe dito que queria que ela conhecesse alguém, e então a levou a Willows, a casa de repouso contígua a Coopers Chase.

Elas haviam cruzado corredores bege silenciosos com luz fria esmaecida e aquarelas com cenas do litoral nas paredes. O conjunto tinha um peso terrível, e mesmo os ramos de flores confiantes em mesas de canto baratas de MDF por ali não conseguiam contrabalançar aquela aura. Quem trocava as flores todos os dias? Era uma luta inglória, mas qual seria a alternativa? Em dado momento, Donna chegara a ficar sem ar. Willows era uma prisão da qual não se podia escapar. Para sair, só havia um jeito.

Elas haviam entrado no quarto e Elizabeth dissera:

— Policial De Freitas, gostaria de lhe apresentar a inspetora Penny Gray.

Penny estava na cama, coberta até o pescoço por um leve lençol e com um cobertor dobrado mais abaixo. Tubos saíam de seu nariz e de seus pulsos. Certa vez, em uma excursão da escola, Donna fora ao edifício da Lloyds, onde tudo que costuma ficar do lado de dentro — como dutos e elevadores — fica do lado de fora. Ela, por outro lado, preferia tudo em seu devido lugar.

Donna a cumprimentou.

— Senhora.

— Sente-se, Donna. Achei que seria bom vocês duas se conhecerem. Acredito que vão se dar bem.

Elizabeth explicara a Donna toda a carreira de Penny. Inteligente, obstinada, cheia de opiniões fortes, eternamente tolhida por ser mulher e pelo temperamento. Ou melhor dizendo, pela combinação inaceitável dos dois fatores.

— Ela é uma bola de demolição — dissera Elizabeth. — Eu sou uma navalha fina, se é que você me entende. Penny é pura força bruta. Não sei se agora dá para reparar.

Donna olhou para Penny e pensou que, sim, dava.

— Na época, pegava bem na polícia — continuara Elizabeth. — Certa dose de força bruta. Pegava bem para quem era homem, ao menos. À Penny, nunca ajudou. Ela nunca passou do cargo de inspetora. Absurdo para quem a conheceu. Não estou certa, John? Um absurdo, não acha?

John erguera os olhos e assentira.

— Um desperdício.

— Ela era encrenqueira, Donna — dissera Elizabeth. — Para mim não há elogio maior. Por isso a Penny gostava de revisitar casos antigos. Porque ali podia estar no comando. Podia finalmente ser o touro na loja de porcelana. Não tinha que ser educada, rir das piadas dos outros e fazer chá.

Donna percebeu a mão de Elizabeth segurando firme a de Penny. Elizabeth olhou para ela e balançou a cabeça em reconhecimento.

— Mas a gente continua a lutar, não é? Penny encarou tudo. Engoliu sapos, como se diz, dia após dia sem reclamar.

— Ela reclamava à beça, Elizabeth — dissera John. — Com todo o respeito.

— Bem, sim, ela tinha um gênio de cair o queixo quando queria.

— Muito determinada — concordara John.

Quando saíram de lá, separadas por gerações mas ombro a ombro e na mais perfeita sintonia, Elizabeth se virara para Donna e dissera:

— Você vai saber melhor do que eu, Donna, mas acredito que talvez nem todas as batalhas tenham sido vencidas.

— Acredito também. Talvez — concordara Donna.

As duas haviam continuado, num silêncio cúmplice, até saírem pela porta da frente de Willows, gratas por respirarem o ar do mundo exterior.

Em casa — aquela agora era sua casa, então? —, Donna não está mais concentrada no Instagram. A visita a Penny a enchera de orgulho e tristeza. Adoraria tê-la conhecido. Conhecido de verdade. Há várias razões pelas quais Donna gostaria de ser a responsável pela solução daqueles crimes, e a lista passou a incluir mais uma: orgulhar a inspetora Penny Gray.

Seria Gianni o assassino de Tony Curran? Seria Matthew Mackie o de Ventham? Elizabeth lhe dissera para ficar de olho em um dos moradores. Um tal Bernard Cottle. Ela havia anotado o nome.

E os ossos? Seriam importantes?

O que você acha, Penny Gray?

Seria bom solucionar aquilo tudo. Um belo tributo a quem viera antes dela. Talvez fosse melhor voltar às listas de passageiros.

Antes, Donna olha mais algumas fotos. Poppy acabou de fazer bungee jumping em benefício da pesquisa do câncer. Óbvio. É a cara da Poppy.

87

Joyce

Eu sei, não costumo escrever de manhã. Mas estou fazendo isso hoje. Achei que deveria e aqui estou.

Ontem foi tão interessante, não foi? Aqueles rapazes e todos os assassinatos, as drogas e todo o resto. Aposto que tiveram muito para conversar depois que saíram daqui. Fico pensando quem teriam ido encontrar.

Foi mesmo muito interessante para alguém como eu. Muito interessante. Gianni com certeza soa como um provável culpado, não é?

Fico pensando se... Ah, chega, Joyce, chega disso. Você só está embromando para adiar aquilo que não quer escrever.

Está bem, então. Recebi uma notícia triste, e ela é a seguinte.

Hoje de manhã dei meu telefonema de "Está Tudo Bem" para o Bernard.

Muita gente faz combinações de "Está Tudo Bem". Acerta-se com algum colega que você vai ligar às oito da manhã, deixar o telefone tocar duas vezes e desligar. E essa pessoa fará a mesma coisa logo a seguir. Assim, um sabe que o outro está bem sem que ninguém gaste um tostão. E é claro, sem precisar conversar.

Liguei então para o Bernard hoje cedo. Dois toques para ele saber que eu estava sã e salva, não havia tomado nenhum tombo, nada disso. Mas não houve resposta. Nunca me preocupo demais — às vezes ele esquece, eu vou até lá, interfono e ele aparece na janela de roupão com os polegares para cima e cara de culpado. Sempre penso: "Ah, seu bobo, me deixe entrar e vamos tomar café, não estou nem aí para esse roupão." Mas Bernard não é desses.

Resolvi dar um pulo até lá. Se eu sabia? De certa forma, sim, mas também não; é algo grande demais para se saber. Mas acho que, sim, sabia, porque a Marjorie Walters me viu no caminho, disse que acenou, mas eu não a vi de tão perdida que estava em um mundo só meu, o que não é característico. Portanto, sim, acho que eu sabia.

Toquei o interfone e olhei para a janela. Cortinas fechadas. Talvez ele estivesse dormindo? Teve um princípio de febre e ficou na cama. "Febre de homem", disse alguém no *This Morning* outro dia. Achei engraçado e contei para a Joanna, mas ela disse que a expressão era muito antiga e se espantou de eu só tê-la ouvido há pouco tempo. O que me pôs no meu lugar.

Estou enrolando, eu sei. Vamos logo com isso.

Entrei no prédio com a minha cópia da chave, subi as escadas e vi um envelope preso com durex na porta do apartamento do Bernard. Na frente, ele havia escrito "Joyce".

Desculpem-me, tenho de encerrar por aqui.

Havia até um rosto sorridente no "O". Bernard era mesmo cheio de surpresas.

88

Joyce abre o envelope e tira dele uma carta escrita à mão.

Há três ou quatro páginas ali, talvez. Ela se sente grata pelos amigos terem vindo ao seu apartamento. Não pretende mais sair de casa hoje.

— Vou ler, então. Não tudo, mas o que interessa. Ela responde algumas das nossas perguntas. Eu sei o que alguns de vocês vinham pensando sobre ele. Talvez achassem que ele, vocês sabem... Ian Ventham. Enfim.

— Vá no seu tempo — diz Ron, pousando a mão sobre a de Joyce por um momento.

Joyce começa a ler, com um raro tom vacilante.

— "Querida Joyce, sinto muito pelo incômodo. Não tente entrar, passei o ferrolho na porta. É a primeira vez que o uso desde que me mudei para cá. Você saberá o que eu fiz e creio não ser nada que já não tenha visto mil vezes antes. Se tudo correr bem, estarei deitado na cama, talvez com uma expressão de paz no rosto, talvez não. Prefiro não correr esse risco, portanto os homens da ambulância que decidam se estou em um estado decente para você se despedir. Caso você queira se despedir, claro."

Joyce para de ler por um momento. Elizabeth, Ron e Ibrahim estão em completo silêncio. Ela os encara.

— Acabaram preferindo que eu não o visse. Certamente faz parte do regulamento, quando não se é da família. Ele errou essa parte, não é? E na ambulância eram duas mulheres.

Joyce dá um sorrisinho fraco e seus três amigos fazem o mesmo. Ela continua a ler.

— "Os comprimidos estão ao meu lado, bem como um uísque Laphroaig que eu vinha guardando para quando precisasse. Vejo as luzes se apagarem ao meu redor e logo será a minha vez. As lindas flores que você me comprou estão ao lado da cama. Em uma garrafa de leite, pois você sabe como eu sou com vasos. Mas, antes de partir, acho que devo lhe contar toda a história."

— Toda a história? — pergunta Elizabeth.

Joyce leva um dedo aos lábios. Elizabeth acata o sinal e Joyce retoma a leitura da carta derradeira de Bernard.

— "Como você sabe, Asima", essa é a mulher dele, "morreu pouco depois de nos mudarmos para Coopers Chase, o que foi um balde de água fria. Sei que você não é de falar muito de Gerry, Joyce, mas sei que entende. É como se alguém tivesse puxado o meu coração e os pulmões para fora do peito e depois me dito para continuar a viver. Continuar a me levantar, a comer, a pôr um pé na frente do outro. Para quê? Acredito que eu nunca tenha encontrado uma resposta para essa pergunta. Você sabe que eu costumava subir a colina e me sentar no banco em que Asima e eu nos sentávamos quando nos mudamos para cá. Sabe que ali eu me sentia próximo a ela. Mas eu tinha uma outra razão para subir a colina, uma razão que me enche de vergonha. Uma vergonha que se tornou demais para carregar."

Joyce faz uma pausa.

— Será que alguém pode me pegar uma água?

Ron enche um copo e o entrega a ela. Joyce o bebe e retorna à carta.

— "Você deve saber que as cinzas de muitos hindus são jogadas no Ganges. Hoje em dia outros rios também são usados, mas para uma certa geração ainda é o Ganges, caso se tenha recursos para tal. Muitos, muitos anos atrás, esse era o desejo de Asima, e um desejo do qual nossa filha Sufi certamente cresceu ouvindo falar. O funeral de Asima não é algo em que eu goste de pensar ou sobre o qual queira escrever a respeito, mas, dois dias depois, Sufi e Majid", são a filha e o genro, "pegaram um voo para Varanasi, na Índia, e espalharam as cinzas de Asima pelo Ganges. Mas, Joyce, e é aqui que os comprimidos e o uísque entram, temo que não tenham sido as cinzas dela".

Ela faz uma pausa e ergue os olhos.

— Nossa. Meu Deus — diz Ibrahim, inclinando-se para a frente enquanto Joyce continua a ler.

— "Eu não sou um homem religioso, Joyce, como você bem sabe. Mas nos últimos anos da vida dela, Asima também já não era uma mulher religiosa. Sua fé foi caindo aos poucos, como as folhas de uma árvore, até não restar nada. Eu amava aquela mulher com todas as minhas forças, e ela a mim. A ideia de ela ir embora, ser colocada em uma bagagem de mão, Joyce, e então voar para longe de mim... bem, não era algo que eu fosse capaz de processar dois dias depois de me despedir dela. Nada disso justifica meus atos, mas espero que ao menos os explique. Fiquei com as cinzas em casa na primeira noite. Sufi e Majid não estavam no quarto de hóspedes, haviam preferido ficar em um hotel, apesar de tudo."

"Muitos anos atrás, Asima e eu estávamos observando artigos de uma velha loja de antiguidades e ela pegou uma lata de chá com o formato de um tigre. 'Bem, é você', falei, e nós dois rimos. Eu a chamava de Tigrinho e ela me chamava de Tigrão, sabe como é esse tipo de coisa. Voltei uma semana depois para comprar a lata para ela, como um presente surpresa de Natal, mas já havia sido vendida. Pois bem, naquele Natal, quando fui abrir o presente dela para mim, lá estava a lata. Ela obviamente havia voltado à loja logo depois e comprado para mim. Eu a guardei comigo desde então. Assim, eu peguei a urna e despejei as cinzas que estavam dentro dela na lata de chá em formato de tigre, depois coloquei a urna de volta na prateleira. Eu a preenchi com uma mistura de serragem e farinha de osso, o que ficou surpreendentemente convincente. E fechei-a novamente. Foi isso o que Sufi levou para Varanasi e espalhou pelo Ganges. Tenha em mente que eu não estava no meu perfeito juízo, Joyce, estava paralisado pelo luto. Teria feito de tudo para não deixar que minha Asima saísse flutuando para longe de mim. Havia esquecido, é claro, que Asima era de Sufi também. No dia seguinte, tão logo escureceu e me senti à vontade, peguei uma pá do galpão dos canteiros e subi a colina. Cortei o tufo de relva abaixo do banco, cavei um buraco e enterrei a lata. Mesmo na época eu sabia que aquilo teria de ser temporário, mas não estava pronto para me separar dela. A grama assentou de volta, ninguém nunca notou — e por que notariam? — e todos os dias eu ia até lá, me sentava no banco, cumprimentava quem passava e falava com Asima quando não havia ninguém. Eu já sabia que cometera um erro, que havia traído minha filha e que jamais poderia me redimir. Mas é que a dor era grande demais."

— Algumas pessoas amam os filhos mais do que o parceiro — diz Ibrahim. — Outros amam o parceiro mais do que os filhos. E nenhum dos dois tipos jamais admite.

Joyce assente distraidamente e começa uma nova página.

"A dor do primeiro momento passa, por mais que você queira que ela permaneça, e logo compreendi a dimensão do que eu havia feito. O egoísmo atroz, a presunção. Comecei a pensar em planos, tramas, algo para consertar o que fizera. Talvez desenterrar a lata, levá-la comigo no ônibus para Fairhaven, liberar parte de Asima, deixar parte dela comigo. Nunca poderia contar a Sufi o que fizera, mas ao menos a mãe dela estaria nas ondas, em sua viagem de retorno para onde quer que Sufi imagine que retornemos. Sabia que não era o bastante, mas era o melhor que eu podia fazer. Até que certo dia de manhã subi a colina e vi operários colocando uma base de concreto embaixo do banco. Haviam cavado, embora não o bastante para encontrar a lata, e enchido o buraco de cimento. Só levou meia hora. E pronto, chega a ser idiota quando se pensa na situação, mas eu deixei de ter acesso fácil à lata caso quisesse tirá-la dali. Só me restou continuar a subir a colina e falar com Asima quando ninguém estava ouvindo, contar a ela as novidades, dizer a ela quanto a amava e quanto me arrependia. E sinceramente, Joyce, só aqui entre nós, percebi que já não me resta mais o que quer que se precise para seguir em frente. E é isso."

Joyce termina e olha fixamente para a carta por mais um momento, deixando correr um dedo pela tinta. Ela encara os amigos e arrisca um sorriso, que em segundos se esvai em lágrimas. E estas viram um pranto desesperado, que faz com que Ron se levante da cadeira, se ajoelhe em frente a ela e a abrace. É nisso que Ron é bom. Joyce afunda a cabeça em seu ombro e joga os braços em torno dele, chorando por Gerry, por Bernard, Asima e pelas senhoras que foram ver *Jersey Boys* e bebiam gim-tônica em lata no caminho de volta para casa.

89

Já é bem tarde para estarem na delegacia de polícia de Fairhaven, mas Donna e Chris não têm nenhum outro lugar para ir.

Chris se ajoelha para desobstruir a saída de papel da copiadora. Ajoelhar hoje em dia quase sempre significa câimbras. Ele não tem certeza do que seja. Sal demais ou insuficiência de sal? É um ou o outro.

— Resolvido — diz para Donna.

Donna aperta o "Imprimir" e faz uma série de cópias dos relatórios recebidos do Serviço Policial de Chipre.

— Vou grampear tudo isso para você — avisa Donna. — Vai levar um tempo, mas vai ficar mais fácil de examinar.

— Muito gentil da sua parte, Donna — diz Chris. — Mas mesmo assim não pretendo levar você para Chipre.

Donna mostra a língua para ele.

Chris tem um depoimento muito interessante marcado. Um que deve revelar de uma vez por todas onde está Gianni Gunduz.

O nome de Gianni não constava em qualquer uma das listas de passageiros que Donna analisou. Nem em voos, nem em barcas, nem em trens, fosse saindo do Reino Unido ou entrando. Mas Chris imagina ser pouco provável que Gianni ainda use seu antigo nome. Não com a polícia e Tony Curran em seu encalço, uns pelo assassinato do jovem taxista, o outro pelas cem mil libras roubadas.

Mas ninguém conseguiria simplesmente desaparecer. Haveria rastros em algum lugar.

Chris desliga o computador. Tem uma forte sensação de que é Gianni Turco quem precisam achar, tem tempo suficiente de carreira para pressentir quando algo se encaixa com perfeição. Provas são outra história, mas quem sabe a viagem a Nicósia não o ajude nesse sentido?

— Encerramos por hoje?

— Que tal a gente beber alguma coisa rapidinho? — sugere Donna. — No Pont Noir, de repente?

— Meu voo sai às seis e cinquenta da manhã — responde Chris.

— Isso, esfrega na cara — diz Donna.

Chris se levanta e baixa as persianas de sua sala. Gianni era uma coisa, mas e o caso Ian Ventham? Já era mais complicado. Estaria de fato ligado a outro assassinato de cinquenta anos antes? Não podia ser. Quantos suspeitos poderia haver? Chris até chegara a encarregar dois inspetores de ir atrás das freiras, para o caso de alguém se lembrar de algo. Alguma delas devia ter ido embora em algum momento, se desiludido com sua missão e se lançado no mundo real. Que idade elas teriam hoje? Oitenta e tantos? Mas os registros eram imprecisos, e suas esperanças, poucas. Será que todos estariam deixando escapar algo mais simples?

— Veja se não resolve tudo enquanto eu estiver fora, por favor.

— Não posso garantir nada — diz Donna.

Chris pega sua pasta. Hora de ir para casa. Sempre a pior hora do dia. A vida dos sonhos de Chris permanece a apenas seis quilos de distância. Mas em sua pasta há um pacote de batata frita sabor sal e vinagre, uma barra de chocolate e uma Coca Diet. Coca Diet? Quer enganar quem, Chris?

Às vezes ele acha que deveria criar um perfil em algum site de relacionamentos. Em sua mente, a namorada perfeita seria uma professora divorciada com um cachorro pequeno e que cantasse em um coral. Mas nenhum problema se ele acabar mordendo a língua. No fundo, bastava que fosse alguém amável e divertida.

Chris segura a porta para Donna sair e a segue.

Que tipo de mulher iria querê-lo? As mulheres de hoje em dia se importariam com certo excesso de peso? Bem, é claro que se importariam, mas ainda assim. Ele estava a ponto de solucionar um caso de assassinato. Em todo o condado de Kent, certamente devia ter alguém em algum lugar que achasse aquilo atraente.

90

Joyce

Não consigo dormir. Minha cabeça é só Bernard, Bernard, Bernard, é claro. Já estou pensando no funeral. Será que vai ser aqui? Espero que sim. Sei que não o conhecia há tanto tempo assim, mas odiaria pensar nele em Vancouver.

Pois aqui estou eu, de volta às duas da manhã para trazer notícias. Fiquem tranquilos que desta vez ninguém morreu.

Depois do que aconteceu com Ian, começamos a pensar no que seria de nós aqui em Coopers Chase. Quem assumiria? Acho que ninguém ficou tão preocupado assim — o lugar parece dar lucro o suficiente a ponto de atrair alguns interessados. Mas quem seriam?

Aposto que vocês adivinharão quem foi que descobriu.

Ontem Elizabeth "acidentalmente" esbarrou com Gemma Ventham, a triste viúva de Ian Ventham, na nova delicatéssen que abriu em Robertsbridge. Fica onde funcionava o salão de cabeleireiro da Claire, até o cortarem de vez do circuito. Será que usar a expressão "cortar" nesse caso é ácido demais? É porque deceparam a ponta da orelha da esposa do clínico geral da região lá no salão dela, basicamente foi isso. Dizem que a Claire mora em Brighton agora. Melhor assim.

Gemma estava com um homem. Elizabeth disse que o sujeito tinha "jeito de professor de tênis", mas admitiu que, hoje em dia, talvez "jeito de professor de pilates" fosse mais adequado. Com certeza não se tratava de uma viúva arrasada, mas imagino que todos concordemos que ela merecia mesmo um pouco de felicidade. Bom para ela.

Aparentemente, além da felicidade, ela ganhou também muito dinheiro. Foi o que Elizabeth conseguiu arrancar dela. Como exatamente eu não sei, mas houve um momento em que fingiu desmaiar e chegou mesmo a arranhar o cotovelo. Ela sempre dá um jeito, aquela danada.

Enfim, Gemma Ventham vendeu a Coopers Chase Holdings para uma empresa chamada Bramley Holdings. Claro que tentamos descobrir tudo o que pudemos sobre a Bramley Holdings, mas até agora nada. Chegamos a recorrer a Joanna e Cornelius, mas sem resultados. Eles prometeram continuar a procurar, embora dê para perceber que Cornelius já começou a ficar meio sem paciência.

Mas eis o que está me tirando o sono. Aquele nome.

Bramley Holdings? Não me é estranho, mas não consigo saber de onde o conheço. Elizabeth diz que esses nomes são escolhidos ao acaso, e talvez esteja certa, mas tem um alarme soando no meu cérebro e não consigo desligá-lo.

Bramley... Onde eu já ouvi isso? E eu sei que sou uma velha, mas não venha tentar dizer que é por causa das maçãs Bramley. É outra coisa. Algo importante.

Anne, que edita o *Direto ao Ponto*, veio me visitar hoje. Sempre vem alguém nos ver quando perdemos um amigo. A essa altura, todos já sabemos as coisas certas a dizer. Já tivemos de dizê-las algumas vezes.

Não acho que ela esteja só querendo me agradar, mas Anne perguntou se eu gostaria de escrever uma coluna para o *Direto ao Ponto*. Ela sabe que eu gosto de escrever e sempre meto meu nariz em tudo, então que tal escrever algo sobre o dia a dia de Coopers Chase? Eu disse que sim, claro. Nós vamos batizar a coluna de "Joyce Escolhe", um nome ótimo. Eu havia sugerido "Vozes de Joyce", mas Anne achou que isso poderia soar como coisa de gente maluca. Ela quer uma foto minha. Amanhã vou dar uma olhada no que tenho e escolher uma bonita.

Amanhã também vamos visitar Gordon Playfair. O fazendeiro que mora no alto da colina, sabem? É a única pessoa em quem qualquer um de nós conseguiu pensar que já morava aqui no início dos anos 1970 e ainda mora hoje. Ele não estava nem sequer perto do Ventham na hora do assassinato, então imagino que não possamos considerá-lo um suspeito. Nossa esperança é que ele se lembre de algo útil de anos atrás.

Preciso tentar dormir de novo.

91

— Pitoresco? — repete Gordon Playfair, rindo. — Isto aqui? Nós dois sabemos muito bem que é uma casa velha caindo aos pedaços para um homem na mesma situação.

— Estamos todos caindo aos pedaços, Gordon — diz Elizabeth.

A caminhada até a fazenda Playfair levara mais tempo do que o esperado, pois um cordão policial agora circunda o Jardim do Descanso Eterno. O que se comenta é que às dez da manhã chegaram dois carros da polícia e uma van branca, que a maioria acredita ser da unidade de peritos, e deles saltaram várias pessoas de macacão branco que subiram a colina com pás. O apartamento de Martin Sedge em Larkin fica em um andar alto, e ele fica vigiando o local com binóculos, mas ainda não tem notícias. "Tem um pessoal cavando", disse em seu mais recente comunicado.

— Eu e esta casa envelhecemos juntos. O teto está cheio de buracos — afirma Gordon, esfregando os poucos tufos de cabelo que lhe restam na cabeça. — Tem rangidos onde não tinha antes. Encanamento meio duvidoso. Somos iguaizinhos.

— A gente perturba muito o seu sossego? O vilarejo, quero dizer — indaga Elizabeth.

— Nunca escuto nada — responde Gordon. — Até onde eu sei, poderiam até ser as freiras lá embaixo ainda.

— Você devia vir nos visitar algum dia — sugere Joyce. — Tem um restaurante, a piscina. Zumba.

— Antigamente eu descia muito até lá. Só de bobeira, para conversar. Quando não estavam rezando, elas eram um grupo bem animado. E se calhasse de você martelar um prego no dedo ou pisar em falso em uma toca de coelho, elas davam um jeito — diz ele.

Elizabeth assente.

— Você esteve com Ian Ventham na manhã em que ele foi assassinado?

— Infelizmente, sim. Não foi minha escolha.

— De quem, então?

— Da Karen, minha caçula. Ela só queria que eu o ouvisse. Quer que eu venda isto aqui. Por que não iria querer, não é mesmo?

— E o que vocês conversaram? — quis saber Elizabeth.

— A mesma conversa mole de sempre. A mesma oferta, o mesmo comportamento. Para dizer de uma maneira gentil, nunca fui com a cara do Ian Ventham. Mas posso ser menos gentil, se preferir.

— Você não estava muito a fim de papo?

— Os dois ficaram tentando me enrolar. Karen percebeu que não estava dando certo, mas o Ventham insistiu um pouco mais. Ficou tentando me fazer sentir culpado por causa dos meus filhos.

— E você não cedeu?

— Raramente cedo.

— Sou parecida — diz Elizabeth. — E como ficou a coisa?

— Ele disse que ficaria com as minhas terras de um jeito ou de outro.

— E como você respondeu a isso? — pergunta Joyce.

— Eu disse que só por cima do meu cadáver.

— Muito bem dito — diz Elizabeth.

— De qualquer forma, recebi outra oferta. E vou aceitá-la, agora que o Ventham está fora da jogada.

— Que bom para você — comenta Elizabeth.

— Mas deixe eu perguntar: esta visita é apenas social? — pergunta Gordon Playfair. — Ou posso ajudá-las em alguma coisa?

— Curioso você perguntar — diz Elizabeth, assentindo. — Estávamos pensando se você, por acaso, tem memórias deste lugar. Digamos, da década de setenta.

— Com certeza tenho memórias aos montes — responde ele. — Talvez tenha até mesmo alguns álbuns de fotografias, caso isso ajude.

— Não faria mal dar uma olhada — concorda Elizabeth.

— Só devo avisá-las desde já que a maioria das minhas fotos é de ovelhas. O que vocês estão procurando?

92

Joyce

Contamos ao Gordon Playfair sobre o corpo. Tivemos um bom papo sobre quem poderia tê-lo enterrado ali tantos anos atrás. Naquela época, Coopers Chase ainda era um convento, e um jovem Gordon Playfair e sua família moravam na mesma casa nesta mesma colina.

Ah, sim, quanto à oferta pelas terras dele: foi dos nossos misteriosos amigos da Bramley Holdings. Esse nome continua a me deixar maluca. Alguma hora eu me lembro. Acontece que o Gordon só estava de pirraça com o Ventham, recusando-se a vender simplesmente porque não tolerava o homem. Bastou Ventham sair da jogada para as negociações se abrirem.

Perguntei a ele o que faria com o dinheiro, e não é surpresa que a maior parte vá para os filhos. São três. Uma nós conhecemos: Karen, que mora no chalezinho ali perto e iria nos ensinar sobre computadores até sermos inesperadamente interrompidos.

Solteira, mas isso Joanna também é. Pensando bem, eu também.

Filhos de sorte, esses. Gordon diz ter dinheiro suficiente para comprar um cantinho agradável para si e — esperem por esta — pretendemos oferecer a ele uma visita guiada de Coopers Chase nos próximos dias para ver se algo lhe apetece. Não seria divertido? Gordon não é tipicamente bonito, seu rosto é bem marcado pelo tempo, mas ele tem aqueles ombros largos de fazendeiro.

Bom, voltemos aos ossos. Gordon agora entendia por que queríamos ouvir suas memórias dos anos 1970. E por que estudávamos seus álbuns de fotografias com tanto afinco. Só para dar uma olhada em quaisquer imagens que tivesse feito durante seus passeios à parte baixa da colina, tantos anos atrás. Ver se alguém nos chamava a atenção.

Acabou acontecendo no segundo álbum que estávamos vasculhando. Começava com fotos de casamento. Gordon e Sandra (ou Susan; só olhei de passagem, sabem como é isso de olhar fotos de casamentos de outras pessoas), depois fotos de um bebê, aliás muito pouco tempo depois. Deve ser o mais velho. Então — juro por Deus — páginas e mais páginas de fotos de ovelhas. Segundo Gordon, todas diferentes. Quando o vinho, a lareira e as ovelhas já estavam nos deixando grogues, chegamos às últimas fotos do álbum. Seis, todas em preto e branco. Todas tiradas em uma festa de Natal no convento. Não uma festa propriamente dita, mas de Natal, certamente.

Foi na quinta foto, um retrato de grupo. A princípio nem dava para ver. Todos nós mudamos muito em cinquenta anos, tenho certeza de que não reconheceria Elizabeth ou ela a mim. Mas todos olhamos, e depois mais uma vez. E todos concordamos.

Ali estava nossa prova, e agora temos um plano. Bem, Elizabeth tem um plano.

Por falar em fotos, achei uma boa para a coluna do *Direto ao Ponto*. É antiga, o que sei que é coisa da vaidade, mas dá para ver que sou eu. Gerry também aparece, mas Anne diz que dá para apagá-lo no computador. Desculpe, meu amor.

93

A capela no coração de Coopers Chase ainda possui um confessionário. Hoje virou depósito de material de faxina. Joyce ajudara Elizabeth a desocupá-lo, empilhando caixas de lustrador de piso no altar, impecavelmente alocadas atrás de Jesus. Elizabeth dera uma bela arrumada em todo o lugar. Chegou até mesmo a polir o gradeado. Como um toque final, instala um par de almofadas Orla Kiely nos bancos duros de madeira.

Elizabeth conduzira vários interrogatórios em sua época e trouxera a muita gente algum tipo de justiça. Se é que algum daqueles interrogatórios fora registrado em fita, a esta altura tais registros já teriam sido enterrados, queimados ou apagados há muito tempo. Ela torce fervorosamente para que sim, pelo menos.

Advogados? Não. Códigos de conduta? Certamente que não. Só o que trouxesse resultados mais rápidos.

Jamais algo físico, não era o estilo de Elizabeth. Ela sabia que às vezes acontecia, mas nunca era eficiente. A psicologia era a chave de tudo. Sempre tentar o inesperado, sempre atacar de um ângulo diferente, sempre se recostar na cadeira com todo o tempo do mundo e esperar até que contassem tudo. Como se todo o processo tivesse sido ideia deles. E para isso era necessária sempre uma abordagem oblíqua, algo imprevisível. Algo pensado.

Como convidar um padre para uma confissão.

Elizabeth percebeu que gostava bastante de Donna e de Chris. O Clube do Crime das Quintas-Feiras dera sorte com a dupla. Imaginem as malas sem alça que poderiam ter tido que aturar. Ela sabia, porém, que mesmo Donna e Chris tinham seus limites, e que isto seria muito além desses limites. Mas se conseguisse fazer sua mágica funcionar com Matthew Mackie, sabia que a perdoariam.

E se não conseguisse? Se sua mágica não passasse de uma lembrança? Ela tinha errado quanto a Ian Ventham ser o assassino de Tony Curran, não tinha?

Mas Matthew Mackie era diferente. Ali estava um homem que se desentendera com Ventham. Um homem que parecia não existir e que, no entanto, aparecera em uma foto tirada naquela mesma capela. Um homem que era padre e não era. Um homem que apagara suas próprias pegadas.

Até alguém resolver escavar um cemitério. O cemitério dele?

E um homem que estava a caminho naquele exato momento. Quando teria sido mais fácil para ele ficar em casa. Estaria se dirigindo até lá para confessar? Ou para saber o que ela sabia? Ou estaria trazendo uma seringa cheia de fentanil?

Elizabeth jamais teve medo da morte, mas, mesmo assim, naquele instante, ela pensa em Stephen.

Faz frio na escuridão atemporal da capela, e Elizabeth treme. Ela abotoa o cardigã e olha para o relógio. Logo vai saber, de uma forma ou de outra.

94

Chris Hudson está em um cubículo, de frente para um grandalhão. O cubículo é a sala de interrogatórios da Prisão Central de Nicósia; o grandalhão é Costas Gunduz. Pai de Gianni Gunduz.

Chris ocupa um assento de concreto afixado ao solo. O encosto é reto. Teria sido a cadeira mais desconfortável em que Chris já se sentara, não tivesse ele voado até Chipre pela Ryanair.

Viagens a trabalho ao exterior sempre foram poucas e espaçadas para Chris. Há muitos anos, ele foi à Espanha trazer de volta para o Reino Unido Billy Gill, um antiquário de setenta anos de idade nascido em Hove e que comandava uma operação de falsificação de moedas de libra a partir de uma garagem próxima à praia. Era uma pequena empresa encantadora que operou de maneira indetectável por muitos anos, até a criação da moeda de duas libras, quando Billy cresceu o olho. Suas moedas pareciam perfeitas, mas a parte do meio vivia caindo e, depois que uma lavanderia em Portslade ficou um bom tempo sob vigilância, a operação de cunhagem de moedas de Billy foi localizada e ele deu no pé com os bolsos tilintando.

As lembranças que Chris tinha daquela viagem eram: um voo fretado em um avião apertado saindo do aeroporto de Shoreham, que pousara na Espanha em um lugar que começava com A. Em seguida, quarenta e cinco minutos na estrada em um calor infernal até a van parar e um Billy Gill algemado ser empurrado para o seu lado. Depois, sete horas de espera pelo voo de volta para casa enquanto Billy Gill reclamava que na Espanha não se encontrava pastinha de extrato de levedura.

Alguns anos depois, houve um curso obrigatório de TI na ilha de Wight. E nada mais desde então no que se referia a rodar o mundo.

Mas Chipre já era algo mais substancial. Quente à beça, obviamente, porém mais substancial. No aeroporto de Lárnaca, o detetive cipriota Joe Kyprianou foi buscá-lo, levando-o de carro até a capital. Agora, está sentado a seu lado. A prisão era agradavelmente fresca e, como Chris descobriria, era impossível suar em um banco de concreto. Do momento em que as portas da cela se fecharam em diante, estava feliz.

Costas Gunduz, devia estar ali pelos setenta e tantos, chutava Chris, mas era bem menos tagarela do que Billy Gill.

— Quando foi a última vez que você viu o Gianni? — pergunta Chris.

Costas o encara e dá de ombros.

— Semana passada? Ano passado? Ele vem aqui? Anda logo, Costas.

Costas olha para suas unhas. Chris repara em como são imaculadas para alguém que está preso.

— Vamos deixar uma coisa clara, Sr. Gunduz. Nós temos registros da chegada do seu filho em Chipre em dezessete de maio do ano 2000. Pousou no aeroporto de Lárnaca por volta das duas da tarde. Desde então, mais nada. Nenhum rastro dele. O que o senhor acha que pode ter acontecido?

Costas pondera por alguns instantes.

— Por que vocês querem o Gianni depois de todo esse tempo?

— Gostaria de conversar com ele a respeito de uma ocorrência no Reino Unido. Para poder descartá-lo.

— Ocorrência grande para voar até aqui, não?

— Uma ocorrência bem grande, sim, Sr. Gunduz.

Costas Gunduz assente devagar.

— E não conseguem achar o Gianni?

— Sei onde ele estava às duas da tarde de dezessete de maio de 2000. Daí em diante já fica mais nebuloso — diz Chris. — Para onde ele teria ido? Quem teria ido encontrar?

— Bem — diz Costas, empertigando-se na cadeira —, ele teria vindo me ver.

— E veio?

Costas se inclina levemente para a frente e sorri para Chris. E então dá de ombros mais uma vez.

— Acabamos por aqui, eu acho. Boa sorte. Aproveite Chipre.

Agora é Joe Kyprianou quem se inclina para a frente e encara Costas Gunduz.

— Costas e o irmão, Andreas, costumavam roubar motocicletas aqui em Nicósia, Chris, e despachar para a Turquia. Fácil se tiver um cara em cada porto. Tinham uma pequena oficina, raspavam o número de série, mudavam a placa. Não era, Costas?

— Faz tempo já — diz Costas.

— Aí, de vez em quando, pegavam uns carros. Mas podiam ir nas mesmas barcas, os mesmos caras fingiam que não viam, tudo ok para Costas e Andreas. Passam os anos, motos e carros, carros e motos. E com carros, oficina maior, carretas maiores, caixas maiores.

— E mais dinheiro para o Costas? — pergunta Chris, olhando para este.

— Mais dinheiro, com certeza. Tudo calmo, todo mundo feliz, Costas e Andreas se saindo muito bem, obrigado. E aí, 1974 e a Turquia invade. Conhece a história?

— Sim — diz Chris, que não a conhece, mas quer muito poder almoçar antes de pegar o voo de volta e aposta que a história é longa. Caso se revele importante, ele olha depois na Wikipédia.

— Os turcos invadem e passam a controlar o norte de Chipre. Basicamente. Cipriotas gregos do norte vêm para o sul, cipriotas turcos do sul vão para o norte. Como Costas e Andreas.

— Costas foi para o norte, então?

Joe Kyprianou ri.

— Se mudou para o norte, né, Costas? Três ruas ao norte. Nicósia foi dividida ao meio, turcos no norte, gregos no sul. Então eles se mudaram para o norte da Linha Verde, e ali era um mundo novo.

Jogar "Linha Verde" no Google, pensa Chris.

— E Costas, você viu uma oportunidade no mundo novo, né? Começou um novo negócio.

— Drogas? — pergunta Chris. — Que danadinho, Costas.

Costas dá de ombros.

— Drogas — confirma Joe Kyprianou. — Pagavam as pessoas certas. Drogas da Turquia chegam ao norte de Chipre. Daí para quem quiser, onde for. Um baita negócio muito, muito rápido e todo protegido. País de fronteira, sabe? Dez anos depois, os irmãos controlam tudo, se tornam os Reis do Norte. Intocáveis, Chris, a família toda. Fazem caridade, abrem escolas, tudo. É só dizer o nome Gunduz no norte de Chipre e ver o que acontece.

Chris entende perfeitamente, assentindo.

— Quando Gianni voltou para cá em 2000, ele desapareceu e nunca mais foi visto. Conseguimos um mandado, alguns policiais vieram até aqui, a polícia cipriota participou da busca, mas nada.

Joe assente.

— É simples, Chris, de verdade. Se Gianni tem que sair rápido da Inglaterra, é só ligar pro pai. Pousa no aeroporto, Costas manda gente para pegar ele, queima o passaporte, um novo fica pronto logo. Novo cara, novo nome, de volta para o norte de Chipre e à ativa. De volta à ativa no dia seguinte, eu garanto. Foi isso que aconteceu, Costas?

— Nada aconteceu — responde Costas.

— E a busca? — pergunta Chris. — Nosso pessoal? Seu pessoal?

— Nenhuma chance. Nenhuma chance mesmo — diz Joe. — Não vou dizer coisas ruins, Chris, porque você sabe como é. Mas nenhuma chance de terem ao menos procurado. Não nos lugares certos. Veja se seus rapazes escreveram isso. Duvido que tenham pisado no norte de Chipre. Em 2000, você não acredita no poder que Costas tinha. Dono de tudo e todos, né, irmão?

Joe olha para Costas, que assente.

— Ainda é, mesmo na prisão. Então, por melhor policial que seja, por que tentar? Gianni pode estar aqui, na Turquia, nos Estados Unidos, no Reino Unido. Dá para ver que Costas sabe onde, mas nunca vai contar.

Costas abre as mãos em um gesto de "fazer o quê?".

— Ele poderia ter voltado para o Reino Unido? — pergunta Chris. — Usado um nome qualquer, matado Tony Curran e voado de volta, sem a gente nem desconfiar?

Joe assente.

— Com certeza. Apesar de que, se foi para o Reino Unido, teve ajuda ao chegar lá. Algum cipriota lá poderia ter ajudado? Dado algum apoio? Alguém que possa ter medo do Costas aqui e do que ele ainda pode fazer?

Chris dá de ombros, mas guarda a pergunta na mente. Costas não aguenta mais e se levanta.

— Acabamos, senhores?

Chris faz que sim, pois sua munição acabou. Sabe identificar um profissional ao interrogá-lo. Retira um cartão e o põe na mesa, em frente a Costas.

— Meu cartão, caso se lembre de alguma coisa.

Costas olha para o cartão, então para Chris, de novo para o cartão e solta uma boa gargalhada. Olha então para Joe Kyprianou e diz algo que Chris não entende. Joe também ri. Costas volta a encarar Chris uma última vez, balançando a cabeça em negativa com firmeza, mas de forma até amistosa.

Chris dá de ombros para Costas em resposta. É profissional também.

Ele fez uma busca no Google mais cedo e sabe que há tanto um Starbucks quanto um Burger King no aeroporto de Lárnaca. É cada vez mais raro achar um Burger King hoje em dia. Hora de tirar o time de campo. Ele se levanta.

— Costas, por qual motivo conseguiram pegar você, no fim das contas? — pergunta Chris.

Costas sorri de leve.

— Comprei uma Harley Davidson e mandei vir dos Estados Unidos. Esqueci de pagar a taxa de importação.

— Está de sacanagem, né? E você pegou prisão perpétua por isso?

Costas Gunduz balança a cabeça em negativa.

— A sentença foi de duas semanas. Aí matei um guarda da prisão.

Chris assente.

— Uma família e tanto, essa.

95

Matthew Mackie ficara surpreso com o telefonema de Elizabeth. Ela queria saber se ele estava disponível para uma confissão. Mackie estivera cuidando do jardim e refletindo. O interrogatório policial o abalara, mexera com seu equilíbrio. Poucos meses atrás, sua vida era muito simples. Não exatamente feliz, isso ele não era fazia muitos anos, mas estava em paz, de certa forma. Talvez tivesse encontrado alguma satisfação. Ou tanto quanto lhe fosse possível, ao menos.

Tinha sua casa, seu jardim, sua pensão. Vizinhos simpáticos que apareciam para visitá-lo. Uma jovem família se mudara recentemente para a casa da frente, e as crianças andavam de bicicleta na calçada. Quando deixava as janelas abertas, ouvia as risadas e as buzinas das bicicletas. Em cinco minutos de caminhada, chegava à beira do mar. Se não estivesse ventando muito, podia se sentar para observar as gaivotas e ler o jornal. As pessoas o conheciam, sorriam para ele, perguntavam como vinha passando e, se não estivesse muito ocupado, será que poderiam conversar sobre um sangramento no nariz ou problemas de quadril ou insônia? Era uma vida, tinha um ritmo e uma rotina e mantinha os fantasmas distantes. O que mais ele poderia querer, honestamente?

Mas e agora? Discussões, interrogatório policial, um sem-fim de preocupações. Será que voltaria a ter paz? Será que aquilo ficaria para trás? Ele sabia que não. Independentemente do que digam sobre o tempo curar tudo, certas coisas na vida acabam se quebrando e não têm como ser consertadas. Por ora, Matthew Mackie mantinha as janelas fechadas. Nada de buzininhas, nada de risadas, e ele era velho o bastante para saber que talvez nunca mais voltasse a ouvi-las.

No último mês, parecia que só lhe chegavam notícias ruins. E esse telefonema? O que seria isso agora?

Ela perguntara se ele conhecia o confessionário da Capela de São Miguel Arcanjo. Se conhecia? Até hoje sonhava com o local, a escuridão, o eco abafado, as paredes se fechando sobre ele. O lugar onde sua vida se partira em duas, sem chance de conserto.

Será que deveria voltar ao local? A pergunta não era cabível. Ele nunca o deixara. Sabia que, mais dia, menos dia, a vida o levaria de volta até lá. Era preciso reconhecer: o senso de humor de Deus era afiado.

Já vira Elizabeth antes, com certeza. Na assembleia de consulta e, uma vez mais, no horrível dia do assassinato. Ela se destacava. O que teria em mente? Qual pecado não teria mais como esconder? E por que chamar por ele? E por que ali? Deve tê-lo visto no dia do assassinato, imaginava. Reparado no colarinho, que geralmente ficava na mente das pessoas e costumava fazê-las sentir vontade de contar seus segredos, botar tudo para fora. O que ele teria liberado nela que a fez pegar o telefone? E, a propósito, como havia conseguido seu número? Não estava na lista. Será que estava na internet? Ela devia ter conseguido o número em algum lugar.

E eis como havia chegado até ali. De volta à Capela de São Miguel Arcanjo. Ao confessionário, com Elizabeth. De volta ao local onde tudo começou e tudo terminou. Uma macabra coincidência. Se ela ao menos soubesse...

Matthew Mackie já havia chegado à plataforma da estação de Bexhill quando se deu conta de que Elizabeth não mencionara qual dos dois iria se confessar.

Pensou em dar meia-volta. Mas já havia comprado a passagem àquela altura.

Ela não teria como saber. Ou teria?

96

Então era isso, pensou Chris. Gianni Gunduz conseguira tomar um chá de sumiço. O filho pródigo de volta à proteção da família poderosa. Agora era descobrir se havia pegado um voo para a Inglaterra recentemente. Uma viagenzinha ao passado. Mas que nome poderia ter usado? E com que rosto? Gianni poderia circular com facilidade.

Chris havia chegado ao aeroporto com tempo de sobra e saboreava um muffin de chocolate triplo da Starbucks. Não devia e sabe disso, são calorias vazias, mas ele pensaria nisso depois que terminasse de comê-lo. Ouve uma voz em inglês.

— Esse lugar está livre?

Chris faz que sim, sem nem erguer os olhos. Até que seu cérebro registra a familiaridade da voz. Claro. É *claro*. Chris ergue os olhos e assente.

— Boa tarde, Ron.

— Boa tarde, Chris — diz Ron, sentando-se. — Quatrocentas e cinquenta calorias em um muffin, você sabe, não é?

— Está me seguindo, Ron? Tentando ver o que consegue descobrir?

— Não, meu velho, chegamos aqui ontem — responde ele.

— Chegamos? — pergunta Chris.

Ibrahim surge com uma bandeja e cumprimenta Chris de leve com a cabeça.

— Que coisa boa esbarrar com o senhor, inspetor! Ouvimos dizer que estava aqui. Ron, eu não sabia como pedir um café expresso, então trouxe frappucinos de caramelo para nós dois.

— Obrigado, Ib — diz Ron, pegando sua bebida.

— Queria saber se vale a pena perguntar o que vocês dois estão fazendo aqui — comenta Chris. — Isso se forem só vocês dois. Ou a Joyce foi fazer compras no free shop?

— Só os rapazes — responde Ron. — Uma folguinha em Chipre.

— Uma ótima experiência a compartilhar, aliás — comenta Ibrahim. — Nunca tive muitos amigos homens próximos. Ou amigas. E nunca tinha vindo a Chipre.

— Elizabeth nos mandou até aqui com instruções — explica Ron. — Ela conhecia alguém que conhecia alguém que conhecia um terceiro, e aqui estamos nós. Para descobrir provavelmente o mesmo que você.

— Uma família muito poderosa — afirma Ibrahim. — Fácil para o Gianni desaparecer. Mudar de identidade. Não há pista alguma dele em lugar nenhum.

— Um fantasma — completa Ron.

— Um fantasma rancoroso — reforça Chris.

Ele desistiu do muffin. Já comeu metade... Quanto dá isso? Duzentas e vinte calorias? Se o portão de embarque for a certa distância da Starbucks, dá para queimar algumas. E no avião, fechar a boca.

— Soubemos que você foi falar com o pai do Gianni — retoma Ron — Conseguiu algo?

— Quem disse isso para vocês? — rebate Chris.

— Faz diferença? — pergunta Ron.

Chris imagina que provavelmente não.

— Ele sabe onde o Gianni está. Mas nem a Elizabeth conseguiria tirar a informação dele.

Os dois assentem.

— A Joyce talvez — acrescenta Chris, e todos assentem de novo, dessa vez sorrindo.

— O senhor não sorri muito, inspetor — comenta Ibrahim. — Se me permite essa observação, é claro. É só uma observação mesmo.

— Posso fazer uma observação também? — diz Chris, percebendo que Ibrahim está certo e não querendo pensar naquilo naquele momento. — Se Elizabeth conhece alguém que conhece alguém que conhece um terceiro, por que ela não veio? Por que mandar Starsky e Hutch se Cagney e Lacey poderiam ter vindo dar conta do recado?

— Starsky e Hutch, muito bom — graceja Ibrahim. — Eu seria o Hutch, mais metódico.

O sistema de som anuncia o início do embarque e os três juntam seus pertences. Chris vê que Ron trouxe uma bengala.

— Primeira vez que vejo você usando isso, Ron.

Ele dá de ombros.

— Com bengala deixam você entrar primeiro no avião.

— E cadê a Elizabeth e a Joyce? — pergunta Chris. — Ou é melhor nem saber?

— Melhor nem saber — responde Ibrahim.

— Que ótimo! — diz Chris.

97

A luz das velas tremula na capela. Elizabeth e Matthew Mackie estão a centímetros de distância um do outro, no confessionário.

— Não vejo sentido em florear os fatos. Não quero nem o seu perdão nem o do Senhor. Só quero que fique registrado, que alguém esteja de prova antes de eu morrer e tudo virar poeira. Sei que existem regras, mesmo no confessionário, portanto você faça o que tiver de fazer com esta informação. Eu matei um homem. Foi há milênios e, se é que faz alguma diferença, ele me atacou e eu me defendi. Mas eu o matei.

— Continue.

— Eu morava em uma pensão em Fairhaven. Não sei se você é do tipo que vai me julgar por isso, mas fui eu quem o trouxe para casa comigo. Estupidez, talvez, mas você também deve ter feito coisas idiotas assim na época. Foi onde ele me atacou. Os detalhes são medonhos, mas não é desculpa. Eu o enfrentei e o matei. Eu estava morrendo de medo, sabia exatamente a impressão que passaria. Ninguém havia visto o que acontecera, quem iria acreditar em mim? Era uma época diferente, você sabe. Você se lembra?

— Eu me lembro.

— Envolvi o corpo com uma cortina. Arrastei-o até o meu carro. Deixei lá enquanto pensava no que fazer. Tudo aconteceu muito rápido, é importante você entender. Aquele havia sido um dia como outro qualquer, e de repente eu estava naquela situação. Parecia tão absurdo!

— Como você o matou? Posso saber?

— Um tiro. Na perna. Não achei que ele fosse morrer, mas não parava de sangrar. Era muito sangue, muito rápido. Talvez se ele tivesse feito barulho as coisas fossem diferentes. Mas ele só soluçava. Em choque, imagino. Eu o vi morrer bem de perto, tanto quanto estou de você.

Silêncio no confessionário. Silêncio na capela. Elizabeth havia passado a chave e o ferrolho na porta. Ninguém vai entrar. E, lógico, nem sair. Se tiver que acabar assim.

— E aí... aí me sentei e chorei, né, porque o que mais eu poderia fazer? Estava esperando por uma mão no meu ombro, alguém que me levasse para longe dali. Foi tão monstruoso! Mas, por mais que me sentasse ali, continuasse, não saísse dali, nada aconteceu. Ninguém veio bater na porta, ninguém gritou, nenhum raio caiu. Acabei fazendo um chá para mim. A chaleira ferveu, o vapor subiu e eu continuava a ter um corpo envolvido por uma cortina na mala do carro. Era uma noite de verão, então liguei o rádio e esperei escurecer. Peguei o carro e vim até aqui.

— Aqui?

— Sim, São Miguel Arcanjo. Trabalhei aqui por um tempo. Não sei se você sabia.

— Não sabia.

— Bom, eu passei pelos portões e desliguei os faróis enquanto subia a colina. As irmãs dormiam cedo. Continuei a subir. Passei pela capela, pelo hospital e fui até o Jardim do Descanso Eterno. Sabe?

— Sei.

— Claro. Peguei minha pá e, espero que essas paredes não caiam sobre nós, mas escolhi uma cova, de uma das irmãs. Bem no alto, onde a terra era fofa. E cavei. Cavei até atingir a madeira de um caixão. Voltei ao carro. Tirei o corpo da mala e o desenrolei da cortina. Não precisei tirar as roupas, porque ele estava pelado quando me atacou, se você entende. Arrastei-o pela trilha, entre as sepulturas. Foi cansativo, lembro bem. Soltei um palavrão em dado momento e pedi perdão. Levei-o até o buraco e o empurrei para dentro da cova. Em cima do caixão. Peguei de novo a pá, enchi a cova de terra e fiz uma oração. Voltei para o carro, coloquei a pá de volta na mala e voltei para casa. Mais claro que isso, impossível.

— Entendo.

— E nunca bateram na minha porta. Acho que é por isso que estou contando tudo para você. Ninguém bateu na minha porta, mas alguém deveria. Nos meus sonhos, toda noite alguém bate. Tem de haver consequências. O que você acha? Por favor, seja honesto.

— Ser honesto? — Matthew Mackie solta um suspiro longo, lentamente. — Vou ser honesto, então. Não acreditei em uma palavra, Elizabeth.

— Nem uma palavra? — questiona Elizabeth. — Dei tantos detalhes, padre Mackie. A data, o tiro na perna, aquela cova específica. Que coisa mais peculiar para inventar.

— Elizabeth, você não trabalhava aqui nos anos setenta.

— Aham. Mas *você*, sim. Eu vi as fotos.

— Sim, trabalhei. Já me sentei aqui antes. E onde você está também.

Elizabeth decide começar a dar uma prensa.

— Você me parece um homem a fim de falar. Alguma das coisas que eu falei por acaso desencadeou uma memória? Convenceu você de que eu possa saber de algo?

Matthew Mackie dá uma risada triste. Elizabeth insiste.

— Sem querer criar mal-estar, padre Mackie, você teve um belo sobressalto quando eu mencionei o Jardim do Descanso Eterno.

— Bom, isso de fato cria certo mal-estar, Elizabeth, mas acho que gostaria, sim, de falar. Sempre quis. E já que estamos os dois aqui, por que você não põe logo as cartas na mesa e vê onde consegue chegar?

— Tem certeza?

— Aqui eu estou em casa, Elizabeth. É a casa de Deus. Vamos conversar um pouco. Dois velhos tolos. Você dá a partida e eu embarco onde puder.

— Comecemos com o Ian Ventham. Vamos falar um pouco dele?

— Ian Ventham?

— Bem, ao menos começamos por aí. Podemos ir de trás para a frente. Se não se importa, padre Mackie, posso começar com uma pergunta?

— Pode perguntar. E me chame de Matthew, por favor.

— Obrigada, farei isso. Comecemos pelo começo, Matthew. Por que você matou Ian Ventham?

98

Joyce

Recebi instruções expressas e Elizabeth já saiu há muito tempo. Queria que Ron e Ibrahim estivessem comigo. Estou escrevendo enquanto espero Donna chegar, e tomara que não demore.

A sensação não é mais a de uma brincadeira divertida. O tipo de aventura em que tudo se resolve por si só e na semana seguinte tem mais. Elizabeth falou duas horas, e já faz duas horas que saiu. Um pouco mais que isso, até. Onde eu estava com a cabeça quando topei essa ideia, para início de conversa? Escondemos muita coisa de Chris e Donna, mas essa foi de longe a mais perigosa. Não sou mentirosa por natureza. Consigo guardar um segredo, mas só até alguém me perguntar sobre o assunto.

Então, liguei para Donna, disse aonde Elizabeth havia ido e que não havia voltado.

Donna ficou furiosa e eu a entendo. Falei que sentia muito por ter mentido e ela respondeu que a mentirosa era Elizabeth, eu tinha sido apenas covarde. E então me chamou de algo que eu prefiro não repetir, mas que tenho de admitir ser justo.

Quero tanto que as pessoas gostem de mim que fui escolher logo aquele momento para dizer que sempre adorara o tipo de sombra que ela usa nos olhos e perguntar de que marca era. Mas ela já havia desligado.

Donna está a caminho. Sei que está muito preocupada e eu também. Sempre achei Elizabeth indestrutível. Espero não estar errada.

99

Elizabeth já fez este caminho muitas vezes, pela trilha em curva, em meio à fileira de árvores, rumo ao Jardim do Descanso Eterno. Sente a mão de Matthew Mackie na parte baixa de seu dorso a conduzi-la.

Sempre é silencioso, mas ela não se lembra de já tê-lo achado tão silencioso assim. Nem os pássaros estão fazendo barulho. O que eles sabem? Parece chuva. O sol faz o que pode para cortar a cobertura de nuvens, mas ainda assim ela treme. Até poucos dias atrás, havia fitas de isolamento da polícia por ali. Um fragmento foi deixado para trás, atado a uma muda, e o vento açoita sua cauda azul e branca.

Passam pelo banco de Bernard. Parece absurdamente vazio.

Bernard teria gostado de saber o que os dois faziam ali, Elizabeth e o padre, subindo a colina lentamente, o rosto dos dois impassível. Bernard teria erguido os olhos do jornal, desejado-lhes um bom dia e ficado de olho neles pelo resto da caminhada. Mas Bernard já não estava mais lá. Como tantos antes dele. Quando chega a hora, não há o que fazer. E não há volta. Um banco vazio em uma colina silenciosa.

Chegam aos portões e Matthew Mackie os abre. Ele guia Elizabeth para dentro, a mão ainda em seu dorso, e ela ouve o guinchar das dobradiças quando o portão bate de volta.

Matthew Mackie não a faz caminhar até a extremidade direita no topo do Jardim do Descanso Eterno, onde sepulturas mais antigas guardam seus segredos. Em vez disso, tira a mão de suas costas, sai da alameda central e caminha entre duas fileiras de túmulos mais novos, mais limpos e claros. O caminho que ele sempre faz. Elizabeth o segue desta vez e os dois param em frente a um túmulo. Elizabeth lê a inscrição.

IRMÃ MARGARET ANNE

MARGARET FARRELL, 1948-1971

Elizabeth toma a mão de Matthew Mackie e entrelaça seus dedos nos dele.

— É um belo lugar, Elizabeth — diz ele.

Ela contempla os campos verdejantes, as colinas, as árvores e os pássaros além do muro. O lugar é mesmo bonito. A paz é rompida por uma comoção logo abaixo, o som de passos em rápida subida. Elizabeth olha para seu relógio.

— Deve ser a minha operação de resgate — avisa ela. — Eu lhes disse que, se não saísse em duas horas, deveriam quebrar a porta e entrar atirando.

— Duas horas? — pergunta Mackie. — Levamos mesmo duas horas?

Elizabeth assente.

— Havia muito a ser dito, Matthew.

Ele concorda.

— Você provavelmente vai ter que repetir tudo quando esse pessoal finalmente chegar ao alto da colina.

Elizabeth já avista Chris Hudson, recém-saído do avião, ao que lhe parece, correndo quanto pode. Ela acena amigavelmente e vê o alívio em seu rosto. Tanto por ela estar viva quanto por poder parar de correr.

100

Uma cisão ocorrera no Clube de Palavras Cruzadas Enigmáticas. Irene Dougherty havia vencido três vezes seguidas o desafio semanal de Colin Clemence. Frank Carpenter fizera uma acusação de falta de decoro, a qual encontrara algum eco. No dia seguinte, uma pista de palavra cruzada em tom impertinente amanheceu colada à porta de Colin Clemence. Quando ele a desvendou, desenrolou-se o maior escarcéu.

Como resultado, o encontro do Clube de Palavras Cruzadas Enigmáticas daquela semana havia sido adiado para que todos tivessem tempo de se acalmar. Assim, a Sala de Quebra-Cabeças se encontrava inesperadamente desocupada. O Clube do Crime das Quintas-Feiras ocupa seus assentos de sempre, acrescidos de duas cadeiras do lounge trazidas por Chris e Donna. Matthew Mackie está em uma poltrona no canto. O centro das atenções.

— Eu era recém-chegado da Irlanda. Só saíra mesmo de lá em busca de aventura. Naquela época, você era mandado para todo tipo de lugar, África, Peru, mas isso de converter os outros não é para mim. Surgiu este lugar e vim de barco para cá em 1967, sem saber de nada. Era exatamente como hoje, mesmo. Muito bonito, muito tranquilo, umas cem freiras, mas nem dava para reparar, de tão tranquilo. Elas andavam sem fazer barulho. Havia paz aqui no convento, mas também se trabalhava. O hospital era sempre movimentado. Eu ficava zanzando pelo local. Dava sermões, ouvia confissões. Sorria quando as pessoas estavam felizes, chorava com elas quando estavam tristes. Era o meu trabalho. Vinte e cinco anos de idade, sem nada na cabeça e nem um pingo de sabedoria no corpo. Mas era homem e parecia ser só isso o que contava.

— E você morava aqui?

É Chris quem faz a pergunta. Elizabeth havia sugerido a ele e a Donna que se encarregassem de todos os questionamentos. Ela sabia que precisaria ganhar pontos com eles depois daquele dia.

— Na época havia uma casa de guarda, e eu tinha quartos ali. Confortáveis, mais do que os aposentos das irmãs, certamente. Eu não podia receber visitas, é claro. Ao menos essa era a regra.

— Uma regra que você seguia? — pergunta Donna.

— A princípio, sim, claro. Queria muito me sair bem, estava louco para agradar, não queria que me mandassem de volta para casa. Essas coisas.

— Mas... as coisas mudam? — pergunta Chris.

— Sim, as coisas mudam. Sem dúvida, mudam. Eu conheci a Maggie logo no início. Ela fazia faxina na capela. Quatro delas faziam.

— Mas só havia uma Maggie? — pergunta Donna.

— Só uma Maggie. — Matthew Mackie sorri. — Sabe quando você olha nos olhos de alguém pela primeira vez e o mundo todo se despedaça? E você só pensa "Óbvio, era por isso que eu estava esperando esse tempo todo!"? Essa era a Maggie, assim mesmo. E no início era "Bom dia, irmã Margaret" e "Bom dia, padre" e por aí vai, e ela continuava com o trabalho dela e eu com o meu. Tudo normal. Mas eu sorria e ela também, e logo já tinha virado um tal de "Que bela manhã, irmã Margaret, que bênção esse sol" e "Tem razão, padre, somos mesmo abençoados". E aí virou "O que é isso que você usa no chão, irmã Margaret?" e "É lustrador de chão, padre". Não foi imediato. Levou algumas semanas.

Ron se inclina para a frente para dizer algo, mas Elizabeth o fuzila com os olhos e ele se cala.

— Bom, digamos que eu estivesse ali por um mês ou mais quando Maggie veio se confessar. Ali estávamos os dois. E nenhum dos dois dizia uma palavra. Ficamos sentados sem sair do lugar, nossos corpos a centímetros um do outro, só a madeira entre nós. Eu ouvia tanto a respiração dela quanto o meu coração batendo. Tentando pular para fora do peito, na verdade. Não me perguntem quanto tempo isso levou, pois não faço a menor ideia, mas em algum momento eu disse "Você deve ter trabalho a fazer, irmã Margaret" e ela respondeu "Obrigada, padre" e pronto. Era a confirmação de tudo aquilo, e nós dois sabíamos. Nós dois sabíamos que a confissão era o pecado, e não seria o último.

— Gostaria de mais chá? — pergunta Joyce, inclinando a garrafa de chá. Mackie só ergue os dedos como quem diz não, obrigado.

— Nós nos encontrávamos escondidos, nem preciso dizer. Eu a via todas as manhãs, mas obviamente não tínhamos como conversar com outras pessoas em volta. Portanto eu ouvia a confissão dela e nós conversávamos. E foi naqueles dois bancos de madeira que nos apaixonamos. Maggie e Matthew. Matthew e Maggie. Conversando separados por uma tela. Dá para imaginar um amor tão fadado ao fracasso?

— E, só para registrar direito, perdão: Maggie é a irmã Margaret Anne? — pergunta Chris.

— Sim.

— Mil novecentos e quarenta e oito, mil novecentos e setenta e um?

Matthew Mackie assente.

— Eu sabia que nós tínhamos que sair daqui. Seria fácil. Eu encontraria um emprego, tinha todas as qualificações, Maggie seria enfermeira, compraríamos uma casa na costa. Nós dois crescemos perto do mar.

— E você largaria a batina?

— Claro. Deixe eu lhe perguntar: por que entrou para a polícia, inspetor-chefe Hudson?

Chris pensa na pergunta por um instante.

— É para ser sincero? Terminei o ensino médio, minha mãe me disse que eu tinha que arrumar um emprego e naquela noite a gente estava assistindo a *Juliet Bravo*.

— E não é assim que funciona? — diz Matthew Mackie. — Fosse uma cidade diferente ou um país diferente, talvez eu tivesse sido piloto ou verdureiro, mas por motivo algum além das circunstâncias virei padre. Na verdade, não sou um homem de grande fé e nunca fui. Era um emprego, um teto, uma forma de sair de casa.

— E a Maggie? — pergunta Donna. — Também largaria o hábito?

— Para ela seria mais difícil. Tinha fé, a religião ainda fazia parte dela. Mas ela teria largado. Acredito que sim, um dia. Acho que estaria agora comigo em Bexhill, seus olhos verdes brilhando. Mas era difícil para ela. O risco para mim era o condizente a um rapaz, e para ela, o condizente a uma moça, o que naquela época era bem maior, concorda?

Joyce se estica e pega a mão dele.

— O que houve com a sua Maggie, Matthew?

— Ela me visitava. À noite, se me entendem. Na casa de guarda. Depois de as luzes se apagarem, era bem fácil escapulir. Maggie não era nada boba, teria se dado muito bem com vocês, sem problemas. Às terças e sextas-feiras ela podia me ver, eram os dias mais seguros. Eu acendia uma vela para ela em um quarto do andar de cima. Caso não houvesse vela, ela saberia que eu tinha sido chamado em algum outro lugar ou tinha visitas e não era para vir. Mas sempre que eu acendia a vela, ela aparecia. Às vezes logo depois e às vezes eu ficava esperando ansioso, mas ela sempre vinha.

Mackie pigarreia e franze a sobrancelha. Joyce aperta sua mão.

— Faz cinquenta anos e nunca contei essa história, e agora estão sendo duas vezes em um só dia. — Ele dá um sorriso fraco e segue em frente. — Era quarta-feira, dezessete de março, e eu havia acendido a vela e estava à espera, ansioso. Uma das tábuas do piso da sala rangia três vezes quando alguém pisava. Eu andava para lá e para cá e o rangido não parava e eu ouvia sons discretos do lado de fora e pensava "é ela". Aí parava, tentava escutar mais e nada além de silêncio, todas as vezes. A espera começou a ficar longa demais e eu fiquei preocupado. Será que alguém a teria pego escapulindo? A irmã Mary era implacável. Eu sabia que tudo estaria bem, claro, porque naquela idade tudo está sempre bem. Então fui para o andar de cima, apaguei a vela, desci, amarrei os cadarços das botas e fui até o convento. Para ver o que conseguisse ver.

Matthew Mackie olha para o chão. Um velho contando a história de um jovem. Elizabeth lança um olhar para Ron e bate de leve no bolso da própria camisa. Ron assente, põe a mão no bolso de sua camisa e tira dele um pequeno cantil.

— Vou tomar um golezinho de uísque. Me acompanha, Matthew?

Sem esperar uma resposta, Ron serve uísque na caneca de Matthew Mackie, que assente, agradecendo, seus olhos ainda fitando o chão.

— E o que você viu, padre Mackie? — pergunta Donna.

— Bem, o convento estava às escuras, o que era bom. Caso ela tivesse sido flagrada, haveria luzes acesas em algum lugar. Talvez na sala da irmã Mary. Ou na capela, se alguém estivesse esfregando o chão como castigo. Mas só havia luz na enfermaria. Eu quis dar uma volta rápida pelo lugar, me certificar de que Maggie estivesse sã e salva. Havia inúmeras razões pelas quais ela poderia não ter ido me ver naquela noite, mas queria apaziguar a mente. Pensei em pegar alguns papéis na salinha dos fundos da capela. Sabem como é. Se alguém me visse, eu diria que estava pondo o trabalho em dia. Não conseguia dormir. Pensei em dar uma vagada, talvez. Se pudesse, teria ido espiar os dormitórios só para vê-la deitada.

— Esta sala em que nós estamos — diz Joyce — era um dos dormitórios.

Matthew Mackie olha ao redor, concordando com a cabeça. Sua mão esquerda afaga gentilmente o braço da poltrona. Ele continua.

— Eu tinha a chave da capela. Vocês conhecem aquela porta. Muito pesada, e a tranca muito barulhenta, mas eu abri com a maior discrição que pude e fechei logo depois de entrar. O lugar estava um breu, mas eu sabia me orientar, é claro. Perto do altar, esbarrei em uma velha cadeira de madeira que não deveria estar ali, e tombou no chão fazendo uma barulheira horrível. Resolvi acender uma das lamparinas do altar, só para me acalmar um pouco, não me sentir tanto como um ladrão. Eu a acendi e era uma luz muito fraca, não dava para vê-la do lado de fora, acho, não era nada forte. Um brilho bem fraquinho mesmo. E é o que eu diria sobre a lamparina.

Matthew Mackie pega a caneca, toma um gole e volta a baixá-la.

— Então havia aquela luz, a que eu acendi. E só iluminava mesmo o altar, não mais do que sombras, mas era o suficiente para enxergar. O suficiente para enxergar.

Matthew Mackie esfrega a boca com as costas da mão.

— E lá estava a Maggie. Há uma viga acima do altar. Ao menos na época havia. Lá se prendiam incenso ou preces. Era estrutural, eu acho, a viga, mas a gente a usava. Enfim, Maggie havia passado uma corda na viga e se enforcado. E não fazia muito tempo. Talvez enquanto eu amarrava os cadarços. Ou quem sabe na hora em que eu apaguei a vela? Mas estava morta, dava para ver claramente. Foi por isso que ela não apareceu.

O silêncio toma a Sala de Quebra-Cabeças. Matthew Mackie toma mais um gole da caneca.

— Obrigado por isso, Ron.

Ron faz um gesto de "não há de quê" com as mãos.

— Ela deixou algum bilhete, padre Mackie? — pergunta Chris.

— Nada. Dei o aviso, discretamente, é claro, pois não era uma cena a ser vista por todas. Acordei a irmã Mary e ela me contou a história.

— A história? — pergunta Donna.

Matthew Mackie assente sem encará-la e, por um momento, Elizabeth assume as rédeas.

— Maggie estava grávida.

— Não brinca — diz Ron.

Matthew olha para ele e continua sua história.

— Ela havia contado para alguém, alguma das outras jovens freiras. Nunca descobri qual. Maggie deve ter confiado nela, quem quer que fosse, e foi um erro. A freira contou tudo para a irmã Mary. Por volta das seis da tarde, depois das orações, a irmã Mary chamou Maggie até a sala dela. A irmã Mary não me disse o que foi falado, mas é óbvio. Era para a Maggie fazer as malas e ir embora. Ela ficaria por uma última noite, e pela manhã alguém viria pegá-la e levá-la de volta para a Irlanda. Acho que acendi minha vela por volta das sete. Maggie voltou para o dormitório, talvez este que ficava aqui onde estamos sentados agora. Ela sabia muito bem como sair de fininho, é claro, e saiu. Mas naquela noite não foi ao meu encontro. Foi para a capela e pôs um laço ao redor do pescoço. E se matou e matou o nosso filho.

Matthew Mackie encara as outras seis pessoas na sala.

— E essa é a minha história. Como podem ver, não muito boa, não é? E nunca mais nada foi bom, depois disso.

— E como deixaram que ela fosse enterrada na colina? — pergunta Ron.

— Foi o acordo que eu fiz — diz Mackie. — Eu teria que ir embora, e foi o que fiz, sem dizer uma palavra a ninguém. Voltei para a Irlanda. Me arrumaram um emprego em Kildare, em um hospital universitário. Apagaram todos os registros, criaram outros, a Igreja fazia o que quisesse naquela época. Queriam que eu sumisse, sem encrenca e sem escândalo. Só quem viu o corpo dependurado fomos eu e a irmã Mary. Qual história eles contaram depois, não faço ideia, mas não foi a de um padre, um bebê e um suicídio. Em troca, pedi que deixassem que ela fosse enterrada no Jardim do Descanso Eterno. Maggie não teria querido voltar para casa, e o único outro lugar que conhecia era a Capela de São Miguel Arcanjo.

— E a irmã Mary concordou? — perguntou Donna.

— Convinha a ela também. Caso contrário, haveria perguntas. Eu saio de repente, o corpo da Maggie é despachado para ser enterrado longe dali. As pessoas iriam acabar somando dois mais dois.

Combinamos assim e, na manhã seguinte, o carro que vinha para levar a Maggie embora me levou no lugar dela. Passamos o dia todo na estrada a caminho de Holyhead. Voltei para casa e por lá fiquei até saber que a irmã Mary havia morrido. Ela também está no cemitério, a sepultura dela é uma que tem anjos. No dia em que soube da notícia, pedi demissão do emprego, fiz as malas e voltei para ficar. O mais perto que pudesse da Maggie.

— E por isso você fez tudo o que podia para impedir a remoção dos corpos?

— Era a única coisa que eu poderia fazer por ela. Dar-lhe a paz derradeira. Vocês todos já estiveram lá em cima; todos entendem. Era só o que me restava, um jeito de pedir perdão e dizer "eu ainda amo você". Um lugar tão bonito para o único amor que tive na vida e para o meu menino. Ou menina, mas sempre levei no coração que era um menino. Até o batizei de Patrick. O que sei que é bobagem.

— Sem querer ser indelicado, padre — intervém Chris —, mas tudo isso dá ao senhor um motivo extraordinariamente forte para matar o Ian Ventham.

— O dia não está para delicadezas. Mas não fui eu. Vocês conseguem imaginar a Maggie me perdoando se eu tivesse matado o Sr. Ventham? Vocês não a conheceram, mas que gênio ela podia ter quando queria... Em cada momento da vida, só fiz o que a Maggie teria querido e o que fosse deixar o Patrick orgulhoso. Lutei de todas as formas que soube, mas um dia eu vou vê-la de novo e conhecer o meu filhinho, e quero ter um coração puro quando isso acontecer.

101

— Você gosta de pilates? — pergunta Ibrahim.

— Não sei dizer — responde Gordon Playfair. — O que é isso?

Terminado o tour por Coopers Chase, Gordon Playfair senta-se com Ibrahim, Elizabeth e Joyce na varanda do apartamento do primeiro. Ibrahim bebe brandy, Elizabeth toma gim-tônica e Gordon, uma cerveja. Ibrahim tem sempre algumas na geladeira para Ron, embora ele pareça preferir vinho ultimamente.

Chris e Donna já haviam voltado para Fairhaven. Antes de saírem, Chris falou um pouco sobre Chipre e as conexões de Gianni. Estava certo de terem identificado o culpado.

Donna obviamente ainda estava brava, mas passaria. O sol ia se pondo, o dia terminando.

Matthew Mackie voltou para casa em Bexhill, de volta às duas velas que mantém permanentemente acesas. Joyce prometeu aparecer para visitá-lo. Ela adora Bexhill.

— É a arte do movimento controlado — diz Ibrahim.

— Hmmm — diz Gordon Playfair, considerando a informação. — Tem dardos?

— Tem sinuca — responde Ibrahim.

Gordon assente.

— Isso meio que já basta.

Eles contemplam Coopers Chase. Em primeiro plano, Larkin Court e as cortinas nas janelas do apartamento de Elizabeth. Mais além, Ruskin Court, Willows e o convento. E as belas colinas que se estendem horizonte adentro.

— Isso aqui não me incomodaria, não — diz Gordon. — Pelo jeito, tem bastante bebida na jogada.

— Sempre — confirma Ibrahim.

O telefone toca e Ibrahim se levanta para atender. Enquanto isso, fala com Gordon Playfair, olhando por cima do ombro.

— Acho que fiz o pilates soar chato demais. É muito bom para os músculos centrais e para a flexibilidade. Se interessar, é toda terça-feira.

Gordon vê alguns moradores passeando e bebe um gole de cerveja.

— Sabem, sem brincadeira, não saberia dizer se alguma destas mulheres morou aqui naquela época. Como saber? Eram muitas freiras. Eu não conseguiria. Vai ver você foi uma delas, Joyce.

Joyce ri.

— Nos últimos anos, é como me sinto. Falta de tentativa não é.

Elizabeth estava pensando o mesmo que Gordon Playfair. As freiras. Talvez essa fosse a próxima alternativa a explorar. Amanhã é dia de Clube do Crime das Quintas-Feiras. Talvez devam começar por ali. Ela sente a magia do gim começar a acontecer. Ibrahim volta do telefonema.

— Era o Ron. Nos chamou para beber. Pelo jeito, Jason tem presentes para nós.

— Eu e Bobby saímos daqui direto para uma reuniãozinha com uns bons bebes no Black Bridge. Quer dizer, no Le Pont Noir.

Jason Ritchie dá um gole em sua garrafa de cerveja. Ron também está tomando uma, como sempre faz quando Jason o visita. É importante dar o exemplo.

— Deu para sentir que temos certa confiança um no outro, sabem? A sensação de que os dois mudaram para melhor com os anos. Bobby não deu nenhuma pista de qual é a dele hoje em dia, mas parece feliz, então tudo bem. Imagino que ninguém queira me dizer o que ele faz atualmente, né?

Jason olha ansioso para Elizabeth e Joyce, que balançam a cabeça em negativa.

— Melhor assim — diz Jason. — Ninguém gosta de dedo-duro. Ainda assim, certeza a gente não tinha, sabem? Não dava para garantir que não tivesse sido um de nós. Ou que tivesse sido o Gianni, vivinho da silva e em busca de vingança. Então fiz uma ligação.

— Aahh... para quem? — pergunta Joyce.

Jason sorri.

— Do que é que ninguém gosta, Joyce?

Joyce assente, vencida.

— De dedo-duro, Jason.

— Digamos que eu tenha ligado para um amigo, alguém em quem a gente confiava mas em quem o Gianni, por razões diferentes, também confiaria. Ele apareceu, embora não tivesse escolha, sendo uma ligação nossa, e perguntamos logo de cara: o Gianni apareceu? Você o viu recentemente? Só entre a gente, não sai daqui.

— E ele tinha visto o sujeito? — pergunta Elizabeth.

— Sim — diz Jason. — Gianni deu as caras três dias antes do assassinato do Tony e foi embora no dia em que ele morreu. Culpava o Tony por tê-lo dedurado anos atrás, é o que ele alegava. Com Gianni nunca se sabe.

Joyce assente com uma expressão sábia e Jason continua.

— Talvez tenha achado que já era a hora. De acertar as contas. Tem gente que guarda as coisas por muito tempo.

— E você confia nessa fonte? O Peter confia? — pergunta Elizabeth.

— Peter? — estranha Jason.

— Bobby, desculpe — corrige Elizabeth. — É a idade. Você e o Bobby confiam nele?

— Completamente — diz Jason. — Com ele não tem erro. E tinha lá as razões dele para ajudar o Gianni. Se os seus amigos da polícia não descobrirem de quem se trata, prometo que eu conto para eles. Mas acho que eles descobrem sozinhos.

— Por que o Gianni mandou as fotografias para você, Jason? — pergunta Ibrahim.

Jason dá de ombros.

— Acho que só queria nos mostrar que era ele. Se mostrar. Gianni sempre foi assim. Encontrar meu endereço também foi fácil, todo mundo por aqui me conhece. O que quer que o Gianni fizesse, sempre saía contando para os outros.

— E a aparência dele continua a mesma? Qual o novo nome? — pergunta Elizabeth.

Jason balança a cabeça.

— Não nos interessa. Só perguntamos o que nos cabia. Só queríamos ter certeza. Isso nos basta.

— Que lástima — diz Elizabeth.

— Bem, se a polícia não o achar, tenho certeza de que vocês quatro acham — afirma Jason. — E olhem, eu e Bobby queríamos agradecer. Por vocês terem nos unido e ajudado a chegar perto da verdade. Nada disso teria acontecido sem vocês. Sejamos sinceros, sem vocês eu provavelmente acabaria no xadrez por esse negócio. Por isso trouxe presentinhos a todos, se não se importam.

Eles *definitivamente* não se importam. Jason abre uma bolsa esportiva de lona a seus pés e tira os presentes. Entrega uma caixa de madeira a Ibrahim.

— Ibrahim, charutos. Cubanos, é claro.

— Isso é o máximo da gentileza, Jason, obrigado — agradece Ibrahim.

O presente seguinte é para Ron.

— Pai, uma garrafa de vinho, e dos bons. Já dá para parar de fingir que prefere cerveja na minha frente.

Ron aceita seu presente.

— Ah, uma dose do branco. Obrigado, Jase.

Jason entrega a Joyce um envelope.

— Joyce, aqui estão dois ingressos para assistir à filmagem de *Dança dos Famosos no Gelo* no mês que vem.

Joyce fica exultante.

— É VIP e tudo. Imaginei que você poderia levar a Joanna.

— Joanna, não — discorda Joyce. — O programa é da ITV, ela não assiste.

— E Elizabeth, eis o meu presente para você — diz Jason, sem nada nas mãos a não ser seu celular.

Ele ergue o celular e, sem pressa, desliza o dedo pela tela e o põe de volta no bolso. Olha para Elizabeth, que não sabe bem como reagir.

— Bem, obrigada, Jason, apesar de que eu torcia para que fosse um Coco by Chanel.

— É, mas acho que eu sei de algo que você gostaria ainda mais do que isso — diz ele. — Talvez pegar o assassino do Ian Ventham?

— Isso está incluído no presente, Jason? — pergunta Elizabeth.

— Digamos que sim. Meu pai e eu providenciamos. Não foi, pai?

Ron assente.

— Foi, filho.

— E, sem querer parecer metido — continua Jason —, acho que com só um deslizar do dedo já dá para confirmar.

103

Joyce

Vocês já ouviram falar do Tinder?

Eu tinha ouvido falar no rádio, ouvido piadas a respeito, mas nunca o tinha visto até o Jason me mostrar.

Se vocês sabem do que se trata, podem pular essa parte.

O Tinder é para namorar. Você posta fotos suas em um app. Um app é como se fosse a internet, só que fica no seu celular. O Jason me mostrou algumas das fotos. As de homens geralmente são em montanhas ou cortando árvores. Às vezes é só metade de uma foto, para cortar uma ex-namorada que aparecia do outro lado. Graças à minha foto no *Direto ao Ponto*, agora eu sei como se faz isso.

As fotos de mulheres costumam ser em barcos ou em grupos de mulheres. Nunca dá para saber qual daquelas na foto é a do perfil, então o jeito é arriscar.

Eu perguntei a ele se as pessoas usam o Tinder para encontros casuais e ele disse que a grande maioria praticamente só usa para isso. Bem, dá para dizer que elas se divertem, mas a coisa toda me pareceu triste. Quanto mais sorrisos eu via, mais triste me sentia.

Talvez seja coisa minha. Conheci o Gerry em um baile ao qual decidi ir de última hora só para irritar minha mãe. Se não tivesse ido, nunca teríamos nos conhecido. Sei, portanto, que essa não é das formas mais eficientes de se encontrar um amor verdadeiro, mas para nós deu certo. Assim que bati o olho nele soube que não me escaparia. Sortudo.

Mas então, no Tinder você fica navegando por fotografias de solteiros que moram perto. Ou às vezes casados que moram perto.

Há uma foto do Ian Ventham no Tinder, em trajes de caratê, apesar de ele estar morto.

Toda vez que você gosta da aparência de alguém, desliza a foto para a direita (ou para a esquerda, não lembro mais). Enquanto isso, em algum lugar nas proximidades, essa pessoa estará fazendo a mesma coisa. Se ela gostar da sua aparência, deslizará para a direita (ou esquerda) e os dois darão *match*.

Honestamente, ficar passando por aquele negócio é de partir o coração. Me fez lembrar daquelas fotos de gatos perdidos que vemos nos postes. Acho que o que pega é toda aquela esperança.

Quando Jason deslizou o dedo para a esquerda ou direita, estava confiante que daria *match*. E confiante de que o *match* seria o assassino. Confio no julgamento dele quanto ao primeiro item, quanto ao segundo nem tanto.

Também existe outro app de namoro que é para homens gays, esse chamado Grindr. Será que serve para mulheres gays também? Não sei, não perguntei. Será que usam o mesmo app? Acho que seria bom.

O Jason acha que resolveu o caso. Talvez tenha resolvido, embora eu duvide muito. Diz ele que é óbvio, mas muitas vezes nestes casos a resposta não é nada óbvia.

Pelo menos descobri que namoro na internet não serve para mim. Às vezes a oferta pode ser excessiva. E quando todo mundo tem opções demais, também fica muito mais difícil ser escolhido. E todos queremos ser escolhidos.

Boa noite a todos. Boa noite, Bernard. E boa noite, Gerry, meu amor.

104

Ela passou a manhã bem feliz, preparando-se, experimentando roupas, mandando mensagens para amigos, mas agora Karen Playfair se encontra sozinha por um momento, sentada em uma poltrona que lhe é estranha. Balança a cabeça desconsolada ao comparar o otimismo daquela manhã com a realidade do almoço que acaba de ter.

Karen já havia tido encontros ruins com gente do Tinder. Mas nunca antes alguém a havia acusado de assassinato.

O apito do *match* soara em seu celular na noite da véspera. Jason Ritchie. É, por que não?, pensara. Está acima da média. Ele mandara mensagens, ela respondera e, não mais que de repente, lá estavam no Le Pont Noir pedindo uma salada de lagostim com radicchio. Uma iminente paixão fulminante.

Karen se ajeita na poltrona e pega uma revista qualquer da pilha em cima da mesa de centro. Na verdade, não é bem uma revista. É mais um jornalzinho. *Direto ao Ponto*.

Voltando ao encontro: jogaram um pouco de conversa fora, mas não muito, pois Karen não entendia quase nada de boxe nem Jason de TI. Chegou uma garrafa de água levemente gaseificada e foi quando Jason mencionou Ian Ventham. Na mesma hora, Karen se deu conta de que aquilo não era um encontro e sentiu-se uma idiota. Mas o pior ainda estava por vir.

Ela escuta o som de Ron Ritchie na cozinha, abrindo uma garrafa de vinho. Jason foi dar um pulo rápido no banheiro. Começa a folhear o *Direto ao Ponto* enquanto sua mente a leva de volta ao Le Pont Noir.

Todas aquelas perguntas que Jason havia disparado na sua direção. Ela não estava lá na manhã em que Ian Ventham foi morto?

Sim, estava. Não é verdade que seu pai se recusava a vender as terras para Ian Ventham? Bom, sim, é verdade, mas olha, chegou o lagostim. Não é verdade que ela queria que o pai vendesse as terras e embolsasse o dinheiro? Foi esse o conselho dela, de fato, mas seu pai é quem sabe. Mas se vendesse, parte do dinheiro iria para o bolso dela, não? Bom, Jason, com certeza é algo a supor, mas por que você não desembucha de uma vez e fala o que quer falar?

Então ele falou. Foi quase engraçado, pensa Karen, revivendo o momento e ouvindo o som da descarga do banheiro. O que ele disse mesmo?

Jason se inclinara para a frente com uma pose confiante. Uma pose de certeza, na verdade. Veja só, a polícia anda procurando alguém que já morava na região na década de 1970 e ainda mora hoje, e de certa forma tem razão. Encontraram ossos, e é possível que alguém tenha sido assassinado muitos anos atrás. Mas esqueça os ossos — eles estão deixando de lado o item mais básico: ganância. Ventham era um obstáculo para que Karen ganhasse seus milhões. Como seu pai não largava a teimosia, era preciso tirar Ventham da jogada. Jason mencionou algumas drogas que só se consegue na *dark web*, e Karen mesmo não era da área de TI? Não é conveniente? Jason dera o caso por solucionado e sentia-se certo de estar a ponto de conseguir uma confissão. Honestamente, tem uns homens que pelo amor de Deus!

Ele não esperava ver Karen rir na sua cara e explicar que administrava o banco de dados de uma escola secundária, tendo tanto acesso à *dark web* quanto a uma nave rumo à Lua. Que, quando ele falou em fentanil, ela entendeu Ventolin, o remédio contra asma, e ficou pensando que papo era aquele. Que vivia em um dos lugares mais lindos da Inglaterra e, sim, certamente o trocaria por um milhão de libras, mas, por outro lado, preferia morar ali e ver seu pai contente do que em um empreendimento executivo novíssimo em Hove e ver seu pai infeliz. Jason parecia se preparar para rebater com uma resposta esperta, mas, quando ele abriu a boca, nada saiu.

Jason volta à sala e Karen se lembra de quanto ele parecera desconsolado. Sabia que ela estava contando a verdade. Que sua teoriazinha estava errada. Jason se desculpara e se prontificara a ir embora, mas Karen argumentou que, já que estavam ali mesmo, talvez fosse melhor aproveitar o resto do almoço. Vai que eles acabavam juntos. Não seria a melhor história de "e como vocês se conheceram?" de todos os tempos? Os dois acabaram rindo e conversando e fazendo daquele um longo e ótimo almoço regado a bebida.

E foi por isso que Jason pediu a ela para acompanhá-lo até aqui. Para beber mais um pouco e explicar a situação ao seu pai.

Pegando bem a deixa, surge Ron Ritchie com uma garrafa de vinho branco e três copos.

Jason senta-se ao lado dela e pega os copos das mãos do pai. Desde que a acusou de assassinato, ele é puro charme.

Karen Playfair recoloca o exemplar do *Direto ao Ponto* na pilha. E ao fazê-lo, vê a fotografia. No meio da página. Pega o jornalzinho mais uma vez e o olha com atenção. Só para ter certeza.

— Está tudo bem, Karen? — pergunta Jason, enquanto Ron serve o vinho.

— A polícia queria alguém que morava aqui nos anos setenta e ainda mora? — diz Karen, lenta e cautelosamente.

— Foi o que disseram — diz Jason. — Obviamente eu achei que estavam errados, pois já vimos no que isso deu.

Jason ri. Karen, não. Ela olha para Ron e aponta o rosto na fotografia.

— Alguém que morava aqui nos anos setenta e ainda mora.

Ron olha, mas seu cérebro não registra.

— Tem certeza? — É o que consegue perguntar.

— Faz muito tempo, mas tenho.

A mente de Ron viaja em alta velocidade. Não pode ser. Ele busca razões que invalidem a ideia e não acha nada. Põe o vinho na mesa de centro e pega o exemplar do *Direto ao Ponto*.

— Preciso falar com a Elizabeth.

105

A academia do Steve é a cara do dono. Um prédio de tijolos atarracado, intimidante à primeira vista, mas onde a porta está sempre aberta e todos são sempre bem-vindos.

Chris e Donna passam pela soleira.

Depois de toda a agitação da véspera no cemitério, Chris e Donna haviam voltado a Fairhaven e verificado a tese de Joe Kyprianou sobre a investigação original. Ninguém do Departamento de Polícia de Kent havia se aventurado pelo norte de Chipre. Não havia menção alguma às conexões familiares de Gianni. Não houvera investigação digna desse nome. Chris checou os nomes dos dois policiais que foram a Nicósia. Nenhuma surpresa. Devem ter voltado bronzeados e de ressaca, mais nada.

Ele e Donna haviam se debruçado novamente sobre todas aquelas listas de passageiros saídos de Lárnaca e que desembarcaram no Heathrow e no Gatwick ao longo da semana anterior ao crime. Quase três mil nomes, a maioria homens e cipriotas.

Enquanto vasculhava lista atrás de lista, Chris se lembrara de outra coisa que Joe Kyprianou dissera. Se Gianni viera ao Reino Unido, teria precisado da ajuda de alguém. A opção mais óbvia seria outro cipriota. Será que Chris conhecia algum?

Enquanto os nomes iam e vinham em sua mente, se dera conta de que sim.

Haviam então voltado à ficha original de Tony Curran. Não restava dúvida de que, lá no início, Steve Georgiou circulava com o grupo dele. Era citado nos relatórios, mas não havia nada que o incriminasse pessoalmente. E o que quer que fizesse para Tony durara pouco. Sua academia existia há muito tempo e ia de vento em popa desde então. Tanto Chris quanto Donna conheciam policiais que treinavam lá. Bons policiais, não tapados. O lugar tinha uma boa reputação, o que não se pode dizer de todas as academias.

Estava lotada até mesmo naquele dia e horário, quarta-feira à tarde, e o ambiente era de silêncio e esforço, sem social, sem ver e ser visto. Chris vinha pensando em entrar para uma academia, mas por ora estava esperando que seu joelho parasse de doer. Agravar a situação não faria sentido. Assim que ficar bom, ele se matricula. E enfrenta o problema de frente. Ele sentira uma dor aguda no braço após subir a colina correndo até o cemitério para salvar Elizabeth. Não devia ser nada, mas mesmo assim.

Steve os aguardava e os recebeu na porta com um sorrisão e um aperto de mão daqueles de esmigalhar os dedos. Agora estão em sua sala. Steve conversa despreocupadamente, sentado em uma bola de ioga.

— Olha só, você sabe tão bem quanto todo mundo que a gente por aqui não se mete em problemas e não os causa também — diz Steve Georgiou.

— Eu sei disso — concorda Chris.

— Muito pelo contrário até, não é? Você sabe. A gente aceita as pessoas e dá uma guinada na vida delas. Sem segredos, pode perguntar qualquer coisa.

— Eu estive em Chipre recentemente, Steve.

Steve para de sorrir e se balança um pouco.

— Ok...

— Não sabia muito a respeito antes de ir, só que era bom para férias, sabe como é.

— Lá é muito bonito — concorda Steve Georgiou. — Estamos só jogando conversa fora ou não?

— Você é o quê, Steve? Cipriota grego ou cipriota turco? — pergunta Donna.

O vacilo é muito discreto, mas suficiente para que um bom policial perceba. Steve balança a cabeça.

— Não me envolvo com essas coisas, não é a minha. Gente é gente.

— Com isso a gente concorda, Steve — diz Chris. — Ainda assim. De que lado da linha você está? A gente provavelmente tem como descobrir de outras formas, mas como já estamos aqui mesmo...

— Turco — responde Steve Georgiou. — Cipriota turco.

Ele dá de ombros, como se aquilo não tivesse muita importância. Chris assente e anota algo, deixando Steve à espera por um momento.

— Como o Gianni Gunduz?

Steve Georgiou inclina a cabeça para o lado e olha diferente para Chris.

— Esse é um nome de outra época.

— Não é? Em todo caso, foi por isso que fui a Chipre. Estava tentando localizá-lo.

Steve Georgiou sorri.

— Esse desapareceu faz tempo. Gianni era doido. Boa sorte para ele, mas alguém já teve tê-lo matado a essa altura. Certeza.

— Bem, isso explicaria por que a gente não consegue encontrá-lo. Mas você sabe, Steve, eu sou policial e às vezes tem coisas que parecem estranhas.

— Faz parte, não é?

— Quero imaginar uma história — diz Chris. — Algo em que andamos pensando. Você não precisa dizer nada. Não precisa reagir, só ouvir. Pode ser?

— Tenho que ser sincero. Tenho essa academia para administrar e ainda não sei o que vocês vieram fazer aqui.

Donna ergue a mão, aceitando o argumento.

— Tem razão. Mas ouça a gente. Serão dois minutos e aí você volta ao trabalho.

— Dois minutos — concede Steve.

— Você é um dos caras bons, Steve — afirma Chris. — Eu sei, nunca ouvi nada ruim sobre você.

— Bom saber, obrigado — diz Steve.

— Mas vou dizer o que está me preocupando — continua Chris. — Acredito que algumas semanas atrás você possa ter recebido uma mensagem, ou talvez até que alguém tenha batido na sua porta, sei lá. De qualquer forma, teria sido o Gianni Gunduz.

— Não — replica Steve Georgiou, balançando a cabeça.

— E o Gianni precisa de ajuda. Voltou à cidade por algum motivo. Pode ser que não diga qual é, ou pode ser que diga. E recorre a você. Um favorzinho em nome dos velhos tempos. Um lugar para ficar, de repente? Talvez não passe disso. Ele não quer que haja qualquer registro pela cidade do seu novo nome. E ninguém pode saber.

— Tem vinte anos que não vejo Gianni Gunduz. Ele morreu, está preso ou na Turquia — diz Steve Georgiou.

— Talvez — diz Chris. — Mas o Gianni pode se tornar um problema quando não consegue o que quer. Poderia facilmente botar fogo neste lugar, imagino. E é o tipo de pessoa que faria isso, de forma que você pode não ter tido escolha. E são só uns dois dias. Tem algumas coisas a acertar, umas questões a resolver. Feito isso, vai embora. Como isso tudo lhe parece, Steve?

Steve Georgiou dá de ombros.

— Uma história bem perigosa.

— Você tem um apartamento em cima da academia? — pergunta Donna.

Steve faz que sim.

— Quem fica lá?

— Quem precisar. Nem todo mundo que frequenta a academia vem de ambientes estáveis. Se um garoto me diz que não dá para voltar para casa, não pergunto a razão, só entrego a chave. É um lugar seguro.

— Quem estava lá no dia dezessete de junho? — pergunta Chris.

— Não faço ideia, não sou o Hilton. Talvez algum garoto, talvez eu.

— Talvez ninguém? — pergunta Donna.

Steve Georgiou dá de ombros.

— Mas você acha que talvez alguém? — completa Chris.

— Talvez.

— Gianni é muito bem relacionado lá em Chipre, não é, Steve? — questiona Chris.

— Não é o meu mundo.

— Você ainda tem família por lá? — pergunta Donna.

— Sim — responde Steve Georgiou. — Muita família.

— Steve, se Gianni Gunduz tivesse vindo ao seu encontro e pedido para ficar aqui — retoma Chris. — Se tivesse colocado algum tipo de pressão em você, ou quem sabe lhe dado um dinheiro... Caso você tenha concordado e ele tenha dormido lá em cima no dia dezessete de junho... alguma chance de você me contar?

— Não.

— As consequências seriam muito severas? As consequências para a família em Chipre?

— Acho que nossos dois minutos já se passaram, sendo sincero.

— De acordo — diz Chris. — Obrigado, Steve.

— Não há de quê. Sempre que precisar, pode aparecer. De verdade. E nessa barriga a gente dá jeito rapidinho.

Chris sorri.

— Essa ideia já havia me passado pela cabeça, Steve. Eu poderia dar uma olhada lá em cima antes de ir? Só para ver se o Gianni deixou alguma coisa?

Steve Georgiou balança a cabeça em negativa.

— Mas você bem poderia me fazer um favor.

— Diga — diz Chris.

— Pode jogar isso na caixa de Achados e Perdidos? Alguém deixou cair há umas duas semanas e eu já procurei adoidado, mas não sei de quem é. — Steve abre uma gaveta e tira dela uma carteira de plástico transparente cheia de dinheiro, entregando-a a Chris. — Cinco mil euros. Algum turista deve estar se mordendo.

Chris olha para o dinheiro, para Donna e de novo para Steve. Será que havia alguma impressão digital ali? Pouco provável, mas ao menos Steve está indicando que sua tese está certa.

— Não quer ficar com ela?

Steve Georgiou balança a cabeça.

— Não, eu sei onde isso esteve.

Chris entrega a carteira a Donna, que a deposita em um saco de provas. Os dois sabem que Steve Georgiou está sendo muito corajoso. Chris se levanta e aperta sua mão.

— Eu sei que o Tony Curran era um escroto — diz Steve. — Mas não merecia aquilo.

— De acordo — responde Chris. — Até certo ponto. Enfim. Eu e minha barriga voltaremos.

— Muito bem.

106

Elizabeth deixa Stephen dormindo. Bogdan deve dar uma passada depois do trabalho para uma partida de xadrez. Ela espera que ambos estejam lá quando voltar. Vai precisar da companhia.

O puxador da porta do armário do quarto se soltou e, como quem não quer nada, Elizabeth o deixa na mesa da cozinha. Sua aposta é de que Bogdan não resistirá à tentação de colocá-lo de volta.

Ron a procurara com a fotografia que Karen Playfair tinha visto. Karen devia ser bem jovem na época, mas afirmou ter certeza. Elizabeth tentara montar toda a história em sua cabeça. A princípio parecia impossível. Mas, quanto mais pensava a respeito, mais parecia horripilantemente verdadeira. Ela considerou cada passo, um a um. Ibrahim voltara uma hora atrás com a peça final do quebra-cabeça. É chegada a hora. O caso está resolvido e resta fazer justiça.

Elizabeth sai de casa, de encontro ao frio ar noturno, sem olhar para trás. As noites já começam a cair mais cedo, e os cachecóis, a sair dos armários. O verão ainda se impõe ao outono, mas logo a situação vai mudar. Quantos outonos ainda restariam a Elizabeth? Quantos anos a mais calçando botas confortáveis e caminhando em meio às folhas? Um dia a primavera chegará e não a encontrará. Os narcisos sempre florescerão junto ao lago, mas você não estará lá para vê-los eternamente. É a tal história: aproveite enquanto dura.

Neste momento, porém, com uma missão a cumprir, Elizabeth sente afinidade com o fim do verão. As folhas resolutas aguentam firmes, o calor dá seus últimos suspiros, ainda capaz de aprontar.

Ela vê Ron se aproximar, carrancudo mas preparado. Tentando disfarçar que está mancando, engolindo a dor. Que bom amigo ele é, pensa. Que coração ele tem. Tomara que pulse por muito tempo ainda.

Ao dobrar a esquina, vê Ibrahim à espera junto à porta, com a pasta em mãos. A última peça do quebra-cabeça. Como está bonito, vestido para a ocasião, pronto para fazer tudo o que for necessário. Que Ibrahim possa morrer parece absurdo a Elizabeth. Certamente será o último deles. O último carvalho na floresta, impávido, sólido, enquanto os aviões o sobrevoam.

Como começar?, pensa Elizabeth. Como sequer começar?

107

Chris é informado: foi emitida uma autorização internacional para a prisão preventiva de Gianni Gunduz, para investigação pelo assassinato de Tony Curran. Uma boa forma de terminar o dia. Os euros que Steve Georgiou lhe entregara não tinham impressões digitais, mas haviam sido trocados em uma casa de câmbio no norte de Chipre, três dias antes de Tony Curran ser assassinado. Chris passara o endereço para que Joe Kyprianou checasse a possibilidade de haver circuito interno de TV, mas Joe rira só de olhar onde ficava. A chance era nula.

Será que as autoridades cipriotas o encontrariam? Como saber? Imaginava que sim, mas, passado o fervor inicial, será que procurariam com afinco? Talvez Chris até precise ir a Chipre outra vez. Seria bom. De qualquer forma, ele fez tudo o que podia e a bola agora está com os cipriotas, caso se julguem aptos. Aconteça o que acontecer, Chris está bem na fita.

É motivo de comemoração, mas ao longo dos anos Chris já passara noites demais no pub com outros policiais. Tudo o que queria era comer curry em casa, chamar Donna para assistirem a algo na TV, tomarem uma garrafa de vinho, e mandá-la para casa às dez. Talvez falar um pouco sobre Ventham. O que será que tinham perdido?

Chris tivera um pensamento preocupante mais cedo. Estúpido, na verdade. O convento não abrigava um hospital, tantos anos antes? Joyce não havia sido enfermeira? Seria o caso de checar o nome Joyce Meadowcroft no computador? Será que poderia falar sobre isso com Donna?

Mas Donna tinha um encontro misterioso esta noite. Mencionara-o de passagem quando voltavam da academia do Steve.

Portanto, ele iria para casa passar a noite sozinho com seu curry. Chris sabia que tudo se encaminhava para isto: assistir a um jogo de dardos na TV.

Ele ponderava se aquele seria um plano trágico ou apenas o tipo de plano que as pessoas julgam trágico. Seria ele um homem realizado, fazendo as coisas de que gosta sozinho? Ou um homem solitário, tentando tirar o melhor do pouco que tinha? Sozinho ou solitário? A pergunta lhe ocorria com tanta frequência ultimamente que Chris já não se sentia seguro da resposta. Se fosse chegado a jogos de azar, apostaria em solitário.

E o seu par, onde estaria?

Se for para casa agora, pegará trânsito. Chris decide fechar a pasta do caso Tony Curran e abrir a do caso Ventham. Se conseguiu solucionar um assassinato, por que não conseguirá solucionar outros dois? O que teria deixado passar? De quem teria se esquecido?

108

Eles seguem corredor adentro, Elizabeth e Ibrahim, com Ron carregando duas cadeiras extras. Uma missão pela frente.

Atrás deles, as portas duplas se abrem e Joyce se apressa para alcançar os amigos.

— Desculpem, me atrasei. O alarme do forno não parava de apitar e não consegui descobrir por quê.

— Às vezes pode ser uma rápida queda de energia e o relógio fica tentando se acertar sozinho — diz Ibrahim.

Joyce assente. Sem pensar, pega a mão de Ibrahim. Elizabeth, à frente, também pegou a de Ron. Todos caminham em silêncio até chegarem à porta.

Apesar das circunstâncias, Elizabeth bate. Como sempre faz.

Ela abre a porta e lá está ele. O homem que Karen Playfair reconheceu depois de tantos anos. Sua foto ao lado de Ron, segurando a raposa que havia salvado.

O livro de sempre está aberto na página de sempre. Ele ergue os olhos e não parece surpreso de ver os quatro.

— Ah, veio a turma toda.

— A turma toda, John — confirma Elizabeth. — Você se importa se nos sentarmos?

John faz um gesto para que se acomodem. Larga o livro e esfrega o alto do nariz. Ron olha para Penny em sua cama, em coma. Não sobrou nada dela, pensa. Perdida. Por que não veio visitá-la antes? Por que só foi aparecer em função deste assunto?

— Como é que a gente lida com isso, John? — pergunta Elizabeth.

— Você é quem sabe, Elizabeth — responde John. — Estou esperando por esta batida na porta desde o dia em que fiz isso. Encarei cada dia desde então como um bônus. Queria que vocês tivessem demorado mais, em todo caso. No fim das contas, como descobriram?

— Karen Playfair reconheceu você — responde Ibrahim.

John assente e sorri para si.

— É mesmo? Karenzinha. Deus do céu.

— Foi você quem sacrificou o cachorro dela quando ela tinha seis anos, John — diz Joyce. — Ela diz que jamais se esqueceria dos seus olhos bondosos.

Elizabeth ocupa seu assento de sempre ao pé da cama de Penny.

— Você começa, John? Ou a gente começa?

— Eu começo — determina John, fechando os olhos. — Já repassei isso na minha cabeça tantas vezes...

— Quem é a pessoa na cova, John? De quem são os ossos?

Com os olhos ainda fechados, John vira o rosto para o alto, solta um suspiro represado há tempos e começa:

— Foi ali pelo início dos anos setenta, a uns quinze quilômetros daqui. Greyscott, uma das fazendas de criação de ovelhas. Tinha um monte delas por aqui, sabe? Faz muito tempo já. Acho que comecei por volta de 1967. A Penny se lembraria com toda a certeza. De qualquer forma, foi por aí. O fazendeiro era um cara chamado Matheson. Eu o conhecia bem àquela altura, aparecia lá de vez em quando. Sabe como é, sempre acontecia alguma coisa. Daquela vez tinha sido uma égua. Deu à luz, o potro morreu e ela estava sofrendo. Morrendo de dor, ganindo. Ele não queria atirar nela, o que eu entendia, de forma que dei a ela uma injeção e pronto. Já tinha feito algo assim várias vezes antes, fiz várias vezes depois. Alguns fazendeiros simplesmente atiram no animal. Alguns veterinários também. Mas isso nem o Matheson nem eu fazíamos. Enfim, ele preparou chá para a gente e começamos a conversar. Eu vivia apressado, mas acho que ele era um homem muito solitário. Não tinha família, ninguém que o ajudasse na fazenda, o dinheiro andava curto, me parece que a companhia lhe era bem-vinda. O lugar era muito desolado, foi como me pareceu naquele dia. Eu tinha que ir embora, mas ele não queria que eu fosse. Eu sei que vocês devem me julgar, ou talvez nem julguem, mas de repente algo me pareceu absurdamente claro. Ele estava sofrendo, sofrendo muito. Se Matheson fosse um animal, estaria ganindo. Acreditem. Então eu abri minha bolsa e ofereci uma vacina contra gripe. Sabe como é, para aguentar o inverno e tal. Ele ficou feliz com a oferta. Enrolou a manga da camisa e eu dei a injeção. A mesma que dera à égua. E pronto, sem mais gritos, sem mais dor.

— Foi um ato de misericórdia, então, John? — pergunta Joyce.

— Foi como eu vi na época. É como vejo hoje. Se tivesse agido de caso pensado, teria bolado alguma mistura engenhosa que não aparecesse na autópsia e deixado ele lá para ser encontrado pelo carteiro, pela van do leite, pelo próximo que aparecesse. Mas foi algo de momento, o que significa que o homem estava lá cheio de pentobarbital no organismo e eu não podia correr o risco de alguém examiná-lo.

— Você teve de enterrá-lo, então? Esse tal Matheson? — pergunta Elizabeth.

— Exato. Eu o teria enterrado ali mesmo, mas vocês devem se lembrar de que era uma época em que todas as fazendas ao redor estavam sendo compradas, casas estavam sendo construídas por todo canto, e achei que seria muito azar enterrá-lo só para ser desenterrado pelos operários de uma obra um mês depois. Foi quando eu me lembrei.

— Do cemitério — diz Ron.

— Seria perfeito. Eu o conhecia por visitar o Gordon Playfair. Não ficava em uma área de fazenda e ninguém iria comprar um convento, pelo amor de Deus. Sabia que era um local silencioso que ninguém visitava. Fui de carro uma noite, alguns dias depois, com os faróis apagados. Peguei minha pá e serviço feito. Ficou por isso mesmo até que um dia, quarenta anos depois, vi um anúncio deste lugar.

— E aqui estamos todos — diz Elizabeth.

— E aqui estamos todos. Convenci Penny de que seria um ótimo lugar para passarmos nossa aposentadoria, no que não estava errado. Só queria ficar de olho. A gente acha que ninguém jamais vai escavar um cemitério, mas hoje em dia nunca se sabe. Eu queria estar por perto caso o pior acontecesse.

— E foi o caso, John — afirma Joyce.

— Eu não teria como desenterrar o corpo. Sou velho e decrépito demais. E não podia correr o risco de cavarem a sepultura e o encontrarem. Por isso, no pânico daquela manhã, em meio ao caos, enquanto nós o segurávamos, enfiei a seringa no braço do Ventham e segundos depois ele estava morto. O que é totalmente imperdoável. Imperdoável. E desde então venho esperando vocês aparecerem, esperando a hora de encarar as consequências do que fiz.

— Qual a mágica que você fez para arrumar uma seringa cheia de fentanil do nada, John? — pergunta Elizabeth.

John sorri.

— Faz tempo que eu a tenho. Caso precisasse dela aqui. Caso quisessem levar a Penny para outro lugar.

John olha para Elizabeth, seus olhos plenos de certeza.

— Pelo menos fico feliz por ter sido você, Elizabeth, e não a polícia. Feliz por você ter desvendado tudo. Sabia que conseguiria.

— Fico feliz também, John — diz Elizabeth. — E obrigada por nos contar a história. Você sabe que teremos de contá-la à polícia.

— Eu sei.

— Mas não precisa ser neste minuto. Enquanto estamos só nós, você tem como nos esclarecer duas coisas?

— Claro. Já faz bastante tempo, mas se eu puder ajudar, ajudo.

— Acredito que você e eu concordamos, John, que a Penny provavelmente não ouve o que é dito neste quarto. Todas as bobagens que dizemos a ela. Nós só estamos mesmo nos iludindo, não é?

John assente.

— Mas acredito também estarmos de acordo que talvez ela ouça. Talvez, quem sabe? Talvez ela venha escutando tudo.

— Talvez — concorda John.

— E nesse caso, John, talvez ela esteja nos ouvindo agora.

— É possível.

— Ainda que exista uma mínima chance, John. Uma mínima chance de a Penny ter ouvido o que você acabou de dizer. Por que você faria isso com ela? Por que fazê-la passar por isso?

— Bem, eu...

— Você não faria, John, essa é a verdade. Teria sido tortura — diz Elizabeth.

Ibrahim se inclina para a frente.

— John, você disse que matar o Ian Ventham foi imperdoável. E acredito, de verdade, que tenha sido sincero. Foi um ato além da sua imaginação. E, no entanto, você quer que acreditemos que fez isso só para salvar a própria pele? Não parece verossímil, sinto muito. Você cometeu esse ato ciente de que era imperdoável. E só consigo enxergar uma razão para isso.

— Amor, John — diz Joyce. — Amor, sempre.

John olha para os quatro. Implacáveis, todos.

— Hoje cedo pedi ao Ibrahim para dar uma olhada em uma das fichas da Penny — diz Elizabeth. — Ibrahim?

Ibrahim tira de dentro de sua sacola de compras uma pequena pasta de papel pardo. Entrega-a a Elizabeth, que a abre em seu colo.

— Vamos à verdade?

109

Chris está sozinho. À sua frente, o que restou do curry que pedira. Michael van Gerwen ganhara de seis a zero Peter Wright, encerrando a partida de dardos antes do esperado. Já não há mais nada de bom passando na TV nem ninguém com quem assistir ao que porventura houvesse. Ele se pergunta se não deveria dar um pulo na loja 24 horas para comprar uns salgados. Só para desanuviar.

O celular vibra. Já é alguma coisa. Mensagem da Donna.

Pensando em assistir à reprise do Árvores Genealógicas dos Famosos do Jason Ritchie. Se anima?

Chris olha para o relógio. São quase dez. Por que não? O aparelho vibra de novo.

E vista a sua camisa azul-escura, por favor. Aquela de botões.

Chris já está habituado a Donna a essa altura e faz o que ela diz. Como sempre, se veste sem se olhar no espelho, porque quem quer ver aquilo? Responde à mensagem.

Sim, senhora, tudo em nome de uma dose de Jason Ritchie. A caminho.

O encontro de Donna obviamente não havia sido um sucesso.

110

— Ela guarda tudo em um depósito, John — diz Elizabeth, com a pasta na mão. — Você já foi lá alguma vez? São as pastas de todos os casos antigos. Não é permitido, mas você conhece a Penny. Ela fez cópias de tudo, só para tê-las à mão.

— Sempre poderiam ser úteis para ajudar a pegar algum assassino muitos anos depois — comenta Joyce.

— Em todo caso, John, depois que a Karen Playfair reconheceu você, comecei a pensar e só precisei checar uma última coisa em uma das fichas.

— Quer um pouco de água, John? — pergunta Joyce.

John faz que não com a cabeça, os olhos fixos em Elizabeth enquanto ela começa a ler a ficha.

— Houve um caso em Rye em 1973. Penny devia estar começando. Eu nem sequer consigo imaginá-la sendo inexperiente, mas você deve lembrar com muita clareza. Deve parecer que foi ontem, provavelmente. O caso era referente a uma moça chamada Annie Madeley. Lembra dela, Penny? Annie Madeley?

Elizabeth olha para a amiga. Talvez ouvindo? Ou não?

— Esfaqueada durante um assalto, sangrou até a morte nos braços do namorado. Depois a polícia chegou, inclusive Penny, isso está na ficha. Acharam vidro quebrado no chão no local por onde o ladrão entrara, mas nada havia sido roubado. Annie Madeley surpreendeu o assaltante. Ele entrou em pânico, pegou uma faca de cozinha, a esfaqueou e fugiu. É o relato oficial para quem quiser ouvir. Caso encerrado. Mas Ron foi o primeiro a entender; alguma coisa não se encaixava.

— Tinha algo bem errado ali, Johnny — diz Ron. — Alguém tenta invadir uma casa à luz do dia em uma área movimentada? Com gente em casa? Poderiam tentar fazer isso no domingo de manhã, quando todo mundo está na igreja, mas não domingo à tarde, como foi.

Elizabeth olha para a amiga.

— Você também deve ter achado, não é, Penny? Você deve ter pensado que o namorado a esfaqueou, esperou ela morrer e chamou a polícia.

Ela toca os lábios secos de Penny.

— Faz meses que começamos a investigar este caso, John. O Clube do Crime das Quintas-Feiras. Não temos mais a Penny, mas não desistimos. Fiquei surpresa de nós nunca o termos analisado. Surpresa por Penny nunca tê-lo trazido. Começamos a dar uma olhada para saber se a polícia havia cometido um erro tantos anos atrás, John. Li o relatório sobre a facada e me pareceu esquisito. Perguntei a Joyce a respeito. Talvez tenha sido a primeira coisa que perguntei a você, aliás, não foi, Joyce?

— Foi — lembra Joyce.

— Descrevi o ferimento, perguntei a ela quanto tempo levaria para a pessoa morrer e ela me disse que em torno de quarenta e cinco minutos, o que não batia com o relato do namorado. Ele disse ter perseguido o ladrão, e isso ninguém viu, John, corrido de volta para a cozinha, segurado Annie Madeley nos braços e ligado na mesma hora para a polícia. Eu então perguntei a Joyce se alguém com formação médica poderia ter salvado a moça. E, Joyce, lembra o que você me disse?

— Não tive a menor dúvida, teria sido fácil. Com a sua formação você saberia disso também, John.

— O namorado havia sido soldado, John. Tivera baixa por invalidez alguns anos antes. Com toda a certeza poderia tê-la salvado. Mas a investigação tomou outro rumo. Eu adoraria dizer que na época as coisas eram diferentes com relação a tais casos, mas sem a menor dúvida ele se safaria hoje também. Foram atrás do ladrão, não acharam, a pobre da Annie Madeley foi enterrada e a vida continuou. O namorado se escafedeu logo depois, no meio da noite, devendo aluguel, e a ficha termina por aí.

— Nós estávamos analisando esse caso, mas paramos quando os acontecimentos se impuseram, é claro — diz Ibrahim. — O Sr. Curran, o Sr. Ventham, o corpo no cemitério. Deixamos o caso de lado porque havia um assassinato de verdade à nossa frente.

— Mas todos sabemos que a história não acaba ali, não é, John? — pergunta Ron.

Elizabeth dá um tapinha na pasta.

— Por isso pedi ao Ibrahim para dar uma olhada na ficha, com uma pergunta. Você adivinha qual foi, John?

John olha para ela. Elizabeth olha para Penny.

— Penny, caso você esteja ouvindo, aposto que você sabe qual foi a pergunta. Peter Mercer, era este o nome do namorado, Peter Mercer. Pedi ao Ibrahim para descobrir qual a razão de ele ter recebido baixa por invalidez do Exército. E, John, se você não adivinhou a pergunta, aposto que adivinha a resposta. Pode arriscar, já é tarde de qualquer forma.

John enterra a cabeça nas mãos, esfrega-as pelo rosto e então o ergue.

— Imagino, Elizabeth, que tenha sido um ferimento a bala na parte inferior da perna.

— Foi exatamente isso, John.

Elizabeth puxa sua cadeira para mais perto de Penny, segura a mão dela e fala com a amiga de forma serena e direta.

— Há quase cinquenta anos, Peter Mercer assassinou a namorada e desapareceu sem deixar vestígios. Todo mundo achou que ele havia escapado. Mas não é tão fácil assim escapar depois de matar alguém, certo, Penny? Às vezes a justiça está à espera logo ali na esquina, como foi o caso de Peter Mercer em uma noite escura em que você foi visitá-lo. E às vezes a justiça aguarda por cinquenta anos e se senta ao lado de uma cama de hospital segurando a mão de uma amiga. Aquele caso foi a gota d'água, Penny? Você estava cansada daquilo tudo? E cansada de ninguém dar ouvidos?

— Quando ela contou para você, John? — pergunta Joyce.

John começa a chorar.

— Quando começou a ficar doente?

John assente devagar.

— Ela não pretendia me contar. Lembra como ela estava, Elizabeth? Os miniderrames?

— Sim — responde Elizabeth.

A princípio, eram muito discretos. Nada que alarmasse ninguém, a não ser que a pessoa soubesse identificá-los. O pobre John, contudo, sabia exatamente do que se tratavam.

— Ela dizia todo tipo de coisa. Via todo tipo de coisa. Muita invenção. Foi quando o presente começou a desaparecer e a mente dela retrocedeu cada vez mais, rebobinava as lembranças até encontrar algo familiar, imagino. Estava procurando algo que fizesse sentido, pois o mundo à volta dela havia parado de fazer. Ela passou a me contar histórias, algumas da infância, outras da época em que nos conhecemos.

— E às vezes do início da carreira dela na polícia — sugere Elizabeth.

— A princípio, só coisas que já havia me contado. Casos que eu lembrava da época, antigos chefes, trambiques que faziam, tipo embolsar dinheiro de despesas, ir ao pub em vez de ao tribunal, coisas de que a gente lembrava rindo. Sabia que ela estava perdendo a lucidez e queria me agarrar a ela pelo tempo que ainda pudesse. Entende?

— Todos entendemos, John — diz Ron. E era verdade.

— Por isso eu a deixava falar. Às vezes repetia inúmeras vezes as mesmas histórias. Uma a fazia se lembrar de outra, que a fazia se lembrar de outra ainda, que a fazia se lembrar da primeira novamente e ficávamos nessa. Até que um dia...

John faz uma pausa e olha para a esposa.

— Você acha que a Penny não consegue escutar, não é, John? — diz Elizabeth.

John balança devagar a cabeça.

— Sim.

— E, no entanto, você vem aqui todos os dias. Senta ao lado dela. Fala com ela.

— O que mais me resta, Elizabeth?

Elizabeth compreende.

— Pois então, ela estava lhe contando histórias. Histórias que você já conhecia. Até que um dia...

— Sim, até que um dia começaram a vir histórias que eu não conhecia.

— Segredos — diz Ron.

— Segredos. Nada horrível, coisas pequenas. Uma vez ela havia aceitado dinheiro. Suborno. Todo mundo tinha aceitado e ela achou que também precisava fazer isso. Foi algo que ela me contou como se já tivesse falado daquilo um monte de vezes. Mas não tinha. Todos nós temos segredos, não é?

— Todos temos, John — concorda Elizabeth.

— Ela já havia perdido a noção da diferença entre histórias engraçadas e segredos. Mas alguma coisa ainda devia estar funcionando, uma última tranca em um último portão. A última a ceder.

— O pior segredo de todos.

John assente.

— Meu Deus, e como ela aguentou firme. Ela já estava aqui. Lembra quando a transferiram para cá?

Elizabeth se lembra. Penny já não estava mais presente de verdade. As conversas aconteciam em parcelas, incoerentes, às vezes em tom de raiva. Quando chegaria a vez de Stephen? Ela precisava voltar para o lado dele. Terminar logo com aquilo, voltar para casa e beijar seu marido querido.

— Ela já nem me reconhecia mais. Bem, reconhecer, reconhecia, mas não sabia de onde. Um dia de manhã eu cheguei aqui, tem uns dois meses, e ela estava sentada. Foi a última vez que ela se sentou, que eu me lembre. Ela me viu e me reconheceu. Me perguntou o que a gente faria. Eu não entendi. Perguntei "Em relação a quê?".

Elizabeth assente.

— E ela começou a me contar, com a maior desfaçatez. Como se ela precisasse que eu trouxesse algo do apartamento. Nada além disso. Nada além. Eu não podia deixar que as pessoas soubessem o que ela havia feito, entende, Elizabeth? Você entende, não entende? Eu tinha que fazer alguma coisa.

Elizabeth assente mais uma vez.

— Nós fizemos piqueniques na colina algumas vezes — continua John. — Era muito bonito. Sempre fiquei pensando por que havíamos parado.

Estão todos sentados em silêncio, interrompido apenas pelo discreto bipe eletrônico ao lado da cama de Penny. Tudo o que restou dela, como um farol piscando ao longe no mar.

Elizabeth rompe gentilmente o momento silencioso.

— Eu acho que a gente deve fazer o seguinte, John. Vou pedir aos outros que levem você para casa. Está tarde, você precisa dormir um pouco na sua própria cama. Se tiver cartas a escrever, escreva-as. De manhã eu apareço com a polícia. Sei que você vai estar lá. A gente vai sair um minutinho agora para você poder se despedir da Penny.

Os quatro amigos deixam o quarto. Pela borda transparente do vidro opaco da porta, Elizabeth observa John abraçar a esposa. Ela desvia o olhar.

— Vocês deixam o John direitinho em casa, não deixam? Posso ficar com a Penny por um instante? — pergunta ela aos demais.

Todos concordam. Ela abre novamente a porta. John está vestindo o casaco.

— Está na hora de ir, John.

111

A iluminação é discreta no apartamento de Donna e Stevie Wonder faz sua mágica nas caixas de som. Chris está feliz e relaxado, sem sapatos, com os pés para cima. Donna lhe serve uma taça de vinho.

— Obrigado, Donna.

— O prazer é meu. Bonita camisa, por sinal.

— Obrigado. Peguei a primeira que vi.

Chris sorri para Donna, que retribui. Ela pressente o que está para acontecer, o que a deixa muito feliz.

— Mãe? — pergunta Donna, estendendo a garrafa para sua mãe.

— Obrigada, meu amor, vou querer sim.

Donna serve uma taça de vinho para a mãe, sentada ao lado de Chris no sofá.

— Honestamente, Patrice, você poderia ser irmã dela — diz Chris. — E não digo isso só porque a Donna está envelhecendo tão mal.

Donna finge vomitar enquanto Patrice ri.

— Bem que a Madonna me disse que você era charmoso.

Chris põe a taça de lado enquanto uma expressão de deleite se insinua em seu rosto.

— Como é que é? Quem disse que eu era charmoso?

— Madonna — responde ela, apontando a filha com a cabeça.

Chris olha para Donna.

— Seu nome é Madonna?

— Me chame assim para ver se eu não eletrocuto você — rebate Donna.

— Valeria a pena. Patrice, acho que eu amo você.

Donna revira os olhos e pega o controle remoto.

— Vamos ver o Jason Ritchie?

— Claro, claro — diz Chris, distraído. — Patrice, e você trabalha com o quê?

— Sou professora. Primária — responde ela.

— Ah, é? — diz Chris. Professora, canta em um coral, ama cachorros, seu perfil dos sonhos.

Donna olha bem nos olhos de Chris.

— E ela canta no coral aos domingos.

Chris se recusa a encarar Donna e volta o olhar para Patrice.

— Essa pergunta vai soar ridícula, Patrice, mas você gosta de cachorros?

Patrice toma um gole de vinho.

— Infelizmente, sou alérgica.

Chris assente e toma um gole também. Ergue então a taça na direção de Donna de forma quase imperceptível. Dois de três quesitos até que não é mau negócio. Ainda bem que vestiu a camisa azul de botão.

— E o seu encontro? — pergunta Chris a Donna.

— Eu só disse que hoje havia um encontro. Nunca disse que era meu — responde ela.

O celular de Donna vibra. Ela olha para a tela.

— Elizabeth. Quer saber se estamos livres amanhã de manhã. Nada urgente.

— Com certeza resolveu o caso.

Donna ri. Espera que esteja tudo bem com sua amiga.

112

A lâmpada ao lado da cama de Penny emite o mínimo de luz possível, não mais do que o suficiente para duas velhas amigas cujos rostos já são familiares. A mão de Penny está sobre a de Elizabeth.

— Então, minha querida, alguém conseguiu se safar de alguma coisa? O Tony Curran com toda certeza não conseguiu. Alguém deu um jeito nele. Talvez Gianni, pelo que todos imaginam, apesar de eu ter uma teoria a respeito que preciso debater com a Joyce. Enfim, não faz diferença. Quanto ao Ventham, você sabe que o John vai ter que pagar. Vou levar a polícia lá de manhã e vamos encontrar o corpo dele. Nós duas sabemos. Ele vai chegar em casa agora, tomar uma bebidinha e pronto. Pelo menos ele sabe o suficiente para que seja sem dor.

Elizabeth acaricia o cabelo de Penny.

— E você, minha querida? Sua espertinha. Conseguiu se safar? Eu sei por que você fez o que fez, Penny; entendo sua escolha, de fazer justiça com as próprias mãos. Não concordo, mas entendo. Eu não estava lá. Não tinha de encarar o que você encarava. Mas você conseguiu mesmo se safar?

Elizabeth reposiciona a mão de Penny na cama e se levanta.

— Depende muito, não é? Depende se você consegue me ouvir ou não. Caso você ouça, Penny, está ciente de que o homem que você ama acabou de sair daqui para morrer. Tudo para proteger você. Tudo por conta dessa decisão que você tomou há tantos anos. E acredito que isso seja castigo suficiente, Penny.

Elizabeth começa a vestir o casaco.

— Agora, se você não consegue me ouvir, aí, sim, se safou, querida. Muito bem!

Com o casaco devidamente vestido, Elizabeth põe a mão na bochecha da amiga.

— Eu sei o que o John fez na hora em que a abraçou, Penny. Eu vi a seringa. Sei que você também está de partida e que chegou a hora de dizer adeus. Minha querida, não tenho conversado ultimamente sobre o Stephen. Ele não está nada bem, estou tentando o máximo que posso, mas eu o perco um pouco a cada dia. Tenho meus segredos também.

Ela beija a bochecha de Penny.

— Meu Deus, como vou sentir sua falta, sua boba. Bons sonhos, minha querida. Que aventura.

Elizabeth sai de Willows, caminhando escuridão adentro. Uma noite sem nuvens, silenciosa. Uma noite tão escura que parece que o dia jamais amanhecerá.

113

Chris pega um táxi para casa e encara a longa subida até o apartamento. Teria sido efeito da bebida, ou ele está se sentindo mais leve?

Ao abrir a porta da frente, analisa a situação. Certamente terá de dar um jeito em algumas coisas. Botar o lixo reciclável para fora, talvez comprar algumas almofadas, uma vela. A porta do banheiro continua a travar quando tenta abri-la, mas nada que uma boa lixa e um pouco de esforço não resolvam. Quem sabe ir ao Tescos, comprar algumas frutas, colocar em uma vasilha em cima da mesa de jantar. E comprar a vasilha também, é claro. Roupa de cama limpa. Escova de dente nova. Comprar toalhas?

Já bastaria. Seria o suficiente para convencer Patrice de que ele era um ser humano normal, não um homem que desistiu da vida. Não seria tão difícil. Poderia então mandar a ela uma mensagem e convidá-la para jantar enquanto ela estava em Fairhaven.

Flores? Por que não? Seja ousado.

Chris liga o computador e espera os e-mails carregarem. O mau hábito de checá-los antes de dormir. Geralmente a consequência é dormir mais tarde do que deveria. Três novos e-mails, nada que tenha cara de problema. Um dos sargentos vai disputar um triatlo — um verdadeiro pedido de socorro — e espera que ajudem a bancá-lo. Um convite para a noite de entrega de prêmios do Departamento de Polícia de Kent, com direito a acompanhante. Será que isso contava como um encontro? Provavelmente não; melhor checar com a Donna. O terceiro é de um remetente que Chris não reconhece. Não é comum; hoje em dia ele mantém o máximo de discrição sobre seu e-mail pessoal. De: "KypriosLegal". Assunto: "Estritamente particular e confidencial."

De Chipre? Teriam encontrado o Gianni? Ou será que eram advogados mandando a polícia se afastar? Mas por que teriam enviado o e-mail para sua conta pessoal? Ninguém tinha esse endereço em Chipre.

Chris clica no e-mail.

Caro senhor,

Nosso cliente, o Sr. Costas Gunduz, nos pediu que encaminhássemos ao senhor esta correspondência. Esteja ciente, por favor, de que toda e qualquer informação aqui contida deve ser considerada confidencial. Favor remeter ao nosso escritório quaisquer respostas.

Seu fiel servo,
Gregory Ioannidis
Kyprios Associates

Costas Gunduz? Costas, o mesmo que rira ao receber o cartão de visitas de Chris? Realmente, aquela era uma noite cheia de surpresas. Chris clica no anexo.

Sr. Hudson,

O senhor diz que meu filho voltou a Chipre em 2000. Tem provas disso. Devo lhe dizer que não o vi naquela época, nem desde então. Nenhuma vez. Não vi meu filho, não recebi dele qualquer carta ou telefonema.

Sr. Hudson, sou um velho, o senhor viu com seus próprios olhos. Ao procurar por Gianni, esteja ciente de que eu também o procuro.

Nunca direi nada a um policial, o senhor deve entender, mas hoje peço por ajuda. Se encontrar Gianni, se obtiver qualquer tipo de informação, haverá uma grande recompensa para o senhor. Acho que o Gianni pode estar morto.

Ele é meu filho e quero vê-lo antes de morrer, ou então ter certeza de que isso não é possível e poder viver meu luto. Espero que o senhor aceite isto com compaixão. Estou pedindo, por favor.

Meus cumprimentos,
Costas Gunduz

Chris relê tudo mais algumas vezes. Boa tentativa, Costas. Será que ele esperava que Chris compartilhasse a carta com a polícia cipriota? Com Joe Kyprianou? Certamente. Será que isso significa que a polícia cipriota está próxima de Gianni? Uma última tentativa de fazê-los seguir a pista errada?

Ou aquilo seria exatamente o que diz ser? O apelo de um homem idoso tentando localizar o filho desaparecido? O jovem Chris talvez tivesse acreditado; o atual já viu e ouviu artimanhas demais da parte de gente que tenta salvar a própria pele. Inventam todo tipo de história. E ele sabe onde Gianni Gunduz estava em dezessete de junho.

Gianni não morreu. Gianni voltou para casa levando o dinheiro de Tony Curran. Mudou de nome, fez plástica no nariz e o que mais o dinheiro de seu pai possa ter custeado, e vive nessa desde então. Gianni está se bronzeando em algum lugar de Chipre, feliz da vida. Sem qualquer inimigo com quem se preocupar, já que Tony Curran já não é mais problema.

Costas Gunduz vai ficar sem resposta.

Chris desliga o computador. Queria muito que as pessoas parassem de fazer triatlos.

114

Elizabeth não voltou ainda, apesar da hora, mas Bogdan e Stephen não notaram.

Bogdan repuxa o lábio inferior para um lado enquanto pensa. Tamborila na mesa, planejando a próxima jogada. Encara Stephen do lado oposto do tabuleiro e volta a baixar os olhos para as peças. Como esse homem consegue jogar tão bem? Se Bogdan não for muito, muito cauteloso, vai perder. E Bogdan não se lembra de quando perdeu pela última vez.

— Bogdan, posso lhe fazer uma pergunta? — diz Stephen.

— Sempre — responde Bogdan. — Somos amigos.

— Não vou atrapalhar? Coloquei você em uma sinuca aqui. Precisa se concentrar?

— Stephen, a gente joga, a gente conversa. As duas coisas são especiais pra mim.

Bogdan move seu bispo, ergue os olhos e encara Stephen, que fica surpreso com a jogada, mas ainda não preocupado.

— Obrigado, Bogdan, as duas coisas são especiais para mim também.

— Então me faz uma boa pergunta.

— É uma coisinha só. Antes de tudo, como era o nome do cara mesmo? — Stephen ataca o bispo de Bogdan, mas sente que está sendo atraído para uma armadilha.

— Qual cara, Stephen? — pergunta Bogdan, olhando para o tabuleiro, grato pela nesga de luz que acaba de surgir.

— O primeiro que foi morto. O empreiteiro.

— Tony — diz Bogdan. — Tony Curran.

— Esse — diz Stephen. Ele esfrega o queixo enquanto Bogdan protege seu bispo e, ao mesmo tempo, abre o tabuleiro.

— Qual a pergunta? — diz Bogdan.

— É uma coisinha só, e me desculpe se estou falando assim, mas, a julgar por tudo que ouço a respeito, acho que foi você quem o matou. Elizabeth conversa comigo, você sabe.

Stephen move um peão, mas vê que há pouco a fazer. Bogdan percorre a sala com os olhos por um momento e volta a fitar Stephen.

— Claro, fui eu. Mas é segredo, só uma outra pessoa sabe.

— Ah, eu fico na minha, rapaz, de mim ninguém jamais ouvirá uma só palavra. Só não entendi por quê. Com certeza não foi por dinheiro, já que não me parece ser seu estilo.

— Não, dinheiro, não. Precisa ter cuidado com dinheiro. Não deixar ele controlar você.

Bogdan avança um cavalo e Stephen finalmente entende sua estratégia. Muito engenhosa.

— Mas então por quê?

— É bem simples, na verdade. Eu tinha um amigo, meu melhor amigo na época que vim morar na Inglaterra. Ele era taxista. Um dia viu o Tony fazer algo que não devia.

— O que ele viu?

Stephen surpreende Bogdan movendo sua torre. Bogdan sorri levemente. Adora aquele velho astuto.

— Ele viu o Tony atirar num rapaz, um garoto de Londres. Por causa de alguma coisa, não sei, nunca soube. Um negócio com drogas.

— Tony matou seu amigo, então?

— Bom, a companhia de táxis é de um homem chamado Gianni. Chamavam de Gianni Turco, mas é cipriota. Gianni e Tony trabalhavam juntos, mas Tony era o chefe.

Bogdan foca o olhar no tabuleiro, sem pressa.

— Gianni matou seu amigo, então?

— Gianni matou meu amigo, mas Tony que mandou. Para mim dá no mesmo.

— Sim, concordo. E o que aconteceu com o Gianni?

Bogdan sente necessidade de recuar o cavalo. Uma jogada desperdiçada, mas tudo bem, isso acontece.

— Matei também. Logo depois, basicamente.

Stephen assente. Fita o tabuleiro em silêncio por certo tempo. Bogdan pensa talvez tê-lo perdido, mas aprendeu que é preciso ser paciente com Stephen às vezes. Tiro e queda.

— Qual era o nome do seu amigo?

Stephen continua a olhar para o tabuleiro na tentativa de extrair algo do vácuo.

— Kaz. Kazimir. Gianni pede a Kaz pra levar ele de carro no mato, precisa enterrar uma coisa, precisa de ajuda. Eles caminham pelo mato, cavam, cavam, para sei lá o quê que o Gianni precisa enterrar. Era muito esforçado o Kaz, gente boa, você ia gostar muito. E de repente Gianni atira no Kaz, pum!, um tiro, e enterra ele no buraco.

Stephen avança mais seu peão. Bogdan o olha de relance, assente discretamente e sorri. Franze rapidamente o nariz ao voltar a encarar o tabuleiro.

— Eu achava que Kaz tinha fugido, talvez voltado pra casa, dar uma sumida. Mas Gianni é estúpido, diferente de Tony, e conta pros amigos que atirou num cara no mato e o cara é que teve que cavar, muito engraçado. E eu ouvi falar disso.

— E então você decidiu agir? — pergunta Stephen.

Bogdan assente, pensa em seu bispo e se Stephen teria alguma carta na manga.

— Eu digo ao Gianni que preciso falar com ele. Não conta pro Tony, não conta pros outros. Digo que um amigo trabalha em Newhaven, no porto, e talvez ele possa ganhar dinheiro, se ele se interessar. Ele se interessa e a gente se encontra no porto, duas horas da manhã.

— Não havia segurança nesse horário?

— Tem segurança, mas é um primo do Steve Georgiou, meu amigo. Um cara legal. Trabalha mesmo no porto. É mais fácil mentir com a verdade. O Steve foi também. Ele conhecia o Kaz. Steve gostava do Kaz, que nem eu. A gente caminha pelo porto e entra num barquinho, e o Gianni, ele é burro, só pensa em dinheiro, e o barco sai bem devagar, mar agitado, e eu conto pra ele do plano, que a gente usa esse barco pra fazer contrabando de pessoas, e o primo do Steve vai fazer vista grossa e que é pra ele pensar no dinheiro que vai ganhar. Aí eu tiro um revólver e digo pra ele ajoelhar, e o Gianni acha que é brincadeira e eu digo que ele matou o Kazimir, só pra ele saber por que ele tá ali, aí de repente ele vê que é sério e eu atiro nele.

Bogdan finalmente move o bispo e é a vez de Stephen franzir o nariz.

— Eu pego as chaves e os cartões de crédito dele. A gente amarra tijolos pra pesar o corpo dele e joga na água pra desaparecer pra sempre. A gente volta pra Newhaven, diz obrigado pro primo do Steve e que não é pra falar disso. Aí eu e Steve vamos até a casa do Gianni, entramos, pegamos passaporte dele, enchemos mala de roupas, tem um monte de dinheiro, sabe? Dinheiro de drogas, a gente pega também e tudo valioso que encontra. Parte do dinheiro é do Tony, parte grande, então eu gostei de embolsar.

— Quanto dinheiro? — pergunta Stephen.

— Tipo uns cem mil. Mandei cinquenta pra família do Kazimir.

— Bom rapaz.

— O resto dei pro Steve. Ele queria abrir uma academia e achei bom investimento. É um cara legal, não tem erro. Levo o Steve até o Gatwick e ele pega o voo pra Chipre com o passaporte do Gianni. Ninguém olha. Fácil. Depois Steve volta com o passaporte dele mesmo pra Inglaterra. Ligo anônimo pra polícia, mas sei coisa suficiente pra eles me levarem a sério. Digo que o Gianni matou o Kaz e eles fazem busca na casa dele.

— E viram que o passaporte e as roupas dele haviam sumido.

— Isso mesmo.

— E eles checam todos os portos e aeroportos e descobrem que ele se escafedeu para Chipre?

Stephen ataca o bispo de Bogdan com um peão. Exatamente como Bogdan torcia para que ele fizesse.

— E eles procuram e procuram o Gianni um pouco em Chipre, mas ele desapareceu e acabam deixando tudo na mão da polícia cipriota. Não tem prova que o Gianni matou ninguém, nem dinheiro de drogas na casa e todo mundo esquece. Deixam pra lá.

— Mas no caso do Curran você esperou bastante, não foi?

— Sempre esperando a melhor hora. Só planejando. Não queria que me pegassem, sabe?

— Imagino ser de fato a última coisa que você desejaria — diz Stephen.

— Enfim, faz uns meses que instalei o sistema de vigilância, as câmeras, alarmes, isso tudo. E configurei tudo errado. Nada gravava.

— Entendo.

— E pensei que era hora. Posso entrar na casa, tenho chaves, ninguém me vê.

Bogdan ataca o peão de Stephen, abrindo uma frente que ele não quer ver aberta.

Stephen assente.

— Bem pensado.

— Logo depois a campainha tocou, tocou. Mas fiquei calmo, sem me preocupar.

Stephen assente mais uma vez e move um peão em discreto desespero.

— Muito bom. Mas e se pegarem você?

Bogdan dá de ombros.

— Não sei. Acho que não pegam.

— Elizabeth vai descobrir, meu rapaz. Se é que já não percebeu.

— Eu sei, mas acho que ela vai entender.

— Também acho — concorda Stephen. — Mas a polícia, aí já é outra história. Não são tão fáceis de seduzir quanto a Elizabeth.

Bogdan assente.

— Se me pegarem, pegaram. Mas acho que a trilha falsa que eu deixei é bem boa.

— Uma trilha falsa? E como você fez isso?

— É que quando fomos naquela noite à casa do Gianni, uma das coisas que a gente levou foi uma câmera e...

Bogdan para de falar de repente, ao som de uma chave girando na fechadura. Elizabeth está de volta de alguma coisa, chegando tarde. Bogdan posiciona um dedo diante dos lábios e Stephen reage fazendo o mesmo. Ela entra.

— Olá, meninos.

Ela beija a bochecha de Bogdan e então dá um abraço apertado em Stephen. Enquanto ela faz isso, Bogdan move a rainha, finalizando a armadilha.

— Xeque-mate.

Elizabeth solta Stephen, que sorri olhando para o tabuleiro e para Bogdan e se aproxima deste, estendendo-lhe a mão.

— Esse aqui é danado, Elizabeth. Danado de esperto.

Elizabeth fita o tabuleiro.

— Muito bem, Bogdan.

— Obrigado — diz ele, enquanto reorganiza as peças.

— Bem, tenho uma história das boas para vocês dois — diz Elizabeth. — Você quer um chá, Bogdan?

— Sim, por favor — aceita Bogdan. — Com leite e seis torrões de açúcar.

— Para mim um café, meu amor — pede Stephen. — Se não for pedir demais.

Elizabeth entra na cozinha. Pensa em Penny, naquele momento provavelmente já morta. Tudo acabou assim, em um ato de amor. Pensa então em John, acomodando-se para o sono final. Cuidara de Penny, mas a que custo? Estaria em paz? Consolado? Pensa em Annie Madeley e tudo que ela não viveu. Todos têm que sair do jogo. Uma vez dentro, não há outra porta senão a de saída. Pega o remédio para insônia de Stephen, mas se contém e o coloca de volta na prateleira do armário.

Elizabeth volta para o lado do marido. Segura uma de suas mãos e beija seus lábios.

— Acho que já é hora de cortar o café, Stephen. Cafeína demais. Não deve fazer bem para você.

— É muita mesmo — responde Stephen. — O que você achar melhor.

Stephen e Bogdan iniciam um novo jogo. Elizabeth volta para a cozinha, sem que nenhum dos dois a veja chorar.

115

Joyce

Desculpem, já tem um tempo que não escrevo. Ultimamente anda o maior alvoroço por aqui. Mas estou preparando um crumble de groselha e achei que vocês talvez quisessem saber a respeito de algumas coisas.

Enterraram a Penny e o John na terça-feira retrasada. Foi um dia bem tranquilo e choveu, o que me pareceu adequado. Alguns antigos colegas da Penny foram ao enterro. Na verdade, mais do que se imaginaria, considerando-se tudo. A história toda foi parar nos jornais, sobre Penny e John. As matérias não foram totalmente corretas, mas chegaram perto. Também se espalhou a história de que Penny havia sido amiga do Ron. Ele foi entrevistado no *Kent Today* e apareceu até mesmo no telejornal normal depois. Veio alguém do *Sun* para falar com ele, mas Ron não quis saber. Disse para estacionarem na frente de Larkin Court só para tascarem uma trava na roda do carro deles.

Elizabeth não foi ao funeral. Não conversamos a respeito, de forma que sobre isso temo não ter mais nada a dizer. Talvez já tivesse se despedido. Deve ter, não é?

Nem sei se Elizabeth chegou a perdoar Penny. Devo dizer que, na minha visão — em uma linha meio Antigo Testamento, imagino —, Penny estava certa. Isso sou eu, claro, e não repetiria essa opinião em voz alta. Mas que bom que ela fez o que fez. Torço para que Peter Mercer tenha demorado a morrer, que tenha vivido o bastante para saber o que estava acontecendo com ele.

Elizabeth é um bocado mais inteligente do que eu e provavelmente deve ter pensado mais a respeito, mas duvido que culpe

Penny pelo que fez. Será que ela teria feito o mesmo? Acho que sim. Só que Elizabeth teria se safado.

Imagino, contudo, que o segredo tenha entristecido Elizabeth. As duas moças tinham seus segredos, Elizabeth e Penny, e esse tempo todo Penny era o maior mistério de todos. Elizabeth deve ter ficado sentida. Talvez um dia a gente fale a respeito.

Penny matou Peter Mercer e escondeu isso de John a vida inteira. Até a demência traí-la. E quando John descobriu, teve que protegê-la. Isso é amor, não é? Gerry teria feito o mesmo por mim. Peter Mercer assassinou Annie Madeley, portanto Penny assassinou Peter Mercer. E porque Penny assassinou Peter Mercer, John assassinou Ian Ventham. E por aí vai, creio. Pelo menos agora tudo acabou. Desejo paz a Penny e a John, desejo paz à pobre Annie Madeley. A Peter Mercer, por tudo o que causou, não desejo nada além de sofrimento.

A polícia ainda não encontrou Gianni Turco, por sinal. Mas continuam à procura. Chris e Donna apareceram por aqui algumas vezes. Chris agora tem uma nova amiga, mas fica na dele, não comenta e não conseguimos fazer Donna desembuchar. Diz o Chris que vão acabar encontrando o Gianni, mas Bogdan esteve aqui outro dia para dar um jeito na potência da água do meu chuveiro e falou que o Gianni é esperto demais para ser encontrado.

Se querem mesmo saber minha opinião, acho essa história do Gianni conveniente demais. Então ele veio até aqui e matou o Tony por tê-lo dedurado anos e anos atrás? E por que o Tony teria feito isso? Por ter ajudado a acobertar um assassinato que o próprio Tony tinha cometido? Não faz o menor sentido para mim.

Não, a única pessoa esperta demais para ser pega por aqui é o Bogdan.

Vocês não acham que foi ele quem matou o Tony Curran? Eu acho. Tenho certeza de que teve uma boa razão e estou ansiosa para lhe perguntar qual foi. Mas só depois que ele instalar minha janela nova. Vai que se ofende com a pergunta? Fico pensando se

Elizabeth suspeita dele também. Ela não falou nada sobre sair à procura do Gianni recentemente, então talvez desconfie.

Daqui a pouco terei que ver como está o crumble. Vamos falar de algumas coisas mais agradáveis?

Hillcrest vai de vento em popa. Há guindastes e escavadeiras no alto da colina, e dizem que Gordon Playfair teria vendido as terras por 4,2 milhões de libras. Como esse "dizem" na verdade é a Elizabeth, dá para confiar. Ele se despediu da casa onde viveu durante setenta anos, fez as malas e colocou tudo em um Land Rover com um trailer acoplado. Saiu de lá, desceu menos de quatrocentos metros e desfez as malas em um belo apartamento de dois quartos em Larkin Court.

A Bramley Holdings deu a ele o apartamento como parte da negociação. O que nos leva a outra notícia.

Bramley Holdings não tinha nada a ver com maçãs, no fim das contas. Mas eu disse que o nome não me era estranho, não disse? Bem, eis o motivo.

Quando era bem pequenininha, a Joanna tinha um elefantinho de brinquedo, cor-de-rosa com orelhas brancas, que ela nunca me deixava lavar. Não quero nem imaginar a quantidade de germes que aquilo carregava, mas talvez para uma criança isso não seja necessariamente ruim. E sabem qual era o nome do elefante? Bramley. Eu tinha esquecido. Eram muitos brinquedos, e eu sou uma mãe terrível.

Talvez vocês já tenham entendido onde essa história vai dar.

Vocês com certeza se lembram de que nós levamos os registros fiscais do Ventham para a Joanna, quando a Elizabeth achava que ele havia matado o Tony Curran. Enfim, Joanna e Cornelius examinaram tudo para nós, deram um retorno e a coisa ficou por isso mesmo.

Mas não para a Joanna. Para ela não ficou por isso mesmo de jeito nenhum.

Joanna e Cornelius gostaram do que viram nos relatórios financeiros. E gostaram do que leram sobre Hillcrest. Ela fez uma apresentação para os demais membros do conselho — eu visualizo essa cena ao redor de uma mesa de asa de avião — e eles compraram a companhia. Ela planejava comprá-la do próprio Ian Ventham, mas, é claro, acabou adquirindo da Gemma Ventham. Olhem só que reviravolta.

Joanna é dona de tudo agora. Ou a empresa da Joanna, mas dá no mesmo, não é?

E isso agora nos leva ao Bernard, e vocês entenderão por quê.

Joanna e eu nunca havíamos falado sobre o Bernard, mas ela veio me acompanhar no funeral. Talvez Elizabeth tenha lhe dito algo. Ou será que ela simplesmente sabia? Eu acho que ela sabia. Ela veio, segurou minha mão e, em um momento de fraqueza, eu apoiei minha cabeça no ombro dela e foi bom. Depois do funeral ela me contou sobre a Bramley Holdings. Eu fingi que sabia de tudo porque me senti culpada por ter esquecido o nome do elefante, mas não consigo enganar a Joanna.

Nós conversamos. Eu disse a ela que não achava que aquele era o tipo de negócio que eles comprariam e ela concordou, mas disse que "era um setor em que já fazia tempo que queriam entrar". Só que ela também não me engana, e acabou admitindo ser mentira. Disse que, sim, poderia dar muito dinheiro, mas que havia também uma outra razão. E é a que eu lhes conto agora.

Ela se sentou na espreguiçadeira que comprou para mim e que teria custado um décimo do preço na IKEA, bem ao lado do laptop que me comprou e nunca será levado para lugar nenhum, e eis o que disse:

— Lembra quando você se mudou para cá e eu falei que era um equívoco? Disse que seria o seu fim? Que você só ficaria sentada na sua cadeira, cercada por outras pessoas que só esperavam a hora de morrer? Eu estava errada. Foi o seu início, mãe. Eu achava que nunca mais veria você feliz depois que o papai morreu.

(Nunca havíamos falado disso; culpa das duas.)

— Seus olhos estão vivos, você voltou a rir, graças a Coopers Chase e a Elizabeth, Ron, Ibrahim e Bernard, que Deus o tenha. E por isso eu comprei tudo. A empresa, os terrenos, todo o empreendimento. Comprei para agradecer a você, mãe. Apesar de eu saber o que você vai dizer, e prometo que também vou ganhar milhões com isso tudo, então não precisa entrar em pânico.

Bem, eu não estava em pânico, mas era isso mesmo o que ia dizer.

Tenho mais algumas coisas a contar que vocês gostarão de saber. O Jardim do Descanso Eterno vai ficar exatamente onde está. Joanna diz que Hillcrest deverá dar dinheiro suficiente, e Woodlands foi discretamente deixado de lado. O cemitério agora é protegido, mesmo que Coopers Chase seja vendido de novo (Joanna diz que um dia será, esse é o trabalho deles). Quem tentar comprar verá a quantidade de acordos estruturados ao redor dele. Dali não sai mais.

A propósito. Agora mesmo, eu disse que era culpa das duas nunca termos tido uma conversa sobre Gerry. Claro que não era. Era minha culpa. Desculpe, Joanna.

Outro dia nós fizemos uma cerimônia. Elizabeth convidou Matthew Mackie para almoçar e ele veio, desta vez sem o colarinho. Demos a notícia de que Maggie estava em segurança. Achei que ele fosse chorar, mas nada, só pediu para visitar o túmulo. Subimos a colina com ele e ficarmos sentadas no banco de Bernard e de Asima enquanto ele abria os portões de ferro e se ajoelhava ao lado da sepultura. Foi nessa hora que as lágrimas vieram à tona, como sabíamos que aconteceria quando visse a lápide.

Alguns dias antes, eu ficara olhando o Bogdan passar a manhã inteira restaurando gentilmente a inscrição "Margaret Farrell 1948-1971" e talhar abaixo "Patrick 1971". Bogdan realmente consegue fazer de tudo.

Quando o padre Mackie desabou ao ver a inscrição, mandamos Ron para confortá-lo, e os dois passaram bastante tempo lá. Elizabeth, Ibrahim e eu ficamos no banco observando a vista. Gosto de ver homens chorarem. Não demais, mas foi na medida certa.

Agora sempre há flores de sobra na sepultura da Maggie. Eu mesma já deixei algumas, e vocês podem adivinhar onde as comprei.

E tem ainda o banco. Pois nosso prendado Bogdan se lançou sobre o concreto com uma broca pneumática. Ele cavou até encontrar a lata de chá em forma de tigre e a entregou a mim.

Na carta final de Bernard havia um P.S. tocante no qual ele pedia que suas cinzas fossem espalhadas no píer de Fairhaven. Tenho o texto aqui.

"Parte de mim e de Asima sempre estarão juntos bem aqui. Posto que ela vaga livremente pelas águas sagradas, deixem-me ao sabor da maré para reencontrá-la um dia." Foi o que ele disse. Muito poético, Bernard, com certeza.

Poético demais.

Vocês e eu conhecemos Bernard bem o bastante para saber que isso era um sentimentalismo barato. Era uma mensagem para mim, e não exatamente um código indecifrável. Chego a me perguntar se Bernard me achava meio burra, mas creio que apenas queria que tudo ficasse muito claro, só para garantir. De uma forma ou de outra, entendi que ele havia me dado instruções.

Sufi e Majid haviam ficado em um hotel no aeroporto após o funeral. É o jeito deles, e eu me ofereci para manter as cinzas do Bernard em segurança até que eles pudessem ir a Fairhaven. Quando é que esses dois vão aprender?

Eu tinha as cinzas de Asima na lata de chá e as de Bernard em uma urna simples de madeira. Peguei minha balança. Uma de verdade, não confio nas eletrônicas.

Tomei o maior cuidado ao despejar as cinzas. Por mais que goste de Bernard, não o queria espalhado por toda a minha bancada. Em poucos minutos, com a ajuda de alguns tupperwares como intermediários (senti certa culpa por isso), estava feito.

Na lata de chá que os dois quiseram comprar de Natal um para o outro havia metade de Bernard e metade de Asima. No dia seguinte, a lata foi enterrada novamente sob o banco, em seu devido lugar. Pedimos a Matthew Mackie para abençoar o local e acho que ele ficou emocionado com o pedido. Fez um belo trabalho.

Na urna, metade de Asima e metade de Bernard. Sem saberem, foi o que Sufi e Majid levaram no dia seguinte para Fairhaven. Asima pôde finalmente pairar livre pelas águas, só que na companhia do homem que amava. Nós não os acompanhamos. Não quisemos interferir.

Honestamente, não sei o que fazer com os tupperwares que usei. Quando se usa dois potes para ajudar a misturar as cinzas de um amigo querido e da mulher que ele amava sem que seus filhos saibam, é mais desrespeitoso guardá-los ou jogá-los fora? Com toda a sinceridade, antes de vir para Coopers Chase eu não tinha que me preocupar com esse tipo de coisa. Elizabeth saberá o que fazer.

Por falar em Elizabeth, ela me ligou mais cedo para dizer que alguém deslizou um bilhete muito interessante por baixo da porta dela. Não me falou do que se tratava, mas disse que teria de fazer uma visita a alguém e só então poderia me contar. Ela adora provocar.

Bem, hoje é quinta-feira e preciso ir. Depois do que aconteceu com Penny, fiquei preocupada com a possibilidade de pararmos de nos encontrar. Ou de a sensação ser diferente. Mas não é desse jeito que as coisas funcionam por aqui. A vida segue em frente até não poder mais. O Clube do Crime das Quintas-Feiras continua a se reunir, bilhetes misteriosos são passados debaixo de portas e assassinos trocam janelas. Que continue assim por muito tempo.

Depois da reunião, vou dar uma passada na casa do Gordon Playfair, ver como ele está se ambientando. Antes que perguntem, só quero ser uma boa vizinha.

E aqui está o meu crumble. Bem na hora.

Eu conto para vocês como foram as coisas.

Agradecimentos

Muito obrigado por lerem *O Clube do Crime das Quintas-Feiras*. A não ser que tenham preferido conferir os agradecimentos antes de ler o livro. Admito que é uma possibilidade. Cada um deve viver a vida como bem entende.

A ideia de *O Clube do Crime das Quintas-Feiras* surgiu há alguns anos, quando tive o prazer de visitar um retiro de aposentados cheio de gente extraordinária com histórias extraordinárias e até mesmo seu próprio "restaurante sofisticado contemporâneo". Seus moradores sabem que é a eles que me refiro e a quem agradeço pelo apoio. Só não tenham ideias demais nem comecem a matar uns aos outros, por favor.

É dureza escrever um romance. Imagino que seja assim para todo mundo, mas sei lá. Quem sabe se Salman Rushdie acha fácil? De qualquer maneira, muita gente me ajudou ao longo do caminho, de forma consciente ou não. É ótimo poder usar este espaço para agradecer a todos em público.

Quero agradecer em primeiro lugar a Mark Billingham. Há muito tempo eu queria escrever um romance. Durante um almoço maravilhoso no restaurante turco Skewd, em Barnet (delicioso, preço honesto, peçam as asas de frango), Mark me deu exatamente o empurrão de que eu precisava, bem na hora certa. Ele também me disse que não havia regras para escrever um romance policial, e na mesma hora me informou duas regras excelentes que mantive em mente enquanto escrevia. Mark, enfim: serei eternamente grato a você.

Passei um longo tempo afastado escrevendo *O Clube do Crime das Quintas-Feiras* e há uma série de pessoas a quem quero agradecer por me encorajarem a não desistir durante esse período. Obrigado a Ramita Navai, a melhor amiga que eu poderia pedir, a Sarah Pinborough por ter me dito que, sim, é para ser assim tão difícil, a Lucy Prebble por sempre me lembrar que "antes de ficar bom tem que ficar pronto", a Bruce Lloyd por manter o trem nos trilhos e a Marian Keyes pela gentileza e pela vela.

Um agradecimento especial também a Sumudu Jayatilaka por ser minha primeira leitora. Significou e sempre significará tudo para mim.

A partir de determinado momento do processo, meio que já existe um livro, e essa é a hora em que você precisa de gente sábia e brilhante ao seu redor para torná-lo melhor. Entre as poucas pessoas que viram as versões iniciais deste livro e prometeram guardar segredo para sempre estão meu incrivelmente talentoso irmão Mat Osman (autor do brilhante *The Ruins*) e minha amiga Annabel Jones, que arrumou tempo em meio à rotina inacreditavelmente atribulada de *Black Mirror* para ler o livro e trazer várias das respostas que me faltavam. Muito obrigado, Annabel. Você devia trabalhar com isso.

Quero agradecer à equipe brilhante da Viking, em particular minha editora Katy Loftus, pelo apoio e por conseguir achar tantas formas diferentes e gentis de dizer "acho que esse trecho aqui não funciona". E como por trás de toda grande editora há sempre uma grande editora-assistente, eu e Katy agradecemos a Vikki Moynes.

Obrigado ainda ao restante da equipe da Viking: a gerente editorial Natalie Wall, a equipe de comunicação formada por Georgia Taylor, Ellie Hudson, Amelia Fairney e Olivia Mead, que tantas vezes teve de me ouvir dizer "é, de repente". Obrigado à incrível equipe de vendas — Sam Fanaken, Tineke Mollemans, Ruth Johnstone, Kyla Dean, Rachel Myers e Natasha Lanigan — e à equipe do on-line da DeadGood e ainda a Indira Birnie, do site da Penguin UK. Um livro é um trabalho de equipe, e eu não poderia desejar uma equipe melhor.

Gostaria também de agradecer à minha editora americana, Pamela Dorman, e à sua maravilhosa editora-assistente, Jeramie

Orton, a quem mais uma vez peço desculpas por ter feito procurar no Google as lojas Ryman's e Holland & Barrett e a linha Taste the Difference, do mercado Sainsbury's. Devo muito ainda ao perfeccionismo e à criatividade detalhista do meu copidesque, Trevor Horwood, fundamental para mim saber em que dias da semana caíram certas datas de 1971. Ou, como Trevor apontaria de imediato, "para eu saber".

Escrever um livro é uma recompensa em si, e eu estava mais do que disposto a encarar todo este projeto como mero ganho de experiência até enviar a primeira versão do texto à minha agente, Juliet Mushens. A partir de sua primeira resposta, no entanto, as coisas mudaram. Graças a Juliet, percebi que *O Clube do Crime das Quintas-Feiras* poderia virar um livro de verdade, lido por pessoas de verdade. Juliet foi uma força da natureza desde o início — brilhante, criativa, divertida e nada convencional, de um jeito revigorante. Sem ela, nada disso teria sido possível. Muito obrigado, Juliet. Para lhe dar aquela ajuda, Juliet conta com a maravilhosa Liza DeBlock, outra que, considerando que precisa lidar com inúmeros contratos importantes, também é revigorante, embora de um jeito um pouco mais convencional.

Para encerrar, se me permitem, uma menção aos maiores de todos.

Obrigado a minha mãe, Brenda Osman. Espero que, entre outras coisas, *O Clube do Crime das Quintas-Feiras* seja dotado de um senso de bondade e justiça, e isso vem de você. E também, é claro, dos seus pais, meus avós, Fred e Jessie Wright, de quem sinto muita falta, mas cuja presença espero ter deixado marcada nestas páginas. Obrigado também a minha maravilhosa tia Jan Wright. Somos uma família pequena, mas com a gente ninguém pode.

E por fim, obrigado aos meus filhos, Ruby e Sonny.

Não tenho a intenção de constrangê-los demais, e por isso me limitarei a dizer que amo muito vocês.

1ª edição	JUNHO DE 2021
reimpressão	JUNHO DE 2025
impressão	IMPRENSA DA FÉ
papel de miolo	HYLTE 60 G/M²
papel de capa	CARTÃO SUPREMO ALTA ALVURA 250 G/M²
tipografia	GARAMOND